АМФОРА

МАЙКЛ ЧАБОН

СОЮЗ ЕВРЕЙСКИХ ПОЛИСМЕНОВ

САНКТ-ПЕТЕРБУРГ

АМФОРА

2008

УДК 82/89
ББК 87(7Сое)
Ч 12

MICHAEL CHABON
The Yiddish Policemen's Union

Перевел с английского Ю. А. Балаян

*Издательство выражает благодарность
литературному агентству Andrew Nurnberg
за содействие в приобретении прав*

*Защиту интеллектуальной собственности и прав
издательской группы «Амфора»
осуществляет юридическая компания
«Усков и Партнеры»*

Чабон, М.
Ч 12   Союз еврейских полисменов: [роман] / Майкл
Чабон ; [пер. с англ. Ю. Балаяна]. — СПб. : Амфора. ТИД Амфора, 2008. — 429 с. — (Серия «Амфора 21»).

ISBN 978-5-367-00642-1 (рус.)
ISBN 978-0-00-714982-7 (англ.)

Увлекательный ироничный роман о вымышленной колонии еврейских иммигрантов, которые пытаются обрести
Землю обетованную за Полярным кругом.

УДК 82/89
ББК 87(7Сое)

ISBN 978-5-367-00642-1 (рус.)
ISBN 978-0-00-714982-7 (англ.)

*Посвящается Айлет,
моей суженой*

И пустились по морю на сите
И — вперед по волнам, в решете...

Эдвард Лир

1

Девять месяцев Ландсман ошивался в отеле «Заменгоф», и ни одному из постояльцев за это время не взбрела в голову идиотская идея выплеснуть мозги наружу. И вот дождались: какой-то хрен все же пустил пулю в башку занимавшему двести восьмой номер мелкому еврейцу, гордо именовавшему себя Эмануилом Ласкером.

— Он трубку не снимал, он дверь не открывал, — скорбно бубнит Тененбойм, ночной портье, бесцеремонно вломившись к Ландсману. Ландсман проживает в пятьсот пятом, с видом на неоновые загогулины вывески «Блэкпула», отеля через улицу Макса Нордау. Неоновое ругательство «ББ-ЛЛ-ЭЭ-КК-ПП-УУ-ЛЛ» — ночной кошмар Ландсмана во сне и наяву. — Мне пришлось проникнуть в его комнату.

«Проникнуть», видите ли, ему пришлось! Это ж надо же...

Ночной портье Тененбойм, бывший морпех, вернувшись домой еще в шестидесятые после разнесчастных кубинских событий, совсем забросил наркоту и любит постояльцев «Заменгофа» любовью матери родной. Доверяет им и считает, что нечего устраивать народу бури, когда народ жаждет покоя.

— В комнате небось все перелапал? — косится на него Ландсман.

— Ни Боже мой! — протестует Тененбойм. — Только деньги и драгоценности.

Да уж... «Драгоценности»... Штаны... Башмаки... Подтяжки... Облачившись во все перечисленное, Ландсман тоскливо смотрит на галстук, висящий на ручке двери. Туда же солидарно уставился Тененбойм.

Галстук красный, в жирную бурую полоску. Не то бурый... в красную. Уже завязан, точнее — не развязан с черт знает которого позапозапозапрошлого дежурства, чтобы время не гробить. До следующего дежурства Ландсману жить восемь часов. Жить! Восемь крысьих часов в обнимку с материнским выменем бутылки, в хрупком стеклянном аквариуме, подбитом древесной стружкой. Глубокий вздох — и Ландсман тянет лапу к дверной ручке. Петля галстука скользнула по маковке, зацепила за ухо, рухнула вдоль щек, остановилась на ключицах; удавкой стянулась на шее, прижав к ней ворот рубахи. Теперь пиджак. Рука проверила бумажник, щиток в нагрудном кармане, шолем в подмышечной кобуре — «смит-вессон» 39-го калибра, почтенный ветеран.

— Извините, что разбудил. — Тененбойм морщит лоб. — Только вы же все равно не спали, я знаю...

— Я и сейчас сплю! — ворчит Ландсман и сгребает свой фирменный стопарик, сувенир Всемирной выставки 1977 года. — В рубахе и без штанов сплю, как всегда. — Как всегда, он поднимает стопку в честь тридцатилетия Всемирной выставки в Ситке. О, Ситка! Северная жемчужина еврейской цивилизации!.. Ладно, ладно, кто бы спорил... Меир Ландсман, тогда еще четырнадцатилетний пацан, в то время пялил глаза на жемчужины дамских зубов и на иные цепляющие взгляд отроги женских организмов, в изобилии расцветавших, созревавших и плодоносивших в этой жемчужине цивилизации... — Как обычно, в этом вашем грёбаном кресле ушастом. — Он переносит содержимое стопки в рот, отправляет далее по назначению. — Как обычно, с револьвером в обнимку.

Если вы полный кретин и верите всяким медикам, парамедикам и бывшей супруге Ландсмана, то пьет он с целью самолечения: настраивает тонкие струны, всякие кристальчики и колокольчики своего сознания грубой кузнечной кувалдой сливовой жженки, чтобы гнать себя от каприза к капризу,

10

от настроения к настроению. Чушь собачья. Капризов у Ландсмана никаких, а настроений лишь два: рабочее и мертвое. Меир Ландсман — самый опытный шамес округа Ситка. Меир Ландсман раскрыл тайну кончины красавицы Фромы Лефковиц, жены модного меховщика, — собственный муж ее и прикончил. Меир Ландсман изловил Подольски, больничного бандюгу, безжалостного убийцу. Свидетельские показания Меира Ландсмана позволили отправить Хаймана Чарны в федеральную тюрьму на всю оставшуюся жизнь — единственный случай, когда не рухнуло обвинение против хитрозадого мудрилы из секты вербоверов. Меир Ландсман — это цепкая память зэка, храбрость пожарника, внимательность взломщика. Когда Ландсман в деле, он носится неудержимо, за поступью его чудятся нервные марши военных оркестров. И чувствует себя прекрасно. А вот на досуге начинаются проблемы. Мысли выдуваются из мозга, как бумажные листки из стопки на сквозняке, иногда требуется тяжелое пресс-папье, чтобы примять их к месту.

— Вот ведь досада, — сокрушается Тененбойм. — Подкинул вам работенку...

Будучи сотрудником отдела по борьбе с наркотиками, Ландсман не раз задерживал Тененбойма. Так сложились между ними отношения, которые, пожалуй, с некоторой натяжкой можно назвать и дружескими.

— Ерунда, мой милый. Работу по любви за труд не сочтешь.

— Вот и я тоже по любви работаю, — криво ухмыляется портье. — В этой хлёбаной задристанной ночлежке.

Ландсман кладет руку на плечо Тененбойма, и они следуют к лифту, который гордо называется «ELEVATORO». Так гласит гравировка на латунной табличке над дверью. Полсотни лет назад, когда построили отель, все надписи, указующие и предупреждающие, были продублированы на эсперанто. По большей части латунные таблички с надписями исчезли стараниями вандалов-коллекционеров, безжалостного времени и усердной пожарной службы.

На двери и дверном косяке двести восьмого номера следов насильственного проникновения не заметно. Ландсман накрывает дверную ручку платком, жмет на нее, пихает дверь носком башмака.

— Странное ощущение... — размышляет вслух Тененбойм, втягиваясь в комнату за Ландсманом. — Никогда такого не видел... Слыхал, конечно, выражение «сломленный человек»...

Ландсман вопросительно полуоборачивается.

— Большинство бедолаг, на которых этот ярлык вешают, его не заслужили. У иных и ломать-то нечего, ватные какие-то. А этот Ласкер... Он не только ломкий, а такое впечатление, что сломай его — он щелкнет и вспыхнет ярким пламенем. Весь сухой, и внутри стекло звенит... Странное ощущение... — задумчиво повторяет Тененбойм.

— У многих нынче странные ощущения, — бросает Ландсман, измарывая странички маленького черного блокнота кривыми закорючками. Он фиксирует ситуацию в помещении, хотя вовсе в этом не нуждается. Мало что ускользает не только от глаз его, но и из памяти. То же согласное сообщество в составе его бывшей жены, психологов, психоаналитиков и иных прочих шарлатанов в белых халатах и без таковых единодушно утверждает, что алкоголь погубит его мыслительные способности, в первую очередь — память. Сам Ландсман с надеждой прислушивается к выводам науки, ожидая неминуемого губительного воздействия «зеленого змия» — но тщетно. Прошлое прочно присосалось к памяти. — Нам даже пришлось выделить особую линию для приема «странных» звонков.

— Странное время сейчас для того, чтобы быть евреем, — подводит итог Тененбойм. — С этим не поспоришь.

На комодце из прессованной древесной трухи — стопка книжек. Прикроватная тумбочка накрыта шахматной доской. Похоже, что игра в разгаре, какой-то суматошный миттельшпиль. Король черных весьма неуютно скукожился в центре доски, у белых перевес в количестве. Фигуры полые, дешевое пластиковое литье с технологическими хвостиками литников, доска — потрепанная складная картонка.

В торшере с тремя колпаками светится лишь одна довольно-таки дохлая лампочка. Еще одна действующая лампа в ванной, остальные перегорели либо вывернуты из патронов. На подоконнике упаковка популярного слабительного. Окно приоткрыто на свой максимально допустимый дюйм, свежий ветер с залива Аляска то и дело дребезжит жестянками жалюзи. Ветер заполняет комнату букетом запахов древесной трухи, дизельного топлива и рыбоконсервного производства. Этот запах, если верить «Нох амол», песне, которую Ландсман учил в школе, запах ветра с залива, наполнял еврейские носы и души ощущением надежды, новых чаяний, нового начала. «Нох амол» сочинили в дни «Полярного медведя», в начале сороковых, песня воспринималась как благодарность за очередное чудесное избавление. Теперь же евреи округа Ситка воспринимают ее слова с изрядной долей иронии.

— Еще один жиденыш-шахматист, который наркотою не гнушался, — печально декламирует Тененбойм.

— Угу, — согласно мычит Ландсман, вспоминая, что не раз замечал этого Ласкера в «Заменгофе». Птичка-невеличка. Взгляд остер, нос курнос. На щеках и шее — розовые вспышки — последыши прыщей. Случай не экстремальный, не подонок, просто еще одна душа заблудшая, потерянная. Такой же еврей-бедолага, как и сам Ландсман, только глушит себя другим зельем. Глушил. Ногти чистые. Всегда галстук и шляпа. Однажды читал книгу с подстраничными сносками. И вот он растянулся брюхом вниз на складной гостиничной койке, физиономией к стене... в уставных белых подштанниках — больше ничего на нем из одежды. Цвета имбирного пива волосы, такие же веснушки, золотом отливает трехдневная щетина на щеках. Легкий намек на двойной подбородок — Ландсман отнес его к далекому детству, когда пацана перекармливали. Глаза вспухли, вылезают из налитых потемневшей кровью орбит. В затылке маленькая дырочка с обожженными краями, от которой протянулась узкая полоска запекшейся крови. Никаких следов борьбы. Ничто не указывает на то, что Ласкер видел, ощущал приближение *этого*. Ландсман обратил внимание на отсутствие подушки.

— Знал бы, напросился б к нему сыграть партию-другую.

— Вы играете в шахматы?

— Слабо, — отмахивается Ландсман. Возле шкафа на половике желтовато-зеленого плюша — такой цвет бывает у медицинского раствора для полоскания глотки — крохотное перышко. Ландсман открывает дверцу шкафа и обнаруживает на дне его подушку, простреленную в центре. Импровизированный глушитель. — В миттельшпиле теряюсь.

— Вся игра — сплошной миттельшпиль, — сочувствует Тененбойм.

— Да и ладно.

Ландсман вытаскивает мобильник, казенный «шойфер АТ», и вызывает напарника, Берко Шемеца.

— Детектив Шемец, это вас напарник беспокоит.

— Меир, что за шутки! Я тебя сколько раз просил... — Ясное дело: Шемецу до смены те же восемь часов, что и Ландсману.

— Понимаю твой праведный гнев, но я подумал, может, ты еще не спишь.

— Именно не сплю.

В отличие от Ландсмана Берко Шемец не устраивает бедлама из своей личной жизни и, прежде всего, из своего супружества. Каждую ночь он почивает в объятиях своей дражайшей супруги, любви коей вполне достоин, любовь которой ценит высоко, платит благоверной той же монетой и никогда не дает повода для печали или тревоги.

— Чтоб тебе издохнуть, Ландсман, — прочувствованно желает Берко и добавляет на американский манер: — Черт тебя дери.

— У меня в отеле явное убийство, — переходит к делу Ландсман. — Постоялец. Выстрел в затылок. Подушка вместо глушителя. Чистая работа.

— Гм.

— Потому и беспокою. Не часто такое встретишь. Коллекционный случай.

Население Ситки, насчитывающее 3,2 миллиона душ, прилепившихся к побережью залива, ежегодно выдает на гора́ в среднем 75 убийств. Значительная часть их приходится на внутренние разборки русских штаркеров, с легким сердцем отсылающих друг друга к праотцам. Остальные — «преступления на почве страсти», как правило, вспыхивающей в затуманенных алкоголем мозгах и находящей выход через стволы оружия разных типов, чаще всего ручного. Хладнокровные убийства-казни столь же редки, сколь и трудноустранимы с белой настенной доски нераскрытых случаев в отделе тяжких преступлений.

— Меир, ты не на службе. Брякни в управление. Пусть Табачник с Карпасом развлекаются.

Табачник и Карпас, вместе с Ландсманом и Шемецом составляющие группу «В» отдела по расследованию тяжких преступлений, дежурят в этом месяце в ночную смену. Ландсману, разумеется, должна импонировать идея свалить голубиное дерьмо неприятного сюрприза на шляпы сослуживцев.

— Да я б так и сделал… Только мы ведь с ним жили в одной гостинице.

— Знакомый? — Тон Берко смягчается.

— Да нет… Видел пару раз.

Ландсман отводит взгляд от трупа, застывшего на гостиничной койке. Иногда в сердце его закрадывается жалость к жертвам. С которой приходится бороться.

— Ладно, возвращайся в постельку. Завтра побеседуем. Извини за беспокойство. Спокойной ночи. Извинись за меня перед Эстер-Малке.

— Меир, ты в порядке? Что стряслось? — волнуется Берко.

В последние месяцы Ландсману случалось беспокоить коллегу в не слишком удобные для звонков часы суток, а Шемецу — выслушивать его не вполне связные излияния. Два года назад распался брак Ландсмана, а в прошлом апреле его младшая сестра направила свой «пайпер суперкаб» в склон горы Дункельблюм, повыше кустарников. Но Ландсман думает не о позоре своего развода, не о смерти Наоми. Он представляет себе неряшливый холл «Заменгофа» и себя самого, сидящего на диване некогда белого цвета. Он играет в шахматы с Эмануилом Ласкером... или как его там в действительности звали... Они озаряют друг друга меркнущим светом своим, прислушиваются к звону разбивающегося в душах стекла... То, что Ландсман шахмат терпеть не может, ничуть не убавляет идиллической сусальности воображаемой сцены.

— Парень в шахматы играл, Берко. А я и не знал. Только и всего.

— Слушай, я тебя умоляю. Только не зарыдай.

— Да нет, я в порядке. Спокойной ночи.

Ландсман позвонил дежурному по управлению и зарегистрировал дело Ласкера на себя. В конце концов, лишний «глухарь» ему погоды не делает, при его-то рекордной раскрываемости. Да и какая теперь разница! С первого января федеральный округ Ситка, кривая загогулина береговой линии вдоль западных оконечностей островов Баранова и Чичагова, перейдет под юрисдикцию штата Аляска. Управление полиции округа, которому детектив Ландсман два десятка лет служил верой и правдой, шкурой и душою, будет расформировано... реорганизовано... Кто знает, понадобятся ли новому руководству Меир Ландсман и Берко Шемец? Темна водица во облацех, ясно лишь, что грядет Реверсия, и потому странное дело нынче — быть евреем.

2

Ожидая патрульного латке, Ландсман побеспокоил постояльцев. Вследствие вечернего часа постояльцы по большей части отсутствовали — телом либо душою. По результатам полученных от них сведений Ландсман решил, что с тем же успехом мог ломиться и в двери школы Гиршковица для глухих. Население отеля — сумасбродная, конвульсивная, вонючая, чокнутая жидовская лавочка, но никто из всего этого «штейтля» не выглядит иначе, чем в любой другой вечер. И никто из них не кажется Ландсману способным хладнокровно всадить пулю в затылок ближнего своего, отправить его туда, откуда не возвращаются.

— Зря только трачу время с этими жвачными парнокопытными... — жалуется Ландсман Тененбойму с нескрываемым оттенком упрека. — А ты уверен, что ничего экстраординарного не заметил? — Этот вопрос звучит прямым обвинением. — Так-таки все как обычно?

— Извините, детектив...

— Ты тоже бугай, Тененбойм. Крупный рогатый.

— Я молчу.

— Служебный выход?

— Служебный — он и есть служебный. Поставщики, посыльные, торговцы... Там сигнализация. Я бы услышал.

Ландсман заставляет Тененбойма вызвонить дневного портье и администратора выходного дня, поднять обоих из постелей. Эти господа повторяют то же, что уже высказал Тененбойм. Насколько им известно, никто покойника не беспокоил в бытность его живым. Ни гостей, ни друзей, ни даже посыльного из «Жемчужины Манилы». В этом отношении он переплюнул даже Ландсмана, которого иной раз навещали из «Ромеля» с бумажными пакетами лумпии.

— Проверю крышу, — решает Ландсман. — Никого не выпускай, дай мне знать, когда наконец соизволит появиться латке.

До восьмого этажа Ландсман поднимается в «элеваторо». Далее топает по бетонной лестнице со ступенями, кромки которых укрепляют стальные уголки, вылезает на кровлю. Обходит по периметру, любуется крышей «Блэкпула» через Макс-Нордау-стрит. Выглядывает вниз через северный, восточный, южный карнизы, кидает взгляд на малоэтажные постройки далеко внизу. Ночь над Ситкой отсвечивает оранжевой дымкой, скомпонованной из тумана и света, наполненных парами натрия уличных светильников. Ночь цвета лука, поджаренного на курином жире. Огни еврейской территории от склона горы Эджкамб на западе, семьдесят два острова Зунда, через Шварцн-Ям, мыс Халибут, Южную Ситку, Нахтазиль, через Гарькавы и Унтерштат и далее теряются в гряде Баранова. На острове Ойштеллюнг, на кончике Сэйфти-Пин мигает маяк — единственное напоминание о Всемирной выставке — предостерегающе грозит световым пальцем самолетам и евреям. Воняет рыбьей гнилью с консервных фабрик, жиром с жаровен «Жемчужины Манилы», выхлопами такси, ядовитым букетом свежевызревших фетровых шляп с войлочного производства Гринспуна в двух кварталах от отеля.

— Чудно там, наверху, — соблазняет Ландсман Тененбойма, вернувшись в прокуренный холл гостиницы с пожелтевшими просиженными диванами, исцарапанными стульями и столами, за которыми постояльцы изредка убивают час-другой, а то и целый вечер, играя в пинокл. — Почаще надо туда лазить.

— А как насчет подвала? — справляется Тененбойм. — Внизу тоже посмотрите?

— Подвал... А как же! — уверенно кивает Ландсман, преодолевая отвращение к спуску в подземелье. — Непременно!

Ландсман крутой детектив, риска не сторонится. Отважным его называют, а также чокнутым, «момзером», стебанутым сукиным сыном... Мало ли как еще его называют. Он преследовал подозреваемых под пулями уличных перестрелок, в медвежьей глуши, в горах, в городских толпах, в горящих домах, справлялся со змеями и с собаками, натасканными за запах копов. Когда не справлялся, действовал, не обращая на них внимания. Но, когда ему случается попасть в темное, ограниченное со всех сторон пространство, какая-то существенная часть Меира Ландсмана содрогается. Знает об этом лишь его бывшая жена. Детектив Ландсман боится темноты.

— Пойти с вами? — предлагает Тененбойм с показной готовностью. Кто его знает, что может скрываться в голове такой старой рыночной торговки, как Тененбойм.

— Нет-нет! — с горячностью рыночного покупателя отказывается Ландсман. — Фонарик только выдай, черти бы его драли...

Из подвала несет камфарой, соляркой, скопившейся за десятилетия пылью веков. Ландсман дергает за шнурок выключателя. Вспыхивает одинокая лампочка без колпака. Как в холодную воду, Ландсман осторожно спускается в подземелье.

Первое на его пути помещение — кладовая забытых вещей. На стенах множество крюков, полки, гнезда, принявшие за долгие годы множество всевозможного барахла. Непарные башмаки, мужские и женские; меховые шапки, геликон, скатанный в рулон воздушный шар. Коллекция парафиновых цилиндров с записями полного репертуара стамбульского оркестра «Орфеон». Топор дровосека, два велосипеда, вставная челюсть в стакане (стакан — собственность отеля). Парики, трости, зонты и зонтики, стеклянный глаз, пластмассовые руки, забытые продавцом манекенов. Молитвенники, молитвенные шали в бархатных сумочках на молнии, экзотический идол с телом жирного младенца и слоновьей головой… Один деревянный ящик из-под напитков заполнен ключами, другой — кучей парикмахерских принадлежностей, в числе которых щипцы для завивки как кудрей, так и ресниц. Семейные фотопортреты в рамках. Таинственная резиновая загогулина, которая могла бы оказаться сексуальной игрушкой, контрацептивным прибором либо патентованной деталью женского корсета. Какой-то рассеянный еврей оставил для этого музея даже чучело куницы с хищно блестящими стеклянными глазами.

Ландсман поковырял карандашом в ящике с ключами, добросовестно заглянул в каждую шляпу, просмотрел полку с оставленными книгами. Тишину нарушает биение его сердца. Альдегидный запах его собственного выдоха никоим образом не успокаивает. Через несколько минут Ландсман уже начинает разбирать какие-то неясные словечки в шорохе стучащейся в стенки сосудов крови. И старается побыстрее миновать скованные друг с другом стальными обручами баки-накопители горячей воды… Тоже, братья в борьбе…

Следующая — прачечная. Лампочка на рывок за веревочку выключателя не реагирует. Сквозь мрак белеют стены, угадываются какие-то выдранные из стен крепления, в полу — сточные отверстия. Собственной прачечной в отеле «Заменгоф» не пользуются вот уже несколько лет. Ландсман заглядывает в сточные отверстия. Мутная маслянистая мгла. Под ложечкой засосало. Ландсман разминает кисти, крутит шеей так, что аж хрустят позвонки. В дальнем конце прачечной дверца из трех досок, сколоченных по диагонали четвертой. Вместо защелки на ней веревочная петля — петля, которую накидывают на гвоздь.

Туда только ползком. Ползком — слова бы этого не ведать…

Ландсман прикидывает шансы: а что, если какой-нибудь отчаявшийся олух, не профессиональный киллер, разумеется, даже и не любитель, не нормальный маньяк, залез туда, затаился в той норе? А что, вполне возможно. Только вот как этот псих накинул петлю на гвоздь, закрыл за собою дверь? Этого соображения достаточно, чтобы оставить нору в покое. Ландсман включает фонарик, сжимает его зубами. Поддергивает штаны, опускается на колени, одной рукой вытаскивает «смит-энд-вессон», другой сдергивает петлю с гвоздя. Распахивает дверцу.

— Вылезай! — мычит он, не разжимая зубов, хрипя и шипя, как проколотая камера.

Эйфория высоты, которую он испытал на крыше, оставила его, остыла, погасла. Ночи его пусты, жизнь и служба — череда ошибок, да и город скоро погаснет, как перегоревшая лампочка.

Он лезет в дыру. Воздух здесь прохладен, воняет крысиным дерьмом. Свет фонарика дрожит по поверхностям, что-то открывая, что-то скрывая в тени. Стены здесь выложены шлакоблоками, пол земляной, поверху тянутся кабели, провода, трубы в термоизоляции и без таковой. Перед носом Ландсмана на полу оказывается диск из толстой фанеры, закрывающий какой-то колодец с металлическими краями, вровень с полом. Ландсман набирает в легкие воздух и «ныряет», надеясь, что воздуху ему хватит. Фанерный диск, металлические закраины колодца покрыты ровным слоем пыли, без царапин, сдувов, без малейшего нарушения равномерности. Не было здесь никого триста лет, не было! Ландсман подцепляет пальцами фанерную крышку, поднимает ее. Колодец представляет собой алюминиевую трубу со стальными ступеньками-скобами. Диаметр как раз позволяет взрослому психопату спуститься вниз. Можно и полицейскому спуститься, если он не отягощен всякими комплексами. Только не Ландсману. Он сжимает рукоятку шолема. Его подмывает выпу-

21

стить вниз всю обойму, пулю за пулей. Хрен он туда полезет! Ландсман отпускает крышку, не обращая внимания на кажущийся оглушительным грохот. В обществе тьмы отступает он к выходу, поправляя ворот и одергивая рукава, выпрямляется, следует к лестнице.

— Ничего, — сообщает Ландсман Тененбойму, придавая голосу искусственную бодрость. Это словечко кажется ему одновременно предсказанием результата собственного расследования — расследования убийства так называемого Эмануила Ласкера, констатацией цели жизни убитого — и не только его одного, — а также пророчеством относительно того, что останется от родного города Ландсмана после Реверсии. — Ничего.

— Знаете, Кон говорит... — начинает Тененбойм, замолкает и тут же заводит снова: — Кон говорит, что в доме гуляет привидение. И гадит не хуже домового. Кон полагает, что это призрак профессора Заменгофа.

— Если б эту драную дыру назвали моим именем, я бы тоже бузил здесь в виде призрака.

— Кто знает, — вздыхает Тененбойм. — Особенно сейчас.

Сейчас никто ничего не знает. Вон у Поворотны кот огулял крольчиху. Пусики котокрольчики украсили первую полосу «Ситка тог». В прошлом феврале пять сотен свидетелей клялись, что две ночи кряду наблюдали северное сияние в виде лика мужеского пола при бороде и пейсах. Вспыхнули жаркие дискуссии о принадлежности небесного лика, о выражении физиономии мудреца в пейсах. Иные истолковали его гримасу как улыбку, исполненную печали мягкой, другим казалось, что небесный старец нюхнул чего-то... необычного. И вообще, что бы это знамение могло означать? А не далее как на прошлой неделе ощипанный кур в кошерной мясохладобойне на Житловски-авеню обратился главою к занесшему ритуальный нож шохету и на картавом арамейском возгласил непременное пришествие Мессии. Если верить «Тогу», чудодейная курица выдала еще некоторое количество поразительных предсказаний, напоследок впав, однако, в молчание, подобно Б-гу Самому, и упустив упоминание о супе, в коем закончит земной путь свой. Обратив даже самое поверхностное внимание на все эти события, думает Ландсман, можно заключить, что странное дело нынче быть не только евреем, но, пожалуй, и курицей тоже.

3

Ветер снаружи небрежно стряхивает дождичек со своего развевающегося плаща. Ландсман притулился в тамбуре гостиницы. Снаружи двое борются с непогодой, стремятся ко входу в «Жемчужину Манилы». Одного оседлал футляр виолончели, другой прячет от дождя скрипку, не то альт. Городская филармония находится в десятке кварталов от этого конца Макс-Нордау-стрит и вообще в ином измерении, но нет в мире силы, которая бы смогла удержать еврея от желания причаститься к свиной отбивной, хорошо прожаренной, но сочной, смачной, желанной, как нежная возлюбленная. И уж конечно, не справиться с этим желанием какой-то там темной ночи и жалким порывам ледяного ветра с залива. Сам Ландсман тоже героически борется — с призывами комнаты номер пятьсот пять и находящейся в ней бутылки сливовицы, рядом с сувенирной рюмашкой-стопариком Всемирной выставки.

В качестве стратегического контрманевра Ландсман раскуривает папиросу. Десять лет не курил, но вот года три назад снова схватился за соску. Жена его тогдашняя носила во чреве своем — в каком-то смысле долгожданная беременность. Первая. Но не запланированная. Как и в случае многих беременностей, о которых слишком долго рассуждают, в отношении отца наметилась некоторая двойственность, амбивалентность. Через семнадцать недель и один день — в этот день Ландсман купил первую за десять лет пачку «Бродвея» — их ошарашили неблагоприятным прогнозом. Многие — хотя и не все — клетки, составлявшие плод, уже носивший кодовое наименование Джанго, выявили в двадцатой паре лишнюю хромосому. Это обозначалось термином «мозаицизм» и могло повлечь тяжелые отклонения в развитии. А могло и вообще никак не проявиться. В литературе по данному вопросу оптимист мог найти основания для надежды, а маловер — для отчаяния. Точка зрения Ландсмана, не просто маловера, а ни во что не верующего, возобладала, и какой-то врач с полудюжиной ламинарных расширителей разорвал нить жизни Джанго Ландсмана. Через три месяца Ландсман со своими сигаретами покинул дом на острове Черновиц, в котором жил с Биной в течение почти всех пятнадцати лет после свадьбы. Нельзя сказать, что его изгнало оттуда чувство вины. Но чувство вины плюс Бина... слишком много, не вынести.

По направлению ко входу в «Заменгоф», прямо на Ландсмана, целеустремленно пыхтит старик. Коротышка, не выше пяти футов. Волочет за собой здоровенный чемодан на ручной двухколесной тележке. Длинное белое пальто нараспашку, под ним белый костюм-тройка, на голове белая же широкополая шляпа, нахлобученная по самые уши. Борода и пейсы тоже белые, густые, но в то же время пушисто-дымчатые. Чемодан — какое-то музейное чудище из потертой парчи и чуть не до дыр протертой кожи. Правая часть тела деда сжалась под тяжестью чемодана-монстра, наполненного, похоже, исключительно свинцовыми отливками. Старик останавливается и поднимает палец, как будто обращаясь к Ландсману с вопросом. Ветер играет его бакенбардами и полями шляпы. С бороды, подмышек, рта, костюма ветер срывает запахи табака, пота и человека, живущего на улице. Ландсман отмечает цвет ботинок старика: желтоватой слоновой кости, как и борода. По бокам ботинок взбираются вверх и исчезают под штанинами кнопки.

Знакомое явление. Это Ландсман тоже отмечает. Знакомое по тем временам, когда он еще задерживал Тененбойма за мелкие кражи, незаконное приобретение и хранение… Дед этот тогда не был моложе — да и сейчас не постарел. Народ величал его Илиею, поскольку имел он обыкновение появляться в самых неожиданных местах со своей коробкою-пушке и с видом, что он вот-вот разразится чем-то весьма информативным.

— Дорогуша, — обращается дед к Ландсману. — Это, что ль, постоялый двор «Заменгоф»?

Идиш его звучал несколько экзотически, с налетом голландского, как показалось Ландсману. Старец согбенный, хлипкий, однако лицо его, если отвлечься от лучиков морщин, исходящих от глаз, чуть ли не юношеское, морщин как будто и вовсе никаких. Глаза, как принято выражаться, горят молодым задором, что сильно озадачило Ландсмана. Вряд ли задор этот могла вызвать перспектива провести ночь в отеле «Заменгоф».

— Совершенно верно, — подтверждает Ландсман и протягивает Илие-Пророку пачку «Бродвея». Тот вытаскивает две папиросы, одну отправляет в реликварий нагрудного кармана пиджака. — С горячей водой. И холодной. Лицензированный шамес на страже безопасности постояльцев.

— А ты, милок, значит, приказчиком будешь?

Ландсман улыбается, отступает в сторону, показывает внутрь.

— Нет, администратор там, в холле.

Но кроха-старик стоит, не желает покидать уютный дождь, борода его развевается, как белый флаг перемирия. Он озирает безликий фасад «Заменгофа», его слепые окна, серые в уличном освещении, окна-щели, прорезанные в грязном белом кирпиче. Всего три-четыре квартала от кричащей, пестрой Монастир-стрит. Неоновая вывеска «Заменгофа» мигает ночным кошмаром постояльцев «Блэкпула».

— Заменгоф, — повторяет старик, косясь на беснующиеся буквы вывески. — Не Заменгоф… Заменгоф…

По улице поспешает латке, нахальный салага по фамилии Нетски, придерживает рукой широкополую форменную шляпу.

— Детектив, — пытается доложиться латке, теряет дыхание, кивает деду. — Привет, дедуля. Детектив, извините, срочный вызов, задержался на минутку. — От Нетски пахнет свежевыпитым кофе, на правой манжете его синей куртки белеет сахарная пудра. — Где покойник?

— В двести восьмом, — просвещает его Ландсман и еще на шаг отступает в сторону, поворачивается к деду. — Ну, как, дедуля, заходим?

— Нет, — отвечает Илия беззлобно, чуть ли не ласково. С сожалением? Или с мрачным удовлетворением человека, привыкшего испытывать разочарования? Рьяный блеск глаз скрылся за пеленою слез. — Я просто поинтересовался. Спасибо, офицер Ландсман.

— Детектив, — поправил Ландсман, удивленный памятью старика. — Вы меня помните, дедуля?

— Помню, все помню, дорогой. — Илия вытаскивает из кармана пушке — деревянную шкатулочку-гробик размером с портсигар. Коробка выкрашена в черный цвет, на ней надпись на иврите: «Л'ЭРЕЦ ИСРОЭЛЬ». В коробке узкая прорезь для монет или сложенных долларовых бумажек. — Скромное пожертвование?

Никогда еще Святая Земля не казалась евреям Ситки столь отдаленной и недосягаемой. Она затерялась где-то на другой стороне планеты, и управляют ей люди, объединенные решимостью не пускать туда никаких евреев, кроме горстки самых запуганных и мелких. Полстолетия арабские воротилы и мусульманские террористы, персы и египтяне, социалисты, националисты, монархисты, пан-арабисты и пан-исламисты, традиционалисты и партия Али вонзали зубы в Эрец Исроэль, окончательно обескровив ее. Иерусалим утопает в намалеванных на стенах лозунгах и в пролитой на улицах крови, столбы и шесты украшают отрубленные головы. Правоверные евреи по всему земному шару не оставили надежд однажды поселиться на земле Сиона, но...

трижды надежды евреев терпели крах. В 586-м до Эры Христа, в 70-м и, со свирепой окончательностью, в 1948-м. Даже правоверным трудно сохранять надежды с учетом этой отрезвляющей реальности.

Ландсман вытащил бумажник, сложил двадцатку и засунул ее в подставленную ему коробочку пушке.

— Удачи, — сопроводил он исчезнувшую в щели купюру пожеланием.

Старичок двинулся с места, потянул за собой тележку с чемоданом. Ландсман вытянул вперед руку, остановил Илию, придерживая за рукав. В сознании его складывался детский вопрос о желании его народа обрести дом свой. Илия повернулся к нему с видом привычно усталым. Да уж, от этого Ландсмана всего ждать можно. Хлопот потом не оберешься. Ландсман почувствовал, что вопрос растворился, исчез, как никотин, вымываемый кровью.

— Что у вас в чемодане, дедуля? Тяжелый.

— Книга.

— Всего одна?

— Очень большая.

— Долгая история?

— Очень долгая.

— О чем?

— О Мессии. А теперь отпусти меня.

Ландсман убрал руку. Старик выпрямился, вскинул голову. Глаза снова сверкнули, выглядел он гневным, недовольным и вовсе не старым.

— Мессия грядет! — провозгласил он. Не скажешь, что угроза, но теплоты в этом предупреждении об искуплении тоже не наблюдалось.

— Самое время, — ухмыльнулся Ландсман, ткнув большим пальцем за спину, в сторону отеля. — Там как раз одно место освободилось.

Илия оскорбленно нахмурился, открыл коробочку, вынул сложенную двадцатку и вернул ее Ландсману. Не говоря более ни слова, подхватил тележку, надвинул шляпу поглубже и зашаркал прочь, в дождь и ветер.

Ландсман сунул смятую ассигнацию в карман, расплющил каблуком окурок и вернулся в отель.

— Кто этот дед? — спрашивает Нетски.

— Его кличут Илией. Совершенно безвреден, — отзывается Тененбойм из-за стальной сетки окошечка регистрации. — Все время бормочет о Мессии. Постоянно слоняется по городу. — Тененбойм постучал золоченой зубочисткой по зубам и продолжил: — Послушайте, детектив, этого я вам, возможно, не должен говорить... Но могу и сказать, подписки не давал. Администрация завтра отправляет письмо...

— Ну-ну...

— Гостиницу собираются продать сети отелей из Канзас-сити.

— А нас всех выкинут?

— Не знаю. Все возможно. Никто ничего не знает. Но и это не исключено.

— Об этом тоже говорится в письме?

— Там сплошная канцелярщина, аж зубы сводит.

С соответствующими наставлениями помалкивать и посматривать Ландсман поставил Нетски у входа.

Криминалист «кладбищенской» смены Менаше Шпрингер ворвался в отель и одной рукой сразу принялся отряхивать свою меховую шапку. В другой руке Шпрингер сжимал фонтанирующий зонтик, с которого лились на пол потоки уличного дождя, в третьей — хромированную двухколесную тележку, к которой прилепились примотанные клейкой лентой виниловая коробка с инструментарием, пластиковая авоська с выполненной крупными, четкими буквами совершенно нечитаемой надписью и пластиковая же корзина. На последней тоже крупные, четкие буквы, но надпись вполне можно разобрать почти не глядя: «EVIDENCE». Вещдоки.

Шпрингер изящен, как пожарный гидрант, ноги его грациозно изогнуты коромыслами; вместе с руками примерно такой же длины и исполненными такой же грации они крепятся к голове без помощи отсутствующих туловища и шеи. Голова представлена могучими челюстями и лбом глубокой вспашки, выпуклостью напоминающим ульи — символ тогдашней тяжелой индустрии на средневековых гравюрах.

— Уезжаешь? — вопрошает Шпрингер вместо приветствия. Собственно, в последнее время этот вопрос превратился в весьма популярное приветствие, вполне логичное. В последние годы население бежит из города, бежит, куда может. Туда, где не хватает населения, не хватает кадров. В местечки, жителям которых надоело слышать об этих самых «pogroms» из лживых уст средств массовой информации, представителям которых хотелось бы поближе узнать, что это за штука такая. Ландсман отнекивается, разъясняет, что, насколько ему известно, он никуда не уезжает. Большинство мест и местечек, принимающих евреев на постоянное проживание, требуют, чтобы за них поручился какой-нибудь уже осевший там близкий родственник. Вся родня Ландсмана — покойники либо жители той же Ситки.

— Тогда — пожмем друг другу руки — и, прощай, мой друг, прощай! Завтра в это же время меня согреет солнце саскачеванского заката.

— Саскатун? — гадает Ландсман.

— У них сегодня тридцать ниже нуля, — кивает Шпрингер.

— Всяко бывает, — утешает Ландсман. — В этом роскошном отеле пожить не хочешь?

— «Заменгоф»? — Шпрингер вспоминает досье Ландсмана и хмурится, когда у него в памяти всплывают остальные подробности биографии детектива. — Родина, милая родина...

— Вполне соответствует моему теперешнему социальному статусу.

Шпрингер улыбается с гомеопатически отмеренной дозой сожаления... или жалости.

— Где покойник? — меняет он тему разговора.

4

Первым делом Шпрингер ввинтил вывинченные и закрутил до конца ослабленные Ласкером лампочки в светильниках. Напялив на глаза защитные очки, приступил к работе. Выполнил покойнику маникюр и педикюр, распахнул ему рот, поискал там откушенные пальцы и спрятанные за щеку дублоны, принялся пылить вокруг порошком для выявления отпечатков пальцев. Вытащив «Поляроид-317», общелкал труп, общелкал комнату, снял прошитую пулей подушку, выявленные отпечатки. Сфотографировал шахматную доску с фигурами.

— И для меня один снимок, — потребовал Ландсман.

Шпрингер обдумал это предложение, еще раз щелкнул доску, оставленную Ласкером вследствие вмешательства высших сил, вручил снимок Ландсману.

— Ситуация на доске подскажет решение, — усмехнулся тот.

Шпрингер взломал защиту Нимцовича... Алехина? Ароняна?.. Конфисковал фигуры по одной, засунул каждую в отдельный пакетик.

— Где ты так измазался? — спросил он, не глядя на Ландсмана.

Тут и сам Ландсман заметил пятна рыжей грязи на туфлях, манжетах, рукавах и коленях.

— В подвал лазил. Там какая-то здоровенная служебная труба. Надо было ее осмотреть. — Он почувствовал, что к щекам прилила кровь.

— Варшавский туннель, — бесстрастно заметил Шпрингер. — Ведет прямо в Унтерштат.

— Да брось ты.

— Когда сюда прибыли первые евреи, после войны... Те, кто спасся из Варшавского гетто, из Белостока... Партизаны... Можно понять, что они и американцам не слишком-то доверяли. Вот и вырыли туннель. На всякий случай. А вдруг опять война? Потому и Унтерштат так назвали — подземный город.

— Слухи, Шпрингер. Городская мифология. Иначе говоря — сплетни. Простая служебная труба.

Шпрингер хрюкнул. Большое и малое полотенца убитого последовали каждое в мешок соответствующего размера, обмылок — в малый пакетик. Сосчитав налипшие на унитаз лобковые волосы, Шпрингер запаковал и их.

— Кстати, о сплетнях, — вспомнил он. — Слышал что-нибудь о Фельзенфельде?

Инспектор Фельзенфельд — руководитель их группы.

— Что значит «слышал»? Я его сегодня видел. Услышать от него что-нибудь сложно, он за три года трех слов не вымолвит. Что о нем болтают? Что за слухи?

— Так просто спросил.

Шпрингер провел облаченной в перчатку ладонью по веснушчатой коже левого предплечья Ласкера. Заметны следы уколов и слабые вмятины в местах, где покойный перетягивал руку.

— Фельзенфельд все время держал руку на брюхе, — вслух вспоминал Ландсман. Кажется, я слышал, что он продекламировал: «Отток»... Что ты там увидел?

Шпрингер головой указал на участок повыше локтя Ласкера, где накладывалась перетяжка.

— Похоже, он использовал поясок. Но его пояс слишком широк для этих следов.

Он уже упаковал в коричневый бумажный мешок поясной ремень Ласкера, как и две пары его брюк и две куртки.

— Там, в ящике, еще мешок на молнии, — кивнул Ландсман. — Я не смотрел.

Шпрингер выдвинул ящик прикроватного столика, вынул черный мешок. Раскрыв его, издал странный горловой звук. Ландсман не сразу увидел, что произвело на коллегу такое странное впечатление.

— Что ты об этом Ласкере думаешь? — спросил Шпрингер.

— Осмеливаюсь предположить, что он шахматами увлекался. — Одна из трех найденных в номере книг — зачитанный, захватанный экземпляр под названием «Триста шахматных партий» некоего Зигберта Тарраша. К внутренней стороне обложки приклеен кармашек из коричневой бумаги. Оттуда торчит карточка, из которой следует, что в последний раз книжка выдана городской публичной библиотекой Ситки в июле восемьдесят шестого года. Ландсман невольно вспомнил, что именно в июле восемьдесят шестого он впервые переспал со своей тогда будущей, а ныне бывшей женой. Бине было двадцать, ему двадцать три. В самый разгар северного лета. Июль восемьдесят шестого года... иллюзии, иллюзии... Две другие книжки — дешевые триллеры на идише. — Больше мне о нем пока нечего подумать.

По следам на руке Шпрингер заключил, что покойный перетягивал руку перед инъекциями кожаным ремешком примерно в полдюйма шириной. Шпрингер засунул два пальца в черный мешок и вытащил оттуда этот поясок с таким выражением лица, будто опасался укуса. На пояске болтался прикрепленный к нему кожаный футлярчик, предназначенный для бумажной полоски с выполненными пером и чернилами четырьмя выписками из Торы. Ежеутренне набожные правоверные иудеи накручивают одну из таких штуковин на левую руку, другую — на лоб и истово молятся тому самому Б-гу, который обязывает их развлекаться этаким образом каждый Б-жий день. Однако кожаный карманчик на ремешке Эмануэля Ласкера пуст. Ремешок использовался исключительно в целях перетягивания сосудов.

— Впервые встречаю, — удивляется Шпрингер. — Новаторское использование тефилина.

— Знаешь, по виду его можно было сказать, что он... Как будто бы он когда-то носил черную шляпу. Такой налет... в общем, впечатление такое. — Ландсман натянул перчатку и, ухватив Ласкера за подбородок, повернул его голову вправо-влево. Вспухшая маска покойника... — Но если он и носил бороду, то давно. Разницы в цвете кожи не обнаружить.

Он отпустил подбородок Ласкера и отступил на шаг. Ландсман и сам толком не понимал, почему записал этого бедолагу в бывшие «черные шляпы». Но... следы второго подбородка сына богатой семьи... Аура обвала... Исходя из этого можно было предположить, что не всю свою жизнь Ласкер провел бесштанным доходягой в дешевой гостиничке.

— Чем бы я только не пожертвовал, чтобы нежиться на солнечных пляжах Саскатуна...

В коридоре что-то загрохотало. В дверь толкнулись снаружи, и вот уже ввалились в номер двое работяг из морга со складной каталкой. Шпрингер сбагрил им корзину с вещдоками и авоську и удалился, поскрипывая одним из колесиков своей тележки.

— Дерьмо, — высказался Ландсман, имея в виду не труп и не морговских трудящихся, а перспективы раскрытия дела.

Его замечание поняли и приняли сочувственным покачиванием голов. Ландсман вернулся в свой номер к бутылке сливовицы и сувенирному стопарику, уселся на стул с лежащей на сиденье грязной рубашкой. Вынув из кармана снимок, пожертвованный ему Шпрингером, Ландсман впился в него глазами, изучая диспозицию, пытаясь понять, чей следующий ход и каким он должен был быть. Но фигур на доске переизбыток, в голове много не уместишь, а у него нет даже собственной шахматной доски, чтобы воспроизвести ситуацию. Через несколько минут Ландсман почувствовал, что засыпает. Но нет, нет, не надо спешить, ибо ждут во сне заевшие его эшеровские видения, крутящиеся шахматные доски, туманные гигантские грачи, отбрасывающие фаллические тени...

Ландсман разделся и залез под душ, потом улегся и полчаса лежал с открытыми глазами, вспоминая сестричку в ее «суперкабе», юную Бину летом восемьдесят шестого, вынимая воспоминания из отведенных им обложек. Он изучает их, как будто они записаны в пыльной книге, украденной из библиотеки, вникает в их блеск и туман... Через полчаса столь полезного времяпрепровождения Ландсман встает, надевает чистую рубашку, одевается и следует в управление, чтобы оформить документы.

5

Его научили ненавидеть шахматы отец и дядя Герц. Будущие родственники, товарищи по детским играм в Лодзи, посещали молодежный шахматный клуб Маккаби. Ландсман помнил, с каким энтузиазмом они рассказывали о посещении их клуба великим Тартаковером в один из летних дней 1939 года, о его лекции и демонстрационной игре. Гроссмейстер Савелий Тартаковер, гражданин Польши, прославился выражением: «Все ошибки здесь, перед вами, на доске; они ждут, чтобы вы их совершили». Он прибыл из Парижа с заданием от тамошнего шахматного журнала, чтобы осветить какой-то турнир и навестить директора шахматного клуба, с которым когда-то вместе гнил в окопах на русском фронте в армии Франца-Иосифа. По просьбе директора прославленный гроссмейстер согласился сыграть с лучшим из игроков клуба, юным Исидором Ландсманом.

И вот они уселись за столик, добродушный ветеран в знаменитом своем костюме и заикающийся от робости пятнадцатилетний вьюнош с бельмом на одном глазу, жиденькой шевелюрой и усиками, которые, если не приглядеться как следует, можно принять за пятно грязи. Как будто кто-то мазнул у него под носом пальцем, испачканым в саже. Тартаковеру выпали по жребию черные, и будущий отец Меира Ландсмана выбрал английский дебют. В течение первого часа Тартаковер играл невнимательно, почти не глядя на доску, не радуя болельщиков блеском мысли. На тридцать четвертом ходу он с некоторым пренебрежением предложил Ландсману-отцу ничью. Мочевой пузырь парня требовал внимания, уши горели, но он отказался, оттягивая неизбежное. Играл он с этого момента, базируясь лишь на чутье и на отчаянии. Он уклонялся, отказывался от размена фигур, надеясь на авось, на свое упрямство и на звериное чутье. Через семьдесят ходов, четыре часа и десять минут игры, Тартаковер, уже не столь беззаботный, как в начале партии, снова предложил сопернику ничью. Исидор Ландсман, почти ничего не слыша из-за звона в ушах, едва удерживая в себе рвущуюся на волю мочу, согласился. В более зрелые годы отец Ландсмана иной раз утверждал, что мучения, перенесенные им во время этого поединка, необратимо повлияли на его рассудок. Однако будущее принесло ему куда более суровые испытания.

Говорили, что Тартаковер заверил отца Ландсмана, что не получил от игры ни малейшего удовольствия. Молодой Герц Шемец, всегда очень внимательный к маленьким человеческим слабостям, заметил, что рука гроссмейстера, державшая спешно поданный ему бокал токайского, слегка дрожала. После этого Тартаковер указал на череп Исидора Ландсмана.

— Но все же лучше, чем быть вынужденным существовать там, внутри.

Не прошло и двух лет, как Герц Шемец, его мать и сестренка Фрейдль прибыли на аляскинский остров Баранова с первой волной галицийских беженцев. Их доставил известный «Дайамонд», войсковой транспорт-ветеран времен Первой мировой, расконсервированный по распоряжению министра внутренних дел Айкса и получивший имя в честь покойного Энтони Даймонда, неголосующего члена палаты представителей от Аляски — до того самого момента, когда в его биографию вмешался на вашингтонском перекрестке пьяный водила-таксист, обшарпанный шлемиель и мешуган Дэнни Ланнинг, герой евреев Ситки на вечные времена. Благодаря подвигу таксиста делегат Даймонд не смог провалить в комитете Аляскинский акт.

Тощий, бледный, дрожащий Герц Шемец спустился с борта проржавевшего, пропахшего жирной камбузной вонью «Дайамонда», ступил под сень аляскинских сосен. Всех новоприбывших пересчитали, отправили в вошебойку, сделали все положенные прививки и окольцевали, как перелетных птиц, согласно Аляскинскому акту от 1940 года. В кармане Герца Шемеца оказался «паспорт Айкса» — своеобразная чрезвычайная виза, отпечатанная на особой папиросной бумаге специальной маркой краской.

Отсюда — никуда ни на шаг. Об этом кричали крупные буквы паспорта. Ни в Сиэтл, ни в Сан-Франциско, ни даже в Джуно или Кечикан. Все прежние квоты на еврейскую иммиграцию в США оставались в силе. Несмотря на своевременную кончину Даймонда, Акт удавалось заставить реально действовать лишь с большим нажимом и при значительной смазке.

Вслед за своими предшественниками из Германии и Австрии Шемец с семьей и остальными галичанами попали в торфяную топь Кемп-Слатери в десяти милях от развалюх Ситки, центра бывшей русской колонии. В продуваемых насквозь жестяных бараках они полгода проходили акклиматизацию при помощи спецкоманды из пятнадцати миллионов комаров, работающих по контракту с Министерством внутренних дел США. Герц попал в дорожную бригаду, потом его направили на строительство аэропорта, где ему в кессоне, при разработке водонасыщенного грунта ситкинской гавани, кто-то высадил рукояткой лопаты два зуба. По прошествии многих лет, пересекая мост Черновиц-бридж, Шемец непроизвольно потирал челюсть и в глазах его появлялась какая-то отвлеченность. Фрейдль посещала школу в переоборудованном амбаре, по крыше которого постоянно колотил дождь. Мать ходила на сельскохозяйственные курсы, где ее учили обработке земли, технике вспашки и посева, применению удобрений, ирригации. Брошюры и плакаты по сельскому хозяйству, казалось, символизировали краткость не только аляскинского лета, но и их пребывания на этой неуютной земле. Миссис Шемец представляла себе Аляску в виде погреба или иного хранилища, куда ее с детьми поместили, как прячут клубни цветов, дожидаясь, пока почва отмерзнет и прогреется перед высадкой в грунт. Кто же ожидал, что почва Европы удобрится таким слоем крови и пепла.

Весь этот сельскохозяйственный ажиотаж закончился пшиком. Вместо семейных ферм и кооперативов Министерство внутренних дел занялось нефтью и горнодобывающей промышленностью. Японцы напали на Перл-Харбор, тут уж не до чудес северной агрикультуры... «Колледж Айкса» оставил евреев без присмотра, предоставил самим себе. Как и предрекал депутат Даймонд, народ рванул в Ситку, город вспухал, как на дрожжах. Герц изучал уголовное право в новом Техническом институте Ситки, в 1948 году окончил его и подрядился на работу в крупную юридическую фирму, открывшую здесь филиал. Сестра его Фрейдль, будущая мать Ландсмана, оказалась среди первых герл-скаутов поселения.

1948 год. Странные времена, чтобы быть евреем. Опасные времена. В августе оборона Иерусалима рухнула, защитники трехмесячной республики Израиль оказались разбиты, уничтожены, сброшены в море. Герц начал работу в фирме «Фен, Харматтан и Буран», а комитет Палаты представителей по островам и территориям начал пересмотр Акта о Ситке в свете изменившейся ситуации. Комитет, Конгресс, да и все население США не могли не заметить уничтожения двух миллионов евреев в Европе, варварского искоренения сионизма, судеб беженцев из Палестины и Европы. Еще сложнее оказалось не заметить изменения ситуации в самой Ситке. Население поселения возросло до двух миллионов душ. Нарушив условия Акта, евреи расселились по западному берегу острова Баранова, на Крузове, до острова Западного Чичагова. Экономика региона переживала расцвет. Американские евреи нажимали на администрацию. В результате Конгресс даровал Ситке «временный статус» федерального округа. Требования прав штата, однако, отвергли. «NO JEWLASKA», нет Еврейской Аляске! Такая аршинная шапка украсила один из выпусков «Дейли таймс». Ударение делалось на то, что статус *временный*. Сроком на шестьдесят лет. А потом — видно будет.

Примерно тогда же Герц Шемец прогуливался в обеденный перерыв вдоль Сьюард-стрит и чуть не наступил на ногу Исидору Ландсману, приятелю детских лет из Лодзи. Ландсман-отец только что прибыл в Ситку на борту «Вилливо», один-одинешенек, чудом избежав мясорубки лагерей смерти в Европе. В свои двадцать пять совершенно лысый, почти беззубый. При росте в шесть футов весил сто двадцать пять фунтов. Странный запах изо рта, сумасшедшая речь, единственный выживший из всей семьи. Пионерской энергии Ситки он не замечал. Не видел молодых евреек-работниц в синих косынках, не слышал негритянско-еврейских спиричуэл, перепевающих Линкольна и Маркса, не ощущал вони рыбы, запаха вскопанной земли и аромата древесной смолы, не слышал грохота драг и экскаваторов на берегу и в проливе. Ничто его не трогало, он плелся, повесив голову, сгорбившись, как будто пробирался через чужое измерение по герметичному, наглухо изолированному туннелю. Но как только Исидор Ландсман осознал, что тип с ухмылкой на физиономии, напомаженными волосами и в новеньких туфлях, блестящих, как только что сошедшие с конвейера лимузины, тип, пахнущий только что съеденным у стойки «Вулворта» луковым чизбургером — его друг детства, Герц Шемец из Маккавейского молодежного шахматного клуба в Лодзи, он замер и распахнул рот в ужасе, возмущении, восторге, удивлении. И тут же из глаз его полились слезы.

Герц вернулся в «Вулворт» с отцом Ландсмана, купил ему ланч (сэндвич с яйцом, первый в его жизни молочный коктейль, салатик) и отвел его в недавно открывшийся отель «Эйнштейн», в кафе которого ежедневно и ежечасно без всякого снисхождения перемалывали друг друга еврейские мастера шахмат. Отец Ландсмана, несколько обалдев от поглощенных жиров и сахара, под впечатлением завтрака и недавно пережитого тифа, молниеносно вымел всех игроков, да так свирепо и беспощадно, что иные не смогли ему этого простить всю оставшуюся жизнь.

Стиль игры его не изменился. Он демонстрировал все те же настроение и состояние.

— Отец твой играл в шахматы, — сказал как-то Герц Шемец, — как будто у него одновременно болели зубы, его мучили запор и геморрой, а кишечник раздувался от газов.

Он вздыхал и стонал, он ломал пальцы и запускал их в те редкие волосины, которые еще остались на черепе от былой прически, он терзал ногтями лысину и строил гримасы. Каждый ход противника — особенно неудачный — вызывал у него судороги. Собственные ходы, сколь бы отважными, остроумными и сильными они ни были, убивали его, как неожиданно полученные трагические известия. Он прикрывал ладонью рот и скорбными глазами глядел вслед только что сделавшей ход фигуре.

Совершенно иначе играл в шахматы дядя Герц. Этот играл спокойно, даже беззаботно, сидя чуть под углом к доске, как будто ожидая, что ему сейчас предложат съесть что-нибудь вкусненькое, или что сейчас к нему на колени прыгнет премиленькая крошка. Но глаза Герца видели все, не упускали ни малейшей детали, как заметили они дрожь в руке Тартаковера в тот далекий день, когда чемпион играл с Исидором Ландсманом. Промахи не ввергали дядю Герца в уныние, удачи не заставляли вскакивать с места. В тот вечер в кафе отеля «Эйнштейн» он следил, как его друг громит завсегдатаев, раскуривал очередную сигарету от окурка предыдущей, а когда на поле боя остались лишь дымящиеся развалины, сделал очередной необходимый шаг: пригласил Исидора Ландсмана домой.

Летом 1948 года семья Шемец занимала двухкомнатную квартиру в новом доме на новом острове. В здании проживали две дюжины семей, все без исключения «полярные медведи», как называли себя переселенцы-ветераны. Мать спала на кровати, Фрейдль — на кушетке, а Герц раскладывал постель на полу. Они уже стали стопроцентными аляскинскими евреями, что предполагало утопизм. Утопизм означал, что они видели изъяны во всем, на что падал взгляд. Семейка Шемец — склочная, сварливая, особенно Фрейдль, в четырнадцать лет вымахавшая ростом в пять футов восемь и весившая сто десять килограммов. Едва увидев Ландсмана-отца, призраком маячившего в дверях, не решавшегося сделать шаг внутрь, Фрейдль сразу же решила, что он столь же недосягаем и неприступен, как дикая Аляска, которую она уже считала своим домом. Любовь с первого взгляда.

Впоследствии Ландсман неоднократно и всегда безуспешно пытался вызнать у отца, что тот нашел — и вообще нашел ли хоть что-нибудь — привлекательного во Фрейдль Шемец. Нет, она очень неплохо выглядела. Египетские глаза, оливкового цвета кожа, в шортах, туристских ботинках, с закатанными рукавами пендлтоновской рубашки — воплощение маккавеевского спортивного mens sana in corpore sano*. Фрейдль сразу ощутила жалость к молодому человеку столь трудной судьбы, потерявшему всю семью, на себе испытавшему ужасы лагеря смерти. Много было таких детишек среди «полярных медведей» — ощущавших вину за то, что их не коснулись грязь, голод, угроза физического уничтожения, и осыпавших прошедших через все это градом советов, информации, критических замечаний, полагая перечисленное лучшим способом поддержать пострадавших.

---

* В здоровом теле здоровый дух (*лат.*).

Как будто давящую, нависающую пелену небытия можно устранить благонамеренным порывом одной целеустремленной советчицы...

Первую ночь отец Ландсмана провел на полу, рядом с Герцем. На следующее утро Фрейдль отправилась с ним покупать одежду, платила за него из своего яйца-копилки бат-мицвы. Девушка помогла ему найти комнату у какого-то недавно овдовевшего старика, жившего рядом. Она натирала ему плешь сырым луком, в надежде, что волосы образумятся и вернутся обратно. Она кормила его телячьей печенью, чтобы улучшить кроветворные функции. Она постоянно воспитывала его, понукала, упрекала, пилила, заставляла сидеть прямо, смотреть в глаза собеседнику, учить американский английский, носить зубные протезы. Как только Фрейдль исполнилось восемнадцать, она вышла за него замуж и устроилась на работу в «Ситка тог», начала с женской странички и доросла до ведущего редактора. Она работала по шестьдесят — семьдесят пять часов в пятидневную неделю, пока не умерла от раковой опухоли. Ландсман тогда уже учился в колледже. К тому времени Герц Шемец уже сумел произвести на работодателей достаточное впечатление, чтобы фирма «Фен, Харматтан и Буран» собрала денежки по подписке, нажала, где требовалось нажать, и направила его в школу права в Сиэтле. Герц Шемец стал первым евреем, которого ФБР привлекло в качестве директора филиала в округе. Далее на него обратил внимание Гувер и поручил руководство программой ФБР «COINTEL-PRO» — контрразведкой и борьбой с подрывной деятельностью в округе Ситка.

Отец Ландсмана играл в шахматы.

Каждое утро, в дождь, в туман, в снег и слякоть, он проходил пешком две мили до кафе отеля «Эйнштейн», усаживался за столик с алюминиевой столешницей у задней стены, лицом к двери, и вынимал маленький набор вырезанных из клена и вишни шахмат, подарок шурина. Каждый вечер он сидел на табурете в маленьком домике на мысе Халибут, где вырос Ландсман, просматривая с десяток игр, которые вел по переписке. Он сочинял заметки для «Шахматного обозрения», работал над биографией Тартаковера. Этот опус он так и не завершил, но никогда не прекращал над ним корпеть. Правительство Германии расплачивалось за прошлые грехи, платило ему пенсию. И с помощью дяди Герца Шемеца он научил сына ненавидеть игру, без которой не мыслил жизни.

Бледные бескровные пальцы Ландсмана, дрожа, отпускали коня или пешку навстречу року, всегда наваливавшемуся на него нежданно и неумолимо, независимо от того, насколько прилежно он зубрил шахматную теорию, оттачивал шахматную практику.

— Нет, нет, нет, так нельзя! — разражался мольбами Ландсман-отец. — Бей! Моя фигура под ударом!

— Н-не могу…

— Можешь!

В своем жалком убожестве Ландсман-сын оказался крепким орешком. Сгорая от стыда, упиваясь своим уничижением, он вслушивался в тяжкую поступь неумолимой судьбы, гадал, на сколько кусков разрежет его родитель, по какой стене размажет и разбрызжет своего ничтожного сына. Отец, каменея, наблюдал за отпрыском печальными, застывшими глазами.

Через несколько лет таких упражнений сын уселся за пишущую машинку матери и настрочил родителю письмо, в котором подробно, мотивированно и убедительно обосновал свое отношение к шахматам и нежелание иметь с ними что-либо общее. С неделю он таскал это письмо в кармане, потерпел еще три кровавых поражения и наконец сунул конверт в почтовый ящик в Унтерштате. Двумя днями позже Исидор Ландсман прекратил свои земные мытарства передозировкой нембутала в двадцать первом номере отеля «Эйнштейн».

Незамедлительно последовала реакция сына. Он начал мочиться в постель по ночам, разжирел, лишился дара речи. Мать обратилась к весьма любезному и столь же некомпетентному врачу по фамилии Меламед. Лишь через двадцать три года после смерти Ландсмана-отца Ландсман-сын обнаружил роковое письмо в картонной коробке, под неоконченной биографией Тартаковера. Оказалось, что отец даже не вскрыл то злополучное письмо, а стало быть, не мог его и прочесть. К моменту, когда почтальон доставил послание, Ландсман-старший уже свел счеты с жизнью.

6

Память Ландсмана возвращается к старым евреям-
шахматистам из кафе «Эйнштейн», а руки крутят
баранку, он направляется к Берко. Наручные часы
Ландсмана показывают четверть шестого. Утро. Но,
судя по окружающей тьме, по ночной неудобной тяжести в желудке, ночь отступит еще не скоро. До вос-
хода солнца на этой широте, в период зимнего солн-
цестояния, еще не меньше двух часов.

Баранка, за которую держится Ландсман, принадлежит «шевроле шевель суперспорт» 1971 года выпуска. Купил десять лет назад в пароксизме носталь-
гического энтузиазма и заездил до состояния, когда
все тайные и явные дефекты колымаги становятся
неотличимыми от таковых ее владельца. В модели
1971 года вернулись от четырехфарного исполнения
к двухфарному. Поскольку лампа в одной из фар некстати отжила свое, Ландсман теперь маячил во тьме
бульвара циклопом. Он направлялся к башням
Шварцн-Яма на намывном участке в центре пролива, окруженным водой, как средневековая крепость
или современная тюрьма.

Русские штаркеры соорудили Шварцн-Ям на этом
высунутом над водою язычке, готовом спрятаться обратно, в середине восьмидесятых, когда легализова-
ли игорный бизнес. С дальним прицелом — на дома отдыха, таймшеры, на карманы одиночек-пенсионеров.
Рулетки казино «Гранд-Ялта» какое-то время бешено крутились и подпрыгивали, но игорный бизнес
запретили Актом о традиционных ценностях, и в казино въехали супермаркет «КошерМарт», аптечный
бизнес «Уолгринз» и магазин-склад «Биг мейкер».

Штаркеры вернулись к политическому и бизнес-рэкету, торговле телом и нелегальному игорному бизнесу. Профессиональные бонвиваны и отпускники уступили место среднему и нижесреднему классу, иммигрантам из России, ортодоксам и ультраортодоксам да разношерстной кучке богемы, притянутой отдушкой прежней растленности, болтавшейся на местности, как случайная нитка золотого дождя на выкинутой рождественской елке.

Семейство Тэйч-Шемец проживает в «Днепре» на двадцать четвертом этаже. «Днепр» смахивает на высокую стопку плоских круглых консервов. Многие из его обитателей, презрев красоты приземистого конуса горы Эджкамб, мерцание Сэйфти-Пин и сияние Унтерштата, застеклили и утеплили свои скругленные балконы, присоединив их к жилому пространству. Семейство Тэйч-Шемец изолировало балкон, когда «пошли дети», то есть когда на свет появился первый ребенок. И вот уже двое отпрысков обосновались на балконе, как заброшенные лыжи или старые стулья.

Ландсман паркует свой «суперспорт» за мусорными контейнерами. С этим местечком он уже сжился, хотя и сознает, что настоящий мужчина не должен уступать нежным чувствам, когда речь заходит о выборе места парковки. Возможность припарковать машину нельзя сравнивать с постоянно действующим приглашением к завтраку на двадцать четыре этажа выше.

До половины седьмого еще несколько минут, и Ландсман, хотя и уверен, что семейство Тэйч-Шемец уже на ногах, поднимается пешком. Добравшись до верха, он останавливается на коврике перед квартирой семейства Тэйч-Шемец и вознаграждает себя за затраченные на подъем усилия сигаретой. Мезуза семейства Тэйч-Шемец на извержение табачного дыма не реагирует, но легкое Ландсмана резко выталкивает воздух. Ландсман собирается кашлянуть и вторым легким, когда Эстер-Малке Тэйч открывает перед ним дверь. В руке она держит палочку домашнего индикатора беременности, с рабочего конца которой свисает янтарная капля, очевидно, мочи. Заметив взгляд Ландсмана, хозяйка хладнокровно сует индикатор в карман халата.

— У нас вообще-то звонок работает, — сообщает ему Эстер-Малке сквозь завесу спутанных кирпично-рыжих волос, слишком тонких для хвоста, которым она трясет в миру. Лицо за волосами почти не угадывается.

— Ничего, кашель тоже неплохо слышно, — утешает ее Ландсман.

Эстер-Малке отступает от двери, и вот уже Ландсман шагнул в прихожую на толстый коврик из грубого кокосового волокна. На коврике выплетена приветственная надпись: «СГИНЬ!» Ландсман коснулся двумя пальцами мезузы, поднес их к губам, обозначил поцелуй. Так ведут себя искренне верующие вроде Берко и придуривающиеся засранцы типа Ландсмана. Шляпу и плащ Ландсман вешает на ветвистые оленьи рога и в кильватере тощего зада Эстер-Малке следует по коридору в кухню. Кухня узкая, скомпонована по типу самолетного камбуза: с одной стороны — плита, раковина и холодильник, с другой — шкафчики. В конце кухонной кишки бар с двумя сиденьями, плавно переходящий в гостиную-столовую. Железяка вафельницы пыхтит на стойке бара, выдувает облачка пара, как паровоз из мультика. Кофейник с фильтром тоже обеспокоен: плюется, тяжко дышит, как раздолбанный еврейский коп, только что одолевший не один десяток ступенек.

Ландсман подгребает к своему любимому табурету и застывает рядом. Из твидовой куртки достает дорожные шахматы, снимает обертку. Купил в круглосуточной аптеке на Корчак-плац.

— Толстун еще в пижаме?

— Одевается.

— А толстунчик?

— Галстук ищет.

— А следующий, как его там... — Забытое Ландсманом имя продиктовано постоянно меняющейся модой на имена новорожденных и звучит Фейнгольд Тэйч-Шемец. В миру просто Голди. Четыре года назад Ландсман имел честь придерживать худосочные ножки Голди в момент, когда древний еврей с вострым ножиком склонился над крайней плотью младенца. — В общем, его величество.

Она слегка кивает в сторону столовой-гостиной-жилой-досуговой.

— Еще не выздоровел?

— Сегодня полегчало.

Ландсман обходит стойку бара, минует обеденный стол со стеклянной столешницей и большой диван-«расчлененку», чтобы поинтересоваться, что творит телеящик с его крестником.

— Посмотри-ка, кто пришел...

На Голди свитер с изображением белого медведя, высший шик для детей аляскинских евреев. Полярные медведи, снежинки, иглу и иной северный антураж — образы детства Ландсмана — снова в моде, но на этот раз в них присутствует изрядная доля иронии. Снежинки? Да, снегу здесь было достаточно... когда-то. Парниковый эффект, черт знает какие еще причины — и сейчас более привычны им дождь да слякоть. Белых медведей не было и нет. И никаких иглу, никаких северных оленей. Злые на весь свет индейцы — да, туману — хоть задом кушай, дождь, дождь, дождь — хоть залейся... и полстолетия острой разочарованности, настолько глубоко въевшейся в еврейские кости, что видится она во всем, даже в декоре детской одежды.

— Готов к выполнению задания, Голделе? — с серьезным видом спрашивает Ландсман, прикладывая ладонь ко лбу ребенка. Лоб сухой, прохладный. Пес «Шнапиш» и кипа, которую он украшает, скособочились на ухо, Ландсман поправляет весь ансамбль, вместе с принадлежащей к нему заколкой для волос. — Побежали гонять бандюков?

— Ну дак... Побежали, дядя Меир.

Ландсман протягивает мальчику руку, и тот сразу хлопает ладошкой по раскрытой ладони взрослого. По детской физиономии проскользнуло выражение, знакомое по телеэкрану, по образовательному каналу. Девяносто процентов телепередач приходят с юга, дублируются на идиш специально для Ситки. В этой серии двое детишек с еврейскими именами и внешностью, скорее, индейской (родители в передаче ни разу не появлялись) завладели кристаллической чешуйкой брони дракона и попадают в драконью страну, населенную драконами разного цвета и разной степени дебильности. Магическая чешуйка увлекает ребятишек все дальше и дальше, в страну радужного идиотизма, забвения и невозвратности; бренные их телесные останки с дырочками в затылках обнаруживает смотритель ночлежки... Должно быть, что-то переводчик напутал, думает Ландсман.

— Классный будешь ноз, когда вырастешь, правда? — сыплет бодренькой скороговоркой Ландсман. — Как папа и дядя Меир.

— Ну-у, — вяло тянет Голди. — Зуб даю...

— Вот и молодец.

Еще одно телеэкранное рукопожатие. Беседа с пацаном напоминает Ландсману процедуру с мезузой: начал во здравие, кончил за упокой.

— С чего это ты за шахматы взялся? — спрашивает Эстер-Малке, когда Ландсман возвращается в кухню.

— Что ты, что ты, чур меня, какие шахматы! — ужасается Ландсман. Он взбирается на «свою» табуретку, ковыряется в крохотных пешечках, слониках, кониках и королечках дорожных шахмат, выстраивает из них композицию, оставленную покойным «Эмануилом Ласкером». Фигурки почти неразличимы, увертываются, не даются в руки.

— Ну, чего уставилась? — раздражается он. — Давно не видела?

— Ландсман, дьявол... — Эстер-Малке всматривается в его руки, переводит взгляд на лицо. — Тебя ж трясет.

— Ночь не спал.

— А-а-а...

Прежде чем вернуться в школу, окончить ее, стать социальным работником и выйти замуж за Берко, Эстер-Малке недолго, но весьма бурно бултыхалась на социальном дне Южной Ситки. На счету ее одно-другое мелкое преступление, татуировка по низу живота, в которой она теперь раскаивается, челюстной мост — память о последнем контакте с каким-то насильником. Ландсман знаком с ней дольше, чем Берко, впервые задержал ее по обвинению в хулиганстве, еще перед тем, как она бросила школу. Эстер-Малке знает, как обращаться с неудачниками, знает по опыту и чувствует нутром, она не тратит время на упреки, она помнит свою растраченную молодость. Эстер-Малке подходит к холодильнику, открывает дверцу. Бутылка «Брунер-Адлер», уже без пробки, переходит из ее руки в руку Ландсмана. Ландсман прижимает холодное стекло к виску, затем присасывается к горлышку.

— Что, задержка? — интересуется он, несколько оклемавшись.

Она изображает на лице сожаление, сует руку в карман халата, сжимает палочку индикатора беременности, но не вытаскивает ее. Ландсман ее понимает. Поднималась уже эта тема. Эстер-Малке считает, что он завидует ей, Берко и их программе воспроизводства, воплотившейся в двух здоровых сыновьях. Да, завидует, но в этом не признаётся. И никогда не признается.

— У, бл... — взрывается он, уронив черного слона. Фигура — фигурка — упала, подпрыгнула и спряталась где-то под стойкой бара.

— Хоть белый?

— Черный, черт бы его... Сло-оник. Зараза... Сгинул.

Эстер-Малке подходит к шкафчику, затягивает потуже пояс халата, открывает дверцу, изучающее всматривается в содержимое полок.

— Вот, — говорит она, снимает с полки коробку шоколадной крошки, открывает ее, высыпает на ладонь несколько темных застывших капелек, протягивает ладонь Ландсману. — Вполне сойдет.

Ландсман молча косится на ее ладонь, лезет под стойку, обнаруживает черного слона и вдавливает его шпенек в дырочку на «h6». Эстер-Малке возвращает коробку в шкафчик, руку — в карман халата, к тайне индикатора беременности.

Ландсман смахивает шоколадные крошки со стойки на ладонь, с ладони в рот.

— Берко знает?

Эстер-Малке трясет головой, лицо полностью скрывается под волосами.

— Да брось... Й-й-ерунда.

— Так-таки ерунда? — Она пожимает плечами.

— Ты хоть индикатор-то проверила?

— Боюсь...

— Чего боишься? — спрашивает Берко, вынырнувший из кухонной двери с юным Пинхасом Тэйч-Шемецом — увы, сокращенно — Пинки! — подмышкой, «градусником».

Месяц назад они отметили его первую годовщину: с тортом, со свечой... Отсюда вывод — вскоре вполне может воспоследовать и третий Тэйч-Шемец, заключил Ландсман. Через двадцать один или двадцать два месяца после второго. И через семь месяцев после Реверсии. Семь месяцев неизвестности. Еще один микроузник тюрьмы жизни, судьбы, истории, еще один потенциальный Мессия. Ведь болтают же «знатоки», что Мессия рождается в каждом поколении... Наполнить паруса мечты раздолбанной ладьи Илии-Пророка...

Рука Эстер-Малке появляется из кармана, оставив в его тьме индикатор, а бровь хозяйки многозначительно шевелится умной гусеницей.

— Боится услышать, что я вчера сожрал, — увиливает Ландсман и усиливает отвлекающий маневр, вынув из кармана ласкеровские «Триста шахматных партий» и бухнув их на стойку бара рядом с шахматной доской.

— Ты об этом вчерашнем жмурике?

— Эмануил Ласкер. Так он зарегистрировался в отеле. Документов при нем никаких, мы так и не знаем, кто он такой.

— Эмануил Ласкер. Имя-то известное... — Берко протиснулся в кухню. Уже в брюках и в рубашке. Брюки серые мериносовые с двойной складкой, рубаха разной степени белизны. Галстук с весьма изящным узлом, темно-синий в оранжевый горошек. Галстук длинен, брюки весьма просторные, при синих подтяжках, напряженных, кроме веса брюк, еще и давлением брюха хозяина. Под рубашкой угадывается исподний молитвенный таллит с бахромой, а по непроходимым зарослям густейшей шевелюры сползает на затылок кипа-ермолка. Подбородок, однако, щетиной не украшен. Все предки Берко по материнской линии в силу какого-то каприза судьбы не могли похвастаться бородами с тех незапамятных времен, когда Ворон создал весь мир — кроме солнца, которое он стырил. Берко Шемец внимателен и наблюдателен, но весьма по-своему и в своих специфических беркошемецовских целях. Он минотавр в лабиринте этого еврейского, еврейского, еврейского мира.

Берко появился в доме Ландсманов на Адлер-стрит однажды поздней весной 1981 года. Здоровенный неуклюжий парень, известный в Доме Морского Монстра клана Ворона племени Длинноволосых под именем Джонни-Медведь по кличке «Еврей». Тринадцатилетний парень ростом пять футов девять дюймов, лишь на дюйм меньше, чем сам Ландсман в восемнадцать, топтал порог своими «муклуками» тюленьей кожи. До этого момента ни Ландсман, ни его младшая сестра не имели представления о его существовании. А теперь этот парнишка должен был обосноваться в спальне, где отец лечил бессонницу из бутылки «Клейна».

— Ты кто? Ты откуда? — крикнул ему вдогонку Ландсман, когда парень шмыгнул в дверь столовой, комкая в руке кепчонку. Герц и Фрейдль стояли у входной двери, рыдая в объятиях друг друга. Дядя пока еще не удосужился сообщить сестре, что собирается оставить сына в ее доме.

— Я Джонни-Медведь, — объяснил Берко. — Из Шемец-Коллекшн.

Герц Шемец — признанный знаток ремесла и искусства индейцев племени тлингит. Иной раз любознательность заводила его в гущу индейской жизни глубже, чем любого другого современника-соплеменника. Да, конечно, его интерес к индейской культуре представлял собою «накладную бороду» для не слишком афишируемой контрразведывательной активности, но никоим образом не был напускным и неискренним. Герц Шемец приобщился к образу жизни аборигенов. Он научился охотиться, мог подцепить тюленя крюком за глаз, уложить и разделать медведя, жир угольной рыбы нравился ему не меньше шмальца. И случилось, что некая женщина Хуна, мисс Лори Джо «Медведица», понесла от него в чреве. И вот сейчас женщина погибла в результате столкновений индейцев с евреями во время так называемой «стычки за синагогу», и сын ее, наполовину еврей, объект ненависти и презрения клана Ворона, воззвал к отцу, которого почти не знал.

Этот «цвишенцуг», неожиданный ход в четко и ясно развивавшейся партии, застал дядюшку Герца врасплох.

— Что теперь с ним делать, не выкидывать же на улицу! — взывал он к жалости младшей сестры. — Там у него не жизнь, а ад. Мать погибла. И убили ее евреи!

Одиннадцать аборигенов погибли в ходе столкновений, последовавших за взрывом молитвенного дома, построенного группой евреев на спорной территории. В картах, составленных командой Гарольда Айкса, оказались карманы спорных территорий, штриховые линии временных решений. По большей части эти разночтения не затрагивали ничьих интересов, ибо находились в труднодоступных, никого не интересующих местностях. Но численность евреев неудержимо росла, и им тоже требовалось жизненное пространство. В семидесятые годы иные из ортодоксов ретиво взялись за дело.

И строительство молитвенного дома на острове Святого Кирилла отщепенцами, отколовшимися от огрызка филиала секты Лисянского, вызвало взрыв возмущения среди туземцев. Начались демонстрации, сборы подписей под петициями, пикеты, судебные тяжбы. В Конгрессе вновь возник подземный гул по поводу нарушения покоя и порядка, мира и равновесия этими настырными северными евреями. За два дня до освящения некто — впоследствии никто не заявил о причастности, никого за это так и не привлекли к ответственности — швырнул в окно строения «Молотов-коктейль» двойной крепости, спалив все дерево, вплоть до бетонного фундамента. Взбешенные ортодоксы и их сторонники налетели на поселение Святого Кирилла, круша сети и крабьи ловушки. Они побили стекла в доме Братства аборигенов, разбрасывали петарды, а водитель их грузовика, не справившись с управлением, врезался в лавчонку, в которой служила кассиром Лори Джо. Она находилась на рабочем месте, где и погибла вместе со своей кассой — и с наличностью. Эта «стычка за синагогу» самым темным пятном вошла в и без того нелегкую историю взаимоотношений евреев с местным населением.

— Я, что ли, ее убила? Я-то тут вообще при чем? — кричала в ответ мать Ландсмана. — Мне только индейца в доме не хватает!

Дети вслушивались в беседу взрослых. Джонни-Медведь горбился в дверном проеме, пиная свой мешок обутой в туземную «кроссовку» ногой.

— Тебе повезло, что идиш не знаешь, — утешил парня Ландсман.

— Да что тут знать-то, пузан, — вздохнул в ответ Джонни-Еврей. — Меня в такое дерьмо всю жизнь макают.

После урегулирования проблемы — а урегулировалась она еще до того, как мама-Ландсман начала кричать на брата — Герц подошел к детям прощаться, обнял сына. Сын оказался на два дюйма выше. Со стороны казалось, что кресло обнимается с диваном из того же гарнитура. Объятие развалилось.

— Извини, Джон, — сказал Герц, схватил сына за уши и всмотрелся в лицо его, как будто старался вникнуть в содержание телеграммы. — Мне очень жаль, и я хочу, чтобы ты это знал.

— Я хочу жить вместе с тобой, — еле слышно пробормотал сын.

— Да, помню, ты говорил. — Слова падали кирпичами, Герц не церемонился, но, к ужасу своему, Ландсман заметил в глазах сурового дядюшки слезы. — Я известный сукин сын, Джон. У меня тебе было бы даже хуже, чем на улице. — Он скептически оглядел обстановку в комнате сестры. Мебель в пластиковых чехлах, декор как будто из колючей проволоки, абстрактная менора... — Бог знает, что здесь из тебя получится...

— Еврей, — буркнул Джон. Ландсман не заметил в этом высказывании особенного энтузиазма. Возможно, в голосе Джона звучала фатальная неизбежность. — Такой же, как ты.

— Если бы... — вздохнул Герц. — Был бы очень рад. До свидания, Джон.

Он взъерошил волосы Наоми, задержался, чтобы пожать руку Ландсману.

— Помогай кузену, Мейерле. Ему понадобится поддержка.

— Похоже, он и без поддержки обойдется.

— Да-да, это верно. В этом он на меня похож.

И вот Бер Шемец, как он вскоре привык себя называть, щеголяет в кипе и в этом грёбаном таллите, как самый настоящий еврей. Он рассуждает, как еврей, должным образом молится, любит жену и воспитывает детей, как положено правильному еврею, и добросовестно служит обществу. Как еврей. Воплощает теорию в практику, сказку в жизнь, ест кошерную пищу, и детородный орган его лишен крайней плоти. Заботливый отец побеспокоился, не забыл об обрезании, прежде чем забыть сына-«Медведя» на долгие годы. Но по внешности Берко абориген-тлингит. Монголоидные глаза, густая щетка волос, широкоскулая физиономия, скроенная для улыбки, но приученная носить маску печали. «Медведи» — крупная публика, и Берко тянет полных сто десять кило при двух метрах росту без башмаков. Все в Берко большое-пребольшое… кроме того, что сейчас торчит у него подмышкой. Ребенок улыбается Ландсману, густые волосенки топорщатся на голове, как намагниченные железные опилки. Прелестное дитя — но Ландсман ощущает при виде его болезненный укол: родился Пинки 22 сентября, в день, когда должен был родиться Джанго, но двумя годами позже.

— Эмануил Ласкер — знаменитый шахматист, — начинает инструктаж Ландсман. Берко принимает от жены чашку кофе и недоверчиво разглядывает поднимающийся над ней пар. — Германский еврей. В десятых — двадцатых годах двадцатого века… — Ландсман вчера с пяти до шести сидел за компьютером в пустой служебной комнатушке, рылся в Сети. — Математик. Проиграл Капабланке. Как и все остальные в те времена. Книга была в комнате убитого. И шахматная доска. С такой вот расстановкой фигур.

Веки у Берко тяжелые, мощные веки припухли, но когда он их опускает, глаза мимолетно вспыхивают сквозь щелочку прощальным лучом прожектора, холодным и скептическим, заставляющим невинных свидетелей усомниться в своей невиновности.

— И ты, стало быть, уверен, — цедит Берко, не сводя взгляда с бутылки пива в руке Ландсмана, — что данная конфигурация... что? — Щелочки между веками сужаются, прожекторы вспыхивают ярче. — Что в данной конфигурации закодировано имя убийцы?

— На неизвестном языке, неизвестной азбукой.

— У-гм.

— Этот еврей играл в шахматы. И вязался тефилою, чтобы колоться. И кто-то укокошил его с чрезвычайной заботой, аккуратно и осторожно. Я не знаю, при чем тут шахматы. Может быть, ни при чем. Я перерыл всю книгу, но такой партии не обнаружил. У меня в глазах рябит от этих клетчатых картинок. У меня голова кругом идет от одного взгляда на эту клятую доску.

Голос Ландсмана звучит вяло и безжизненно, в полном соответствии с его состоянием. Берко смотрит поверх головы сына на жену, как будто желая спросить у нее, стоит ли обращать внимание на Ландсмана.

— Вот что, Меир. Если ты оставишь в покое это пиво, — начинает Берко, стараясь не выглядеть копом, — я дам тебе подержать это чудо света, это прелестное дитя. Глянь на него. Ущипни его за попку. Оставь пиво! Возьми ребенка.

— Дитя чудесное, — соглашается Ландсман. Он вытягивает из бутылки еще глоток, ставит, закрывает пробкой, берет на руки ребенка, пахнущего йогуртом и хозяйственным мылом. И чуток отдающего отцовским ромом. Ландсман вышагивает с малышом по кухне, смотрит, как Эстер-Малке вынимает из вафельницы готовый продукт. Вафельница столетняя вестингаузовская, с бакелитовыми ручками в форме листьев какого-то невнятного растения. Вмещает четыре вафли разом.

— Пахта? — задумчиво спрашивает Берко, изучая доску с фигурами и потягивая себя за нижнюю губу.

— А что ж еще?

— Настоящая или молоко с уксусом?

— Берко, мы проверяли. — Эстер-Малке вручает Ландсману тарелку с вафлями в обмен на своего младшего сына. Аппетита нет и в помине, но Ландсман рад избавиться от младенца. — Ты не смог различить, забыл, что ли?

— И в шахматы играть не умеет. — добавил Ландсман. — А притворяется.

— Сдохни, Меир, — огрызается Берко.

Когда Берко прибыл в семейство Ландсманов, их семейная страсть к шахматам уже выгорела либо перевоплотилась в иные устремления. Исидор Ландсман умер за шесть лет до этого, а Герц Шемец перенес игру на доску грандиозного размера, через страны и континенты. Таким образом, учить Берко шахматам мог лишь Ландсман, а он старательно пренебрегал этой обязанностью.

— Масла? — спрашивает Эстер-Малке, зачерпывает жидкое тесто и выливает его в вафельницу, придерживая сына на коленях. Тот живо реагирует на ее вопрос.

— Не-е-е...

— Сироп?

— Не-е-е...

— Меир, тебе не до вафель? — спрашивает Берко. Он оставил потуги вникнуть в ситуацию на доске и подтянул к себе Зигберта Тарраша, как будто надеясь, что с книгой справится лучше.

— Честно — не до вафель. Но — надо.

Эстер-Малке закрывает вафельницу.

— Я опять попалась, — сообщает она как бы между прочим.

— Что? — спрашивает Берко, вскидывая взгляд от книги упорядоченных, четко спланированных сюрпризов, огорошенный сюрпризом коварной реальности. — Fuck! — Для ругани Берко предпочитает американский диалект. Как и для бесед с особо погаными задержанными и подследственными. Он приступает к пережевыванию воображаемой жевательной резинки, как будто собираясь ее вот-вот выплюнуть в стенку. — А-атлично, Эс. Прекрасно! Представляешь? Ведь у нас еще остался один хрябаный ящик в письменном столе для еще одного грёбаного высерка!

Он медленно-медленно вздымает над головой зажатый в пятерне сборник шахматных партий и медленно-медленно собирается зафитилить его через стойку кухонного бара в спальню-столовую-гостиную-хрен-еще-знает-какую... Это в нем Шемец пробудился. Мамаша Ландсмана тоже отличалась выдающимися способностями по части «зашвырни в гневе», а о драматических действах дяди Герца, хотя и редких, слагались легенды.

— Вещдок! — пытается отрезвить его Ландсман. Подъем продолжается, и Ландсман кричит: — Вещественное доказательство, мать твою!

Берко бросает. Книга кувыркается в воздухе, трепещут страницы, учебник летит, машет листами, как крыльями — и врезается во что-то гремучее, звонкое, металлическое. Возможно, набор для перца-соли на стеклянном обеденном столе. Ребенок морщится, как будто куснул лимон, оттопыривает нижнюю губу, переводит взгляд с матери на отца и обратно. Наконец разражается рыданиями. Берко смотрит на малыша как на предателя. Он обходит бар и направляется к оскорбленной улике.

— Что это наш папа делает? — сюсюкает Эстер-Малке, целует сына в щечку и тяжким взглядом смотрит на дыру, оставленную отошедшим за книжкой Берко. — Что наш герой-детектив, наш спермо-генератор, вытворяет?

— Очень вкусные вафли! — вмешивается Ландсман, отодвигая нетронутую тарелку. — Слышь, Берко, я лучше там, внизу, подожду, в машине. — Он мазнул Эстер-Малке губами по щеке. — Скажи этому, как его, что дядя Мейерле срочно убежал. Привет.

Вниз Ландсман возвращается в лифте под гул ветра в конструкциях шахты. Одновременно с ним выходит из своей квартиры сосед по имени Фрид, с седыми зачесанными назад волосами, в длинном черном пальто. Фрид оперный певец, и Тэйч-Шемецы считают, что он их презирает. И всего-то потому, что Фрид однажды предположил, что он значительнее их, лучше. Но любой обитатель Ситки считает себя лучше соседей, особенно если те аборигены или выходцы с юга. Фрид и Ландсман спускаются вместе. Фрид интересуется, сколько трупов обнаружил Ландсман за последнее время, а Ландсман справляется, скольких композиторов перевернул в гробу Фрид своим пением. Далее этого беседа не заходит, они продолжают спуск молча. Ландсман проходит к машине, запускает двигатель, сидит, греется. Воротник сохранил запах Пинки, рука еще ощущает пожатие Голди, он кажется себе вратарем сборной несбывшихся надежд и сожалений, и еще одна несбыточная надежда — прожить день до вечера, ничего не ощущая. Ландсман вылез и закурил, покурил под дождем, повернулся к северу, к алюминиевой булавке Сэйфти-Пин. Официальное название этого чуда еврейской инженерной мысли — Башня Доброй Надежды — прочно забыто. Вспомнилась заманчивая перспектива бюста лифтерши, открываемая ее форменным пиджачком всем посетителям ресторана и смотровой площадки вышки. Ландсман вернулся в машину, а вскоре к нему присоединился и Берко, не забывший шахматную книгу и шахматную доску. Усевшись, он уложил и то и другое на колени.

— Извини, сдурил я, — проворчал Берко.

— Да ладно, ладно...

— Надо будет подыскать квартиру побольше.

— Конечно.

— Только вот где...

— Да, придется подумать.

— Дети... это же благословение!

— Кто спорит! Мазел тов, Берко!

Пожелание-поздравление Ландсмана, несмотря на несомненную ироничность, исходит от сердца, а сердечность его подразумевает изрядную долю неискренности. Оба помолчали, ощущая, как сгущаются мысли.

— Она ведь... — вздохнул Берко и снова смолк. — Она говорит, что не помнит, когда мы вообще трахались. — Он снова вздохнул.

— Может, вы и не трахались?

— Непорочное зачатие? Говорящие курицы-пророки в беспокойные времена?

— Н-ну.

— Знаки, знамения и предзнаменования.

— Зависит от точки зрения.

— Кстати о знаках. — Берко открыл бесследно исчезнувшую из городской библиотеки книжку, вытащил из кармана карточку регистрации выдачи. Под ней обнаружился цветной моментальный фотоснимок три на четыре, глянцевый с белым краем. На снимке запечатлен прямоугольник из черного пластика с тремя печатными латинскими буквами и стрелой под ними, указующей влево. Прямоугольник свисает на двух тонких цепочках с квадрата грязной белой акустической плиты потолка.

— PIE, — прочитал Ландсман. — Пирог. Пироги. Пирожковая.

— Вывалилась в результате моего новаторского метода интенсивного обследования вещественных доказательств. Должно быть, приклеилась к кармашку, иначе твой тонкий нюх ее бы ущучил. Узнаешь?

— Узнаю.

В аэропорту, обслуживающем северный город Якови, откуда скромный еврей может отправиться искать скромные приключения в скромном северном краю, в отдаленном закутке здания затерялось скромное заведение, кормящее посетителей пирогами — и только пирогами. Американскими пирогами. Окошко в кухню, где греют атмосферу пять духовок — и все. Около окошка стенная доска, на которой владельцы заведения, пара мрачных клондайков и их молчаливая дочь, выписывают товар дня, его цену и начинку: черника, яблоки, ревень, абрикос, банан и сливки...

Пироги вкусные, можно даже сказать, что заслужили скромную славу. Каждый посетитель аэропорта может их оценить, ходят даже байки о чудиках, специально прилетающих из Джуно и Фербенкса, чтобы этих пирогов отведать. Покойная сестра Ландсмана особенно любила кокосовый сливочный.

— Ну, так что скажешь? — спросил Берко.

— Да-да... — вздохнул Ландсман. — В тот самый момент, когда я входил в комнату покойника, я сказал себе: «Ландсман, ищи пироги!»

— Думаешь, это ничего не значит?

— Ничего ничего не значит. Все что-то значит, — ворчит Ландсман и вдруг чувствует, что горло его сжала невидимая рука, а глаза горят невыплаканными слезами. Конечно, сказалось недосыпание, сказалась постоянная компания сувенирного стопарика... Образ Наоми, склонившейся над бумажной одноразовой тарелочкой с куском пирога, загребающей его пластмассовой вилочкой. Вот она улыбается, прищурившись, набив рот корочкой, сливками, кремом, сладкой начинкой, в простой животной веселости... — Черт, Берко... Хотел бы я сейчас отведать этого пирога...

— Знаешь, и я бы тоже не отказался...

7

Вот уже двадцать семь лет управление полиции округа Ситка размещается в одиннадцати модулях-контейнерах на пустыре за древним русским приютом. Говорили, что до этого шаткие, тесные контейнеры без окон и почти без дверей жили в Слиделе, штат Луизиана, где в них размещался библейский колледж. Отдел по расследованию тяжких преступлений смог выгородить зону отдыха, кабинеты для каждого из двух дежурных детективов, сангигиенический отсек с душевой кабиной, унитазом и раковиной, дежурным помещением (четыре отсека, четыре стула, четыре телефона, доска для записей, ряд почтовых щелей), камеру для допросов и столовку с кофеваркой и крохотным холодильником, а главное — с питомником плесени, который в стародавние времена отлился в форму ложа любви. Этот питомник и вылез навстречу Ландсману и Берко, когда «суперспорт» врылся покрышками в гравий возле модулей отдела. Выносил грибной диван персонал из обслуги, двое филиппинцев-уборщиков.

— Глянь-ка, гриб зашевелился, — пробормотал Берко.

Кто только — включая и самого Ландсмана — ни осыпал эту позорную лежанку руганью, кто только ни грозился разнести ее в щепки, пустить дрейфом по заливу, либо просто выкинуть на помойку... Но увидеть вынос... Ландсмана охватило ощущение очередной невосполнимой потери. Потери достаточно тяжкой, чтобы не сразу обратить внимание на еще одно действующее лицо трагедии. Женщина с черным зонтом в ярко-оранжевой парке, отороченной ярко-зеленым синтетическим мехом. Правая рука ее с вытянутым вперед указующим перстом напоминает жест архангела Михаила, по поручению Всевышнего изгоняющего Адама и Хаву из сквера культуры и отдыха под названием «Эдем». На лоб женщины вывалился из капюшона парки круто завинченный локон волос, яркостью не намного уступающих ее одеянию. Этот настырный локон все время отравляет ей жизнь. Преклонив колени перед каким-нибудь пятном на полу, склонившись с лупой к фотоснимку, она то и дело раздраженно сдувает его.

Женщина поворачивается к машине Ландсмана — тоже раздраженно — и ждет, когда тот наконец заглушит двигатель. Ландсман из-за баранки замечает, что, судя по ее состоянию, женщина уже успела перебрать две-три-четыре лишних чашки кофе, или же кто-то еще успел разозлить ее сегодня один-два-три раза. Нижняя губа женщины нервно дергается, резкий пых — локон взлетает и тут же падает обратно. Ландсман двенадцать лет был на этой женщине женат, пять лет работал с ней в одном отделе. От смены ее настроений достаточно настрадался.

— А теперь ты мне скажи, что ничего не знал. Об этом... — бросает он Берко и выключает зажигание.

— Я и сейчас об этом ничего не знаю. И знать не хочу. И надеюсь, что закрою глаза, сосчитаю до трех, снова открою — и с облегчением вздохну. Все спокойно, все по-прежнему.

Ландсман проверяет рецепт Берко. Открывает глаза.

— Ага, сейчас... Если бы... Слушай, подожди минуту в машине.

— Пожалуйста, пожалуйста. Хоть час.

Десять секунд на десяток шагов по гравию парковочного участка. На счет «три» Бина уже изображает на лице радушие, она счастлива его встретить. Счет «раз» отведен был озабоченности и кокетливому беспокойству. После краткой интермедии пять секунд готовности к контакту... В случае его непротивления.

— Какого дьявола? — спрашивает Ландсман с вежливой нейтральностью. Жаль, конечно, ее разочаровывать, но...

— Два месяца тебе предстоит провести в обществе бывшей жены, — без запинки отвечает Бина. — Мужайся... А там... — Она слегка поводит ладонью.

Сразу после развода Бина отправилась на юг, на какие-то годичные курсы повышения квалификации, повышения по службе. По возвращении заняла ответственный пост детектива-инспектора отдела по расследованию тяжких преступлений в Якови, «Северной Венеции» острова Чичагова. Там нашла приложение своим талантам и опыту, исследуя периодически повторяющиеся по шаблону случаи отхода в мир иной безработных моряков-рыбаков вследствие переохлаждения при спонтанном засыпании на свежем воздухе в состоянии алкогольного опьянения. Ландсман не видел ее с похорон сестры. По сожалению во взгляде, которым Бина удостоила его колымагу, он видит, что соскользнул по социальной лестнице еще ниже.

— Не рад меня видеть, Меир? Как тебе нравится моя парка?

— В высшей степени... э-э... оранжевая.

— Надо, чтобы тебя издали замечали, — объясняет она. — Не то примут за медведя и подстрелят.

— Очень, очень эффектно. И к цвету глаз подходит.

Бина воспринимает комплимент, как будто банку с содовой, которую, как она сильно подозревает, щедрый даритель предварительно интенсивно взболтал.

— Таким образом, я заключаю, что ты удивлен моим появлением.

— Да, разумеется, очень удивлен, — спохватился Ландсман.

— Во всем виноват Фельзенфельд, — вздыхает Бина.

Опять Фельзенфельд. Сначала Шпрингер прошлой ночью, теперь... Что ж, все ясно, не такие задачки решали. Это тебе не Подольски поймать.

— Свалил, что ли, Фельзенфельд?

— Позавчера. Вчера в Мельбурн дунул, в Австралию. Там у его жены сестра.

— И теперь я, значит, твой подчиненный. — Он понимает, что это никоим образом не интриги Бины, что эта работа для нее, даже на два месяца, — существенное достижение, служебный рост. И все равно у него в голове все это не укладывается. — Да брось ты. Не может этого быть.

— В наши дни все возможно. Газет не читаешь.

Тут лицо ее просветлело, морщины разгладились, и Ландсман понял, каких усилий ей стоит общение с ним. Он понял, что сзади подошел Берко.

— Все в сборе, — констатировала Бина.

Ландсман повернулся. Берко остановился у него за спиной. Движется он бесшумно, объясняя это свой индейской кровью. Ландсман, правда, склонен объяснять бесшумность передвижения своеобразием походки друга, мягкостью, с которой его снегоступы касаются земли.

— Уже, уже, — реагирует Берко. С первого же знакомства, когда Ландсман привел домой Бину, она и Берко объединенными усилиями принялись рядить его в домашние клоуны, всячески донимать, беззлобно подшучивать. Бина протянула Берко руку, он сердечно ее встряхнул.

— Добро пожаловать домой, детектив Ландсман.

— Инспектор, — поправила она. — Гельбфиш. Снова.

— Прошу прощения. Ошибся. Дважды, — усмехнулся Берко. — Как в Якови?

— Нормально.

— Понравилось?

— Как сказать... Не заметила.

— Познакомилась с кем-нибудь?

Бина покачала головой и покраснела. Потом она поняла, что покраснела, и краска на ее лице сгустилась еще больше.

— Работала. Просто работала.

Густо-розовый диван исчез за углом контейнера-модуля, и Ландсмана посетило еще одно озарение.

— Похоронная команда на подходе.

Он имел в виду комиссию министерства внутренних дел, учрежденную на время переходного периода, подготовку Реверсии, похороны их полицейского управления. Вот уже год управление лихорадит, какой-то слышен шепот, какая-то канцелярская белиберда, какие-то регистрации, рекомендации, бюрократический балет. И если что-то пойдет наперекосяк, всегда можно будет свалить все на «этих евреев».

— Мистер Большая Лопата появится в понедельник, — кивает она. — Самое позднее — во вторник.

— Фельзенфельд, — с отвращением ворчит Ландсман. — Три бельма ему в глаз… — Чего еще от этого типа ждать? Слинял за три дня до появления шомера из похоронной команды.

Из трейлера вываливаются еще двое работяг, выносят библиотечку порнографии и портрет президента Соединенных Штатов, цветная печать на картоне. Стандартный портрет, все на месте. Подбородок попкой, раздвоенный; фотозагар игрока в гольф, лихая обветренность яхтсмена-квортербэка, нападающего-непопадающего, неисчерпаемые резервы фотоэнергии и фотоуверенности. Детективы при случае натягивали на портрет дамские трусики в кружавчиках и обстреливали его катышками смоченной туалетной бумаги.

— Время кроить саван для нашей конторы, — изрекает Берко, глядя вслед портрету.

— Нет, ты еще ничего не понял, — говорит Бина, и Ландсман догадывается по ее интонации, что у нее куча новостей, одна другой хуже. — Пошли, ребята, — приглашает Бина, как пригласил бы любой инспектор на ее месте, и Ландсман должен повиноваться. Пять минут назад мысль выполнять распоряжения бывшей жены показалась бы ему абсурдной, но, видя, как она кивнула в сторону модуля, он надеется, что все его чувства и эмоции в ее отношении, если таковые еще уцелели, утонут в серости служебной субординации.

Как и полагается в ситуации поспешного бегства, офис Фельзенфельда выглядел так, будто хозяин вышел только что с намерением вскоре вернуться. Снимки в рамках, полузасохшие комнатные растения в горшках, батарея бутылок сельтерской и куча противокислотной медицинской жвачки.

— Располагайтесь, — предложила Бина, развернув к себе мягкое конторское кресло на колесиках и по-хозяйски в нем располагаясь. Под скинутой ядовито-оранжевой паркой оказались пыльно-коричневый брючный костюм и простая белая блузка. Этот наряд больше соответствовал представлениям Ландсмана о вкусе Бины. Он неудачно попытался абстрагироваться от распиравшего блузку тяжелого бюста, родинки и веснушки которого до сих пор еще не стерлись из его зрительной и тактильной памяти. Они с Берко повесили верхнюю одежду на крюки у двери, держа головные уборы в руках, уселись на стулья. Взгляды жены Фельзенфельда и его детей все так же направлены на посетителей кабинета, все так же удивлен своей безвременной кончиной болтающийся на леске лосось с отпускного фото беглого хозяина кабинета.

— В общем так, ребята, — решительно начала Бина, известная обоим своей манерой приступать к делу без долгих предисловий. — Ситуация у нас с вами, конечно, не фонтан. Не улучшает ее и то, что один из вас мой бывший муж, а другой, гм, кузен. — Она эмоционально припечатала по-американски: — Shit. — И по инерции привесила еще фразочку на том же наречии: — Know what I'm saying? Так?

Судя по паузе, Бина ожидала ответа. Ландсман всем корпусом повернулся к Берко.

— Ты, что ли, кузен?

Бина улыбнулась, показывая, что ей не смешно. Она протянула руку назад и вытащила из шкафа стопку блеклых голубых сшивателей, толщиной не менее полдюйма каждый, все помечены красными пластиковыми наклейками. При виде этих папок сердце Ландсмана екнуло, как будто он увидел свое отражение в зеркале.

— Видите?

— Да, инспектор Гельбфиш, я вижу, — заверил Берко голосом фальшивым и неискренним.

— И знаете, что это такое?

— Неужто незавершенка? — подивился Ландсман.

— Знаете, чем хорош этот забытый Богом Якови? Они молчали, ожидая продолжения.

— Дождь. Две сотни дюймов в год. Любого остряка проймет. Любой национальности, даже самой остроумной.

— Сильный дождь, — уважительно заметил Берко.

— Так вот, прошу прочистить уши и слушать повнимательнее. Еще два месяца — и в нашу захолустную контору нагрянут федеральные умники с федеральными целями и федеральными улыбочками. И потребуют выложить карты на стол. И поинтересуются ситуацией в подразделении, которым я на сегодняшний день имею честь руководить.

Да, язык у них у всех неплохо подвешен, у Гельбфишей. Семейное качество. Порассуждать, поубеждать... Папаша Бины чуть было не отговорил Ландсмана оставить бредовую идею женитьбы на его дочери. И это за день до даты бракосочетания.

— Вы меня достаточно знаете. Вы знаете, что я из кожи лезла, стараясь и надеясь попасть в это кресло или в кресло такого же уровня. Вы знаете, что я старалась поддерживать великую местную традицию по возможности ловить преступников и упрятывать их куда положено. И вот я сижу в этом кресле. До первого января.

— Бина, мы тебя понимаем, — прогудел Берко, на этот раз намного искреннее. — И устремления твои и ситуацию. Понимаем и сочувствуем.

Ландсман заверил, что понимает Бину и сочувствует ей вдвое глубже.

— Высоко ценю ваше понимание и сочувствие. И тоже понимаю, как вы относитесь к этому вот...

Она прихлопнула конопатой ладонью стопку дел. Одиннадцать скоросшивателей, самый древний двухгодичной давности. В отделе по расследованию особо опасных преступлений еще три пары детективов, но ни одна из них не скопила такой толстой стопки нераскрытых дел.

— С Фейтелем мы почти покончили, — принялся оправдываться Берко. — Задержка за прокурором. То же самое с Пински. Да и Зильберблат... Его мамаша...

Бина прервала его, выразительно подняв руку. Ландсман сидел молча. Только воздух сотрясать попусту... Эта стопка — растущий могильный холм на его репутации, показатель его заката как профессионала. А то, что холм этот не вырос еще на десять дюймов, — заслуга Берко, упорно работающего не только над раскрытием преступлений, но и над своим совершенно выбившимся из колеи кузеном.

— Зильберблат, его мать!.. Мать его... — язвительно перебила Бина. — Вот что, это дерьмо надо разгрести, и разгрести не откладывая в долгий ящик.

Она запустила руку в ящик «входящих» и выудила оттуда листок и тонкую — очень тонкую — папку сшивателя. Ландсман сразу узнал эту папку. В полпятого утра он сам ее и завел. Бина вынула из нагрудного кармана очки для чтения. Новость для Ландсмана. Она стареет, он стареет, согласно заведенному порядку вещей, время работает над ними, над каждым в отдельности, ибо они более не пара, каждый сам по себе. Странно...

— Мудрые евреи, надзирающие за копами округа Ситка, сформулировали политику момента, — продолжила Бина, переводя взгляд с Ландсмана на Берко, с Берко на Ландсмана, с них обоих на груду папок и, наконец, раздраженно — даже, пожалуй, с отвращением — уставившись в листок. — Основополагающий принцип этой политики можно сформулировать следующим образом: «Сдать дела федеральной администрации без незавершенки».

— Gimme a fucking break, Бина. — Берко тоже потянуло на американский. Он уловил суть мудрой политики руководства еще до того, как инспектор Гельбфиш открыла рот. Ландсман же тупо глядел на бывшую жену — на нынешнее руководство, — как будто ничего не соображая.

— Без незавершенки... — пробормотал он с идиотическим спокойствием.

— Эта мудрая политика носит мудрое наименование «стопроцентной раскрываемости», — продолжала Бина, не дав Берко запрошенной им передышки. — У вас на доследование этих дел остается ровно столько времени, сколько его осталось до перехода юрисдикции к федералам. Около девяти недель на одиннадцать случаев. Как хотите, так и выкручивайтесь. То есть меня устроит любое решение, дающее требуемый результат.

— Короче, ты имеешь в виду... — начал Берко.

— Вы прекрасно понимаете, что я имею в виду, детектив. — Голос Бины лишен эмоций, бесцветен, лицо не выражает абсолютно ничего. — Навесьте на кого хотите, найдите подходящих. Если не прилипнет, гвоздями прибейте. Что не получится — черные метки и в девятый шкаф.

В девятом «глухари». Прекращенная производством незавершенка. Место, конечно, экономится, но сунуть дело в девятый — все равно что сжечь его на костре и пепел развеять по ветру.

— Похоронить, — конкретизирует Берко.

— Предпринять героические усилия по успешному завершению и, если героизм не поможет, похоронить без всякого геройства. — Бина уставилась на пресс-папье Фельзенфельда, в прозрачной пластиковой калабахе которого застыла городская панорама Ситки. Ширпотреб, дешевый рыночный сувенир. Вокруг торчащей к небу иглы Сэйфти-Пин сгрудились местные «небоскребы», сама игла напоминает скорее наконечник клизмы, вытянутый к невидимой небесной заднице. — Прилепить черную метку.

— Ты... Вы сказали одиннадцать, — говорит Ландсман, морщась.

— Совершенно верно, детектив Ландсман.

— Но, извините, инспектор Гельбфиш, сегодня к утру их стало двенадцать. Не одиннадцать. Двенадцать открытых производством дел у пары Шемец-Ландсман.

Бина раскрывает тонкий сшиватель заведенного Ландсманом дела.

— Это... — Она читает... Или делает вид, что читает, изучает, вдумывается в случай явного убийства при помощи огнестрельного оружия, убийства человека, называвшего себя Эмануилом Ласкером. — Да. Ясно. И вот, показываю, как это делается.

Бина открывает ящик стола инспектора-дезертира Фельзенфельда, теперь ящик своего рабочего стола, как минимум на два последующих месяца, роется в нем, морщась, как будто там валяются использованные ушные затычки. В последний раз, когда Ландсман видел содержимое ящика, эта затычки свободно дрейфовали по его дну. Итог поисков: Бина вытаскивает пластиковый стикер для пометки дел. Наклейка черного цвета. Она отдирает от папки красный стикер, приклеенный Ландсманом, и заменяет его черным; делает это осторожно, задерживая дыхание, как свойственно поступать человеку, когда он обрабатывает болезненный порез на пальце или стирает грязь с ковра. Ландсману показалось, что в эти десять секунд она постарела на десять лет. Бина вытянула перед собой зажатую в двух пальцах папку, небрежно помахала ею.

— Эффективное решение проблемы!

8

«Ноз», как и подразумевает название, — бар для полицейских, да и собственники его — пара бывших нозов. В заведении их всегда клубится густой туман полицейских сплетен и табачный дым, выпускаемый из легких постоянно, в любое время дня и ночи, протирающими локтями мощную дубовую стойку копами. Где же еще дать выход эмоциям, вызванным у персонала сил правопорядка предстоящей Реверсией? Где еще обсудить и осудить изворотливость хитрозадого руководства управления полиции, заблаговременно отводившего все грядущие сверху шишки вниз, на головы подчиненных? Поэтому Ландсман и Берко обогнули «Ноз» по дуге как можно большего радиуса. Миновали они и «Жемчужину Манилы», не поддавшись ее филиппинско-китайским кулинарным изыскам. И «Фетер Шнайер» без них сегодня обойдется, и «Карлински», и «Нюй-Йоркер гриль». Хотя в такие часы эти лавочки все одно закрыты. А в открытых, увы, велик шанс врезаться в знакомую полицейскую физиономию. Открытые в это время кишмя кишат неурочной публикой: копами, пожарниками, спасателями, санитарами «скорой»...

Холод и спешка сгорбили обоих, большого и малого, они топают плечо к плечу, тычутся друг в друга. Дыхание их смешивается с туманом, навалившимся на Унтерштат, приглушившим уличные фонари и огни рекламы, полностью сожравшим гавань и вылизывающим прохожих от кончиков туфель до полей шляп.

— В «Нюй-Йоркере» пусто, там никто не помешает, — заверяет Берко.

— Я там однажды на Табачника напоролся.

— Ой, Меир, я тебя умоляю! Табачник не стырит твоего секретного оружия, Меир.

Хотел бы Ландсман обладать каким-нибудь секретным оружием, лучом смерти каким-никаким, там, подавителем мыслей или иной дрянью из дурацких ужастиков. Чем-нибудь, что смогло бы шарахнуть по вашингтонским коридорам власти, напомнить долбаным америкосам о Боге. Хоть на годик внушить им страх Божий и оттянуть эту Реверсию и сопряженный с нею Исход на год, на век, на вечность.

Они уже было браво направились к дверям «Первой полосы» с ее вечным варенцом и кофием с привкусом бариевой клизмы центральной городской больницы, когда Ландсман заметил на шатком табурете при стойке обтянутый хаки зад Денниса Бреннана. Этот профессионал пера не появлялся в «Первой полосе» уже не один год, с тех пор как приказал долго жить «Блатт», а «Тог» переехал в новые помещения в районе аэропорта. Бреннан оставил Ситку, гонимый ветром перемен, в поисках славы и удачи. Сюда его, скорее всего, занес все тот же ветер, и совсем недавно. Никто ему еще, очевидно, не поведал, что «Первая полоса» — дохлый номер.

— Все, поздно, — буркнул Берко. — Этот поганец нас засек.

Ландсман еще надеется на лучшее. Бреннан к двери повернут задом, изучает биржевые сводки американского ежедневного матраца, ситкинским корреспондентом которого он числился в давние времена, до того как убыл на свои протяженные каникулы. Ландсман хватает Берко за рукав и тянет дальше по улице. Надо найти место, где можно спокойно потолковать, может, что-нибудь проглотить, но без помех.

— Детектив Шемец! Минуточку.

— Поздно, — цедит сквозь зубы Ландсман.

Вот он, перед ними, Бреннан, парень головастый, без пальто, без пиджака, галстук через плечо, грош в кармане, блоха на аркане. Лоснятся локти твидового пиджака цвета пятен от давно пролитой подливки. Щетина взывает к бритве, башку бы ему прочистить, а башмаки почистить. Похоже, судьба не выполнила своих обещаний Деннису Бреннану.

— Глянь на башку этого шейгеца — как планета на орбите, — острит Ландсман. — Даже ледяные шапки на полюсах.

— Да, головастый парень… Башковитый?

— Когда я вижу такую голову, сразу шею жалко, бедную.

— Может, сжать бедную обеими руками… для поддержки?

Бреннан воздевает к небесам бледные глистообразные пальцы, мигают его крохотные глазки цвета снятого молока. Лицо журналиста изображает печальную улыбку, но тело оставляет между собой и Шемецем четыре фута пространства Бен-Маймон-стрит.

Мистер Бреннан «изучал» немецкий в колледже, идиш проходил под руководством какого-то старого сноба-немца в институте, говорит он, как будто, по чьему-то меткому замечанию, «читает рецепт приготовления сосиски со сносками». Пьяница горький, к местному дождю и полугодовому полумраку совершенно неприспособленный. Создает у зрителя ложное впечатление своей вялости и медлительности — общее свойство репортеров и копов. Тем не менее полный лопух и шлемиль. Никто не был более поражен тем переполохом, который он вызвал в Ситке, чем сам Бреннан.

— Боюсь я, детектив, ваш праведный гнев помешает установлению между нами взаимопонимания. Вы уверены, что мне следовало не заметить вас из этой дыры, единственное достоинство которой — полное отсутствие репортеров среди посетителей. Если отвлечься, конечно, от того обстоятельства, что персонал его, ввиду моего долгого отсутствия, забыл

76

состояние моего бумажника. Позже эта забывчивость может, правда, обернуться лишним укусом в мою бедную задницу.

— Нет таких голодных на свете, Бреннан, — заверил его Ландсман. — Ваш зад в безопасности.

Бреннан выглядит обиженным. Он почти всегда выглядит обиженным. Чувствительная душа, нежный макроцефал, пестователь промахов, пропускающий мимо ушей насмешки, иронию. Его витиеватый стиль заставляет все, что он произносит, звучать шуткой, это, в свою очередь, заставляет бедолагу страстно желать быть принятым всерьез.

— Будете снова злодействовать в Ситке? — спрашивает Берко.

— За грехи мои, детектив, — вздыхает Бреннан. — За грехи мои тяжкие судьба привела меня обратно.

На это нечего возразить. Назначение в Ситку для любого корреспондента любой газеты Штатов не может означать ничего, кроме ссылки за какую-либо серьезную провинность или некомпетентность. Возвращение Бреннана, несомненно, увенчало какой-нибудь его позорный провал.

— Именно за это, Бреннан, — без улыбки соглашается Берко. Меньше всего радости в его ледяных глазах. Он принимается жевать полоску воображаемого «Даблминта», либо кусок тюленьего жира, или же жесткую подошву бреннановского сердца. — Конечно же, за грехи.

— Мотивация, детектив, мотивация. Я оставил чашку пойла, которое здесь называют кофе, плюнул на информанта, у которого за душой ничего, напоминающего информацию, и рванулся на улицу, чтобы навлечь на себя ваш гнев...

— Бреннан, какого хрена... Выражайтесь полюдски. Чего вам от меня надо?

— Случай. Чего ж еще? И я знаю, что шансы мои близки к нулю, если я не попытаюсь очистить атмосферу наших отношений. Откровенно, с душою проясненной. — Он продолжает насиловать свою призрачную версию родного языка. — Итак, я не имею намерений отказаться хотя бы от слова из написанного мною. Обрушьте страдания на мою гипертрофированную голову, прошу вас, но я настаиваю на верности своего материала. Он точен, основан на проверенных фактах, проистекает из достоверных источников. Все же я не утаю от вас, что вся история оставила у меня горький, неприятный привкус.

— Привкус во рту, — усмехнулся Ландсман. — Может, вы уже куснули свою бедную задницу?

Пока что Бреннан не собирался ослаблять хватку на их задницах. Ландсману кажется, что этот гой отрепетировал сцену заранее. И что ему нужно было от Берко нечто большее, чем очередной полицейский случай.

— Конечно, это была вспышка в моей карьере, если можно так выразиться. Вспышка, осветившая несколько лет. Она вызволила меня из этих забытых Богом мест, извините за выражение. Лос-Анджелес... Солт-Лейк, Канзас-Сити... — По мере затухания этой «вспышки» и угасания его карьеры, произносимые Бреннаном названия звучат все тише и неразборчивее. — Спокан... Но я понимаю мучительность этой истории для вас и вашей семьи, детектив. И я, с вашего позволения, хотел бы принести извинения за роль, которую я сыграл в этой истории, и за боль, которую я причинил.

Сразу после выборов, приведших в Белый дом на первый срок нынешнюю администрацию, Деннис Джей Бреннан напечатал в своей газете серию статей. Героем серии оказался Герц Шемец и его сорокалетняя карьера в ФБР, построенная на надувательстве, мошенничестве, подлоге, коррупции. Программу «COINTELPRO» тут же упразднили, ее дела передали другим организациям. Дядю Герца бесславно выкинули со службы. Ландсман, шокировать которого, в общем, нелегко, два дня после появления в газете первой статьи едва мог подняться с постели. Он не хуже остальных — лучше почти всех других — знал, что дядюшка его подкачал как мужчина и как слуга государства, столп правопорядка. Но если вам желательно покопаться в причинах того, из-за чего парень пошел в нозы, следует просмотреть его родословную на одно-другое поколение вглубь. Несмотря ни на что, дядя Герц оставался для Ландсмана героем — крутым, лихим, методичным, упорным, уверенным в себе. И если его готовность срезать углы, его паршивый характер, скрытность не делали дядюшку героем, то они определенно сделали его нозом.

— Я тебя понимаю, Деннис. Ты прав, подлюка, ты отличный трудяга, честный журналист, если такое бывает, и ты единственный парень, которого я знаю и который показал моего напарника таким, каков он есть: рабочей клячей в штатском. И потому я со всем снисхождением к тебе и со всей возможной нежностью заявляю: в рот тебя драть!

Бреннан принимает комплимент с серьезным кивком.

— Я чего-нибудь подобного и ожидал, — говорит он печально и по-американски.

— Папаша мой забился в нору, живет грибом под бревном, с червяками и слизняками, — продолжил Берко. — Какой бы дрянью и сранью он ни занимался, он преследовал цель улучшить положение евреев. И ты знаешь, что самое хреновое? То, что он был прав. Глянь-ка, в какую прелестную ситуацию мы теперь влипли.

— Шемец, ради Христа, разве ж я не понимаю? — Бреннан прижимает обе руки к чахлой грудной клетке. — Мне мало радости с того, что моя работа помогла вырыть яму евреям Ситки. Да что тут...

— Ладно, хватит, — прерывает его излияния Ландсман, снова хватаясь за рукав Берко. — Пошли.

— Куда, ребята? В чем дело, объясните.

— Борьба с преступностью. Как раз то, о чем ты тут дудел-надрывался в свою газетную иерихонскую трубу.

Ищейка внутри разгрузившегося от тяжести вины Бреннана активно зашевелила носом. Может, он еще за квартал почуял жареные факты, увидев в окно какой-то особый наклон головы Ландсмана, заметив какую-нибудь странность в походке Берко. Может, весь спектакль с извинениями и раскаянием можно было изложить двумя словами, коротко и ясно:

— Кого хлопнули?

— A yid in need, — усмехнулся Ландсман. — Беда на жида. Заели блоху бегемоты.

9

Бреннана они бросили возле «Первой полосы». Он замер на тротуаре растворяющимся в тумане соляным столпом, провожая удаляющуюся парочку взглядом, отмахиваясь от норовящего хлестнуть по физиономии галстука, а Ландсман с Шемецом дошли до угла Сьюарда, потом по Переца, свернули сразу за Палац-театром под сень Бараноф-касл-хилл, уткнулись в проплешину черной двери на черном мраморном фасаде с большим витражом, закрашенным черной краской.

— Что за шутки?! — проворчал Берко.

— У «Воршта» я за пятнадцать лет ни разу ни одного шамеса не заметил.

— Меир! Пятница, полдесятого. Ты в уме? Там никого, кроме крыс.

— Еще чего! — Ландсман уверенно заворачивает за угол, подходит к черной двери черного хода и дважды стукает в ее филенку костяшками пальцев. — Таким должно быть место для обдумывания коварных планов. Если твои коварные планы нуждаются в обдумывании, конечно.

Стальная дверь скрипнула, открываясь, и в проеме обозначилась мадам Калушинер, одетая как для выхода в шуль или в банк на службу: серая юбка, серый жакет, черные туфли. Волосы в розовых поролоновых бигудях. В руке бумажный стаканчик с жидкостью, напоминающей не то кофе, не то сливовый сок. Мадам Калушинер жует табак. Стаканчик — ее постоянный, если не единственный товарищ.

— В-вы?.. — физиономия мадам Калушинер искажается, как будто она только что отведала содержимого неделю не чищенных слуховых проходов своих ушных раковин. Затем со свойственною ей манерностью харкает в стаканчик. По привычке заглядывает за спины детективов, проверяет окружающее пространство на предмет наличия неразрывно связанных с полицией мерзостей жизни. Быстро окидывает взглядом здоровенного индейца в ермолке, готового шагнуть в ее святилище. Обычно Ландсман приводил сюда увертливых штинкеров с бегающими мышиными глазками вроде Бенни «Шпильке» Плотнера или Зигмунда Ландау, Хейфеца среди стукачей. Но слишком уж не похож на штинкера Берко Шемец. Наше с кисточкой шапочке и бахромочке, но ряха его индейская ломает дохленькие рамочки портрета уличного сводника, посредника, сутенера либо помойного мудреца. Не укладывается он в классификацию мадам Калушинер. Она еще разок плюет в сосуд своей премудрости, переводит взгляд на Ландсмана и вздыхает. С одной стороны, она перед этим шамесом кругом в долгу. С другой стороны, врезать бы ему или выплеснуть жижу из стаканчика в рожу... Еще один вздох, и мадам Калушинер прижимается к стенке, пропускает их внутрь.

Внутри пусто, как в прибывшем на ночной отстой городском автобусе, а воняет еще гаже. Кто-то недавно выплеснул в атмосферу, поверх постоянной басовой доминанты пота и мочи, ведро колоратурных завитушек с привкусом завалявшихся за подкладкой или спрятанных в потных носках баксов.

— Туда вон садитесь, — рявкает мадам Калушинер, ничем не обозначив куда именно.

Столы уставились в потолок рогами ножек опрокинутых на них стульев. Столы заняли всю сцену. Ландсман стаскивает с какого-то стола два стула, и они усаживаются вне сцены, в зальчике, поближе к запертой на мощный засов главной двери. Мадам Калушинер скрывается с глаз долой за занавеской из мелкой деревянной дряни, клацнувшей за ней костями игрушечного скелета.

— Прелестное создание, — бормочет ей вслед Берко.

— Душка, — соглашается Ландсман. — Она только по утрам заявляется. Чтобы на свою публику не глядеть. В гробу она видала своих музыкантов.

В «Воршт» заходят всякие музыканты да артисты после закрытия театров и иных кабаков, заявляются далеко за полночь, заснеженные, промокшие, и забивают сцену, и убивают друг друга кларнетами да скрипками. Ангелы, как водится, притягивают дьяволов, и за артистами тянется всякое жулье: банкиры и бандюги, воротилы и ворюги, а также мелкая шантрапа, леди и джентльмены удачи и неудачи.

— Так ведь ее муж... Ну да, понял.

Натан Калушинер владел «Воршток» до самой смерти. Игрок, изрядный жулик, весьма неправильный тип во многих отношениях, был он также королем верхнего «до» кларнета. Играл он, как будто в него диббук вселился. Ландсман, повинуясь своему отношению к музыке, следил за неразумным маэстро Калушинером и иной раз извлекал его из неприятных жизненных ухабов. Но однажды мосье Калушинер исчез из города вместе с женой хорошо известного русского штаркера, оставив мадам Калушинер лишь «Воршт» да долготерпение своих многочисленных кредиторов. Отдельные фрагменты фигуры мистера Калушинера впоследствии вынес на берег прибой возле доков в Якови, но знаменитого кларнета верхнего «до» среди них не оказалось.

— А это, стало быть, его пес? — тычет Берко пальцем в сторону сцены.

На месте, которое в былые времена украшал собой дудящий в кларнет Калушинер, сидит собака, кучерявый полутерьер в коричневых пятнах и с черным пятном вокруг одного глаза. Сидит пес, навострив уши, как будто прислушиваясь к каким-то отголоскам давней музыки в мозгу. От ошейника вяло спадает вниз цепочка, тянется к вделанному в стену кольцу.

— Гершель, — пояснил Ландсман. Его печальное терпение собаки мучит, и он отводит взгляд. — Пять лет уже там торчит, на том же месте.

— Весьма трогательно.

— Пожалуй. У меня, знаешь, даже мороз по коже...

Мадам Калушинер возвращается с маринованными огурцами и помидорами на металлической тарелке, корзиночкой маковых рогаликов и мисочкой сметаны. Все это умещается в левой ее руке. Правая по-прежнему лелеет бумажный мокротоприемник.

— Отличные булочки, — тут же реагирует Берко и, не дождавшись ответа, продолжает: — Очень милая собачка.

Ландсман внутренне усмехается потугам Берко наладить отношения. Всегда-то он пытается вступить в беседу с кем попало. И чем больше объект его усилий запирается, тем настырнее напирает на него Берко. С самого детства он лучился общительностью, желанием вступить в контакт. Особенно с таким бетонобойно-непроницаемым субъектом, как его кузен Меир.

— Собака как собака, — роняет в ответ мадам Калушинер, а заодно роняет перед носами незваных гостей и принесенную кулинарию, после чего исчезает за той же занавеской с тем же скелетным клацаньем.

— Итак, я должен просить тебя об одолжении, — изрекает Ландсман, не сводя взгляда с собаки, которая тем временем улеглась и опустила голову на свои артритные передние лапы. — И очень надеюсь, что ты мне откажешь.

— Это одолжение как-то связано с «эффективным решением»?

— Шутишь?

— Оно в шутках не нуждается, это «решение». Оно само по себе хохма. — Берко цепляет помидорину, обмакивает в сметану и запихивает в рот целиком, тут же замычав от удовольствия. — Бина неплохо выглядит.

— Она прекрасно выглядит.

— Сучка мелкая.

— Что-нибудь новое придумай, это я уже от тебя слышал.

— Бина... — Берко слегка качает головой. — Бина... В своем предыдущем воплощении она, должно быть, флюгером была.

— Ошибаешься. Ты, разумеется, всегда прав и сейчас тоже прав, но все же ошибаешься.

— Ты же считал, что она не карьеристка.

— Я считал? Когда это я считал?

— Конечно, карьеристка. И всегда была. И мне это в ней нравилось и нравится. Бина крепкий орешек. У нее политический нюх. Ее считают своей в доску и сверху, и снизу, а это фокус не простой. Ей из колыбели — прямой путь в инспекторское кресло, в любой полиции мира.

— Она лучшей в группе была, — вспомнил Ландсман. — В академии.

— Но по результатам вступительных экзаменов ты был лучше.

— Ну, был, был...

— Ее даже тупые федералы отметят. Бина запросто может остаться в полиции Ситки и после Реверсии. И я ее вовсе не упрекаю за это.

— Я тебя понял, но не могу сказать, что полностью согласен, — возражает Ландсман. — Не потому она взялась за эту работу. Или не только потому.

— Ну а почему тогда?

Ландсман пожимает плечами.

— Не знаю, — признается он. — Может быть, Бина и сама не знает.

— Может быть. А может быть, она хочет вернуться к тебе.

— Еще чего!

— Ужас, ужас...

Ландсман обозначил тройной плевок через левое плечо и сразу подумал, не связан ли этот дурацкий обычай с жеванием табака. Тут появилась мадам

Калушинер, влача прикованное к ней невидимое тяжкое ядро чугунное земного бытия своего.

— У меня крутые яйца, — провозгласила она грозно. — У меня бублики. У меня студень.

— Что-нибудь выпить, мадам К., — умоляет Ландсман. — Берко, как?

— Рыгалки содовой, — отзывается Берко. — С каплей лайма.

— Вам надо что-то скушать, — констатирует дама без следа вопросительной интонации.

— Хорошо, хорошо, давайте яйца. Пару.

Мадам Калушинер поворачивается к Ландсману, который тут же ощущает на себе взгляд Берко, взгляд выжидательный, настороженный. «Ожидает, что закажу сливовицу», — подумал Ландсман. Ландсман ощущает усталость Берко, его раздражение им, Ландсманом, и связанными с ним проблемами. Пора, мол, определиться с жизнью, пора найти что-то, ради чего стоит жить... И подобная бодяга...

— Кока-колу, — мямлит Ландсман, — пожалуйста.

Похоже, мадам Калушинер впервые за долгие годы чему-то удивляется. И кто бы ее удивил! Как раз этот шамес... Она приподняла одну стального цвета бровь, начала разворот. Берко потянулся за следующим помидором, стряхнул с него зерна перца и дольку чеснока, сунул меж зубов... Зажмурился от счастья...

— Кислая женщина — кислые овощи... — Берко поворачивается к Ландсману. — А пивка не желаешь?

Против пива Ландсман бы не возражал. Услышав название продукта, он ощутил его горьковатый вкус во рту. Пиво, которым его угостила Эстер-Малке, еще не готово покинуть организм, но Ландсман решил поторопить события. Предложение — не то призыв — с которым он собирался обратиться к Берко, кажется ему теперь глупейшим, нелепейшим, не стоящим.

— К дьяволу, — отрезает он, поднимаясь. — Я в туалет.

В мужском туалете Ландсман обнаруживает тело электрогитариста. Слышал он игру этого парня в «Ворште». Классный исполнитель, первым использовал технику и манеру американских и британских рок-гитаристов в еврейской танцевальной музыке булгар и фрейлехов. По возрасту он Ландсману чуть ли не ровесник, вырос на том же мысе Халибут, в тех же условиях. В моменты блуждания духа Ландсман сравнивал свою работу детектива с интуитивной манерой исполнения этого музыканта, теперь валяющегося без признаков жизни на полу мужского туалета. В кожаной тройке, при красном галстуке, с пальцами, лишенными перстней, но сохранившими углубления от них. Рядом с телом тоскует выпотрошенный бумажник.

Тело, однако, тут же всхрапнуло. Ландсман пошарил на шее лежавшего, нащупал сонную артерию, обнаружил устойчивый пульс прекрасного наполнения. Алкоголем от владельца пульса несет со страшной силою. Из бумажника, похоже, вместе с деньгами вытащили и документы. Обхлопав музыканта, Ландсман обнаруживает плоскую стеклянную бутылку канадской водки. Деньги взяли, водку оставили. Ландсман не собирался пить. Он даже успел ощутить отвращение от мысли, что это пойло могло бы проникнуть в его желудок, что-то в нем сжалось от гадливости. Он заглядывает в погреба своей души, вглядывается в таинственные ее потемки. Уличает себя в том, что отвращение его к пинте популярнейшей канадской водки вызвано фактом возвращения его бывшей жены, выглядящей столь сочно, выглядевшей его женой и вообще Биной. Видеть ее каждый день — уже пытка. Вроде того, как Этот... с Большой Буквы... на три буквы, из трех букв... каждодневно мучил Моисея видением Сиона с макушки горы Пиз-... как ее там дальше... -га! Пизга. Она же Фас- тоже -га.

Ландсман отвернул винтовой колпачок и приложился к бутылке. В организме вспыхнула горючая смесь жидкости и лжи. В бутылке осталось еще много, но Ландсман наполнился под завязку, наполнился раскаянием, сожалением, ощущением невозвратности... Все сходство между ним и отключившимся гитаристом обернулось против него. После ожесточенной схватки с самим собою Ландсман решил все же не выбрасывать бутылку и сунул ее в свой карман символом окончательного падения. Вытащив гитариста из кабинки, Ландсман исполнил то, зачем пришел, причем заметил, что журчание его струи о сантехнический фарфор вернуло музыканта в сознание.

— Ф-фсе нар-рамально, — доносится с пола.

— Все в норме, все в порядке, — заверяет лежащего Ландсман.

— Т-токо... жене... не звони.

— Не буду, не буду...

Этого собеседник уже не слышит. Ландсман выволакивает жертву алкоголя и бандитов из сортира, укладывает его на пол и подсовывает под голову толстую телефонную книгу. Вернувшись к столу, он благовоспитанно прикладывается к стакану липкого пойла с пузырьками.

— О-о-о, кока...

— Итак, — напоминает ему Берко, — чего ты от меня хотел?

— Да-да. Сейчас-сейчас. — Ландсман ощущает прилив уверенности в себе, понимая, что вызвана уверенность глотком вшивой водки. Что такое уверенность двуногого, да и вся жизнь его, с высот, скажем, божественных... Жалкая иллюзия... — Много-го я от тебя хотел, много.

Берко понимает, куда метит Ландсман. Но Ландсман пока не вполне готов приступить к делу.

— Вы с Эстер-Малке, — начинает Ландсман издалека, — вы подали документы?

— Это твоя большая тема?

— Нет, это для разминки.

— Мы подали на «зеленую карту». Все подали, кто не смывается в Канаду или в Аргентину... Или еще куда. Ты сам-то подал?

— Собирался. Может, и подал. Наверное, подал, не помню.

Берко ужаснулся. Нет, не то начало для разговора.

— Подал, подал! Вспомнил теперь. Конечно, подал. Заполнил, что полагается... Личные данные, там, то, се...

Берко кивает, делает вид, что верит его вранью.

— Значит, вы собираетесь остаться в Ситке, — продолжает Ландсман. — Зацепиться, закрепиться...

— Если получится.

— А почему бы и нет?

— Квота. Говорят, что оставят не больше сорока процентов. — Берко качает головой. Национальный жест в ситуации, когда неясно, что будет завтра, куда деваться бедным евреям Ситки, чем заниматься после Реверсии. И никаких гарантий. Эти сорок процентов — тоже средне-потолочные слухи конца времен. Бродят по городу экстремисты с дикими глазами и с пеной у рта утверждают, что истинное число евреев, которым позволят остаться в расширенном штате Аляска, — десять или даже пять процентов. Или около того. Те же люди призывают к вооруженному сопротивлению, к провозглашению независимости, отделению от Штатов и прочая, и прочая. Ландсман старается не прислушиваться к сплетням, не вникать в эти дрязги и бредни.

— А дед? Остался у него порох в пороховнице?

В течение сорока лет, как показали разоблачения Денни Бреннана, Герц Шемец использовал свое служебное положение местного директора национальной программы, вел свою собственную игру с правительством. ФБР поручило ему борьбу с коммунистами и левыми евреями, ожесточенными, упрямыми, не доверяющими американцам — особенно неблагодарными показали себя выходцы из сокрушенного Израиля — хотя и расколотыми на фракции. Перед ним поставили задачу наблюдать за деятельностью подрывных элементов снаружи и проникая в их среду. Он же поставил своей целью полное уничтожение этой подрывной активности. Герц Шемец скармливал социалистов коммунистам, сталинистов — троцкистам, стравливал между собой разномастных сионистов, что оказалось самым нетрудным. Подтирал разбитые носы уцелевшим и сталкивал их друг с другом. А с конца шестидесятых ему дали карт-бланш и против радикалов племени тлингит.

Но вся эта бурная деятельность оставалась обложкой, скрывавшей его реальную повестку дня: увековечить статус округа, сделать его постоянным или даже государственным — вот дикая мечта дядюшки.

— Хватит странствий, блужданий, исходов, — говорил Герц Ландсману-отцу, который в течение всей своей жизни склонялся к романтическому сионизму. — Довольно миграции, изгнаний, мечтаний. Пора взять то, что плывет в руки, пока не исчезла такая возможность.

Как выяснилось впоследствии, дядя Герц ответвлял до половины ежегодного бюджета на «смазывание» тех, на кого работал. Он подкупал сенаторов, членов палаты представителей, увивался вокруг богатых ситкинских евреев. Билль о постоянном статусе для округа три раза всплывал на поверхность и благополучно тонул: дважды в комитете, однажды в результате ожесточенных дебатов в палате представителей. После битвы в Конгрессе на выборах победил теперешний президент с программой, предусматривавшей проведение Реверсии, восстановление Аляски «дикой и чистой», «Аляски для аляскинцев». И Денни Бреннан сорвался с цепи.

— Дед-то? В своей резервации? С козой и морозилкой, забитой лосятиной? Тень его еще не исчезла из коридоров власти. Еще тянет, старый хрен.

— Точно?

— Мы с Эстер-Малке уже получили трехлетнее разрешение на работу.

— Неплохо.

— Еще бы.

— Конечно, ты не захочешь подвергать свое положение опасности.

— Не захочу.

— Неповиновение приказу. Начальству нагадить. Пренебречь служебным долгом. Все такое...

— Ни в жизнь.

— Ясно. — Ландсман полез в карман и вытащил шахматы. — Говорил я тебе о записке, которую отец написал перед смертью?

— Ну... Стихотворение?

— Скорее, стихоплетство. Шесть строчек на идише, адресованных неизвестной особе женского пола.

— Угу.

— Никакого расизма, никакого шовинизма. Выражение сожаления по поводу своей неадекватности. Печаль, вызванная неудачей. Заверения в преданности и уважении. Трогательная благодарность за доставленное ему удовольствие, а пуще всего — за забвение долгих лет горечи и унижения, достигнутое в ее обществе.

— Ты запомнил это стихотворение?

— Да, я знал его наизусть. Но кое-что в нем меня беспокоило, и я заставил себя его забыть.

— Что тебя беспокоило?

Ландсман не ответил, так как вернулась мадам Калушинер с полудюжиной куриных яиц, установленных в шесть углублений, выдавленных в специальном подносике по форме их низочков. Соль. Перец. Горчица. Все, как полагается.

— Снять бы с него поводок, — кивает Берко в сторону пса Гершеля, — он бы сейчас к нам рванул за сэндвичем-другим.

— Ему нравится поводок, — равнодушно роняет мадам Калушинер. — Без него он спать не может.

— Интересно, — говорит Берко, все еще глядя на Гершеля.

— Понимаю, что вы имеете в виду.

Берко посолил яйцо и впился в него зубами. Откусил половину, принялся усердно жевать.

— Так что со стихами?

— Со стихами... Все, конечно, считали, что они адресованы моей матери. И она тоже.

— Она подходит под описание.

— Все так считали. Поэтому я ни с кем не делился своими предположениями и выводами. Пришел к ним в ходе первого официального расследования. Еще младшим шамесом.

— Ну и?

— Дело в том, что первые буквы каждой строчки в сочетании дают имя КАИССА.

— Что за имя?

— Латынь, так я полагаю. Каисса — богиня-покровительница шахматистов.

Ландсман открыл крышку походной шахматной доски. Фигуры остались в том же положении, на позициях, определенных им утром в квартире Тейч-Шемецов, на позициях, завещанных убитым, который называл себя Эмануилом Ласкером. Или его убийцей. Или бледной шахматной богиней Каиссой, заглянувшей в «Заменгоф», чтобы проститься с одним из своих неудачливых почитателей. У черных недобиты три пешки, оба коня, слон, ладья. Белые сохранили все фигуры, включая тяжелые, и две пешки, одной осталася лишь ход до служебного повышения. Создается странное впечатление, что игра до этого момента велась вслепую, без цели и смысла.

— Все, что угодно, но не это, Берко, — взмолился Ландсман. — Колода карт, кроссворд. Карта бинго...

— Понял, понял.

— Как назло, неоконченная шахматная партия.

Берко быстро оценивает ситуацию на доске, затем поднимает глаза на Ландсмана. «Самое время, — говорят его глаза, — самое время просить о твоем одолжении».

— Ну вот, как я и говорил, я прошу тебя об одолжении.

— Что-то незаметно, — увиливает Берко.

— Ты все слышал. Ты видел, как она присобачила к делу черную метку. Дело дерьмовое, глухое с самого начала. Бина припечатала его официально.

— Но не ты.

— Не время рассыпаться в комплиментах моей гениальной прозорливости. Особенно после всех моих стараний подорвать собственную репутацию.

Берко вдруг заинтересовался псом. Он встает, подходит к сцене. Поднимается по трем высоким деревянным ступеням, останавливается, глядя вниз на Гершеля. Пес поднялся, принял сидячее положение и влажным носом своим прочитал записанные на ладони Берко запахи: дети, вафли, интерьер «суперспорта» 1971 года... Берко нагнулся, отстегнул цепочку от ошейника. Взял голову собаки в обе ладони, посмотрел в глаза.

— Ладно, хватит... Он не придет.

Собака вдумалась в услышанное от Берко, поднялась на все четыре лапы и проследовала к ступенькам. Спустившись, она, клацая когтями о бетон пола, подошла к Ландсману и молча уставилась на него, требуя подтверждения.

— Да, Гершель, эмес, воистину так, — кивает Ландсман. — Сличали зубные рентгенограммы.

Пес обдумал и это сообщение, затем, удивив Ландсмана, проследовал к передней двери. Берко бросил на Ландсмана укоризненный взгляд типа «Ну что я тебе говорил?», потом трусливо покосился на деревянную дрянь скелетной занавески мадам Калушинер, метнулся к двери, отодвинул засов. Пес выбежал, как будто бы по спешному делу.

Берко вернулся к столу с видом освободившего душу от круговорота кармы.

— Мы оба ее слышали. У нас девять недель. Два-три дня туда-сюда погоды не сделают. Можем под шумок уделить внимание твоему жмурику.

— У тебя очередной ребенок на подходе. Вас уже пятеро станет.

— Да что ты говоришь?

— Пять Тэйч-Шемецов, Берко. И что ты будешь делать, если какая-нибудь зараза при распределении разрешений на жительство обратит внимание на действия, прямо противоположные указаниям начальства и, еще хуже, противоречащие политике, определенной сверху, какой бы идиотской она ни была?

Берко моргает и сует в рот еще один маринованный помидор. Жует, вздыхает.

— Братьев и сестер у меня не было. Кузены да кузины среди индейцев знать меня не хотели. Были еврей и еврейка. Еврейки, благословенно имя ее, больше нет. Остается еще еврей, последний.

— Спасибо, Берко, я это ценю и хочу, чтобы ты знал об этом.

— Fuck that shit, — подводит черту Берко, пользуясь изящным американским оборотом. — В анус. — Анус звучит у него почти как «амен». — К «Эйнштейну»?

— К «Эйнштейну», — подтверждает Ландсман. — Для начала.

Не успели они подняться, чтобы распрощаться с мадам Калушинер, как от главного входа донеслись царапанье и протяжный стон, человеческий, отчаянный. Ландсман почувствовал, что в хребте его стон этот отдался сквознячком. Он подошел к двери и впустил пса, направившегося прямым ходом к сцене. Пес вернулся на свое насиженное место, где краска пола давно исчезла от его когтей, уселся и поднял уши, вслушиваясь в давно отзвучавшие верхние ноты и ожидая, когда на ошейнике защелкнется карабин его родной цепи.

10

Север Перец-стрит застроен бетонными глыбами, стальными каркасами, сверкает алюминиевыми рамами окон с северным двойным остеклением. Эта часть Унтерштата застраивалась в начале пятидесятых в принципах благородного безобразия, принимала уцелевших беженцев. Сейчас благородство увяло, осталось одно безобразие. Пустующие помещения, заклеенные бумагой окна. А вот окна 1911 года, за которыми Ландсман-отец присутствовал на встречах общества Эдельштата, пока за эти окна не въехал филиал косметической сети, выставив в витрине плюшевого кенгуру с лозунгом «Австралия или смерть!». В 1906 году отель «Эйнштейн» выглядел, по словам какого-то из тогдашних остряков, как крысья клетка в рыбьем садке. Желающие по доброй воле расстаться с этим миром обычно выбирают местом расставания отель «Эйнштейн». Шахматный клуб «Эйнштейн» тоже избрал этот отель своей резиденцией, освятив этот выбор уставом и традицией.

Член шахматного клуба «Эйнштейн» по имени Мелек Гейстик в 1980 году на матче в Ленинграде отобрал титул чемпиона мира у голландца Яна Тиммана. Ситканчане и ситканчанки, из памяти которых еще не выветрилась эйфория Всемирной выставки, увидели в этом достижении еще одно доказательство полноценности своего анклава как субъекта международного права. Гейстик оказался подверженным припадкам ярости, ипохондрии, на него «находило» временное помрачение рассудка, но на эти досадные мелочи ликующие энтузиасты не обращали внимания.

Воодушевленная триумфом Гейстика, администрация отеля «Эйнштейн» отвела в бесплатное пользование шахматного клуба танцевальный зал своей гостиницы. Свадьбы в отелях вышли из моды, а зануды за шахматными досками без толку занимали драгоценные посадочные места кафе, дымили, бормотали и лихорадочно вскрикивали, не оживляя кассу бодрым звоном злата-серебра. Гейстик помог, спасибо ему. Строители отрезали танцзал от отеля, вывели из него тамбур на улицу, в темный проулок. Прекрасный темный паркет заменили «шахматным» клетчатым линолеумом с грязной продрисью разных оттенков разведенной сажи и разведенной желчи, причудливые напольные светильники эпохи модерна заменили флуоресцентными трубками, присобаченными к высокому потолку. Через два месяца юный чемпион мира забрел в прежнее кафе, где когда-то отметился и отец Ландсмана, присел к столику в нише, вынул из кармана кольт 38 калибра, вложил ствол себе в рот и нажал на спуск. В кармане чемпионского штучного пиджака нашли записку: «Раньше солнце светило ярче».

— Эмануил Ласкер... — повторяет русский — обтянутый тонким истлевшим пергаментом скелет, — поднимая голову от шахматной доски под неоновыми цифровыми часами с рекламой почившей газеты «Блатт». И снова, шевеля компактной, остроконечной бородкой: — Эмануил Ласкер... — Кажется, кожа русского трескается от малейших движений, с нее как будто осыпаются отслоившиеся чешуйки, исчезают в одежде, падают на пол... Русский сутул, голова растет как будто из груди, грудная клетка какой-то неправильной формы. Рот его изображает смех и даже выдыхает что-то вроде сдавленного хрипа. — Хотел бы я его здесь увидеть. — Как и у большинства русских эмигрантов, идиш его хрупок, слушать его грубыми ушами местных старожилов следует с осторожностью, чтобы не повредить, не исказить. Кого-то Ландсману напомнил, хотя и непонятно кого. — Он бы от меня получил по заднице. — Неясно, какой из Ласкеров и по какой заднице, по шахматной или по той, которая в штанах.

— Вы его партиями интересуетесь? — желает знать противник русского, пухлощекий молодой человек в очках без оправы, отмечающийся несколько зеленоватым цветом лица: очень похоже на белые фрагменты долларовых бумажек. Он вскидывает взгляд на Ландсмана, и тому кажется, что линзы очков собеседника сделаны из ледышек.

— Сначала давайте уточним насчет Ласкера, чтобы не было путаницы, — говорит Ландсман.

— В нашем случае Ласкер — псевдоним, — добавляет Берко. — Иначе нам пришлось бы искать человека, который умер с полдюжины десятков лет назад.

— Если рассмотреть игры Ласкера с современной точки зрения, — продолжает свою мысль молодой человек, — то они слишком сложны. Он чрезмерно все усложняет.

— Сложен он для тебя, Велвел, лишь в той мере, в которой ты прост, — живо возражает русский скелет.

Шамесы вломились в их игру в самой гуще миттельшпиля. Русский вывел вперед коня. Оба поглощены игрой, как будто две снежные вершины охвачены общей бурей. Естественное желание обоих — послать наглых ищеек подальше, оплевав их с головы до ног, окатив бочкой презрения. Конечно же, лучше было бы выждать окончания партии, но здесь еще вон сколько народу... И все играют. И не в одну еще игру придется вмешаться. Под столиками шаркают ноги, как будто мел скрипит на школьной доске. Фигуры щелкают по доскам, как барабан кольта Мелека Гейстика. Играющие — сплошь мужчины, ни одной женщины в зале — подначивают друг друга посвистыванием, присвистыванием, тихими репликами, хмыканьем, смешками...

— Стало быть, — объясняет Берко, — этот человек называл себя Эмануилом Ласкером, но не был известным чемпионом мира одна тысяча восемьсот шестьдесят восьмого года рождения, родом из Пруссии. Этот человек умер, мы расследуем обстоятельства его смерти. Мы уже об этом говорили, но вы, похоже, слишком поглощены игрой и плохо расслышали.

— Еврей, но блондин, — замечает русский.

— Конопатый, — добавляет Велвел.

— Видите, мы все услышали, — говорит русский. Он хищным жестом хватает свою ладью, пальцы его с зажатой в них ладьей летят через доску и вихрем сметают с поля боя последнего слона черных.

Велвел взрывается. Рот его распахивается. Теперь он говорит по-русски, эмоционально — хотя и с сильным акцентом — сообщая всему свету о непростых отношениях интимного характера между матерью русского и матерым жеребцом племенного завода.

— Я сирота, — спокойно парирует русский, дождавшись окончания тирады.

Он откидывается на спинку стула, как будто выжидая, пока противник опомнится, оправится от потери фигуры. Сухие щепки пальцев русский сует подмышки, скрестив руки на груди. Видом он напоминает человека, который жаждет сунуть в рот папиросу в обществе некурящих, в помещении, где курение запрещено. Ландсман думает, как бы почувствовал себя отец, если бы в шахматном клубе «Эйнштейн» запретили курение при его жизни. В течение одной партии он мог выкурить пачку «Бродвея».

— Блондин. Веснушки. Еще что-нибудь, пожалуйста, — просит русский, лучась желанием содействовать нелегкой розыскной работе.

Ландсман перебирает в памяти скудный перечень примет, решая, с чего начать.

— Серьезно изучал предмет. Интересовался историей шахмат. У него нашли книгу Зигберта Тарраша. Об этом же говорит и его псевдоним.

— Много же вы о нем накопали, — открыто язвит русский. — Классные копы.

Насмешка эта Ландсмана не столько обижает, сколько дает ему еще одну нить к определению личности русского с пергаментной кожей. Он еще разок швыряет мысль в этом направлении и возвращается к Ласкеру.

— Возможно, — продолжает он рассказ о покойнике, внимательно следя за русским, — покойный был набожным иудеем. «Черная шляпа».

Руки русского выскакивают из подмышек. Он подается вперед, даже чуть проезжает сухой задницей по стулу. Лед Балтики в глазах его мгновенно тает.

— Наркоман? — спрашивает он без вопросительной интонации и, не дожидаясь ответа Ландсмана, упавшим голосом констатирует: — Фрэнк. — На американский манер, с едва заметным «р» и ядовитым растянутым «аэ-э-э». — О, Бох-х-х...

— Фрэнк, — мгновенно отзывается Велвел.

— Дьявол, — так же быстро сменяет собеседника русский. Руки его обвисают, кости как будто забыли свои места в скелете. — Ребята, я вам скажу... Иногда мне кажется... Сдохнуть бы этому миру, мать его...

— Расскажите нам о Фрэнке, — просит Берко. — Он вам, как видно, симпатичен.

Русский пожимает плечами, балтийский лед возвращается в глаза.

— Никто мне на этой земле не симпатичен. Но когда здесь появлялся Фрэнк, меня, по крайней мере, не подмывало каждую секунду выбежать отсюда с воплем отчаяния. Он смешной. Далеко не красавец. А вот голос красивый, Серьезный голос. Как будто по радио говорит тот, кто исполняет настоящую музыку. В три ночи, например, разговор о Шостаковиче. Голос Фрэнка всегда серьезен. О чем бы он ни говорил. И всегда с подначкой. О моей стрижке, о ваших, извините, штанах, о том, как Велвел каждый раз подскакивает, когда упоминают его жену...

— Точно, — вставляет Велвел. — Подскакиваю.

— Он все время вас дразнит, но вы почему-то на него не злитесь.

— Да, — добавляет Велвел. — Что бы он ни говорил о тебе, ты видишь, что к себе самому он... еще строже, что ли.

— Если ты с ним играешь, даже несмотря на то, что он наверняка тебя вздует, чувствуешь, что играешь лучше, чем против остальных здешних мудаков. Фрэнка мудаком не назовешь.

— Нет, не назовешь, — эхом отзывается Велвел.

— Меир, — нежно шепчет Берко и поводит бровью в сторону соседнего стола. К их беседе прислушиваются.

Ландсман оборачивается. Двое в дебюте. На одном модный пиджак, какие-то полускрытые столом брюки и шикарная любавичская бородища. Густая, черная, как будто оттененная мягким карандашом искусного гримера. Черная велюровая кипа, отделанная черным же шелком, приколота к гуще прически уверенною рукою. Темно-синий плащ его и такого же цвета фетровая шляпа висят на крюке, вделанном в зеркальную стену; ярлык шляпы отражается в зеркале. Глаза этого игрока подчеркнуты темными пятнами: выразительные глаза, внимательные, печальные. Противник его — бобовер в длинной хламиде, бриджах, белых чулках и шлепанцах. Кожа бела, как страница свежекупленной школьной тетрадки. Шляпа лежит на коленях: черный пирог на черной тарелке. Кипа приклеена к затылку, как будто плоский карман пришит к остриженным волосам. Не испорченный полицейской работой глаз воспринял бы эту пару как обычных завсегдатаев эйнштейновского клуба, зачарованных перспективами только что начатой партии. Но Ландсман поставил бы сотню долларов, что они даже забыли, чей ход. Оба стараются не пропустить ни слова из разговора за соседним столом.

Берко подходит к незанятому столику, выдергивает из-под него за гнутую спинку венский стул с рифленым плетеным сиденьем, устанавливает стул между столиком, за которым русский громит Велвела, и столиком «черных шляп». Он величественно опускается на жалобно скрипнувший стул, расставив ноги, раскинув полы плаща, как будто собирается пообедать всеми присутствующими. Сдергивает за тулью шляпу, обнаруживает блеснувшие чернотой и сединой волосы. Седина придает ему вид добрый и мудрый. Бывал, конечно, Берко мудр, и в доброте ему не откажешь, но оба эти качества он весьма часто с готовностью задвигает куда подальше. Сиденье стула продолжает взывать к придавившим его мощным ягодицам детектива.

— Привет, ребятишки, — обращается Берко к «черным шляпам». Он потирает руки и укладывает их на бедра. Салфеточку, вилочку, ножичек — и приступай к трапезе. — Как делишки?

С мимикой и жестикуляцией бесталанных актеров-любителей «черные шляпы» изображают удивление.

— Мы мирные люди, — заверяет любавичер.

— Все б такими были! — живо и с удовольствием реагирует Берко. — Моя любимая фраза на идиш. Приятно побеседовать с хорошим человеком. Расскажите что-нибудь о Фрэнке.

— Мы его не знаем. Какой такой Фрэнк? — повышает степень удивленности любавичер. Бобовер молча переглядывался со своим королем.

— Друг бобовер, как вас звать-то? — подключается Ландсман.

— Меня зовут Салтиел Лапидус. — Актер-бобовер явно пытается освоить амплуа робкой поселянки. Он манерно складывает пальцы на полях своей шляпы. — И ничего я не знаю, добрые господа.

— Но с Фрэнком-то вы играли, — напираст Берко. Голова Салтиела Лапидуса судорожно дергается.

— Нет-нет.

— Да, — вмешивается любавичер. — Знали мы его. Лапидус сверкает на предателя взглядом, но тот отводит глаза. Ландсман наслаждается изяществом ситуации. Шахматы правоверному иудею дозволяются даже — в отличие от иных игр — в субботу.

Однако шахклуб «Эйнштейн» сугубо мирское заведение. Любавичер затащил бобовера в этот вертеп в сомнительные часы пятницы, накануне субботы, требующей от обоих более благочестивых действий. Он заверял партнера, что все сойдет гладко, что никакой беды не будет... И вот, пожалуйста!

Ландсману любопытно, он даже, можно сказать, тронут. Пересечение межфракционных границ — явление нечастое. Он и ранее замечал, что, кроме гомосексуалистов, лишь шахматисты нашли пути к преодолению барьеров, разделяющих секты, к наведению мостов между конкретными людьми.

— Я его видел здесь, — признает любавичер, глядя на бобовера, как бы желая внушить тому, что бояться им нечего. — Видел я этого Фрэнка. Ну, может, разок-другой сыграл. Он в высшей степени талантливый шахматист.

— В сравнении с тобой, Фишкин, — вмешивается русский, — этот пацан просто Рауль Капабланка.

— Вы, — поворачивается Ландсман к русскому, — знали, что он наркоман. Откуда?

— Детектив Ландсман, — в голосе русского слышен упрек, чуть ли не обида, — вы меня не узнали?

Толчок — и вот он, выхвачен из подвалов памяти.

— Василий Шитновицер. — Не так уж и много лет прошло, около дюжины. Молодого еще русского он тогда арестовал за участие в торговле героином. Недавний иммигрант с судимостью, вышвырнутый хаосом в рухнувшей ТРР — Третьей Российской Республике. Человек с неправильным идишем и неправильным поведением, с до противности близко посаженными глазами. — Ну, вы-то меня сразу узнали.

— Вы симпатичный парень, — льстит Шитновицер. — И хваткий. Вас нелегко забыть.

— Он в Бутырке сидел, — информирует Ландсман Шемеца, имея в виду знаменитую московскую тюрягу. — Неплохой парень. Здесь в кафе наркотой приторговывал.

— Вы и Фрэнка героином снабжали? — сходу спрашивает Берко.

102

— От дел отошел, — сухо отрезает Василий Шитновицер. — Шестьдесят четыре федеральных месяца в федеральном Элленсбурге, Вашингтон. Бутырка детским садом покажется. Хватит, завязал, детективы, верное дело. А если бы и не завязал, то уж Фрэнку бы не втюхал ни дозы, честно. Я, может, псих, но не полный идиот.

Ландсман чувствует толчок и занос от схваченных тормозами колес. Наезд!

— Почему? — Голос мудрого и доброго Берко. — Почему продать дозу Фрэнку не просто преступно, но и прямой идиотизм, мистер Шитновицер?

Негромкий щелчок, слегка глуховатый, как будто в закрытом рту клацнули зубные протезы. Велвел опрокинул своего короля на доску.

— Сдаюсь. — Он снимает очки, сует их в карман, встает. Он забыл о важной встрече. Ему пора на работу. Мать взывает к нему на парапсихической волне, зарезервированной федеральным правительством для заботливых еврейских матерей, приглашающих сыновей на очередную семейную трапезу.

— Присядь, — ласково бросает Берко, не оборачиваясь. Парень молча садится.

Внутренние органы и речевой аппарат Василия Шитновицера свела судорога. Так показалось внимательному взору Ландсмана.

— Bad mazel, — выдавливает он из себя наконец с каким-то паралитическим акцентом, не русским и не американским.

— Непруха? — переводит на язык приличных людей Ландсман. На физиономии детектива читаются сомнение и разочарование.

— Толстым слоем. Как зимнее пальто. Шляпа из bad mazel на главе его. Столько bad mazel, что не захочешь коснуться одежды его, дышать одним воздухом боишься.

— Я видел, как он за сто баксов играл сеанс, пять партий разом, — мрачно вставляет Велвел. — Всех пятерых надрал. А потом блевал у входа, я видел.

— Господа детективы, я вас уверяю, — Сатиел Лапидус умоляюще воздевает руки, — мы совершенно непричастны к делу. Мы ничего не знаем об этом человеке. Героин! Блевал у двери! Это же... Прошу вас, на нас это подействовало...

— Ошеломляюще, — заканчивает любавичер.

— Извините, но нам совершенно нечего сказать. Можно нам уйти? — заключает бобовер.

— Конечно, какой разговор! — сразу соглашается Берко. — Оставьте только контактные телефоны, в общем — координаты, и вы свободны, как ветер.

Он вынимает свою записную книжку, состоящую из беспорядочной кипы листков, скрепленных канцелярской скрепкой-переростком. В объятиях этой скрепки можно встретить визитки деловых людей и бездельников, таблицы приливов и отливов, расписания общественного транспорта, генеалогические кусты каких-то монархов да графьев, мысли, накарябанные спросонья в три ночи, пятибаксовые бумажки, аптечные и кулинарные рецепты, сложенные вчетверо салфетки с планом перекрестка в Южной Ситке, где нашли под утро зарезанную проститутку... Нашарив в стопке пустую картотечную картонку, Берко сует ее «черным шляпам» вместе с огрызком карандаша жестом сборщика автографов. Фишкин, однако, при собственной ручке, он записывает имя, адрес, номер своего «шойфера», передает Лапидусу, тот повторяет процедуру.

— Только не надо нам звонить, не надо к нам ходить, я вас умоляю, — заклинает Фишкин. — Ничего мы об этом еврее не знаем, я вас умоляю...

Каждый ноз управления знает, чего стоит связываться с «черными шляпами». Их молчание и незнание разрастается из точки воздействия и непроницаемым туманом окутывает «черношляпные» улицы и «черношляпные» районы. У «черных шляп» свои поднаторевшие в судебных дрязгах адвокаты, свои шумные газеты, свое политическое лобби, и весь этот монструозный конгломерат может накрыть беднягу-инспектора и даже кого повыше такой черной шляпой, что век помнить будешь. Подозреваемый превращается в ангела, обвинения забываются. Чтобы рассеять этот «черношляпный» туман, Ландсману понадобился бы авторитет всего управления полиции, а у него нет даже поддержки собственного инспектора, так что о вызове этих двух «черных шляп» на допрос и речи быть не может.

Он искоса глядит на Берко, тот едва заметно кривит губы.

— Идите, идите, вы свободны, — отпускает Ландсман Лапидуса и Фишкина.

Лапидус поднимается на ноги, истерзанный, страдающий, как будто только что рухнул на пол с дыбы. Даже его пальто и галоши выглядят оскорбленными до глубины душ своих. Шляпа надвигается на его брови, как чугунный люк на колодец уличной канализации. Скорбящий взор его провожает каждую фигуру, которую Фишкин препровождает в деревянный гроб шахматной доски-коробки. Убита партия, испорчено утро! Плечом к плечу «черные шляпы» похоронным шествием следуют к двери между столиками, провожаемые взглядами других игроков. Возле самого выхода левая нога Салтиела Лапидуса вдруг выворачивается в сторону, как настроечный ключ; он покачнулся, схватился за партнера, едва удержавшись на ногах. Пол под его ногами выглядит, однако, безупречно. Ландсману непонятно, за что там можно было зацепиться.

— Впервые вижу столь скорбного бобовера, — замечает он. — И как он только не разрыдался...

— Хочешь его еще пощупать?

— Разве чуток. Дюйм-другой.

— А дальше с ними и не продвинешься.

Друзья спешат мимо игроков: потертый скрипач из «Одеона», мозольный оператор — его реклама налеплена на скамьи автобусных остановок... Берко вываливается за дверь, спеша за Лапидусом и Фишкиным, Ландсман собирается последовать за ним, но какой-то импульс вдруг сдерживает его: как будто запах древнего одеколона или припев зажигательной мамбы-самбы средней модности и двадцатипятилетней давности.

Ландсман остановился у ближайшего к выходу столика.

Крупный сморщенный старик сжался кулаком вокруг своей шахматной доски, взгляд уперт в спинку пустого стула напротив. На доске исходные боевые порядки, себе дед определил белое войско. Ожидает противника. Сияющий череп окаймлен клочковатой сивой порослью. Сидит, набычившись, лицо скрыто склоненным лбом. Виден костлявый крючок носа, впалые виски, перхоть по всей лысине, кусты бровей. Плечи сгорблены угрожающе, старец лелеет коварные планы, обдумывает блестящую кампанию. Плечи эти когда-то принадлежали герою и гиганту, такелажнику, скажем, подсобнику в магазине роялей…

— Мистер Литвак, — обратился к нему Ландсман.

Литвак выбирает белого коня королевского фланга с видом художника, выбирающего кисть. Руки живые и жилистые. Конь взметнулся к центру доски. Мистер Литвак всегда предпочитал гиперсовременный стиль игры. Дебют Рети — и Ландсману показалось, что руки Литвака сомкнулись у него на горле. Его чуть не сметает с ног нахлынувший ужас перед дьявольской игрой; воскресают стыд и страх тех лет, когда он губил сердце отца над шахматными досками кафе «Эйнштейн».

— Альтер Литвак, — повторяет попытку Ландсман.

Озадаченный Литвак поднимает голову, близоруко щурясь. Крепкий был когда-то парень, грудь, что бочка; кулачный боец, охотник, рыбак, солдат. На пальце его всякий раз, когда старик протягивает руку к фигуре, вспыхивает золотом перстень армейского рейнджера. Теперь уж он не тот… Теперь он сказочный король, сморщенный колдовским проклятием до размеров запечного сверчка. Лишь гордый крюк носа напоминает о былом величии лица. Глядя на эти жалкие человеческие обломки, Ландсман подумал, что отец его, не лиши он себя жизни, все равно бы давно уже умер.

Литвак как-то нетерпеливо и вместе с тем просяще дергает рукой, затем достает из нагрудного кармана прочного вида блокнот в черной с разводами обложке и жирную перьевую авторучку. Борода его аккуратно расчесана, как всегда. На нем крапчатая куртка, прочные ботинки с высокой шнуровкой, из кармашка куртки торчит кончик носового платка, за отворотами куртки шарф. Вид, пожалуй, даже спортивный. Дыша энергичными толчками, через нос, он уверенно выводит своим толстым «уотерманом» буквы, слова. Пишет с нажимом, аж перо скрипит. Скрип пера как будто заменяет ему голос. Написав, протягивает блокнот Ландсману. Почерк четкий, устойчивый.

Я вас знаю

Взгляд старика сосредоточивается, он слегка склоняет голову вбок, оценивая Ландсмана, его мятый костюм, кособокую шляпу, физиономию ищейки… Он узнал Ландсмана, не признав его. Отобрал блокнот, дописал еще слово. Получилось:

Я вас знаю детектив

— Меир Ландсман, — представляется Ландсман, вручая старику свою визитку. — Вы были знакомы с моим отцом. Я сюда с ним иногда приходил. Когда клуб еще размещался в кафе отеля.

Покрасневшие глаза расширились. Удивление в них смешивается с ужасом. Мистер Литвак изучает Ландсмана, не веря не то своим глазам, не то заверению Ландсмана. Он доверяет свои сомнения бумаге.

Невозможно Не может быть что Мейерле Ландсман вырос таким охламоном

— Что поделаешь, — вздыхает Ландсман.

Что вы тут делаете кошмарный шахматишка

— Я ведь был тогда ребенком, — бормочет Ландсман, ужасаясь оттенкам оправдания и жалости к самому себе, явно сквозящим в его голосе. Кошмарный старикан, ужасный притон, поганая, бесцельная игра… — Мистер Литвак, может быть, вы знали человека, он играл в шахматы, еврей, которого могли называть Фрэнком?

Да я его знаю он что-нибудь натворил

— И хорошо знаете?

Хотел бы узнать получше

— Не в курсе случайно, где он живет, мистер Литвак? Давно ли вы его видели в последний раз?

Больше месяца ради Б-га только не говорите что вы из отдела убийств.

— К большому сожалению, именно оттуда.

Старик моргает. Если он потрясен известием, этого по виду его не скажешь. С другой стороны, человек, не владеющий своими эмоциями, не уйдет далеко с дебютом Рети. Может быть, почерк его перестал поражать такою четкостью…

Передозировка?

— Выстрел.

Входная дверь открылась, впустив двоих новых посетителей, серых и промерзших. Один — долговязый юнец лет двадцати с небольшим, в коротко подстриженной бородке, в слишком коротком плаще, второй — коротышка, плотный, брюнет в курчавой бороде и слишком большом костюме. Стрижки у обоих короткие, неровные, как будто они сами стриглись. Черные ермолки украшены кружавчиками не то вышивками. Вошедшие на секунду замерли в дверях, как будто боясь, что их сейчас вздуют за опоздание.

Старик открыл рот. Голос — как будто открыло рот ископаемое доисторическое животное. Ужасный звук, повреждены голосовые связки. Что он сказал, до Ландсмана дошло не сразу.

— Внучатые племянники.

Литвак подозвал их и вручил карточку Ландсмана плотному коротышке.

— Очень приятно, детектив, — тут же выпаливает коротышка с легким, пожалуй австралийским, акцентом. Он усаживается напротив старика, бросает взгляд на доску, тут же хватается за своего королевского коня, двигает его вперед. — Извини, дядя Альтер. Этот, как всегда, долго возился.

Долговязый и здесь возится долго. Он все еще не закрыл дверь, из-за которой доносится рык Берко.

— Ландсман! — Берко припер парочку Фишкин-Лапидус к мусорному контейнеру. — Какого дьявола?

— Бегу, бегу, — отзывается Ландсман. — Мистер Литвак, к сожалению, я должен идти. — Почувствовав ладонью кости, мозоли и морщины на руке старика, он спрашивает: — Где я смогу найти вас, чтобы расспросить подробнее?

Литвак скрипит пером, вырывает листок из блокнота и вручает Ландсману.

— Мадагаскар? — вздымает брови Ландсман, прочитав название улицы в Антананариву. — Новый адрес... — При виде этого адреса, номера дома на далекой рю Жан-Бар, Ландсман ощущает желание бросить гонку по следам мелкого убитого еврейца из жалкого номера двести восемь второразрядной гостинички. Ну, даже и поймает он убийцу... Так что? Через год евреи станут африканцами, здесь, в бывшем шахматном клубе, будут танцевать или выпивать гои, а все до одного уголовные дела заснут вечным сном в девятом шкафу.

— Когда отбываете?

— На следующей неделе, — без особенной уверенности сообщает плотный коротышка.

Старик снова что-то прокаркал, но на этот раз его не понял никто. Он нагибается к блокноту, передает его внуку.

— Человек предполагает, — читает парень, — а Богу и смеяться лень.

11

Иной раз, изловив «черную шляпу» юных лет, копы сталкиваются с высшей степенью непреклонности. Задержанные качают права, ссылаются на свободы, дарованные им великой американской Конституцией. Но иногда они, сломавшись и потеряв всякое чувство собственного достоинства, рыдают до утраты дара речи. Из опыта Ландсман убедился, что мужчины весьма склонны к слезам, когда они после долгих лет уверенного и безопасного существования вдруг обнаруживают, что все это время жили на краю бездны. Задача копа — выдернуть из-под ног подозреваемого этот красивый коврик, маскирующий фатальную дыру. Похоже, Сатиел Лапидус дыру эту заметил. По щекам его струились слезы, из ноздри выделилась и сползла к верхней губе жирная зеленая гусеница.

— Мистер Лапидус скорбит, — сочувственно качает головой Берко, — но причины скорби своей постичь не в состоянии.

Ландсман сует руку в карман плаща в поисках «Клинэкса», к своему удивлению находит; протягивает бумажный платочек Лапидусу. Тот, поколебавшись, хватает платок и с чувством в него сморкается.

— Клянусь, я его не знаю, — сипит Лапидус. — Где жил — не знаю, кто был — не знаю. Ничего не знаю, жизнью клянусь. Играл с ним пару раз. Он всегда выигрывал.

— И скорбите о неизвестном солдате исключительно из человеколюбия, — добавляет Ландсман, не скрывая иронии.

— Именно так, — отрезает Лапидус, нервно комкает платочек и запускает эту бумажную розу с грузом своих соплей на мостовую.

— Вы нас хотите задержать? — вмешивается Фишкин. — Если да, то я хочу связаться с адвокатом. Если нет, то нам пора идти.

— Адвокат «черных шляп»! — ужасается Берко. — Горе мне, горе!

— Свободны, — буркнул Ландсман.

Берко отечески кивает обоим, и «шляпы» шлепают по слякоти: все четверо, попарно, в противоположных направлениях.

— Я, кажется, завожусь, — равнодушным тоном роняет Берко. — Этот сопливый меня, похоже, допечет.

Ландсман кивает, скребет щетинистый подбородок, как будто погрузившись в размышления. Но память его копается в шахматных партиях, проигранных им людям, отнюдь не молодым еще тридцать лет назад.

— Заметил деда возле выхода? Альтер Литвак. Давний завсегдатай. Он еще с моим отцом играл. С твоим тоже.

— Слышал имя. — Берко оглянулся за стальную огнестойкую дверь, служившую парадным входом в шахматный клуб «Эйнштейн». — Герой войны. Был на Кубе.

— У него голос пропал, он теперь отвечает письменно. Я спросил, где его искать в случае надобности, и он дал мне адрес на Мадагаскаре.

— Интересно.

— Еще бы.

— Нашего Фрэнка знает?

— Говорит, самую малость.

— Никто нашего Фрэнка не знает. Но все жалеют, все скорбят. — Берко застегивает плащ, поднимает воротник, нахлобучивает шляпу поглубже. — Даже ты.

— Пошел ты в анус. Кто он мне?

— Может, русский? — гадает Берко. — Тогда ясно с шахматами. И с поведением твоего друга Василия. Может, Лебедь или Московиц...

— Если русский, то с чего эти «шляпы» так всполошились? — живо возражает Ландсман. — Они о Московице и не слыхивали. Русские штаркеры и их разборки для бобовера средней руки ничего не значат. — Он снова вцепился в подбородок, упорядочивая мысли. Поднял взгляд к серой полоске неба, нависшей над проулком за отелем «Эйнштейн». — Интересно, во сколько сегодня заходит солнце?

— А тебе-то что? Хочешь сунуть нос в Гарькавы? Бина горячо отблагодарит тебя, если разворошишь их муравейник.

— Значит, тебе эта идея не по вкусу? — Ландсман улыбается, вытаскивает из кармана дисконтную карту. — Что ж, тогда оставим ее.

— Угу. А чего это ты зубы скалишь?

— Не нравится моя улыбка?

— Очень милая улыбка. Только за ней обычно следует вопрос, на который ты сам отвечаешь.

— Ну, вот тебе именно такой вопрос, Берко. Что за крошка-еврейчик, скажи мне, в состоянии заставить закаленного тюрьмами разных стран русского психа накласть в штаны со страху и в состоянии выдавить слезы и сопли из набожной «черной шляпы»?

— Ты, конечно, ждешь, чтоб я сказал «вербовер». — После окончания полицейской академии Берко назначили на пятый участок, в Гарькавы, где вместе с другими «черными шляпами» обосновались вербоверы. В 1948 году прибыл туда девятый вербоверский ребе, тесть теперешнего, вместе с жалкими остатками своего святого воинства. Берко оказался фактически в гетто, пытаясь помочь населению, презиравшему и ненавидевшему его и систему, которую он представлял. Точку в тамошней карьере молодого патрульного латке поставила пуля, попавшая в его тело между сердцем и плечом во время резни в молоч-

112

ной закусочной Гольдблатта на Шавуос. — Именно этого ты от меня и ждешь.

Там Берко усвоил кое-что из истории и практики этих святобандитов, а усвоив, просветил Ландсмана.

Зародилась секта на Украине. «Черные шляпы» как «черные шляпы», не лучше и не хуже других, презирающие мирскую суету и от нее устранившиеся, отгороженные от мира стеной веры и ритуалов. Затем всю секту выжег огонь Катастрофы, осталось лишь ядро, «шляпы» чернее черного. Что осталось от девятого вербоверского ребе, появилось из испепеляющего пламени с одиннадцатью апостолами и, по части семьи, с единственной (шестой) из восьми дочерей. Его вынесло порывом ветра, как сгоревшую бумажку, и опустило на узкую полоску суши между горами Баранова и краем света. Здесь он сумел возродить свое «черношляпное» сообщество. Принципы бытия он довел до логического завершения на манер злого гения дешевых романов: построил уголовную империю, паразитирующую на оставшемся вне гипотетических святых стен мире, ничтожном, презираемом, достойном уничтожения, терпимом истинными вербоверами лишь в силу различных объективных причин практического свойства, главным образом — его питательности.

— Конечно, я тоже так подумал, — признал Берко. — Но мысль эту тут же задавил. — Он прижал обе ладони к лицу, затем стянул их вниз, крепко прижимая к щекам, так что физиономия его вдруг напомнила бульдожью морду. — Чтоб тебя черти драли, Меир, ты хочешь сунуться на остров Вербова?

— Fuck, no, — американизирует Ландсман. — Только этого не хватало. В гробу видал я этот гадючник. Если уж на остров, то лучше на Мадагаскар.

Они прилипли к мостовой в проходе за «Эйнштейном», мысленно перебирают многочисленные весомые аргументы против и крайне хилые и редкие в пользу того, чтобы бросить вызов наиболее могущественным преступным авторитетам севернее пятьдесят пятой параллели. Пытаются объяснить поведение персонажей из шахматного клуба «Эйнштейн» иными мотивами.

— Ицык Цимбалист, — подытожил размышления Берко. — Надо бы с ним повидаться. От остальных проку что от собаки с умными глазами. А с собакой я сегодня уже общался. По душам.

12

Та же уличная сеть, что и в Ситке, та же система маркировки улиц и нумерации домов, однако... здесь ты в ином мире: телепортирован, канализован сквозь измерения и антимиры, здесь ты на планете правильных иудеев. Пятница, дело к вечеру, остров Вербова, 225-я авеню. Ландсмановский «шевель суперспорт» плывет по морю «черных шляп». Высокие шляпы с широченными полями на манер надсмотрщицких из мыльных мелодрам о рабовладельцах. Женщины под шалями и париками, сплетенными из волосяных покровов менее состоятельных иудеек из Марокко и Месопотамии. Пальто и длинные платья сплошь из Парижа да Нью-Йорка, башмаки расцвели под небом Италии. Пацаны и парни дуют вдоль тротуаров на роликовых коньках, развеваются их шарфы и бакенбарды, сверкает яркая подкладка расстегнутых курток. Девочки и юные девушки в длинных юбках и косицах чинно шествуют под ручку, замкнутые в себе и в своих кланах. Небо сереет, ветер умирает, воздух потрескивает таинственной алхимией и ожиданием снега.

— Сколько их тут, — дивится Ландсман. — Как только вмещаются...

— И в лавках толпы.

— Плодятся, твари никчемные, — злится Ландсман.

Ландсман тормозит на красный на перекрестке Северо-Западной Двадцать Восьмой. На углу возле лектория толкутся бакалавры Торы, извратители Писания, беспочвенные мыслеплеты и приземленные бандюганы. Их выпученные глаза сверлят машину

Ландсмана, от которой разит полицейскими ищейками, да еще двойное «эс» красуется на радиаторе. Они поднимают шум. Он вторгся на их территорию. Он чисто (так они считают) выбрит, пред Б-гом не дрожит. Он не вербовер-иудей, а стало быть, и вовсе не еврей. А раз он не еврей, то он, естественно, ничто.

— Глянь на эту скотину, — бушует Ландсман.

— Меир!

Суть в том, что «черные шляпы» всегда раздражали Ландсмана. Всю жизнь. При виде их он злился, и злость эта его как-то развлекала и удовлетворяла, чуть ли не радовала. К злости этой примешивались зависть, презрение, жалость. Он швырнул рычаг на скорость и распахнул дверцу.

— Меир!!!

Ландсман уже выскочил из машины. Он чувствует на себе взгляды мужчин и женщин. Он чует внезапный страх в дыхании окружающих, как вонь изо рта. Слышит свистящий смех цыплят, еще не знающих своей судьбы, жужжание компрессоров, дающих воздух карпам в аквариумах. Ландсман раскалился докрасна, как игла, готовая прижечь клеща или подобную гниду.

— Ну что, бычки, есть желающие прокатиться в моем нозовозе?

Из толпы тут же выступил светлокожий еврей, невысокий, коренастый, с выпуклым лбом и раздвоенной светлой бородой.

— Я бы советовал вам вернуться в автомобиль, офицер, — негромко и спокойно произносит он, — и следовать своим маршрутом.

— Советуете? — ухмыляется Ландсман.

К первому присоединяются остальные, чуть ли не два десятка, больше, чем предполагал Ландсман. Он раскаляется добела, как лампочка, готовая взорваться.

— Изложу иначе, — светлобородый меняет тон. Пальцы его подтягиваются к выпуклости на бедре. — Немедленно возвращайтесь в машину.

Ландсман скребет подбородок. Понимает, что положение идиотское. Следуя на ощупь в закрытом деле, без всякой причины потерять самообладание! Еще мгновение — и он станет причиной инцидента с «черными шляпами», обладающими влиянием, капиталом и арсеналом оружия из Маньчжурии и России, достаточными, согласно заслуживающим доверия оценкам, для покрытия потребностей любой центральноамериканской республики. Безумие. Чисто ландсмановское безумие.

— Может, подсадите? — издевательски ухмыляется Ландсман.

В этот момент из второй дверцы возникает Берко. Древний индейский медведь на еврейской улице. С королевской осанкой вождя краснокожих, хоть сейчас на монету. В правой руке индейского медведя молот вида весьма неприятного для любого еврея, равно и гоя. Точная копия боевого молота, которым размахивал вождь Катлиан во время русско-тлингитской войны 1804 года. Войны, которую русские проиграли. Берко сочинил этот молот еще тринадцатилетним, чтобы выжить в еврейских лабиринтах, и выжил, и молот этот не выкинул, а держал его на заднем сиденье ландсмановского автомобиля. Умная голова молота выполнена из тридцатипятифунтового железного метеорита, который Берко сам нашел возле старой русской заимки неподалеку от Якови. Рукоять вырезана сирсовским охотничьим ножом из сорокаунциевой бейсбольной биты; в узоре повторяются, перемежаясь, священный черный ворон и скалящий зубы красный морской монстр. На раскраску ушло четырнадцать маркеров «Флэр». К кожаному ремешку рукояти прикреплены два пера из хвостового оперенья черного ворона — деталь сомнительная с точки зрения исторической достоверности, но однозначно оповещающая внимательный еврейский глаз:

ИНДЕЕЦ!

Это слово шуршит и шелестит по ртам и ушам толпы. Редко евреи Ситки слышат, видят индейцев, говорят о них, разве что в федеральном суде или в мелких поселениях вдоль границы. Но воображение их занято индейцами гораздо сильнее. Молот в лапе медведя с готовностью ассоциируется в головах вербоверов с еврейскими мозгами, разбрызганными по мостовой. Тут, однако, взгляды присутствующих обнаруживают ермолку на макушке Берко, выбившуюся из-под штанов белую бахрому молитвенного таллита. Резкий отлив ксенофобии оставляет лишь легкий осадок расовой ненависти. Обычная история, не раз случалось такое с Берко Шемецем в округе Ситка. Всякий раз, когда он вытаскивал свой индейский молот. Десятилетия свиста индейских кинострел, потрясания киноскальпами и полыхания кинопожаров киношных Конестог не прошли бесследно для мышления народного.

Плюс еще одна неожиданность.

— Берко Шемец, — часто заморгал еврей со светлой бородой. — Ты чего?

— Довид Зусман, — опустил молот Шемец. — Вроде ты.

И Берко поворачивается к Ландсману: взгляд его полон упрека, страдания, долготерпения. Не он вздумал перетреться на остров Вербов. Не ему пришла в голову идея расследовать закрытое дело Ласкера. Не он инициатор похода в дешевую ночлежку к глупым евреям, убивающим время на дурацкую игрушку богини Каиссы.

— Доброй субботы тебе, Зусман, — желает Берко, швыряя молот в машину.

Инструмент с грохотом бухается на пол перед задним сиденьем, машина вздрагивает на амортизаторах, пружины сидений звенят натянутыми струнами.

— И вам доброй субботы, детектив, — вежливо отзывается Зусман. По толпе прокатывается эхо того же содержания, несколько неуверенное. Затем народ мало-помалу возвращается к насущным темам: кошерности консервов и подделке паспортов.

Вернувшись на сиденье, Берко с силой захлопывает дверцу.

— Как мне это надоело!

Они едут дальше по 225-й, и каждый прохожий старается заглянуть в машину, глянуть на индейца в синем «шевроле».

— Насчет игры в вопросы и ответы, — рокочет Берко, — как-нибудь я, Меир, испробую свою колотушку на твоей башке.

— Может, и стоит, — признает Ландсман. — Авось поможет.

Дальше на запад по 225-й, до лабаза Ицыка Цимбалиста. Дворы и тупики, «неоукраинский» декор и серые кондоминиумы, щипцовые кровли и пестрые карточные домики, мешанина техник и стилей. Дома подпирают друг друга так же, как «черные шляпы» теснятся в синагоге.

— Ни одного объявления о продаже, — замечает Ландсман. — То и дело прачечные. Другие упаковывают барахло и смываются. Половина Гарькавы вымерла. А вербоверы… Или они о Реверсии не слыхали, или же знают больше нас.

— На то они и вербоверы. А ты как думаешь?

— Ребе все уладил. Всем добыл «зеленые карты». — Ляпнув это, Ландсман задумался. Конечно, такая мафия, как вербоверы, не может процветать без прокупленной системы лоббистов, без взяток на всех уровнях администрации. Но не до такой же степени! — Нет, ни у кого не может быть такого веса. Даже у ребе вербоверов.

Берко опускает голову, пожимает плечами, как будто не желая, чтобы его дальнейшие высказывания развязали ужасные таинственные силы, казни небесные.

— Ты, стало быть, не веришь в чудеса, — роняет он наконец.

13

Ученый старпер Цимбалист, местный многознатец, заблаговременно прознал о набеге диких аборигенов, оседлавших детройтские лошадиные силы. Каменный лабаз Цимбалиста с оцинкованной кровлей и большими воротообразными дверьми на роликах находится в широком конце мощеной булыжником площади. Эта «плац» расширяется от своего начала к концу, имитируя нос карикатурного «классического еврея». В «плац» втыкается с полдюжины кривокосых улочек, повторяющих древние «украинские» козьи и коровьи тропы. Фасады тоже копируют украинские оригиналы. Диснеевский штетль, свеженький и чистенький, как только что отпечатанный фальшивый сертификат. Мешанина глиняно-рыжих и горчично-лимонных строений, дерево, штукатурка, солома на крышах... Напротив резиденции Цимбалиста, в узком конце площади, торчит дом Хескела Шпильмана, десятого в династическом ряду вербоверского ребе, чудодея и потомка чудотворцев. Три незапятнанно-белых оштукатуренных куба с мансардной кровлей из дымчатого синеватого сланца, прорезанной узкими окнами, закрытыми ставнями. Точная копия дома, оставленного в Вербове, логова восьмого ребе, дедули жены нынешнего. Скопировано все, вплоть до мельчайших деталей, до никелированной ванны в верхней ванной комнате. Вербоверские ребе и раньше, до того как вплотную занялись контрабандой, отмыванием грязных (а какие они еще бывают?) денег, нырнули в госкоррупцию, словом, еще в недетские наивные времена они отличались от конкурентов блеском туалетов и столового серебра на субботнем столе, мягкой поступью обутых в итальянскую обувь нижних конечностей.

Местный многознатец мал, сух, хрупок, плечами узок и сутул, лет ему, может, и семьдесят пять, но выглядит он на все девяносто. Чахлые клочки волос на голове заношены до безобразия, провалы глаз бездонны, а бледная кожа отдает желтизной, как сердцевина подсохшего корня петрушки. Одет он в куртку на молнии с отложным воротничком, на ногах темно-синие пластиковые сандалии и белые носки. В левом носке дырка для большого пальца и приличествующих ему мозолей. Брюки в шевронную полосочку заляпаны яичным желтком, уксусом, смолой сосновой и эпоксидной, воском и парафином, зеленой краской и кровью ископаемых. Лик местного многознатца костист, состоит, главным образом, из носа и подбородка, специализирован на внимании и понимании, слежении и вторжении, вовлечении и отвлечении. Солидного объема борода его мотается по ветру, аки сена клок, уловленный изгородью из проволоцы колючечной. В самой безнадежной ситуации, в пустыне безводной, не обратился бы Ландсман за помощью к такому типу, но Берко в части «черных шляп» неоспоримый авторитет, и Ландсман помалкивает.

Цимбалист стоит перед каменным фасадом своего дома вместе с каким-то безбородым юнцом. Юнец держит над головой местного многознатца зонт, отражая невзгоды погоды в виде снега и дождя. Черная шляпа молодого человека уже покрылась солидной толщины ледяной корочкой. Цимбалист обращает на зонт и его держателя не больше внимания, чем обычно уделяют пальме в кадке, пылящейся в углу зала.

— Совсем зажирел, — бросает местный многознатец в сторону вылезающего из машины Берко. Походка Берко заставляет вспомнить о молоте, которым он недавно размахивал. — Разросся шире дивана.

— Профессор Цимбалист, — отвечает Берко, взмахнув невидимым молотом, — вы выглядите, как будто выпали из набитого пылью пылесосного фильтра.

— Восемь лет меня не беспокоил.

— Хорошая пауза, добрый отдых. Соскучились?

— Надоели мне вы все хуже горькой редьки. — Многознатец чуть задирает бороду и приказывает юнцу с зонтом: — Чай. Стаканы. Джем.

Юный талмудист бормочет по-арамейски нечто, заимствованное из «Трактата об иерархии собак, кошек и мышей» и обозначающее, по всей видимости, полную покорность, наваливается на дверь, и все проникают в пределы помещения. Пространный гулкий объем, совмещающий функции гаража, склада, мастерской и рабочего офиса, окаймлен железными шкафами, свидетельствами в рамках и множеством томов в черных обложках: бесконечное, бездонное право во всех его вариациях. Ворота на роликах не ржавеют, впускают и выпускают автотранспорт. Судя по следам масла на ровном бетонном полу, три единицы автотранспорта.

Ландсман живет, работает и получает деньги за то, что замечает то, на что не обращают внимания его современники. Окинув взглядом пещеру Цимбалиста, он думает, однако, что до сих пор не уделял достаточного внимания всяческому веревочному погонажу. Веревки, бечевки, шнуры, шнурки, лески, ленты, ремни, тросы, канаты, кабели, провода... синтетические, хлопковые, джутовые, бумажные, резиновые, прорезиненные, стальные, кефларовые, шелковые; лубяные и ледяные... биметаллические, голые, изолированные; одноцветные и пестрые, в крапинку, в клеточку и в полосочку... Талмудист-энциклопедист может наизусть шпарить талмудическими милями; топография, география, геодезия, геометрия, тригонометрия отскакивают от его зубов, как горох от танковой брони, но живет и умирает истинно мудрый лишь качеством своего такелажа, аккуратно смотанного и разложенного, развешанного на колках и крюках согласно размеру, материалу, назначению... но также и разбросанному по полу спутанными клубами да клочьями перекати-поля. И не только по полу.

Очески и ошметки клацают зубами в воздухе, щупальцами и паутиною свисают с потолка...

— Профессор, это детектив Ландсман, — представил Берко напарника. — Ежели вам кто-то уж слишком надоел, пожалуйтесь ему.

— Такой же зануда, как ты, или еще зануднее? Ландсман обменялся рукопожатием с профессором.

— А я его знаю, — тут же изрек местный многознатец, вглядываясь в Ландсмана, как в какую-нибудь из множества своих географических карт. — Он Подольски изловил. И засадил Хаймана Чарны.

Ландсман настораживается, сбрасывает обожженный лист наружной брони, прочищает уши артиллерийскими банниками. Хайман Чарны, вербовер, трудившийся над отмыванием долларов, владевший сетью видеолавок, нанял двоих шлоссеров-филиппинцев — контрактных убийц — с целью ускорения запутанной деловой трансакции. Но лучший стукач Ландсмана — филиппинизированный китаец Бенито Таганес, пышко-пончиковый король. Информация Бенито вывела Ландсмана на психушку возле аэропорта, в которой филиппинцы дожидались своего рейса. Признание филиппинцев утопило Чарны, несмотря на изобилие спасательных кругов и пробковых жилетов в виде лучших вербоверских адвокатов и прецизионно адресованных вербоверских взяток. Хайман Чарны и по сей день остается единственным вербовером, осужденным и засаженным по уголовному обвинению.

— Нет, ты только на него посмотри, — раскалывает Цимбалист нижнюю часть своего лица. Зубы его смахивают на костяные трубы доисторического органа. Смеется Цимбалист, как будто сыплет на цемент пола вилки, ложки и шестидюймовые гвозди. — Он воображает, что мне есть дело до всех этих людишек, чтоб чресла их иссохли так же, как и души. — Смех замирает, мудрец-многознатец исподлобья сверлит Ландсмана лазерными лучами взгляда. — Ты еще подумай, что я такой же, что я один из них.

— Что вы, профессор, — поспешно отнекивается Ландсман, не слишком убежденный в профессорстве Цимбалиста. Однако на стене, как раз над головой юного ассистента, терзающего электрический чайник, в рамочках красуются свидетельства Варшавской ешивы (1939), Польского вольного государственного (1950), Бронфмановского политехнического (1955). Тут же, в таких же черных рамочках, рекомендации, хаскамос, благодарственные письма, кажется, от каждого раввина округа, от Якови до Ситки. Ландсман для виду бросает на Цимбалиста еще один испытующий взгляд, но, судя уже по большой ермолке, прикрывающей экзему на затылке и обильно расшитой вышивкой серебром, мудрец-многознатец к верборерам не принадлежит. — Это было бы ошибкой.

— Да ну? А жену взять у вербореров, как я это сделал? Вы бы совершили такую ошибку?

— В браке пусть другие совершают ошибки. К примеру, моя бывшая жена.

Цимбалист проводит гостей мимо большого стола для карт к шатким деревянным стульям возле бюро с откатывающейся крышкой. Парень замешкался, не успел отскочить, и Цимбалист хватает его за ухо.

— Ну, что ты делаешь? — Теперь он схватил руку ассистента. — Глянь на свои ногти! Фу! — Цимбалист отбросил руку, как гнилую рыбу. — Сгинь с глаз моих. Иди-ка к радио. Узнай, куда эти идиоты подевались и чем занимаются.

Он налил кипяток в чайник и бросил туда щепотку чего-то, очень похожего на мелкие обрывки бечевки.

— Им один эрув объехать. Один-единственный! — Цимбалист возмущенно ткнул в потолок указательным пальцем. — У меня двенадцать человек, и ни один из них не способен найти пальцы ног в собственных носках.

Ландсман приложил немало усилий, чтобы избежать понимания таких понятий, как, скажем, эрув. Но кто ж не знает, что эта еврейская ритуальная уловка — типичная попытка объегорить Господа своего Всемогущего и Всезнающего. И вот, тыча пальцем в телефонные столбы да шесты, мы называем их дверными косяками, а лески, веревки да шнурки воображаем карнизами. Огораживаешь участок местности деревяшками, железяками да шнурками и называешь его эрувом. И в субботу представляешь себе, что ты здесь у себя дома и ведешь себя соответственно. На-кось, Всевышний, выкуси! Цимбалист и его команда «обэрувили» таким образом чуть ли не весь округ. Лишь бы хватило веревки да столбов. И творческой сметки, использующей существующие стены, заборы, утесы, реки. Где захочешь, там тебе и эрув.

Но кто-то ведь должен огораживать участки, следить за состоянием ограждений, ремонтировать повреждения, вызванные ветром, медведями, хулиганами и телефонистами. Все это взял на себя добрый дядя, мудрец-многознатец, прибрал себе весь рынок огораживаний. Сначала столковался с вербоверами, потом его полюбили и другие «черные шляпы»: Сатмар, Бобов, Любавич, Гер и остальные. Когда возникает вопрос, подпадает ли под эрув тот или иной участок побережья, поля, леса, обращаются не к раввину, а к Цимбалисту. Души правоверных евреев округа зависят от его карт, людей, полипропиленовых упаковочных бечевок. Иные считают, что он самый влиятельный еврей в городе. И может себе позволить в центре вербоверского мира распивать чаи с человеком, упрятавшим за решетку Хаймана Чарны.

— Что с тобой стряслось? — обращается Цимбалист к Берко, усаживаясь на резиново скрипнувшую надувную подушку. Он тянется к торчащей в зажиме пачке «Бродвея». — С чего это ты бегаешь по улицам и пугаешь народ молотком?

— Мой партнер не оценил радушия местных жителей, — поясняет Берко, глянув на Ландсмана.

— Народ не прочувствовал приближения субботы. — Ландсман тоже вынимает сигарету, из своей пачки. — Никакого воодушевления. Так мне показалось.

Цимбалист подтолкнул на середину стола треугольную медную пепельницу. На одном боку ее крупная надпись: «КРАСНЫ — ТАБАК И КАНЦТОВАРЫ». В этой лавке Исидор Ландсман покупал ежемесячное «Шахматное обозрение». Сеть магазинов Красны, содержавшая библиотеку для чтения и спонсировавшая ежегодный поэтический конкурс, лопнула под давлением конкурентов из Штатов еще несколько лет назад, и при виде пепельницы в душе Ландсмана вспыхнула ностальгическая искра.

— Два года жизни я отдал этим людям, — говорит Берко. — Кое-кто еще помнит. Не так уж меня легко и забыть.

— Вот что я тебе скажу, детектив... — Цимбалист, снова скрипнув резиновым бубликом подушки, поднимается и разливает чай по трем грязным захватанным стаканам. — Как они тут плодятся, скажу я тебе... Те, которых ты сегодня видел, они правнуки тех, которых ты видел здесь восемь лет назад. Девицы нынче уже рождаются совсем беременными.

Он вручил детективам стаканы, слишком горячие, чтобы держать в руке. Ландсман обжег кончики пальцев. Пахнет жидкость травой, розовыми лепестками... пожалуй, и бечевкой тоже.

— Все штампуют новых евреев, — говорит Берко, добавляя в чай ложку джема, — но никто не позаботился о месте, где их разместить.

— Вот-вот, — кивает Цимбалист, снова вдавливая костлявый зад в резиновую подушку. — Странное время нынче для того, чтобы быть евреем.

— Но только не здесь, — вмешивается Ландсман. — На острове Вербова жизнь не изменилась. У каждого крыльца краденый БМВ, в каждом горшке говорящая курица.

— Здесь народ забеспокоится тогда, когда ребе велит, — сказал Цимбалист.

— Может, им не о чем беспокоиться? — предположил Берко. — Может, ребе уже обо всем побеспокоился?

— Не знаю, не знаю…

— Я в это не верю.

— Ну и не верь.

Одна из гаражных воротин отъехала в сторону на своих колесиках, с площади въехал белый фургон, засыпанный снегом, залепившим и ветровое стекло. Из фургона вывалились четверо красноносых в желтых комбинезонах, с убранными в черные сетки бородами; принялись отсмаркиваться, отряхиваться и оттопываться. Цимбалист поднялся и направился к ним, начав орать, еще не оторвав зад от стула. Выяснилось, что какой-то муниципальный идиот соорудил гандбольную стенку как раз между двумя столбами, изображающими вход. Цимбалист и четверо приехавших протопали к столу для карт, где профессор, ворча, разыскал и развернул требуемую карту, а красноносые изобразили в сторону пары детективов приветственные жесты, чтобы после этого со спокойной совестью не обращать на них внимания.

— Говорят, у вас имеются карты для каждого города, куда совали нос не менее десяти евреев. Вплоть до самого Иерихона.

— Я сам пустил эту пулю, — отозвался Цимбалист, не отрывая глаз от карты. Он тычет пальцем в искомое место, а один из парней огрызком карандаша помечает злополучную стенку. Цимбалист на ходу набрасывает рабочий график на день вперед, выступ в большой воображаемой стене эрува. Парни отосланы обратно на Гарькавы, дабы натянуть пару шнурков на пару столбов и позволить собачкам евреев Сатмар, живущих по восточную сторону парка Шолом-Алейхема, гадить на природе, не подвергая опасности хозяйские души.

— Прошу прощения, — возвратился мудрец-многознатец к детективам. — Мне уже, знаете, зад мять на стуле поднадоело. Чем я вам, собственно, обязан?

Сомневаюсь, что вы прибыли ко мне по вопросам ре-щус харабим.

— Мы ведем дело об убийстве, профессор, — открывает рот Ландсман. — И имеем основания полагать, что покойный принадлежал к вербоверам или имел с ними связи, по крайней мере, какое-то время.

— Связи, — ухмыляется многознатец, снова выставляя на обозрение сталактиты своих органных труб. — В связях я кое-что смыслю.

— Он жил в отеле на Макс-Нордау-стрит под именем Эмануила Ласкера.

— Ласкер? Шахматист? — Желтый пергамент лба Цимбалиста сморщился, в глазных впадинах сверкнули искрой соударения сталь и кремень: удивление, озадаченность, работа памяти. — Игрывал я когда-то... Давно...

— Вот и я тоже. И покойник наш, — продолжил Ландсман. — До самого конца. Рядом с трупом доска осталась с фигурами. И книжка Зигберта Тарраша. Убитого опознали завсегдатаи шахматного клуба «Эйнштейн». Он знали его под именем Фрэнк.

— Фрэнк, — повторил мудрец-многоучка, сначала на манер янки. — Фрэнк, Фрэнк, Фра-энк... Франк, — закончил он на идиш. — Первое имя или последнее имя? Обычная еврейская фамилия. Но как первое... А вы вообще уверены, что он еврей?

Берко и Ландсман переглянулись. В чем они вообще уверены? Филактерии на ночном столике — да мало ли откуда? Может, забыл прежний обитатель двести восьмого? Кто-нибудь из клуба «Эйнштейн» видел его раскачивающимся в молитве?

— Мы имеем основания полагать, что покойный принадлежал к вербоверам или имел с ними связи, — монотонно бубнит Берко. — По крайней мере, какое-то время.

— Что за основания?

— Столбы уже стояли, — хмурится Ландсман. — Мы просто привязали к ним бечевку.

Он достает из кармана конверт. Вынимает одно из шпрингеровских фото и протягивает изображение покойника Цимбалисту. Тот держит фото на вытянутой руке достаточно долго, чтобы сообразить, что видит покойника. Он судорожно вдыхает, выпячивает губы, как будто готовясь изречь нечто авторитетное, неопровержимое. Изображение покойника — штука неординарная в повседневности местного многознатца. Цимбалист всматривается в фото внимательнее, и Ландсман видит, что в момент, когда тот обретает полный контроль над чертами лица, какое-то невидимое копыто бьет его в солнечное сплетение. Старик резко выдыхает, лицо его белеет из-за резкого оттока крови. Выражение лица теряет осмысленность. На мгновение перед Ландсманом возник еще один портрет покойника. Затем свет снова возвращается в глаза старого хрена. Берко и Ландсман ждут секунду, ждут другую. Ландсман видит, что старая калоша изо всех сил старается вернуться к тому состоянию, когда сможет наконец заставить себя произнести: «Ребята, я никогда в жизни этого человека не видел» — и сказать это так уверенно и убедительно, чтобы ему поверили.

— Кто это, профессор? — не выдержал Берко.

Цимбалист положил фото на стол, не отрывая от него глаз, не заботясь более о том, как ведут себя его глаза и губы.

— Ой, мальчик, мальчик... Ой же, милый мой мальчик...

Цимбалист вынимает из кармана платок, стирает слезы с глаз и щек, кашляет в него отрывисто, как будто лает. Жуткий звук. Ландсман хватает его стакан, выплескивает чай в свой, вынимает бутылку водки, изъятую у человека в туалете «Воршта» этим утром. Он наливает водки на два пальца и подает стакан старику.

Цимбалист схватил стакан и залпом опрокинул в себя водку. Убрал платок в карман, вернул фото Ландсману.

— Я научил этого парня играть в шахматы. Когда он был мальчиком, я учил его. Извините, я немного не в себе...

Старик хватает пачку «Бродвея», но там пусто. Он не сразу это осознает, шарит пальцами в пустой пачке, как будто выуживая арахис из упаковки. Ландсман снабжает его сигаретой.

— Спасибо, Ландсман. Спасибо.

И умолкает. Сидит, смотрит, как тлеет и дымит сигарета. Его глазные впадины зафиксировались на Берко, но вот он уже стрельнул исподтишка в лицо Ландсмана. Волна шока схлынула. Цимбалист оценивает ситуацию. Перед ним невидимая карта, план местности. Он знает, куда можно ступить без опасений, где трясина, где обрыв, где неверный шаг вызовет лавину... Волосатый краб его ладони зашевелился, невольно рванулся к телефону. Через мгновение истина и тьма неведения снова вернутся в адвокатскую темницу.

Заскрипела гаражная воротина, и Цимбалист с благодарным стоном рванулся со стула. Но Берко начеку. Лапа его придержала хилое плечо старой перечницы.

— Погодите, профессор, прошу вас. Подумайте, не торопитесь, но оставайтесь пока здесь, пожалуйста. — Не снимая руки с плеча Цимбалиста, Берко кивнул Ландсману в сторону гаража.

Ландсман пересек пространство до ворот, доставая на ходу бляху. Он шагнул прямо навстречу капоту, уверенный, что бляха его сдержит двухтонный фургон. Водитель нажал на тормоз, покрышки взвыли, эхо отдалось от стен. Водитель опустил боковое стекло. Экипировка обычная: желтый комбинезон, борода в сетке, нос красный, морда хмурая.

— В чем дело, детектив? — интересуется водитель.

— Покатайся еще, мы тут поговорим. — Ландсман протянул руку к панели управления, схватил за шиворот юного помощника профессора, отволок его к пассажирской двери фургона, открыл дверцу, сунул юнца внутрь, усадил рядом с водителем. — И молодого человека покатай.

— Босс! — орет водитель Цимбалисту. Тот смотрит в сторону ворот, кивает и машет рукой.

— Куда ехать? — интересуется водитель у Ландсмана.

— На ху... На хутор, бабочек ловить. — Ландсман грохает кулаком по капоту. Мотор взрыкнул, фургон подался назад, исчез в снежных вихрях расходившейся непогоды. Ландсман подтолкнул ворота в исходное состояние и накинул щеколду.

— Пора начинать, — обратился он к Цимбалисту, снова усевшемуся на свой мягкий резиновый бублик, как наседка на гнездо. Сам Ландсман устроился напротив, вытащил еще две сигареты, для себя и для многознатца. — Теперь нам не помешают, время терпит...

— Расскажите, профессор, — вторит Берко. — Вы знали покойного, еще когда тот был ребенком, так? Память о нем сейчас ожила, мучает вас. Легче станет, если выговоритесь.

— Дело не в этом.... Дело... не в этом.

Профессор принимает у Ландсмана сигарету, и в этот раз выкуривает больше половины, прежде чем начинает говорить. Он еврей ученый и любит, чтобы мысли текли упорядоченно.

— Его звали Менахим. Мендель. Ему... было... тридцать восемь, на год старше он, чем ты, детектив Шемец, а день рождения тот же, пятнадцатое августа, так? Да, да, я знаю. Здесь, здесь все документы хранятся. — Он постучал согнутым пальцем по лбу. — Карта Иерихона, детектив Шемец, и карта Тира.

При этом дед ненароком скинул кипу на пол. Нагнувшись, чтобы ее поднять, он осыпал пол пеплом, рухнувшим с одежды.

— Ох, и умный был мальчишка! Лет в восемь-девять он уже читал на иврите, арамейском, еврейско-испанском, латинском, греческом. Самые сложные тексты, самые запутанные, спорные случаи. Уже в этом возрасте он играл в шахматы сильнее, чем я в лучшие свои годы. Поразительная память на записи. Записанную игру он читал только раз и после этого восстанавливал на доске и в голове. Потом Мендель подрос, на игру не оставалось много времени, и он работал с партиями в голове. Наизусть помнил три-четыре сотни партий, которые ему больше нравились.

— То же самое я слышал о Мелеке Гейстике, — вставил Ландсман. — Подобный же склад ума.

— Мелек Гейстик… — скривил губы Цимбалист. — Мелек Гейстик был чокнутый. Он и играл-то не по-человечески, так люди не играют. У Гейстика был настрой гусеницы на листе тутовника. Ему бы жрать да жрать, он играл, чтобы тебя съесть. Грубо играл. Грязно. Подло. А Менделе совсем другой. Он для сестренок игрушки делал, куколок из тряпочек и булавок, кукольный домик из коробки из-под хлопьев. Пальцы в клею, в кармане булавка с кукольной головкой… Я ему огрызки бечевки для волос давал. Восемь сестренок маленьких души в нем не чаяли. Ручная утка за ним бегала, как собачонка. — Уголки губ Цимбалиста поползли вверх. — Верьте или нет, но я однажды устроил матч между Менделем и Мелеком Гейстиком. Ничего сложного, Гейстик всегда в долгах, за деньги сыграл бы и против пьяного медведя. Менделе двенадцать, Гейстику двадцать шесть. Как раз перед тем, как он стал чемпионом в Ленинграде. Они сыграли три партии в задней комнате моего заведения, на Рингельбаум-авеню. Ты помнишь мой тамошний лабаз, Берко. Я предложил Гейстику пять тысяч баксов за матч. Менделе выиграл в первой и в третьей. Вторую он играл черными и свел вничью. Гейстик, конечно, не возражал, чтобы о матче никто не узнал.

— Почему? — живо заинтересовался Ландсман. — Почему надо было держать все в секрете?

— Из-за парня. Из-за этого парня, которые погиб в отеле на улице Макса Нордау. Не слишком хороший отель, полагаю.

— Ночлежка, — бросил Ландсман раздраженно.
— Кололся?

Ландсман кивнул, и секунды через три Цимбалист кивнул тоже.

— Да... Да, конечно... Причина, по которой о матче следовало помалкивать... Причина в том, что парню не разрешалось играть с посторонними. Но отец его все же пронюхал об этой встрече. Для меня радость несказанная. Мой бизнес — его хаскама, его личное разрешение. Несмотря на то что жена моя приходится ему родственницей, он чуть было не слопал меня живьем.

— Отец, профессор... Его отец — Хескел Шпильман, — вмешался Берко. — Вы это не упомянули. Этот убитый на фото — сын вербоверского ребе.

Ландсман вслушался в тишину заснеженного острова Вербова, в тишину уходящего дня и уходящей суетной недели, готовой погрузиться в пламя пары зажженных субботних свеч.

— Да, Мендель Шпильман, — открыл рот Цимбалист после продолжительного молчания. — Единственный сын Хескела. Близнец его родился мертвым. Потом это истолковали как знамение.

— Знамение чего? — спросил Ландсман. — Что он вундеркинд? Что он умрет в задрипанной унтерштатской ночлежке?

— Нет-нет... Кто мог такое вообразить...

— Слышал я... Говорили... — начал Берко и тут же замолк, глянув на Ландсмана, как будто опасаясь его неадекватной реакции. — Мендель Шпильман... Бог ты мой... Сложно было кое-чего не услышать.

— Да, болтают многое, — подтвердил Цимбалист. — Чего только ни болтали, пока ему не исполнилось двадцать лет.

— Да — что такое болтают? — вскинулся Ландсман, переводя взгляд с одного на другого. — О чем вы слышали? Раскалывайтесь, черт бы вас побрал!

14

И Цимбалист раскололся.

Он рассказал о женщине, своей знакомой, умиравшей от рака в городской больнице Ситки в 1973 году. Женщина эта дважды овдовела. Первого ее мужа, игрока, карточного шулера, пристрелили штаркеры в Германии, еще до войны. Второй супруг ее служил у Цимбалиста проволочной шестеркой: ставил столбы и натягивал провода. Проводом его и убило, оголенным, некстати порвавшимся проводом линии электропередачи. Цимбалист выделил кое-какие средства для поддержки семьи погибшего, при передаче которых с вдовой и познакомился. Что ж странного, что они почувствовали слабость друг к другу... Оба уже вышли из возраста дурацких эмоциональных всплесков, так что всплески их выражались вполне разумно, незаметно. Она — стройная брюнетка, привыкшая умерять свои аппетиты. Связь осталась секретом почти для всех окружающих, главное — для мадам Цимбалист.

Чтобы посещать свою пассию в больнице, Цимбалист прибегнул к уловкам, взяткам, подкупу персонала. Он спал на полотенце под ее кроватью, смачивал ее растрескавшиеся губы и горячий лоб, вслушивался в бормотанье часов на стене палаты, минутная стрелка которых беспокоилась, дергалась, рубила в лапшу остаток жизни. Утром Цимбалист уползал в свой лабаз на Рингельблюм-авеню, а жене рассказывал, что там и заночевал, чтобы не беспокоить ее храпом. Там он дожидался прихода парня.

Почти каждое утро после молитвы и учебных занятий Мендель Шпильман приходил, чтобы сыграть в шахматы. Шахматы дозволялись, хотя вербоверский раббинат и, следовательно, община рассматривали их как пустую трату времени. Чем старше становился Мендель, чем ярче развивались его дарования, тем больше ворчали старшие. Нет, вы только посмотрите на мальца! Дело не только в его феноменальной памяти, рассудительности, чутье на прецедент, ощущении истории. Уже ребенком Мендель Шпильман чуял, видел кровоток поколений, вязкую тягомотину булькающей человеческой мешанины, текущей в неопределенном направлении, определяющей своим течением закон и требующей от него определения своих потоков, устройства для них русел и шлюзов, препятствий, которые непременно следует преодолевать. Страх, сомнения, похоть, обман, любовь и ненависть, воровство и убийство, неуверенность и жульничество в истолковании намерений людей и самого… да-да, самого Г-да Б-га Творца Всевышнего… Малец проникал в эти дрязги не только при чтении арамейских источников, но и в повседневности, в доме отца, внимая сочным звукам родного языка из уст родных, близких, знакомых и незнакомых. Если в сознании Менделя и шла какая-то борьба, возникали какие-то неразрешимые конфликты относительно законов, которые он изучал под руководством махрового вербоверского придворного жулья, он этого никогда не проявлял, ни в юном возрасте, ни позже, когда повернулся ко всему этому спиной. Его ум рассматривал противоречия, не теряя уравновешенности, чувства баланса.

Вследствие гордости талантами своего сына, юного ученого, надежды общины, Шпильманы мирились с пристрастием Менделе к шахматам. Мальчика вообще не слишком стесняли, он устраивал представления с участием своих сестер, теток и ручной утки. Некоторые считали величайшим чудом то, что парню удалось уговорить великого и могучего ребе принять участие в Пуримшпиль в роли царицы Вашти. Вы только представьте себе могучего монарха, воплощение достоинства, монолит морали и нравственности, семенящим на высоких каблуках! В светлом дамском парике! С накрашенными помадой губами, нарумяненными щеками, в шпильках и иных женских прибамбасах! Наиболее кошмарное перевоплощение мужа мудрости в женщину за всю историю иудаизма! И это не один лишь раз в виде исключения, а из года в год! Народу понравился ребе в роли Вашти, понравилось представление, а больше всего понравилось то, что Менделе устроил это однажды и повторил неоднократно. Ту же терпимость ребе проявил в отношении шахмат — с условием, чтобы Менделе выбрал партнера из «своих», из верлеверов.

Менделе выбрал местного многознатца, единственного чужака среди общины своих. Своего рода бунт местного значения, на который впоследствии ссылались, многозначительно кивая головами. Причиной бунта было, однако, то, что Цимбалист оказался единственным партнером, хоть приблизительно равным по силе игры самому Менделе.

— Как она? — спросил Мендель Цимбалиста однажды утром. К тому времени его подруга вот уже два месяца умирала в городской больнице.

Цимбалисту показалось, что его лягнул жираф. Не столь глубокий шок, как при вести о гибели второго мужа подруги, но все же замерло сердчишко, екнуло и задержало свой рабочий ритм, засбоило. Он каждую партию помнит, все игры с Менделем Шпильманом, кроме той, во время которой прозвучал столь неожиданный вопрос. Из этой партии остался в памяти один-единственный ход. Жена Цимбалиста — урожденная Шпильман, кузина Менделя. Честь, деловой успех, даже, пожалуй, жизнь Цимбалиста зависят от того, чтобы адюльтер не вышел наружу. До сих пор ему удавалось сохранять измену в тайне. Все слухи и сплетни стекались к нему и контролировались им при помощи чуткой паутины, которую он сплел за долгие годы. Никоим образом не мог просочиться его секрет наружу, дойти до сведения Менделя Шпильмана.

Цимбалист спросил:

— Как... кто? Кто «она»?

Парень смотрел на него. Не был Мендель Шпильман красавцем. Лицо постоянно красное, глаза посажены слишком близко, первый подбородок отсутствует, зато второй и зачатки третьего отягощают нижнюю челюсть и шею. Но мелкие глазки его сияют сине-зелено-золотой радугой, отражая жалость, насмешку, прощение. Но никак не осуждение. Не упрек.

— Да ладно, — спокойно бросил Менделе и вернул на исходную позицию слона ферзевого фланга.

Цель хода скрыта от Цимбалиста. Из какой-то фантастической школы ход. Или просто отход.

В течение следующего часа игра Цимбалиста определялась непониманием этого хода и стремлением его понять. Кроме ходов он обдумывал способы устоять перед десятилетним пацаном, мир которого ограничивали учебный кабинет, шуль, кухня матери. Цимбалист не хотел выдавать младенцу тайны свой любви к умирающей вдове, тайны утоления собственной жажды каплями воды, стекающими в ее усыхающие губы.

Они играли молча, но когда парню подошло время уходить, он обернулся в дверях дома на Рингельблюм-авеню и уцепился за рукав Цимбалиста. Чуть помедлил, как будто в нерешительности или в испуге. Затем лицо его приняло выражение, появляющееся, когда ребе напоминал сыну о долге служения сообществу.

— Когда увидишь ее сегодня, скажи, что я шлю ей свое благословение. Передай ей привет от меня.

— Передам, — пообещал Цимбалист.

— И скажи, что все будет хорошо.

Детская мордашка, печальный рот, глаза, в которых любовь, понимание — и возможность розыгрыша, возможность дуракаваляния разной степени злобности или беззлобности.

— Скажу, скажу... — И Цимбалист всхлипнул. Из глаз сами собой потекли слезы. Пацан полез в карман и вытащил чистый платок, протянул платок Цимбалисту. Детские пальцы терпеливо держали руку взрослого. Пальцы мягкие, слегка липкие. На внутренней стороне запястья младшая сестра Рейцль накарябала красной шариковой ручкой свое имя. Когда Цимбалист успокоился, Мендель отпустил его руку и спрятал мокрый платок в карман.

— До завтра, — попрощался он.

Этой ночью, прокравшись в палату, перед тем как расстелить на полу свое полотенце, Цимбалист прошептал на ухо не слышавшей его любовнице благословление пацана. Непонятно почему, ведь сам он ни во что не верил и ни на что не надеялся. Еще затемно, в пять утра, больная очнулась и отослала Цимбалиста домой, завтракать с женой. Впервые за несколько недель она произнесла что-то связное.

— Передал мое благословление? — спросил его Мендель во время следующей партии.

— Передал.

— Где она лежит?

— В общей городской.

— Есть кто-нибудь еще в палате?

Цимбалист кивнул.

— А другим не передал?

Этакое Цимбалисту и в голову прийти не могло.

— Нет, не передал. Я ведь их не знаю.

— Моего благословления хватит на всех, — деловито сообщил Мендель. — Сегодня передай.

Но в этот день ее перевели в другую палату, где лежали уже не такие тяжелые больные, и Цимбалист забыл о поручении. Через две недели врачи, озадаченно покачивая головами, выписали его любовницу домой. Еще через две недели рентген показал, что опухоль бесследно рассосалась.

По взаимному согласию они разорвали тогда внебрачную связь, Цимбалист вернулся на супружеское ложе. Ежедневные встречи с Менделем на Рингельблюм-авеню какое-то время продолжались, но Цимбалист потерял к ним вкус. Чудесное исчезновение раковой опухоли изменило его отношения с Менделем Шпильманом. Каждый раз, ощущая на себе взгляд узко посаженных глаз мальчика, отмеченных жалостью и золотыми блестками, Цимбалист ощущал головокружение. Безграничная вера местного многознатца в безверие поколебалась от простого вопроса: «Как она?» — и рухнула от дюжины слов благословления, от странного хода слона ферзевого фланга, взятого из инопланетного учебника шахматной игры.

Матч между Менделем и Мелеком Гейстиком, королем кафе «Эйнштейн» и будущим чемпионом мира, Цимбалист устроил, как бы расплачиваясь за чудо. Три партии, в двух пацан победил. Когда это нарушение вскрылось — другое так и осталось тайной — визиты Менделе в заведение Цимбалиста прекратились, и они более ни разу не встречались за шахматной доской.

— Вот что проистекает из благословления, — покачал мудрой головою Ицык Цимбалист. — Но Мендель Шпильман долго еще не мог этого понять.

15

— Ты с этим жуликом раньше встречался? — Вопрос, адресованный Ландсманом Берко Шемецу, когда они шли по скрипящему субботнему снегу вслед за местным многознатцем к дому ребе, собственно, был наполовину утверждением. Пускаясь в долгий путь через площадь, Цимбалист сначала совершил краткую гигиеническую экскурсию к раковине своего гаража, где сполоснул физиономию и подмышки. Смочив расческу, он уложил семнадцать волосин своего черепа неуверенным муаром, надел коричневую вельветовую спортивную куртку, оранжевый пуховик, черные галоши, а поверх всего натянул медвежью доху с поясом, распространяющую одуряющий запах нафталина. С оленьего рога у двери Цимбалист снял что-то среднее между футбольным мячом и кукольным диваном из меха росомахи, напялил эту несуразицу на свою макушку. С видом медведя, вынуждаемого жестокими дрессировщиками к поступкам противоестественным, с природой медвежьей не согласующимся, он прошаркал мимо пары детективов к выходу. До наступления темноты оставался час, снег падал клочьями, как будто отдираемыми от уходящего дня. Небо Ситки тускнело.

— Встречался. Мне его продемонстрировали, когда я начинал работу в Пятом. В его офисе был прием по поводу зала на ЮжнойАнски-стрит. Он воткнул в мою могучую грудь какой-то значок... золотой лист... И после этого каждый Пурим я получал корзину фруктов. По домашнему адресу, хотя я его никогда никому не давал. Ежегодно груши и апельсины, пока мы не переехали в Шварцн-Ям.

— Масштабный парень.

— И уютный. Как кнопка в заднице.

— Слушай, Берко, все эти чудеса в решете... Ну, Менделе... Ты в это веришь?

— Знаешь, Меир, совершенно безразлично, верю я или нет.

— Но мне любопытно, ощущаешь ли ты что-нибудь вроде ожидания Мессии?

Берко пожимает плечами, как будто открещиваясь от вопроса, заинтересованно разглядывает отпечатки черных галош в свежевыпавшем снегу.

— Мессия — он и есть Мессия. Что ты можешь делать, кроме как ждать?

— Ну, явился он. И что? Мир во всем мире, что ли?

— Мир, процветание... Жратвы по яйца... Ни болезней, ни одиночества. Никто никем и ничем не торгует... Отстань.

— И Палестина? Все евреи свалят в Палестину? Прям в мехах?

Берко скалит зубы.

— Никаких мехов. Мессия поклялся бобрам, что мехов не будет.

Освещенные древним светом древнего газового светильника на древнем кованом кронштейне, толкутся перед домом лидера, дожимают конец недели некие неясные недоумки, добровольные стражи, отравляющие жизнь паре биков, торчащих по обе стороны от входной двери. Каждый из этих бездельников настоятельно рекомендует остальным вернуться домой и благословить свет субботы в семейном кругу, оставить ребе в покое, позволить ему мирно вкусить вечерней трапезы в канун субботы, трапезы субботней. Каждый якобы уже вот-вот уходит, каждый топчется, толчется, все кучкуются, жужжат, обмениваются стопроцентно истинными свежесотканными и модифицированными байками о чудесах и пророчествах, о новых придирках канадского правительства к иммигрантам, о деталях воинственного танца с томагавком, исполненного вопящим индейским вождем на крыше «шевроле».

Ритмичное поскрипывание галош Цимбалиста действует на них как вой пикирующего бомбардировщика. Они вздрагивают, частично рассеиваются, шипя, как дырявая шарманка. Полвека живет среди них мудрец-многознайка, стал необходимой местной достопримечательностью, но остался чужаком. Он колдун, жужу-вуду, шаман; его пальцы на струнах, обтягивающих округ; его ладони черпают пригоршнями их души каждую Б-жью субботу. Его клевреты, венчающие телефонные столбы собою и арматурою, могут заглянуть в каждое окно, подслушать каждый телефонный разговор. Так, во всяком случае, утверждают эти люди, заспешившие по домам и собирающиеся последовать за уже удаляющимися.

— Позвольте, любезнейший... Проходим, проходим... — Цимбалист приближается к лестнице, окаймленной коваными перилами с причудливыми завитушками растительного орнамента. — Прошу вас, друг Бельски...

Люди расступаются перед Цимбалистом, как будто он несется к ведру воды, чтобы сунуть в него свой вспыхнувший рукав. Толпа еще не сомкнулась за многознатцем, а они уже замечают следующих в его кильватере Ландсмана и Берко Шемеца. Жужжание сменяется молчанием такой густоты и интенсивности, что Ландсман ощущает его давление на висках. Он слышит шипение тающих на колпаке фонаря снежинок. Молчание массы монолитно, гомогенно, но взгляды радуют разнообразием. «Крутые» и невинные, иронические и сардонические, а также пустые настолько, что высасывают воздух из легких Ландсмана. Молчание взорвалось еле слышным шепотом:

— Вон у него молоток под полой...

Детективы Ландсман и Шемец желают собравшимся радостей субботы и обращают взгляды к бикам, застывшим перед дверью. Сладкая парочка плотных, рыжих, курносых парней с глазами навыкате и густыми бородами цвета прожаренного свиного бекона. Пара рыжих Рудашевских, потомственных рыжих, потомственных биков, воспитанных в простоте и легкоголовости, силе и легконогости.

— Доброй субботы вам, профессор Цимбалист, — приветствует левый Рудашевский.

— И вам, друг Рудашевский. Жаль мне беспокоить вас в столь мирное время. — В подтверждение своих слов местный многознатец поправляет съехавшую набок шапку. Начав цветасто и бодро, он порылся в ящике своего сознания и вдруг обнаружил, что запас слов иссяк. Ландсман сунул руку в карман. Цимбалист как будто заснул, стоит, словно загипнотизированный, обмякший, возможно, обдумывая, не шахматы ли причиной того, что милый мальчик сбился с верного, Богом определенного пути, и того, что ему, Цимбалисту, придется поведать отцу окончание истории. Ландсман касается плеча Цимбалиста, пальцы его смыкаются вокруг холодного стеклянного горлышка реквизированной бутылки канадской водки. Он сует бутылку в когти старого хрена и не убирает своей ладони, пока не чувствует, что дед узнал сосуд и прочно вцепился в него.

— Ну, Йоселе, детектива Шемеца узнаешь, конечно, — вступает в действие Берко, прикрывая глаза ладонью, защищаясь от света фонаря.

Шайка сзади забормотала и зашевелилась, чуя быстрое развитие каких-то соблазнительных и неблагопристойных событий. Ветер тоже забеспокоился, взметнул снежинки.

— Детектив, — проклевывается правый Рудашевский, брат Йоселе, его кузен, а может, и то и другое одновременно. — Мы уже слышали, что вы нас навестили.

— Детектив Ландсман, мой партнер, — представил Берко напарника. — Прошу вас, информируйте рабби Шпильмана, что нам необходимо увидеться с ним ненадолго. Момент, другой... Поверьте, мы не стали бы беспокоить его в такой час, если бы не чрезвычайная важность вопроса.

«Черные шляпы», даже вербоверы, обычно не мешают представителям полиции выполнять свои обязанности в Гарькавы или на острове Вербов. Не помогают, но и палки в колеса не суют. С другой стороны, лезть в дом могущественного рабби в канун священного момента, наступления субботы... Уж очень веская причина нужна для этого. Например, сообщить ему, что умер сын его единственный.

— Момент времени ребе... — весомо повторяет один из Рудашевских.

— Имей вы и миллион долларов, уважаемый детектив Шемец, — заговорил второй, пошире в плечах и поволосатее на кулаках, прижимая кулак к груди, — и то, с позволения сказать, не купить бы вам момент времени ребе, извините за образность.

Ландсман пихает Берко в бок.

— Миллион небось не захватил?

Берко ответил напарнику более существенным тычком локтя. Ландсману не приходилось патрулировать темные улицы «черношляпников» в ранние дни полицейской службы, не приходилось отводить глаз от неприязненных взглядов и вязнуть во враждебном молчании, способном сокрушить корпус глубоководной субмарины. И вообще, Ландсмана забыли научить, как себя прилично вести.

— Ребята... Йоселе, Шмерль, я тоже хочу поскорее домой, к семье, — задушевно воркует Шемец.

Йоселе проверил прочность своей беконной бороды. Второй бик начал какой-то весьма негромкий монолог в свою бороду, в скрытый там малый микрофончик. Вслушавшись во что-то, не то в шум в ушах, не то в ответ, прозвучавший в капсуле микронаушника, он произнес уже громче и разборчивей:

— Позволительно ли узнать, какое дело привело уважаемых офицеров полиции к дому ребе в столь поздний час?

— Идиоты! — медведем ревет подогретый водкой Цимбалист. Он колесит на кривых ногах, как цирковой медведь на моноцикле, между братьями Рудашевскими. Затем определяется с целью, хватает за лацканы пальто Йоселе и исполняет с ним какие-то замысловатые танцевальные па: влево и вправо, в гневе и в горе. — Менделе, Менделе их привел сюда! Менделе!

Стоящие рядом, перед домом Шпильмана, люди имеют свое мнение. Они его высказывают, они комментируют, критикуют, однако делают это весьма негромко, а тут и вовсе смолкают. Жизнь с воздухом проникает в их легкие, соплями хлюпает в носах, урчит в кишечнике. Жар газового фонаря испаряет снег. Воздух звенит, как несчетные множества микроколокольчиков. И Ландсман ощущает в этом воздухе нечто, заставляющее его руку тянуться к затылку. Да, он торгует энтропией, не верит ни во что, недоверчив по профессии и в силу личной склонности. Небо с его точки зрения — халтурная поделка, Бог — пустое слово, а душа... душа, в лучшем случае, заряд внутренней аккумуляторной батареи. Но за эти три секунды молчания, последовавшего за выкриком Цимбалиста, за именем блудного сына, Ландсману показалось, что нечто парит, трепещет над ними. Порхает, касаясь их невидимым крылом. Возможно, осознание того, что привело этих двух детективов сюда в неурочный час. Или старая сила имени, которым заклинали будущее, имени, воплощавшего их надежды. А может быть, Ландсману просто пора толком отоспаться в отеле, где нет убитых евреев.

Йоселе повернулся к Шмерлю, смял тесто лба своего, придерживая Цимбалиста в двух вершках над крыльцом с безмозглой нежностью сильного и безжалостного самца. Шмерль пробубнил еще что-то, отозвавшееся в невидимых глубинах дома ребе. Он посмотрел вправо, влево, переглянулся с сидящим на крыше музыкантом — на крыше дома ребе всегда сидит человек с полуавтоматической мандолиной — и открыл тяжелую дверь. Йоселе осторожно, даже калоши не шлепнули, поставил старого Цимбалиста на пол, по-отечески потрепал его по щеке.

— Прошу вас, детективы.

Прихожая сплошь деревянная. Стены закрыты панелями, слева ведущая наверх деревянная лестница, пол, потолок — все из какой-то странной узловатой-свилеватой светлой сосны. Вдоль противоположной входу стены вытянулась скамья из такого же дерева, покрытая пурпурной бархатной подушкой, на которой за годы службы этой мебели образовались потертости от регулярных контактов с вербоверскими задницами.

— Прошу уважаемых детективов подождать здесь.

Произнеся эту фразу, Шмерль вместе с Йоселе возвращаются на пост, оставив Ландсмана и Берко под ненавязчивым надзором третьего Рудашевского, прислонившегося к ограждению лестницы.

— Присаживайтесь, профессор, — предложил этот внутренний Рудашевский.

— Спасибо, не хочу, — отказался Цимбалист.

— Вы в порядке, профессор? — поинтересовался Берко, прижав ладонью предплечье деда.

— Гандбольное поле, — высказывается в ответ Цимбалист. — Кто сейчас играет в гандбол?

Внимание Берко привлекло что-то, оттягивающее карман его собеседника. Ландсман же повернулся к маленькому ящичку для информационных материалов у самого входа. Он набит красочно оформленными брошюрками двух наименований. Первый вид брошюр называется «Кто такой вербоверский ребе» и сообщает читателю, что он находится в официальном приемном холле, что семья пользуется иным, находящимся с другой стороны дома, как у президента США. Второе издание носит титул «Пять великих истин и пять больших неправд о вербоверском хасидизме».

— Я в кино видел, — комментирует Берко, заглядывая через плечо Ландсмана.

Скрипит лестница, Рудашевский докладывает, как ресторанный лакей о подаче очередного блюда:

— Рабби Баронштейн.

Ландсман знает Баронштейна лишь понаслышке. Еще один вундеркинд, со степенью юриста вдобавок к смихе раввина. Женат на одной из восьми дочерей ребе. В жизни не фотографировался и не покидал острова Вербова, если не верить россказням фантазеров и злоязычников о его вылазках в какой-нибудь тараканий мотель Южной Ситки для расправы над какой-нибудь белой вороной или черной овцой стада.

— Детектив Шемец, детектив Ландсман, я Арье Баронштейн, габай ребе.

Ландсман дивится молодости Баронштейна, усугубленной его моложавостью. Ему явно не более тридцати. Высокий узкий лоб, черные глаза твердые, как осколки могильной плиты. Девичий рот скрывает мужественная соломонова борода с тактичными декоративными проблесками седины, маскирующей несолидный возраст. Баки дисциплинированно и скромно уставились вниз. Выглядит Баронштейн апологетом самоотречения, но одежда выдает пресловутое вербоверское стремление к шику. Икры в белых чулках и шелковых подвязках выпуклые, мускулистые. Узкие ступни в вычищенных черных вельветовых шлепанцах. Сюртук явно лишь недавно из-под иглы «Мозес и сыновья» на Аш-стрит. Скромностью выделяется лишь простая вязаная кипа, из-под которой торчит щетка волос, напоминающая проволочный ротор подметальной машины. Лицо его не выражает осторожности и осмотрительности, но Ландсман замечает на физиономии молодого раввина следы тщательно стертых осторожности и осмотрительности.

— Ребе Баронштейн, — бормочет Берко, снимая шляпу. Ландсман повторяет действия Берко.

Баронштейн держит руки в карманах сюртука, выполненного из сатина, с велюровыми отворотами и клапанами на карманах. Он изображает непринужденность, но не так-то просто изображать непринужденность и естественность, удерживая руки в карманах.

— Вы чего-то желаете? — интересуется Баронштейн. Он изображает взгляд на часы, высунув их из рукава хлопковой в рубчик рубашки на период, достаточный для демонстрации надписи на циферблате: «Патек Филипп». — Уже поздно.

— Мы пришли, чтобы побеседовать с ребе Шпильманом, рабби, — сообщает Ландсман. — Если вы так цените свое время, то мы не станем понапрасну задерживать вас.

— Я не о своем времени забочусь, детектив Ландсман. И хочу заявить вам, что если вы собираетесь проявить в этом доме неуважительное отношение и неподобающее поведение, коими уже успели прославиться, то долго в этом доме не задержитесь. Это вам ясно?

— Полагаю, вы меня спутали с другим детективом Меиром Ландсманом. Я же прибыл исключительно для выполнения своего служебного долга.

— Я так понимаю, что вы здесь в связи с расследованием убийства. Могу я поинтересоваться, каким образом это затрагивает ребе?

— Нам нужно говорить с ребе, — настаивает Берко. — Если он решит, что ваше присутствие необходимо, то мы ничего не имеем против этого. Но, не примите в обиду, мы пришли не для того, чтобы отвечать на ваши вопросы. И не для того, чтобы отнимать ваше драгоценное время.

— Я не только советник ребе, детектив, я еще и его адвокат. Вы это знаете.

— Да, мы знаем это, сэр.

— Мой офис через площадь. — С этими словами Баронштейн подошел к двери и открыл ее, как добросовестный швейцар. Снег обрадованно рванулся в дверной проем, сверкая в свете газового фонаря фальшивым золотом. — Уверен, что смогу удовлетворительно ответить на все ваши вопросы.

— Баронштейн, щенок, сгинь с дороги!

Сам Цимбалист еще держится на ногах, но шапка вот-вот покинет его голову, свалится на пол или в глубины его необъятной дохи, разящей нафталином, водкой и печалью.

— Профессор Цимбалист! — Тон Баронштейна полон достоинства и упрека, но глаза навострились. Он в жизни не видел Цимбалиста проявляющим хоть какие-то эмоции. Этот феномен его явно заинтересовал и потребовал разъяснения. — Воздержитесь...

— Ты рвался на его место — что ж, теперь получил. Как себя чувствуешь? — Цимбалист шатнулся ближе к габаю. Пространство между ними пересекает множество струн, силков, ловушек. Но в этот раз многознатец, кажется, не нашел нужной карты. — Он и сейчас живее тебя, салага, пешка, моська...

И старик рванулся мимо Ландсмана и Берко, вытянув руку не то к балясине лестничных перил, не то к горлу габая Баронштейна. Берко схватил Цимбалиста сзади за пояс дохи и удержал от порыва вперед и на пол. Баронштейн не дрогнул.

— Кто? — спросил Баронштейн. — О ком мы говорим? — Он глянул на Ландсмана. — Детективы, что-то случилось с Менделем Шпильманом?

Впоследствии Ландсман и Берко, разумеется, перебирали события по косточкам, но тогда первое впечатление было такое, что Баронштейн сильно удивился подобной возможности.

— Профессор, — сказал Берко, — спасибо за помощь. — Он застегнул куртку Цимбалиста, пиджак, запахнул доху и перехватил ее потуже поясом. — Вам пора отдохнуть. Йоселе, Шмерль, пусть кто-нибудь проводит профессора домой, пока жена его не спохватилась и не вызвала полицию.

Йоселе подхватил деда под руку и повел вниз по ступеням.

Берко закрыл дверь, отрезал доступ холоду.

— А теперь ведите нас к ребе, советник.

16

Рабби Хескел Шпильман — человек-гора, гигантский опрокинутый торт, гипертрофированный домик из мультика, в котором закрыты окна и оставлен открытым кран на кухне. Его слепил пацан или, скорее, группа малышей, слепых от рождения сирот, никогда человека не видевших. Они присобачили культи рук и ног к культе тела и нахлобучили куда попало калабаху головы. Любой толстосум может обтянуть свой «роллс-ройс» тонкой тканью, просторами шелка и бархата, ушедшими на сюртук и штаны ребе. Потребовались бы совместные мозговые усилия восемнадцати величайших мудрецов истории, чтобы рассудить, порожден ли могучий зад ребе безднами глубин, создан ли человеком или сотворен Богом. Встанет ли он, сядет ли — разницы вы не заметите.

— Предлагаю формулы вежливости опустить, — начинает беседу ребе.

Голос его высок и звучит несколько комично: голос типичного ученого мужа, каковым в былые времена и являлся Хескел Шпильман. Ландсман слышал как-то, что это вроде из-за внутренней секреции. Железы какие-то. Говорили также, что ребе вербоверов, при всей своей громадной массе, блюдет строжайшую диету аскета: бульончики да корешки, да корочка сухая. Но у Ландсмана свое видение, и он представляет ребе в виде шара, раздутого ядовитыми газами насилия и коррупции, видит во чреве монстра башмаки и сердца людей, недопереваренных машиной судопроизводства.

— Присаживайтесь и скажите, что привело вас ко мне.

— Да, разумеется, ребе, — отвечает Берко.

Каждый из них занимает стул перед столом ребе. Кабинет — ну чисто имперская Австро-Венгрия. Необъятные левиафаны из красного дерева, черного дерева, розового дерева и всякого иного экзотического материала, каждый размером с кафедральный собор столичного города. В углу при двери возвышаются знаменитые вербоверские часы, спасенные из старого дома на Украине. Пропавшие при падении России, всплывшие в Германии, пережившие атомную бомбардировку Берлина в 1946 году и все последующие потрясения. Часы идут против часовой стрелки, и вместо цифр у них первые двенадцать букв иврита в обратном порядке. Возвращение часов ознаменовало поворот в судьбе вербоверского двора и взлет Хескела Шпильмана. Баронштейн занимает позицию справа-сзади ребе, за конторкой, откуда он может наблюдать одним глазом через окно за улицей, другим выбрать какой-нибудь толстый том для демонстрации прецедентов и отыскания оправданий, а третьим, самым зорким, внутренним оком может он следить за человеком, представляющим центр его существования.

Ландсман прочистил горло. Дело ведет он, зарегистрировано оно на него, ему и карты в руки. Взгляд на вербоверские часы. От этой жалкой пародии на неделю осталось еще семь минут.

— Прежде чем вы начнете, детективы, — вмешивается Арье Баронштейн, — позвольте мне официально оповестить вас, что я присутствую здесь в качестве поверенного рабби Шпильмана. Ребе, если у вас появятся сомнения, следует ли вам отвечать на поставленные детективами вопросы, прошу вас воздержаться от ответов и предоставить все мне.

— Мы не допрос ведем, рабби Баронштейн, — говорит Берко.

— Я рад, что вы здесь со мной, ну просто очень рад, Арье, — заверяет ребе. — Я даже настаиваю на вашем присутствии, но в качестве габая и зятя моего, не юриста. Я не нуждаюсь в адвокате.

— Дорогой ребе, эти люди — детективы из отдела расследования особо тяжких преступлений, — горячится Баронштейн. — Вы вербоверский ребе. Если вам не нужен адвокат, то никому не нужен адвокат. Но, поверьте мне, каждому нужен адвокат. — Он выхватывает лист желтой бумаги из недр конторки, где, вне всякого сомнения, хранит свои фиалы с кураре и цикутой, ожерелья из отрезанных ушей, нанизанных на бечевку со склада Цимбалиста. Он свинчивает колпачок с перьевой авторучки. — Я буду конспектировать… — Прокурорским тоном: — На гербовой бумаге.

Из глубин неподвижной плоти Ландсмана рассматривают два глаза — живых, зеленых с позолотой. Ничего общего с бесцветными камушками, оставленными посетителями кладбища на надгробии, венчающем плечи Баронштейна. Взгляд отеческий, взгляд сочувствующий, сострадательный, ласковый и веселый. Знают эти глаза, чего лишился Ландсман, что разбазарил, что упустил из-за сомнений своих, из-за безверия, из-за напускной лихости. Понимают эти глаза метания, сбросившие Ландсмана с пути добрых намерений, его роман с насилием, его стремление швырнуть свое тело под копыта судьбы, стремление бить и быть избитым, крушить и сокрушиться. До этого момента Ландсман не понимал, против кого выступают он и остальные копы округа, а также русские штаркеры и преступная мелочь, а также ФБР и налоговики, а также федеральный контроль табачный, алкогольный и огнестрельного оружия. Людей с такою парой глаз поискать надо. Их можно без риска послать на край любой бездны.

— Скажите, для чего вы здесь, детектив Ландсман.

Сквозь дверь донесся телефонный звонок. В кабинете ребе телефона не видно. Ребе едва заметно семафорит бровью, и Баронштейн опускает ручку на бумагу и исчезает, просачивается сквозь щель приоткрытой двери. Вот уже слышен его голос. Ландсман привычно вслушивается, но слов не разобрать. Интонации жесткие, идет обмен обрывками фраз и отдельными словами.

Ребе замечает слуховые усилия Ландсмана и той же бровью изображает осуждение.

— Да, разумеется. Дело в следующем. Так случилось, рабби Шпильман, что я живу в «Заменгофе». Это дешевая гостиница на Макс-Нордау-стрит. Прошлой ночью дежурный постучался ко мне и попросил заглянуть в номер одного из постояльцев. Дежурный обеспокоился его состоянием. Он опасался, что парень перебрал дозу. Поэтому позволил себе проникнуть, — Ландсман вспомнил скорбную физиономию Тененбойма, — в номер. Оказалось, что постоялец этот мертв. В отеле он проживал под вымышленным именем. Документов при нем не оказалось, но некоторые предметы и обстоятельства позволяли сделать кое-какие выводы. На основании этих выводов мы прибыли сюда. К вам. Мы полагаем — почти уверены в этом, — что покойный ваш сын.

Баронштейн уже вернулся в комнату и внимает Ландсману. С лица его стерты любые признаки каких-либо эмоций.

— Почти уверены, — скучным голосом мямлит ребе, в лице его тоже никаких движений, лишь глаза как-то реагируют на происходящее. — М-да... Почти уверены. Некоторые и кое-какие. Вводы и выводы.

— У нас есть фотоснимки. — Снова Ландсман жестом черного мага предъявляет шпрингеровское фото мертвого еврея из номера двести восемь. Он протягивает его ребе, но какой-то внутренний импульс задерживает его руку.

— Может быть, мне... — встрял Баронштейн.

— Нет, — отрезал ребе.

Ребе Шпильман принимает фото от Ландсмана, обеими руками подносит его к глазам, к самому правому хрусталику. Всего лишь близорукость — но Ландсману привиделось в движении что-то вампирское, как будто человек-гора попытался высосать из изображения жизненную силу. Не меняя выражения лица, ребе просканировал фото от края до края и сверху донизу. Опустил снимок на стол и прищелкнул языком. Баронштейн подступил было к столу, чтобы тоже бросить взгляд, но ребе отмахнулся от помощника.

— Это он.

Ландсман настроил свой инструментарий по максимуму: полное усиление, полный спектр, максимальная апертура, стрелки зашкаливают... Ландсман пытается уловить слабые следы реакции Баронштейна, его сожаление или удовлетворение. Действительно, глаза габая испустили какие-то искорки, но, к удивлению Ландсмана, он уловил разочарование. Какое-то мгновение Арье Баронштейн выглядит как человек, вытянувший туза пик и с разочарованием разглядывающий зажатый в руке бесполезный бубновый веер. Едва заметно выдохнув, зять-поверенный возвратился к своей конторке.

— Застрелен, — проронил ребе.

— Одним выстрелом.

— Кто убил?

— Пока не знаем.

— Свидетели?

— Пока нет.

— Мотив?

Ландсман признался в своем невежестве и по этому вопросу, повернулся к Берко за подтверждением, и тот мрачно кивнул.

— Застрелен, — повторил ребе, качая головой, как бы говоря: «Ну, как вам это нравится?» Не меняя интонации, он обратился к Берко: — У вас все в порядке, детектив Шемец?

— Не могу пожаловаться, рабби Шпильман.

— Жена и дети здоровы?

— Могло быть и хуже.

— Два сына, один еще совсем малыш.

— Вы правы, как всегда.

Желе массивной щеки удовлетворенно всколыхнулось. Ребе пробормотал обычное благословение в адрес малышей Берко. Затем его взгляд перекатился в направлении Ландсмана, а когда докатился и зафиксировался, Ландсман ощутил укол паники. Ребе знает все. Он знает о мозаичной хромосоме и о мальчике, которым Ландсман пожертвовал, чтобы подтвердить свою веру в то, что жизнь полна всевозможнейших гадостей. А теперь благословит и Джанго... Но ребе молчит, лишь скрежещут шестеренки вербоверских часов. Берко бросил взгляд на свои часы. Пора домой, к свечам и вину. К благословленным своим детям, с которыми могло бы случиться и худшее. К Эстер-Малке с еще одним развивающимся зародышем, скукожившимся где-то во чреве. Нет у них с Ландсманом полномочий находиться здесь после заката, расследуя дело, официально более не существующее. Ничто не угрожает ничьей жизни, ничего нельзя сделать для спасения кого-либо из них, здесь присутствующих, а уж тем более для бедного еврея, из-за которого они оказались здесь.

— Рабби Шпильман.

— Да, детектив Ландсман.

— У вас все в порядке?

— А как вам кажется, детектив Ландсман?

— Я лишь пару минут назад имел честь вас встретить, — осторожно выбирает выражения Ландсман: скорее из уважения к чувствительности Берко, чем ради рабби и его резиденции. — Но если честно, то мне кажется, что у вас все в порядке.

— И это представляется вам подозрительным? Вам это кажется отягчающим обстоятельством каких-то моих преступлений?

— Ребе, прошу вас, не надо так шутить, — предостерегает Баронштейн.

— По этому вопросу, — отвечает Ландсман, игнорируя советчика, — я не отважусь огласить свое мнение.

— Мой сын умер для меня много лет назад, детектив. Много лет прошло. Я разорвал одежды свои и произнес кадиш и возжег свечу много лет назад. — Смысл слов должен был передавать ожесточение говорившего, но голос ребе остается ровным и на удивление бесцветным. — В «Заменгофе» — это ведь был «Заменгоф»? — вы нашли лишь оболочку, шелуху, ядро же его давно сгнило.

— Шелуху. Гм...

Встречался он с отцами наркоманов. Видел и такого рода холодность. Но манера списывать живого в мертвые ему претила, казалась насмешкой над мертвыми и над живыми.

— Насколько я наслышан... э-э... — продолжает Ландсман. — Не могу сказать, что я толком это понимаю... Ваш сын... В детстве, еще мальчиком... Он выказывал некоторые признаки... Как бы это сказать... Что он мог оказаться... Может быть, здесь я ошибаюсь... Цадик-Ха-Дор, так? Если бы все условия выполнялись, если б евреи данного поколения этого заслуживали, то он мог бы оказаться... Мешиах, Мессия?

— Смешно, детектив Ландсман, просто смешно. Вас забавляет уже сама идея.

— Нет-нет, ничего подобного. Но если ваш сын был Мессией, то, как я полагаю, нам всем грозят крупные неприятности. Потому что сейчас он лежит в ящике в подвале общей городской больницы.

— Меир, — одернул его Берко.

— При всем моем уважении, — скорострельно добавил Ландсман.

Ребе сначала ничего не ответил, затем заговорил, как будто тщательно подбирая слова или не сразу находя их:

— Баал-Шем-Тов, блаженной памяти, учит, что человек с потенциалом Мессии рождается в каждом поколении. Это Цадик-Ха-Дор. Ох, Мендель, Менделе, Менделе...

Он закрыл глаза. Воспоминания? Сдерживаемые слезы? Он открыл глаза — сухие, как и воспоминания.

— Менделе выделялся в детстве. Я не о чудесах, ибо чудеса для цадика лишь обуза, но не доказательство. Чудеса доказывают что-то лишь тем, в ком вера слаба, недостойным. Что-то было в нем самом, внутри. В нем был огонь. Место у нас серое, сырое. Менделе лучился теплом и светом. К нему хотелось подойти поближе, согреть руки, расплавить лед, намерзший на бороде. Хоть на минуту изгнать тьму. Но и отойдя от Менделе, вы сохраняли его тепло, и мир казался светлее, хоть на одну свечу. И вы понимали, что тепло и пламя внутри вас. В этом было его чудо.

Ребе разгладил бороду, потянул за нее, подумал, как будто размышляя, не упустил ли он чего. И добавил:

— И ни в чем более.

— Когда вы видели сына в последний раз? — спросил Берко.

— Двадцать три года назад, — не размышляя, ответил ребе. — Двадцатого числа месяца элула. Никто в этом доме не видел его и не разговаривал с ним с того дня.

— И даже мать его?

Вопрос этот встряхнул их всех, в том числе и Ландсмана, который его задал.

— Вы допускаете, детектив Ландсман, что жена моя пойдет против меня в каком бы то ни было вопросе?

— Я допускаю все, что угодно. И ничего при этом не имею в виду.

— У вас есть какие-то предположения, кто мог убить Менделя?

— Дело в том, что... — начал Ландсман.

— Дело в том, что... — перебил его ребе Шпильман, роясь в бумажном хаосе на своем столе. Из груды книг, брошюр, листовок, доносов, докладов о поведении отмеченных личностей, кассовых лент, разрешений, запрещений он выудил листок и поднес его к глазам. Заплескалась плоть его руки в обширном мехе рукава... — Дело в том, что эти детективы не уполномочены расследовать данное дело вообще. Я не ошибся?

Он опустил бумагу на стол, и Ландсман удивился, как он в этих глазах мог видеть что-то, кроме безбрежного ледяного моря. Ландсман сброшен в воду между льдинами и, чтобы не утонуть, хватается за балласт своего цинизма. Значит, приказ о черной метке для дела Ласкера пришел с острова Вербов. Значит, Шпильман знал о смерти сына еще до того, как тот погиб в номере двести восемь. Значит, он сам приказал убить собственного сына? Значит, работой отдела по расследованию особо тяжких преступлений полицейского управления Ситки напрямую руководят из канцелярии ребе? Очень интересные вопросы, но хватит ли у Ландсмана духу задать их?

— А что ваш сын сделал? — спросил наконец Ландсман. — Почему он умер для вас двадцать три года назад? Что он знал? И что вы знали, ребе? И рабби Баронштейн? Понимаю, вы владеете ситуацией. Не знаю ваших целей. Но, судя по вашему прекрасному острову, вы весите очень много.

— Меир! — голосом заклинателя воззвал Берко.

— Не возвращайтесь сюда, Ландсман, — сказал ребе. — Не беспокойте никого в моем доме и никого на острове. Оставьте в покое Цимбалиста, оставьте в покое меня. Если я услышу, что вы хотя бы попросили у одного из моих людей прикурить, я вас достану. Это ясно?

— При всем моем уважении... — начал Ландсман.

— В данном случае — пустая формула вежливости.

— И тем не менее, — не дал себя сбить Ландсман. — Если бы каждый раз, когда какой-нибудь штаркер с эндокринным расстройством пытался меня запугать, мне давали доллар, мне бы не пришлось сейчас сидеть здесь, при всем моем уважении, и выслушивать угрозы от человека, не способного и силком выдавить из себя слезу по сыну, которому сам помог сойти в могилу, уж там сейчас или двадцать три года назад.

— Не надо считать меня грошовым подонком с Хиршбейн-авеню, — обиделся ребе. — Я вам вовсе не угрожаю.

— Да ну? Вы меня, стало быть, благословляете таким образом?

— Я смотрю на вас, детектив Ландсман. И понимаю, что, как и мой сын, бедняжка, вы не оправдали надежды своего отца.

— Рав Хескел! — взметнулся Баронштейн.

Но рабби Хескел не обратил внимания на своего габая и продолжил, прежде чем Ландсман успел спросить, какого дьявола тот знает о бедном Исидоре.

— Я вижу, что когда-то вы, опять же, как мой бедный Мендель, имели все задатки, чтобы стать чемто большим и лучшим, чем вы сегодня. Может, вы, конечно, крутой шамес. Но сомневаюсь, чтобы вы прославились как большой мудрец.

— Совсем даже наоборот, — охотно согласился Ландсман.

— Послушайтесь моего доброго совета: следует найти иное применение для оставшегося вам времени.

Система молоточков вербоверских часов заскрежетала, заскрипела и принялась отбивать мелодию, много старшую, чем сами часы, и желанную в каждом еврейском доме в конце недели.

— Джентльмены, время истекло, — указал на часы Баронштейн.

Посетители встали, все пожелали друг другу радостной субботы. Детективы надели шляпы и повернулись к двери.

— Кто-то должен опознать тело, — проронил Берко, не оборачиваясь.

— Если не хотите, чтобы мы его выставили на тротуар, — добавил Ландсман.

— Завтра пришлем кого-нибудь, — пообещал ребе. Он повернулся в своем кресле, нагнулся, снял с крюка две трости с серебряными набалдашниками, отделанные золотом. Уперся тростями в ковер и, издавая множество неожиданных звуков, поднялся на ноги. — Когда суббота закончится.

Баронштейн проводил их вниз, к придверным Рудашевским. Вверху под весом великого ребе жалобно скрипели доски пола, стучали трости и шаркали пивные бочки нижних конечностей. Семья ребе в другом конце дома ожидала его благословения.

Баронштейн открыл дверь эрзац-дома. Шмерль и Йоселе ввалились в холл в заснеженных шляпах, с заснеженными плечами, со снегом в зимних глазах. Задверные братья, кузены или братья-кузены вкупе с внутридверным вариантом образовали вершины треугольника: трехпалый кулак, в котором зажали Ландсмана и Берко.

Баронштейн придвинул свою узкую физиономию вплотную к Ландсману, так что тот отвернул нос подальше от букета помидоров, табака и сметаны, исходившего от рабби.

— Остров у нас невелик, — сказал Баронштейн. — Но на нем сотни мест, где кто угодно, даже знаменитый шамес, может затеряться без следа. Будьте осторожны, детективы. И доброй субботы вам обоим.

17

Нет, вы только гляньте на Ландсмана! Рубаха сбоку, пардон, выбилась из штанов, шляпа набекрень, пиджак на крюке пальца за плечом... За небесного цвета едальный билет уцепился, как утопающий за соломинку. Щетина скоро «чёрношляпной» бородою станет. Спина его убьет. По причинам, ему неведомым — а скорее — без причин — с полдесятого утра во рту ни грамма. Самый одинокий еврей Ситки, один-одинешенек в хромо-кафельной пустыне кафетерия «Полярная звезда» в девять часов пополудни в пятницу, в пургу. Что-то темное, неотвратимое надвигается... точнее, сдвигается внутри, в его организме. Сотни тонн грязевой лавины поползли, поползли... Мысль о пище противна, даже о золотом лапшевнике, брильянте в короне кафетерия «Полярная звезда». Но что-то пора сожрать.

Конечно, Ландсман понимает, что он вовсе не самый одинокий еврей в округе Ситка. Он даже мысль такого рода презирает. Появление этой жалости к самому себе доказывает, что он вихрем ввинчивается в глубокий анус, ускоряя движение по вектору и углу. Дабы сопротивляться ускорению Кориолиса, Ландсман разработал три экспериментальные методики. Первая — работа, но работа уже официально признана несерьезной хохмочкой. Еще — алкоголь, который, правда, усугубляет вихревые процессы, но ему уже на это плевать. Наконец, что-нибудь съесть. Решившись на третий вариант, он волочет себя, синий едальный билет и поднос к грандиозной леди Литвак за стеклом и прилавком — в сеточке на прическе, в полиэтиленовых перчатках и с металлической поварешкой. И сует ей поднос.

— Три блинчика с творогом, пожалуйста, — выдавливает он из себя, не желая ни вкуса, ни запаха этих блинчиков, не желая даже глянуть в меню, предлагает ли их сегодня заведение. — Как дела, миссис Неминцинер?

Миссис Неминцинер размещает три блинчика на белой тарелочке с голубой каемочкой. Чтобы оживить вечернюю трапезу одиноких душ Ситки, миссис Неминцинер держит наготове нарезанные маринованные райские яблочки, которые выкладывает на салатные листья. Такой корсажик она присобачивает и к ландсмановской порции. Затем компостирует его карту. Ужин готов.

— Какие у меня могут быть дела? — отвечает она вопросом.

Ландсман осознает беспочвенность своего любопытства, несет поднос с тарелкой к кофейникам и добывает себе напиток. Сует кофейной кассирше деньги и продырявленную дисконтную карту, отступает под натиском конкуренции: еще двое соперников в борьбе за звание самого одинокого еврейца округа Ситка кукуют за столиками. Ландсман направляется к «своему» столику, у окна, через которое можно профессионально следить за улицей. На соседнем столике кто-то оставил недоеденную порцию тушенки с картошкой и полстакана чего-то, по цвету напоминающего сода-вишню. Объедки и скомканная салфетка вызывают легкую тошноту, настроения не улучшают, но что поделаешь — любимый столик... Должен же коп обозревать улицу. Ландсман усаживается, сует салфетку за ворот, разрезает творожный блинц, сует кусок в рот, жует... Глотает. Хороший мальчик, паинька.

Один из его конкурентов в гонке одиночества — бывший уличный букмекер, мелкий жучок тотализатора по имени Пенгвин Симковиц, профукавший чьи-то деньги и избитый уличными же штаркерами до потери заметной доли разума и здравого смысла, которыми он и ранее богат не был. Другой, сосредоточенно поглощающий салат из сельди со сливками, Ландсману неизвестен. Левый глаз этого еврея скрыт за телесного цвета пластырем, левая линза в очках отсутствует. Прическа его сведена к трем несерьезным сивым клочкам в передней части черепа. Щека порезана при бритье. Когда по этой щеке покатились и закапали в сельдь слезы, Ландсман сдался.

Тут появился Бухбиндер, археолог миражей, дантист, которому его щипцы и вставные челюсти нашептывали типичное для дантиста хобби: паяние перстеньков да укладка паркета в кукольном домике, — но до поры до времени. Потом вдруг Бухбиндера занесло. Мелкие бзики сменились всепоглощающим еврейским безумием. Он принялся за воссоздание инструментария древних «койеним», жрецов Яхве, сначала в миниатюре, а затем и в натуральную величину. Ведра для крови, вилки для расчлененки, лопаты для пепла — все, как предписывает книга Левит священным кулинарам Иерусалима для освященных барбекю. Дантист основал музей, возможно, и поныне существующий, разместил его там, где потеряла разбег улица Ибн-Эзра. В витрине дома, в котором он выдергивал зубы неимущим евреям, возвышался Храм Соломонов, выстроенный из картона, похороненный под слоем пыли, украшенный херувимами и дохлыми мухами. Наибольшей популярностью музей пользовался у соседского хулиганья. Частенько унтерштатский патрульный часа в три ночи являлся по вызову и заставал безутешного Бухбиндера над порушенной и оскверненной коллекцией, любующимся кучей дерьма, плавающей в медной золоченой курильнице.

Бухбиндер заметил Ландсмана, и глаза его тут же близоруко сощурились от дурного предчувствия. Он вышел из мужского туалета, еще не отняв мудрых пальцев своих от пуговиц ширинки, с лицом, выражающим глубокое, но бесполезное понимание загадок вселенной, и вернулся к тушенке и черри-соде. Бухбиндер мужчина положительный, тучный, выходец из Германии, одет он в кардиган, рукава реглан, на пузе напузник вязаный. Чем ниже, тем современнее: из-под твидовых брюк торчат зимние кроссовки. Темный блондин с сивой и серебряной сединой, Бухбиндер постоянно подбадривал свою бороду ласковыми прикосновениями. В сторону Ландсмана он небрежно швырнул улыбку, как грош в кружку нищего, после чего выудил из кармана пухлый томик и, не забывая о тарелке, углубился в чтение чего-то весьма увлекательного, напечатанного мелким шрифтом. Почти сразу принялся раскачиваться в такт чтению и жеванию.

— Доктор, как ваш музей поживает? — окликнул его Ландсман.

Бухбиндер озадаченно уставился на странного незнакомца с блинчиками.

— Ландсман из управления полиции, может, вспомните. Я у вас...

— Да-да, конечно. — Бухбиндер выдавил на физиономию куцую улыбку. — Очень приятно. Мы, собственно, не музей, а институт, но это ничего...

— О, извините...

— Ничего, ничего. — Мягкий идиш Бухбиндера нанизан на жесткую проволоку германского акцента, от которого он, как и все остальные йекке, не хочет отвыкнуть и через шесть десятков лет. — Это обычная ошибка, все так говорят.

«Ну так уж и все», — думает Ландсман, а вслух произносит:

— Все там же, на Ибн-Эзра?

— Нет, сэр. — Доктор Бухбиндер с достоинством стирает салфеткой горчицу с губ. — Я закрылся официально и навсегда.

Высокопарность, торжественность тона и манер как-то не вяжется, по мнению Ландсмана, с содержанием высказывания.

— Надоели неподходящие соседи, — подсказывает Ландсман.

— Соседи... Животные! — весьма бодро исправляет его доктор Бухбиндер. — Они били стекла и разбивали мое сердце. — Он отправляет в рот последний кусок говядины и принимается ее тщательно пережевывать. — Однако на новом месте я буду для них недосягаем.

— И где это новое место?

Бухбиндер улыбается, разглаживает бороду, отодвигается от стола, готовится к приятному сюрпризу.

— В Иерусалиме, конечно. Где же еще, — открывает он наконец сладкую тайну.

— О-о, — почтительно блеет Ландсман, стараясь не выдать озадаченности. Он не видел правил и условий допуска евреев в Иерусалим, но наверняка на первой позиции в этом перечне — не быть одержимым религиозным лунатиком. — Иерусалим... Далеко, однако.

— Да, конечно.

— Полностью и навсегда?

— Разумеется.

— Есть там знакомые?

Живут еще евреи в Иерусалиме, всегда они там жили. Немного осталось. Жили они там и до того, как вынырнули откуда ни возьмись сионисты с сундуками, набитыми учебниками иврита, сельскохозяйственными справочниками и грядущими невзгодами для всех и каждого.

— Как сказать, — мнется Бухбиндер. — Вообще-то нет. Кроме разве... — он пригибается и понижает голос, — Мессии.

— Гм... Неплохо для начала, — живо откликается Ландсман. — Я слыхал, он там с лучшими из лучших.

Бухбиндер кивает, недосягаемый в сусальном святилище грез, сует книжонку в карман пиджака.

— Окончательно и бесповоротно. — Он засовывает себя вместе с мечтаниями и чаяниями в синий пуховик. — Всего доброго, Ландсман.

— Всего хорошего, доктор Бухбиндер. Замолвите там за меня словечко перед Мессией.

— О, в этом нет нужды.

— Нет нужды или нет смысла?

Развеселые глаза доктора Бухбиндера вдруг отозвались сталью, превратились в диски зубного зеркала. Они оценивают Ландсмана с прозорливостью, обостренной двадцатью пятью годами поисков причин неверия и слабости духовной. На мгновение Ландсман даже усомнился в душевном нездоровье доктора.

— Вы сами сделали свой выбор, — припечатал Бухбиндер. — Не так ли?

18

Покидая «Полярную звезду», Бухбиндер остановился и придержал дверь, пропуская внутрь пронзительно оранжевую парку, подгоняемую пургой. Бина волочет на плече свой древний кожаный мешок, набитый всякой служебной тягомотиной. Торчат корешки папок, видны скрепки, скалывающие листки, разноцветные метки из клейкой ленты. Бина откинула капюшон парки. Волосы заколоты кверху и назад, предоставлены сами себе. Цвет их… такой цвет Ландсман встретил в ином месте лишь однажды за всю свою жизнь. Это произошло, когда он впервые взял в руки большую оранжево-красную тыкву. Из самой глубины ее канавок сияла ему в лицо прическа Бины.

Новая посетительница поволокла свою сумку к кассирше. Проходя через турникет к стойке с подносами, Бина непременно увидит бывшего мужа, упрется в него взглядом.

Ландсман мгновенно принял мудрое решение: он ее не видит, о ее присутствии не подозревает. Забыл, что она на свете существует. Внимание его поглощено событиями на Хальястре-стрит. Направление ветра и безобразно-непредсказуемое его поведение. Толщина снегового покрова составила около шести дюймов. Три цепочки следов неупорядоченно пересекаются, переплетаются, втаптываются друг в друга и дружно покрываются мириадами свежевыпавших снежинок. Через улицу, на заколоченных окнах «КРАСНЫ — ТАБАК И КАНЦТОВАРЫ», болтаются отдираемые настырным ветром афишки: они приглашают в «Воршт» на вчерашнее выступление гитариста, валявшегося в туалете без денег и перстней. Телефонный столб распустил во все стороны лучи проводов, маркируя стены и двери громадного воображаемого еврейского гетто. Подсознательно бдительный шамес регистрировал множество видимых и лишь подразумеваемых деталей, но сознание Ландсмана сфокусировалось на моменте, когда Бина увидит его, одинокого, за столиком, терзающего несчастный блинц, когда он услышит произнесенное ею свое имя.

Момент этот все не наступает, и Ландсман отваживается на еще один взгляд украдкой. Еда уже на подносе, Бина заплатила, получает сдачу. Стоит спиной к Ландсману. Она его уже видела, не могла не заметить. Миновал момент, когда разверзаются хляби, когда срывается грязевая лавина, несется по склону неудержимо. Ландсман и Бина жили в браке двенадцать лет и еще пять до брака. Оба они друг для друга первая любовь и первый партнер, первый предатель, первое прибежище, первый сожитель, первый слушатель, первый, к кому можно обратиться, когда что-то — даже само супружество — не ладится. Полжизни вперемешку их биографии, тела, их фобии, теории, рецепты, библиотеки, коллекции звукозаписей... Они спорили и ругались, нос к носу, размахивая руками и брызжа слюной, швыряя что попало, пиная что попало, разбивая что попало, выдирая друг другу волосы. На следующий день его щеку и грудь украшали полулуния ногтей Бины, а ее предплечье — багровые отпечатки его пальцев. Лет семь их совместной жизни отмечали ежедневные либо еженощные соития. Нежные и грубые, радостные и злые, жаркие, холодные, сонные, недобрые... В кроватях, на диванах, где попало. На матах и полотенцах, на старой занавеске душевой кабины, в кузове пикапа, за помойным контейнером, на крыше водокачки, в гардеробе кабачка «Руки Исава». Однажды даже трахнулись в служебной обстановке, на грибноплесневой колонии в модуле отдела.

Бину перевели из наркоотдела, и они целых четыре года работали в «особо тяжких», попали в одну смену. Напарником Ландсмана был Зелли Бойбрикер, затем его сменил Берко. Бина попала к старому больному Морису Хандлеру. Но каким-то образом тот же хитрый ангел, который сунул Бину в его отдел, подстроил сочетание графика отпусков и путаницы болезней, и Ландсман с Биной оказались напарниками один-единственный раз, и выпало им дело Гринштейнов. Они вместе перенесли эту череду неудач. Неудачи каждый день, тягучие и мгновенные, неудачи ночью в постели, неудачи на улицах Ситки. Убитая девочка Ариела, сломленные родители, мать и отец, безобразные в горе, ненавидящие друг друга и дыру, за которую они продолжали держаться. Горе чужой семьи придавило и их, придавило Джанго, жизнь которого зародилась под тенью дела Гринштейнов, втянутого в дыру, оставленную маленькой толстушкой. Скрутились Ландсман и Бина, переплелись их хромосомы с таинственным изъяном. А теперь... Теперь они притворяются, что друг друга не замечают, отворачиваются с чуткостью магнитной стрелки.

Ландсман изучает пейзаж.

Следы на снегу превратились в едва заметные углубления, похожие на следы ангелов.

Вдоль по улице тащится мелкая согбенная фигурка, волочет мимо заколоченных окон «КРАСНЫ — ТАБАК И КАНЦТОВАРЫ» большой чемодан. Широкие поля его белой шляпы хлопают, как крылья птицы. Ландсман провожает взглядом Илию-Пророка, обдумывает смерть свою. Четвертый гениальный стратегический маневр, способ занять его, подбодрить и утешить. В надлежащих дозах, чтобы не перестараться.

Отец и дед Ландсмана по отцовской линии — оба покончили с собой, а сам он на своем веку перевидел множество человеческих существ, разными способами сводивших счеты с жизнью, успешно и неудачно,

169

эффективно и бездарно. Уж ему ли не знать, как *это* следует делать! И как ни в коем случае не следует. Прыжки с мостов и из окон отелей — очень живописно, но неоднозначно. Прыжки в шахты лестничных клеток — ненадежно, импульсивно, слишком похоже на случайный исход. Перерезание запястий с популярной (но вовсе не обязательной) ванной или без таковой — сложнее, чем это кажется, сопряжено с женско-детской театральностью. Ритуал харакири с самурайскими мечами! Трудоемко, требует участия помощника, с привкусом аффекта, для еврея еще и с оттенком юмора. Такого Ландсман ни разу не встречал, но знал ноза, который уверял, что якобы своими глазами видел. Дед Ландсмана бросился под трамвай в Лодзи, что показывало высокую степень решимости. Это качество Ландсман уважал. Отец Ландсмана употребил стомиллиграммовые таблетки нембутала, сопроводив их стаканом водки «Каравай», метод весьма рекомендуемый. Добавьте еще пластиковый мешок на голову, просторный и не дырявый — и получите нечто тихое, аккуратное, надежное.

Но сам Ландсман, разумеется, склонялся к служебному оружию. Чемпион мира Мелек Гейстик, к примеру, застрелился. Его собственный короткоствольный 39-й шолем — куда как подходящий инструмент для столь ответственной работы. Надо знать, куда приложиться дулом (как раз под углом подбородка) и как направить ствол (20° от вертикали, к центру аппетита головного мозга) — очень эффективно, насыщает быстро и навсегда. Разумеется, неопрятно, но Ландсман никогда не стеснялся оставлять после себя кавардак.

— С каких это пор ты блинц-фанатом заделался?

Ландсман подпрыгнул, двинул коленом в стол, кофе на столе тоже подпрыгнул и оросил значительную часть столешницы, обозначив на ней рисунок выходного отверстия выстрела, только что в очередной раз обдуманного Ландсманом.

— Хай, шкипер, — бросил он по-американски, оглядываясь в поисках салфетки. Но салфетку он захватил от раздачи только одну. Кофе растекался, не дожидаясь результатов поисков. Ландсман выхватил из кармана два-три случайных листка, попытался сдержать кофейное наводнение.

— Рядом с вами не занято, сэр? — В одной руке у нее поднос, в другой — увесистая сумка с канцелярщиной. На лице известная ему наизусть гримаса: преддверие улыбки, брови слегка выгнуты вверх. Такую физию она строит перед тем, как на служебном балу в отеле смешаться со сплошь мужским персоналом или входя в лавчонку в Гарькавы в юбчонке выше колен. На лице написано: «Я только-то-всего-навсего за пачкой жвачки, отлезьте, мне-таки вас не надо!» Бина швырнула сумку на стул и уселась, не дожидаясь ответа.

— Пожалуйста, пожалуйста. — Ландсман оттянул в сторонку свою тарелку, освобождая пространство. Бина протянула ему салфетки, и он вернулся к ликвидации кофейной аварии. Швырнул промокшие бумажки на соседний столик. — Сам не знаю, с чего я их... Блинц... Блин... Тьфу.

Бина устраивается. Раскладывает нож, вилку, ложку. Снимает обе тарелки с подноса. Она взяла горку салата из тунца на одном из фирменных салатных листов мадам Неминцинер и сияющий золотистый квадрат лапшевника. Она сует руку в свой необъятный мешок и достает оттуда небольшую пластиковую шкатулку с откидной крышкой. В этой коробке содержится малая цилиндрическая коробочка с отвинчивающейся крышкой, из которой Бина вытряхивает витаминную пилюлю, капсулу с рыбьим жиром и таблетку энзима, позволяющего ее желудку переваривать молоко. Там же можно обнаружить пакетики с солью, перцем, хреном, миниатюрную бутылочку соуса «Табаско», таблетки для дезинфекции воды, жвачку «Пепто-Бисмол» и Бог знает что еще. Ежели вы идете на концерт, Бина не забудет театральный бинокль. Если нужно расположиться на травке, у Бины наготове полотенце. Отпугиватель для муравьев, штопор, свечи и спички, намордник для собаки, складной нож, аэрозольный баллончик фреона, увеличительное стекло — много чего вытаскивала она из своего безразмерного мешка на глазах у Ландсмана.

Глянешь на еврейку типа Бины Гельбфиш и поймешь причины приспособляемости и выживаемости евреев, думает Ландсман. Эти евреи тащат с собой дом свой в громадном мешке, скроенном из коровьей шкуры, взгромоздив его меж горбов верблюда, в пузыре воздуха в мозге своем. Эти евреи падают на пятки, касаясь земли, бегут во весь опор, спасаясь от напастей, используют все, что ни пошлет судьба от Египта до Вавилона, от Минской губернии до округа Ситка. Методично, организованно, настойчиво, находчиво. Они ко всему готовы. Прав Берко, Бина найдет дело в любом полицейском участке мира. Перекраивание границ, смена режимов — такие мелочи не вышибут из колеи еврейку с добрым запасом салфеточек в мешке.

— Тунцовый салат, — замечает Ландсман, вспоминая, что она отказалась от тунца, когда забеременела Джанго.

— Да, стараюсь ввести в организм как можно больше ртути. — Бина поняла, о чем он думает. Забросила в рот таблетку. — Ртутью живу.

Ландсман тычет большим пальцем в сторону мадам Неминцинер, бдящей на посту с неизменной поварешкой.

— Надо было попросить жареный градусник.

— Я бы с удовольствием, но у них только ректальные.

— А вот, кстати, Пенгвин.

— Симковиц? Где?

Бина повернулась всем корпусом начиная от талии, и Ландсман воспользовался открывшимися возможностями обзора. Конопатая левая грудь, кружавчики бюстгальтера, просвечивающий и выпирающий сквозь чашечку сосок. Пришлось сдерживать руку, мгновенно возжелавшую нырнуть туда, к ней за пазуху, забраться, прижаться, обнять и заснуть. Обратный поворот — и она застала Ландсмана погруженным в грезы. У него загорелись щеки.

— Хм, — только и сказала Бина.

— Как день прошел? — спросил Ландсман самым естественным тоном.

— Давай-ка договоримся, — потребовала она ледяным тоном, застегивая кофточку на все пуговицы. — Мы сидим, ужинаем и не порем ахинею про то, как прошел мой день. Как ты к этому относишься, Меир?

— Положительно отношусь.

— Ну и отлично.

Она загребла ложку тунцового салата. Он уловил блеск ее обрамленного золотом премоляра и вспомнил день, когда Бина пришла домой с этим зубом, еще пьяная после наркоза, и предложила ему сунуть язык ей в рот, ощутить вкус. После первой ложки тунцового салата Бина посерьезнела. Она загребла еще с десяток ложек, самозабвенно работая челюстями, от усердия аж сопя и ушами шевеля, не сводя глаз с уменьшающейся кучки салата. Здоровый аппетит у девушки — таким было первое наблюдение его матери относительно Бины Гельбфиш. Двадцать лет назад. Как и большинство комплиментов его матери, это замечание можно было истолковать как замаскированное оскорбление. Но Ландсман мог доверять только женщине, которая ела, как мужчина. Когда на листе салата не осталось ничего, кроме потеков майонеза, Бина утерла рот салфеткой и удовлетворенно вздохнула.

— Ну, о чем беседуем? Твой день тоже не затрагиваем.

— Конечно, конечно.

— Что нам остается?

— Да почти ничего.

— Кое-что никогда не меняется. — Бина отодвинула пустую тарелку и подтянула лапшевник, готовясь сокрушить и его. Он с наслаждением наблюдал даже за тем, как она смерила этот кугель взглядом.

— Люблю поговорить о моей машине.

— Ты знаешь, что мне любовная лирика не по душе.

— Ну уж никак не о Реверсии.

— Согласен. И говорящих куриц к черту. И креплах в виде головы Маймонида. И остальной понос чудотворный.

Интересно, как бы Бина отнеслась к истории, которую Цимбалист рассказал им о человеке, лежащем в выдвижном ящике в подвале общей городской больницы?

— Давай вообще без евреев, — поморщился Ландсман.

— Согласна. Меня тошнит от евреев.

— И без Аляски.

— И без Аляски.

— Без политики. Без России. Без Маньчжурии, Германии, арабов.

— И от арабов меня тошнит. О чем же побеседуем?

— Об этом лапшевнике, может быть?

— Отличная тема. Только, Меир, съешь кусочек. У меня душа болит, Бог мой, до чего же ты тощий. Давай-ка быстренько. Я не знаю, как они его делают, говорят, имбирь добавляют, самую чуточку. Там, в Якови, о таком кугеле только мечтать можно.

Бина отхватила ножом кусок лапшевника и понесла его вилкой прямо ко рту Ландсмана. Парящий в воздухе в направлении его рта кусок вызвал мгновенный пароксизм отторжения. Ледяная лапа мертвой хваткой сжала его нутро. Ландсман отвернулся. Вилка замерла в зените траектории, затем Бина опустила запеченную смесь из вермишели и яиц, смешанную с изюмом и еще Бог ведает с чем, на тарелку рядом со скучающими блинчиками.

— Все равно ты должен его попробовать. — Показывая пример, она отхватила еще два куска лапшевника и отложила вилку. — Вроде о нем больше ничего и не скажешь.

Ландсман приложился к остаткам кофе, Бина проглотила оставшуюся фармакопею, запив водой.

— Ну, — сказала она.

— Угу, — сказал он.

Если он ее сейчас отпустит, если не заснет в ложбине между ее грудей, то не спать ему больше никогда, не заснуть без помощи горсти нембутала или короткоствольного М-39.

Бина встает и натягивает свою парку. Она возвращает пластиковую шкатулку в кожаный мешок, со стоном перекидывает его через плечо.

— Спокойной ночи, Меир.

— Где ты остановилась?

— У родителей. — Таким тоном произносят смертный приговор планете.

— Ой-вей...

— Об этом можно было бы поговорить. Ну, я остановилась там ненадолго. Во всяком случае, не хуже, чем в «Заменгофе».

Бина задернула молнию и замерла на долгие секунды, оценивая его своим шамесовским взглядом. Ее взгляд не сравнить с его, она часто упускает детали, но то, что видит, умеет сцепить с тем, что знает о мужчинах и женщинах, о жертвах и убийцах. Бина уверенно формирует связную историю, имеющую смысл и приводящую к каким-то последствиям. Она не столько раскрывает случаи, сколько рассказывает о них.

— Слушай, Меир, посмотри на себя. Ты как разваливающийся дом.

— Знаю. — Ландсман чувствует жжение в груди.

— Я слышала, что ты плох, но думала, врут, чтобы мне польстить.

Ландсман смеется и вытирает щеку рукавом пиджака.

— Это что? — гробовым голосом спрашивает Бина. Ногтями большого и указательного пальцев она подцепила скомканный, испачканный в кофе клок бумаги с соседнего столика, куда его запустил Ландсман. Он пытается спасти улику, но опаздывает. Она всегда опережала его в подобных случаях. Бина расправляет буклет на столе.

— «Пять великих истин и пять больших неправд о вербоверском хасидизме». — Брови Бины смыкаются над переносицей. — Хочешь, чтобы меня сожрали «черные шляпы»?

Ландсман недостаточно проворен с ответом, и она успевает сделать должные выводы из его молчания, из выражения его лица и из того, что ей о нем известно. А известно ей о нем практически все.

— Да ты что, Меир! — Бина моментально сникла, теперь она выглядит такой же изможденной и изношенной, как и он сам. — Нет. Неважно. Я сегодня больше не могу. — Она комкает вербоверский памфлет и швыряет ему в голову.

— Мы вроде собирались не затрагивать эти темы.

— Мы много чего собирались, ты и я.

Она отворачивается, вцепившись во врезавшийся в плечо ремень сумки, в которой ее жизнь.

— Завтра жду тебя в своем кабинете.

— Гм. Очень хорошо. Только я сегодня сменился с двенадцатидневной смены.

Ландсман не врет, но на Бину этот аргумент не действует. Она его не услышала, либо он говорил не на индоевропейском.

— Завтра я у тебя, — вздыхает он. — Если сегодня не вышибу себе мозги.

— Я никакой любовной лирики не цитировала. — Бина собирает темно-тыквенную кучу-малу своей прически и сует ее в зубастую пасть зажима, фиксируя хвост за правым ухом. — С мозгами или без мозгов, завтра в девять в моем кабинете.

Ландсман провожает ее взглядом до стеклянно-хромовых дверей кафетерия «Полярная звезда». Спорит сам с собой на доллар, что она не обернется до того момента, как накинет капюшон и исчезнет в пурге за дверью. Но он парень не жадный, к тому же спор на дурака. И Ландсман не требует законного выигрыша.

19

Когда телефон разбудил его в шесть утра, Ландсман сидел все в том же ушастом кресле, все в тех же белых трусах, нежно сжимая рукоять своего шолема.

Тененбойм как раз закончил смену.

— Вы просили, — поясняет он и кладет трубку.

Ландсман не помнит, чтобы он кого-то о чем-то просил. Тем более будить его в такую рань в законный выходной. Не помнит он также, когда успел отполировать бутылку сливовицы, скромно стоящую теперь на исцарапанной уретановой поверхности «дубового» стола, совершенно пустую и одинокую. Никак не может он понять и что делают в его комнате остатки лапшевника в прозрачной пластиковой упаковке, как раз рядом с пустой бутылкой. Не мог же он эту гадость в рот брать! По расположению осколков на полу Ландсман заключает, что мемориальный стаканчик Всемирной выставки 1977 года был им запущен в радиатор центрального отопления. Может, расстроился, что не выходит партия? Дорожные шахматы разбросаны по всей комнате, доска под кроватью. Но не помнит он ни бросков, ни стаканчика, ни доски. Может, пил за кого-нибудь или за что-нибудь, а радиатор принял за камин. Не помнит, но не удивляется. Ничему в этом жалком номере пятьсот пять он не удивляется, менее всего заряженному шолему в руке.

Ландсман проверяет предохранитель, возвращает оружие в кобуру, висящую на ухе кресла. Проходит к стене, вытягивает складную кровать. Сдирает одеяло, забирается в постель. Простыни чистые, пахнут паровым прессом и пылью ниши. Уже смутно Ландсман припоминает какие-то романтические полуночные прожекты: прибыть в отдел пораньше, ознакомиться с заключениями вскрытия да баллистической экспертизы по делу Шпильмана, может, даже на острова наведаться, в русский квартал, прощупать этого зэка в законе Василия Шитновицера. Сделать, что сможет, прежде чем Бина вздернет его в девять на дыбу, прижмет к когтю. Он печально улыбается. Надо же, герой какой полуночный! В шесть часов его разбуди. Ха!

Ландсман натягивает на голову одеяло и закрывает глаза. И сразу сознание его оккупирует композиция на доске. Черный король, зажатый в центре доски, но до шаха дело пока не дошло; белая пешка на «b» ожидает служебного повышения. Дорожный набор более не нужен, он запомнил партию. Сжав веки, пытается стереть все из памяти, смахнуть все фигуры, залить белые поля гудроном. Сплошь черная доска, не оскверненная фигурами и игроками, гамбитами и эндшпилями, темпами, тактиками и перевесами, черная, как горы Баранова...

Лежи, Л-ланс-с-сман, лежи... Белые поля стерты, на фигуре твоей носки и трусы. А в дверь стучат. Он уселся, уставился в стену, дышит. Тяжело дышит. Сердце бухает в виски. Завернулся в простыню, как пацан, изображающий привидение... Лежит на животе — сколько? Вспоминает, как будто со дна глубокой могилы, в черной грязи, в бессветной пещере, в миле под поверхностью земли, вибрацию мобильника, а чуть позже бренчанье телефона на псевдодубовом столе. Но он был погребен глубоко, в миле под землей, и телефоны снились, и не было силы и желания отвечать. Подушка пропитана компотом из пьяного пота, паники, слюны. Взгляд на часы. Двадцать минут одиннадцатого.

— Мей-ир-р!

Ландсман валится на постель, путается в простынях.

— Бина, меня нет. Я уволился.

Бина не отвечает. Ландсман надеется, что она приняла его отставку. Да какая, собственно, разница? Бина вернулась в свой модуль, а тут этот типус из похоронного заведения... и Бина уже не еврейка-полицейка, а служащая правопорядка великого штата Аляска. Она ушла, теперь Ландсман может пригласить горничную, которая меняет белье, и попросить ее чпокнуть его из шолема. Похоронить очень просто: вернуть кровать в исходное положение, оставив тело неубранным. Клаустрофобия, боязнь темноты больше ему не помешают.

Через секунду Ландсман слышит скрежет зубов ключа в замке, дверь номера пятьсот пять распахивается. Облеченная полномочиями Бина вползает в номер, как в комнату больного, в кардиологическую реанимацию, ожидая зловещих признаков смерти, мрачных истин тленности.

— Гр-р-ёб бы твой Иисус Христа! — жестко выпаливает она. Акцент ее, а выражение... где она его только подхватила?.. Во всяком случае, Ландсману оно кажется интересным, да и сам процесс, если его наглядно представить... не жалко и на билет потратиться.

Она бредет меж разбросанной одеждой и полотенцами, останавливается у изножья складной кровати. Взгляд ее скользит по розовым обоям, оживленным красными гирляндами, по зеленому плюшевому ковру с таинственным узором из выжженных дыр и неизвестного цвета пятен, регистрирует пустую бутылку, осколки стекла, облупленную фанеровку на мебели из прессованной древесной стружки... из древесного фарша. Ландсман лежит головой в сторону Бины и вынуждает себя наслаждаться выражением ужаса в ее глазах, чтобы заглушить стыд.

— Как на эсперанто «куча дерьма»? — спрашивает Бина. Она подходит к «дубовому» столу, взвешивает взглядом обтрепанные ниточки теста, оставшиеся от лапшевника.

— По крайней мере хоть что-то съел.

Она разворачивает кресло к кровати, опускает свой мешок на пол, критически изучает сиденье кресла. Ландсману кажется, что Бина решает, каким дезинфицирующим составом из глубин своего магического мешка обработать кресло, прежде чем в него можно будет сесть. Наконец она решается обойтись без дезинфекции и осторожно, по частям, опускается на сиденье. На ней серый брючный костюм из какой-то гладкой ткани с отливом черного. Под пиджаком серо-зеленая шелковая блузка. Лицо не накрашено, лишь губы тронуты помадой. В это время суток прическа еще не выбилась из-под контроля, удерживается в узде при помощи заколок и зажимов. Как она спала в эту ночь в узкой постели в свой старой комнате, не верхнем этаже дома на две семьи на Японском острове, будил ли ее старый мистер Ойшер, бухая по ступеням и половицам своим протезом — по лицу Бины не заметно. Лицо ее сейчас занято другим. Брови встретились на переносице, накрашенные губы сжались в кирпичного цвета полосочку шириной не более двух миллиметров.

— Как у вас утро прошло, инспектор?

— Я не люблю ждать. Особенно впустую. И особенно тебя.

— Инспектор, вы меня, возможно, не расслышали. Я ушел. Уволился. Меня нету.

— Смешно, но когда ты повторяешь свои идиотские хохомочки, настроение у меня вовсе не улучшается.

— Я не могу на тебя работать, Бина. Брось, это ведь с ума сойти. Это как раз такого рода идиотизм, какого и можно было ожидать от нашего милого руководства в теперешнее время. Забудь: плюнь и разотри. Я не собираюсь играть в этом квартете «Кто в лес, кто по дрова». Я ушел. На кой я тебе? Наклей черные метки на все дела. Начато — окончено. Какая, на хрен, разница? Кому это сейчас интересно? Подумаешь, десяток дохлых жидов!

— Я перекопала дела. — Бина замечает, что не утратила своего завидного качества игнорировать Ландсмана и периоды его прострации. — И ни в одном не нашла ничего, указывающего на связь с вербоверами. — Бина лезет в портфель и достает пачку «Бродвея». Вытряхивает одну сигарету, сует в рот. Следующую фразу она произносит как бы между прочим, на что он сразу обращает внимание: — Разве что тот парнишка, которого ты нашел внизу.

— Ты ж это дело зарубила, — отзывается Ландсман с отточенным полицейским лицемерием в лице и голосе. — Снова куришь?

— Табак, ртуть! — Она отбрасывает прядь волос и зажигает сигарету. — Расстроенный квартет.

— Дай мне одну.

Бина передает ему пачку, он садится, аккуратно завертываясь в простыню, как в тогу. Она окидывает взглядом его древнесенаторское великолепие, замечает седую шерсть на груди, дряблеющий брюшной пресс, костлявые колени.

— Спать в носках и подштанниках... Хорош, ничего не скажешь.

— У меня глубокая депрессия, я так полагаю. Полагаю, тряхнуло меня здорово сей ночью.

— Этой ночью?

— Этим годом. Этой жизнью.

Она оглядывается, выискивая, что бы приспособить под пепельницу.

— Значит, вы с Берко поперлись вчера на Вербов, тыкать палки в осиное гнездо, искать следы этого Ласкера?

Нет смысла врать ей. Но Ландсман слишком привык не подчиняться приказам, чтобы вот так сразу на тебе, раскалываться да раскаиваться.

— Что, уже брякнули?

— Брякнули? С Вербова? В субботу утром? Кто бы оттуда стал мне названивать в субботу утром? — В глазах ее пляшут какие-то чертики. — И что бы они мне сказали, если бы брякнули?

— Извини, — лепечет Ландсман. — Больше не могу.

Он встает, сенаторская тога повисает на одном плече. Огибает складную кровать, направляется в крохотный санузел с пятнистой раковиной, стальным зеркалом и душевой насадкой. Занавески нет, на полу в центре сток. Он закрывает дверь, расслабляет сфинктер мочевого пузыря, с наслаждением опорожняется... Блаженство, блаженство... Пристроив сигарету на край крышки сливного бачка, оскорбляет физиономию мылом. Снимает с крюка шерстяной халат, белый в красную, зеленую, желтую и черную «индейскую» полоску. Влезает в халат, завязывает пояс, возвращает сигарету в рот и глядит на свое отражение в искарябанном прямоугольнике полированной стали над раковиной. Ничего нового, ни глубин неизведанных, ни нежданных сюрпризов. Нажав кнопку смыва, возвращается в комнату.

— Бина. Я с этим парнем не знаком. Наши пути пересеклись случайно. Я мог бы и познакомиться с ним. Случайно. Но не познакомился. Если б мы познакомились, может, стали бы друзьями. Может, и нет. Он кололся и ничего более знать не хотел. Так часто бывает. Но знал я его или нет, росли мы с ним вместе, сидели на одном диване, за руки держась или нет, неважно. Кто-то пришел сюда, в отель, в мой отель, и продырявил ему затылок, когда он плавал в свой дури. И это меня беспокоит. Плевать на мое сформировавшееся за долгие годы неприятие общего определения убийства. Побоку первопричины, кто прав, кто виноват, к черту закон и порядок, полицейские процедуры, к черту честь мундира и политический понос, Реверсию, индейцев и еврейцев. Эта драная ночлежка — мой дом. Еще на два месяца или два года, не знаю. Я здесь живу. Вся эта шушера, снимающая норы с вытяжными койками и стальными зеркалами в клозетах — мои соседи. Пожалуй, они мне нравятся. Некоторые из них отличные ребята. Большинство просто дерьмо. Но черт меня дери, ежели я позволю кому-то войти сюда и пустить пулю в чей-то затылок.

Бина уже приготовила две чашки растворимого кофе. Одну протянула Ландсману.

— Черный, сладкий. Так?

— Бина...

— Самодеятельность. Черную метку никто не снимал. Тебя зажмут, сомнут, сломают. Рудашевские выдернут тебе ноги из задницы. Я об этом ничего не знаю и знать не желаю. — Она подошла к мешку, вытащила из него стопку папок, бухнула на облупленный стол. — Данные экспертизы неполные. Шпрингер подвесил ее в воздухе. Кровь и волосы. Латентные. Не густо. Баллистики еще нет.

— Спасибо, Бина. Слушай, Бина... Этот парень. Не Ласкер он. Этот парень...

Она прижала ладонь к его губам. За три года она ни разу к нему не прикоснулась. Тьма взметнулась вокруг Ландсмана, но тьма трепещет, кровоточит светом.

— Ничего не знаю и знать не желаю. — Она пригубила чашку и сморщилась — Ф-фу, гадость...

Чашку на стол, опять за мешок и к двери. Остановилась, глянула на Ландсмана, торчащего среди комнаты в халате, который сама же ему и подарила на тридцатипятилетие.

— Настырные вы ребята. Как вы только оттуда живыми выбрались...

— Мы должны были сказать ему, что его сын умер.

— Его... Сын?..

— Мендель Шпильман. Единственный сын ребе.

Бина открыла рот и не сразу закрыла. Не столько удивлена, сколько клюнула на новость, сомкнула бульдожьи челюсти на информации, прокусив до самого нутра. Ландсману знакомо ее удовлетворение этим ощущением, сжатием челюстей и податливостью материала. Но видит он в ее глазах и еще нечто знакомое. Бина никогда не потеряет интереса к информации, сплетням, историям людей, к лабиринту, ведущему от конечной вспышки насилия к первой мысли, к зародышу ошибки. Но иногда детектива утомляет этот профессиональный голод.

— И... что сказал ребе? — с искренним сожалением выпускает она ручку двери.

— Вроде бы слегка огорчился.

— Удивился?

— Не сказал бы. Но что из этого следует... Парень уже давно катился под уклон, к логическому концу. Мог ли папаша пристрелить собственного сына? В принципе, вероятнее всего. А уж Баронштейн тем более.

Ее мешок падает на пол, как будто труп рухнул. Бина непроизвольно вращает плечом. Ландсман мог бы предложить помассировать ей плечо, но мудро воздерживается.

— Полагаю, мне все же позвонят. Баронштейн позвонит. Как только на небе появятся три звездочки.

— Ну, в таком случае, можешь заткнуть уши, когда он будет распинаться, как он лично и его духовный вождь скорбят об утрате. Все люди обожают сюжет возвращения блудного сына. Кроме тех, кто спит в пижамах.

Ландсман приложился к чашке кошмарно горького и сладкого пойла.

— Блудный сын...

— Он у них сыздетства ходил в вундеркиндах. Шахматы, Тора, языки... Сегодня мне рассказали байку о чудесном исцелении женщины от рака. Не слишком-то я ей поверил, но таких историй наверняка ходят дюжины в их «черношляпном» мире. Что он якобы Цадик-Ха-Дор. Надеюсь, знаешь, что это такое?

— Ну... Да, знаю. По крайней мере, знаю, что означают слова. Праведник поколения.

Отец Бины, Гурье Гельбфиш, человек ученый в традиционном смысле слова, постарался приобщить к собственным познаниям и единственного своего ребенка, увы, дочь.

— Суть в том, что эти ребята, цадики, появляются раз в поколение в течение последних пары тысяч лет. Выходят на работу, но не работают. Сачкуют. Ждут своего времени. Ждут, когда мир станет лучше. Или когда мир станет хуже некуда, как считают некоторые. О некоторых мы наслышаны. О большинстве ни слуху, ни духу, так и сгинули. Получается, что Цадик-Ха-Дор может проявиться в ком угодно.

— «Люди презирают и гонят его, — продекламировала Бина. — Полон он скорби, печаль ему ведома».

— Вот-вот, я и говорю. Кто угодно. Серый зэк. Ученый. Бродяга бездомный. Даже шамес, почему бы нет.

— Пожалуй, вполне возможно. — Бина обдумывает путь верборского вундеркинда-чудотворца вниз, к героину и «Заменгофу», с острова Вербов на Макс-Нордау-стрит. Результат раздумий ее печалит. — Во всяком случае, рада, что это не я.

— Больше не хочешь наставить мир на путь истинный?

— Неужели я когда-нибудь к этому стремилась?

— Мне казалось, что стремилась, да.

Она обдумывает, вспоминает, трет нос пальцем нос, сначала кончик, потом крыло.

— Во всяком случае, я это преодолела. — Ландсман не спешит ей верить. Бина никогда не бросит своих искупительских замашек. Она просто постепенно сжимала этот мир, пока он не скукожился до единственного захудалого копа. — Теперь все это для меня равносильно говорящим курицам-пророчицам.

Самый подходящий момент, чтобы покинуть помещение, но она стоит у двери еще четверть минуты неискупленного времени, наблюдая, как Ландсман треплет концы пояса своего халата.

— Что ты скажешь Бароннштейну, когда он позвонит?

— Что ты нарушил субординацию, что я тебя уволю, сотру в порошок, сошлю на панель патрульным. Что-нибудь сделать постараюсь, но с этим шомером из Погребального общества, будь он проклят... Много я не сделаю. Да и ты тоже.

— Спасибо за предупреждение.

— И что ты намерен предпринять в свете моего своевременного предупреждения?

— Предпринять? Предпринять. Выйти на мать. Шпильман заявил, что ни одна душа Менделя не видала, о нем не слыхала, с ним не общалась. Но я почему-то в каждом его слове сомневаюсь.

— Батшева Шпильман. Сложный фокус. Особенно для мужчины.

— Еще бы, — печально согласился Ландсман.

— Нет, Меир. Нет. Не смей. Забудь.

— Она будет на похоронах. Все, что тебе надо сделать...

— Все, что мне надо сделать, это не попасться под колеса шомерам, следить за своей задницей, прожить ближайшие два месяца, не сломав шею.

— Я с наслаждением последил бы за твоей задницей, — дипломатично подкинул Ландсман комплимент из прежних времен.

— Оденься. И сделай себе одолжение, разгреби эту конюшню. Боже ж мой, неужели тебе не стыдно?

Когда-то Бина верила в Меира Ландсмана. Или хотя бы верила, что есть смысл в их встрече, что в браке их таится некое рациональное зерно. Они свились, как пара хромосом, в этом у них расхождений не наблюдалось, но если Ландсман в этой скрутке видел путаницу, случайное переплетение линий, то Бина угадывала в ней умысел Вязателя Узлов. И по ее вере воздал ей Ландсман своею верою в Ничто.

— Стыдно. Когда вижу твою физиономию.

20

Ландсман выклянчил полдюжины сигарет у дежурного администратора выходного дня Кранкхайта, затем в течение часа спалил три из них, бултыхаясь в жалких лужицах информации о покойнике из двести восьмого. Протеины, жировые пятна, характер пыли... Как Бина и сказала, ничего толкового. Убийца, похоже, мастер своего дела, шлоссер-профи, нигде не наследил. Отпечатки пальцев покойника соответствуют таковым Менахема-Менделя Шпильмана, за последние десять лет семь раз задерживавшегося в связи с незаконным наркооборотом под различными псевдонимами, среди которых Вильгельм Штейниц, Арон Нимцович, Рихард Рети. Это ясно, но не более того.

Ландсман подумывает об очередной пинте, но вместо пинты лезет под горячий душ. Алкоголь его подвел, мысль о пище переворачивает желудок, а самоубийство... если не кривить душой, он давно бы мог сделать этот шаг, коли бы всерьез собирался. Остается работа, которая теперь стала забавой. Оставаясь работой. И в этом смысл оставленного Биной материала. Сигнал сквозь туман полицейской политики, поверх барьеров супружеского разрыва, вопреки прямо противоположному движению по служебной лестнице. *Держись!*

Последний чистый костюм вылезает из пластиковой шкуры. Выскоблена физиономия, вычищена щеткой шляпа, ворсинка к ворсинке. Сегодня он не на службе, но служба ничего не значит, сегодня ничего не значит, вес приобретают чистый костюм, три «бродвейны», гудящее за бровями похмелье, шуршанье щетки о коричневатый шляпный ворс. Может, в какой-то степени, задержавшийся в его комнате запах Бины: кислый дух пропотевшего воротника, вербеновое мыло, майоран подмышек. Он спускается в лифте, чувствуя, как будто шагнул из-под мрачного пятна падающего на него рояля, в ушах звенят порвавшиеся струны. Золотисто-зеленый представительский галстук давит на горло пальцем узла, как сомнения на совесть, напоминает Ландсману, что он еще жив. Шляпа блестит, как вынырнувший из полосы прибоя тюлень.

Макс-Нордау-стрит под снегом, перегруженные муниципальные команды не справились еще с уборкой центральных магистралей и шоссе. Ландсман вытаскивает из багажника свои снегоступы, оставляет машину в гараже и топает по тропкам и сугробам в направлении «Мабухаи-донатс» на Монастир-стрит.

Филиппино-китайский донат-штекеле — величайший взнос округа Ситка в мировую сокровищницу обжорства. Этот кулинарный продукт в его современном виде неведом филиппинцам. Ни один китайский гурман не заподозрит в донате системы штекеле потомка выходцев из Срединной Империи. Как и штормового шумерского бога пустынь Яхве, штекеле изобрели не евреи, но мир не узнал бы ни о том, ни о другом без желаний и вожделений этого беспокойного народа. Какашка жареного теста, не слишком соленого, не переслащенного, обвалянная в сахарной пудре; корочка похрустывает, серединка мягонькая, нежная, пещеристое тело из воздушных пузырей... Смело суньте или осторожно погрузите ее в бумажное вместилище молоковатого... молоканистого... в общем, чая с молоком, зажмурьте глаза — и хоть на секунду уверуете в этот лучший из возможных миров.

Тайный маг и магистр филиппино-китайской пышки — Бенито Таганес, хозяин, царь и бог шипящих чанов. Полутемная, набитая битком, невидимая с улицы пещера «Мабухаи» приглашает едоков круглые сутки. Сюда стекается народ после закрытия баров и кафе, стойки и столики обсаживают неправые и виноватые, висит в воздухе гул голосов преступников и полисменов, хулиганов и мешуганов, штаркеров и шлемилей, птиц и птичек, сук и сучек разного полета, пошиба и зашиба. Под аплодисментный треск кипящего масла, под гул вытяжных вентиляторов, под грохот динамиков, потчующих публику *кундиманами* манильского уличного детства Бенито, клиентура обменивается секретами и советами. Кто тут что услышит, когда уши полны дымком кошерного масла да завываниями Диомидиса Матурана? Оказывается, Бенито Таганес не только слышит, но и на память не жалуется. Бенито с закрытыми глазами может нарисовать генеалогическое древо Алексея Лебедя, главного русского мафиозо, и фрукты на древе том — не бабушки да дедушки, а громилы, отмывалы да оффшорные банковские счета. Исполнит Бенито и кундиман о женах, хранящих верность мужьям, в застенках страждущим, а также о мужьях, страдающих в застенках, потому что на них настучали их верные супруги. Он знает, в чьем гараже зарыта голова Ферри Маркова и кто из инспекторов отдела по борьбе с наркотиками получает зарплату от «Дикого зверя» Анатолия Московица. Только никто не знает, что он это знает. Лишь Меир Ландсман.

— Один донат, ребе Таганес, — заказывает Ландсман, отряхивая снег со своих галошевых сапог. Суббота, Ситка вымерла, покоится под лохмотьями из снега, как оплошавший Машиах. На улицах, почитай, ни двуногих, ни четырехколесных. В «Мабухай-донатс» торчат, однако, три-четыре заблудших одиночки, отдыхают, используют паузу между пьянками, набираются сил и чаю с молоком, высасывая последний из размокших штекеле, предвкушая очередные большие и малые ошибки и прегрешения.

— Всего один?

Бенито — дядя толстый, усадистый; кожа, обтягивающая его тело, цветом ни дать ни взять его молочный чай; щеки — пара темных лун, точнее, лунных карт со всеми полагающимися кратерами, океанами и морями. Вопреки прическе цвета воронова крыла, ему за семьдесят. В молодые годы случилось Бенито завоевать титул чемпиона Лусона в весе мухи. Его пальцы-сосиски, присоединенные увесистыми отбивными ладоней к толстым татуированным колбасам предплечий, внушают уважение, необходимое содержателю подобного штинкера. Чтобы большие карамелевые глаза не выдали его, Бенито не выставляет их напоказ. Но Ландсман в эти глаза нагляделся. Ежели ты не зря коптишь потолок за прилавком, то должен разглядеть разбитое сердце в любой дырявой галоше.

— Я бы сказал, что и два не повредят, а то и три, детектив.

Бенито отодвинул от бассейна с маслом племянника или кузена и самолично запустил в емкость толстую червеобразную соплю сырого теста. Минутка-другая — и Ландсман держит в руке плотный бумажный пакет с царствием небесным.

— Есть информация о дочери сестры Оливии, — бубнит Ландсман сквозь недожеванное тесто.

Бенито наливает Ландсману чашку чаю и кивает в сторону выхода. Он накидывает куртку, они выходят. Бенито отстегивает от пояса кольцо с ключами, отпирает одну из соседних дверей. Здесь он держит свою любовь Оливию, в трех маленьких чистеньких комнатках с уорхолловским портретом Дитрих, с горьким запахом витаминов и усохшей гардении. Оливии нет. В последнее время ее чаще можно застать в больничной палате, умирающей по частям, с продолжениями, с капельницами и инъекциями. Бенито указывает Ландсману на красное кожаное кресло, затянутое белым. Конечно же, нет у Ландсмана никакой информации ни о какой из дочерей никакой из сестер Оливии. Оливия не вполне леди, но никто, кроме Ландсмана, не знает этой подробности о Бенито Таганесе, короле пышек и пончиков. Давным-давно насильник-любитель по имени Кон набросился на мисс Оливию Лагдамео и выведал ее тайну. Другой крупной неожиданностью Кона в тот вечер оказалось нежданное появление патрульного Ландсмана. Вторая неожиданность оставила по себе долгую память: этот момзер так и не смог восстановить дар слитной разборчивой речи. Таким образом, движущими мотивами благодарности Бенито являются не деньги или иные выгоды материального характера, а смесь стыда и благодарности.

— Слышал что-нибудь о сыне Хескела Шпильмана? — спрашивает Ландсман, пристраивая пышки и чашку. — Менделем звать парня.

Бенито застыл в позе вызванного к доске ученика, сложив руки за спиной, как будто собирается продекламировать стишок.

— Давно... Кое-что... Наркоман, так?

Ландсман слегка шевельнул бровью. На штинкерские вопросы не отвечают, тем более на риторические.

— Мендель Шпильман, — повторил Бенито. — Видел его пару раз. Смешной парень. По речи прямо тагалог. Даже филиппинскую частушку спел. Что, покойник, да?

Ландсман игнорирует и этот вопрос, однако Бенито ему нравится, он хочет загладить грубость и погружает зубы в штекеле. Тесто все еще теплое, отдает ванилью, тончайшая корочка хрустит на зубах, как глазурь на карамельном креме. Бенито следит за ним строго, как удав за кроликом или даже как дирижер за ненадежным флейтистом.

— Вкусно, Бенито.

— Только без оскорблений, детектив, если можно.

— Прошу прощения.

— А то я не знаю, что вкусно. Еще бы не вкусно.

— Лучше нигде не найдешь, Бенито.

— Нигде и никогда, за всю жизнь свою не найдешь ничего вкуснее.

Да, воистину, кто бы спорил! Настолько это верно, что на глаза Ландсмана наворачиваются слезы, и он, чтобы скрыть свои нюни, впивается в следующий донат.

— Интересовались им, — звучит грубый беглый идиш Бенито. — Месяца два-три назад. Пара каких-то.

— Видел их?

Бенито пожимает плечами. Его тактика и резервы для Ландсмана непрозрачны. Кузены, племянники, всякие субалтерн-штинкеры, работающие у него и на него...

— Кто-то видел, может, и я.

— «Черные шляпы»?

Бенито отвечает не сразу. Ландсман видит его, можно сказать, научную обеспокоенность, переходящую в удовлетворение.

— Нет, не шляпы. Но бороды.

— Бороды? Значит, религиозные.

— Мелкие ермолки. Аккуратные бородки. Молодые люди.

— Русские? Акцент был?

— Если я об этих молодых людях слышал, то тот, кто рассказывал, об акценте не упоминал. Если я их сам видел, то, извини, акцента не помню. А что, это не для записи, детектив?

В самом начале их сотрудничества Ландсман делал вид, что каждое слово Бенито для него на вес золота. Он вытащил блокнот и черкнул пару строк, чтобы удовлетворить тщеславие короля губчатого теста. А куда приткнуть этих аккуратных молодых евреев без черных шляп, но религиозных...

— О чем они спрашивали, если поточнее?

— Интересовались местонахождением.

— Узнали?

— Только не в «Мабухаи-донатс». Не от Таганеса.

Залился в кармане Бенито «шойфер». Он начал разговор, и повседневная жесткость исчезла с лица. Теперь черты лица соответствуют глазам: мягкие, оттаявшие. Разговаривает на тагальском, слова его сыплются быстро, мелкой дробью или, скорее, микроскопическими мягкими пышками, нежными и сладкими. Ландсман уловил в его речи и свою фамилию, тоже мягкую и обсахаренную.

— Как Оливия? — спросил Ландсман, когда Бенито убрал телефон и вывалил в свою физиономию кубометр бетона.

— Есть не может. Никаких больше штекеле.

— Ужасно.

Разговор окончен. Ландсман поднимается, блокнот исчезает в кармане, последний кусок во рту. Он чувствует себя лучше, сильнее и здоровее, чем когда-либо за последнюю неделю, месяц, а то и больше. Смерть Менделе Шпильмана служит ему стержнем, она стряхнула с него пыль и паутину. С помощью пышек Бенито. Они направляются к выходу. Бенито придерживает Ландсмана за руку.

— Больше ничего не спросишь, детектив?

— А что еще спросить? — хмурится Ландсман, потом прикидывает в уме и предполагает: — Может быть, сегодня что-то услышал? С острова Вербова?

Сложно себе это представить. Неужели весть о возмущении вербоверов визитом Ландсмана уже успела долететь до ушей Бенито?

— С острова Вербова? Нет, другое. Зильберблата еще ищешь?

Дела Виктора Зильберблата — один из «глухарей» Ландсмана и Берко, — случай вовсе не такой уж безнадежный. В прошлом марте Зильберблата зарезали возле таверны «Хофбрау» в Нахтазиле, старом германском квартале, недалеко отсюда. Нож мелкий, тупой, странный, как и убийца. Явно действовал непрофессионал.

— Братца его видели, Рафи. Шнырял тут...

Никто по Виктору Зильберблату слез не лил, меньше всех его брат, Рафаил. Виктор обманывал брата, оскорблял его, унижал, распоряжался его деньгами и его подругой. После смерти Виктора Рафаил исчез в неизвестном направлении. Связь Рафаила с орудием убийства оказалась в высшей степени сомнительной, в лучшем случае неоднозначной. Свидетели сомнительной надежности видели Рафаила за два часа до убийства и через два часа после на удалении в сорок миль от Нахтазиля. Однако Рафи Зильберблат и сам был листком, исписанным приводами, задержаниями и арестами, а посему оставался неплохим кандидатом в убийцы. А нынешней полиции и особых доказательств не надо.

— Шнырял? — Ландсман как будто глотнул крепкого горячего кофе. Почувствовал себя стофунтовым удавом, готовым сдавить крошку-кролика Рафаила.

— Большой ангар «Биг Мейкер». Они его не используют. Возле Гранит-крик. Видели, как он входил и выходил. Таскал туда что-то. Баллон пропана. Может, живет там.

— Спасибо, Бенни. Обязательно проверю.

Ландсман покидает квартиру. Бенито Таганес держит его за рукав, отеческой рукой поправляет воротник, стряхивает крупицы коричного сахара.

— Жена твоя вернулась...

— В вящей славе.

— Очень милая дама. Бенито очень рад.

— Скажу ей, чтобы зашла.

— Нет-нет, ничего не говори. — Бенито ухмыльнулся. — Она теперь твой босс.

— Она всегда была моим боссом. Просто теперь это официально.

Ухмылка гаснет, Ландсман отворачивается от печальных глаз Бенито Таганеса. Жена Бенито — бессловесное тенеподобное существо, а вот мисс Оливия в дни славы своей вела себя как триумфатор, победитель полумира.

— Оно и к лучшему. Тебе босс ой как нужен!

21

Ландсман запасается еще одной обоймой, едет к северу, мимо мыса Халибут, где море тянет к суше суровую длань полисмена. Рядом с шоссе Айкса руины торгового центра отмечают конец ситкинской мечты: заполнить все пространство отсюда и до Якови евреями мира. Постоянный статус приказал долго жить, не родившись, не поступал новый еврейский материал из темных лабиринтов диаспоры, жилищное строительство свернулось, синьки строительных планов сгинули в железных шкафах.

Супермаркет «Биг Мейкер» на Гранит-крик почил в бозе около двух лет назад. Двери-решетки посадили на цепь, глухой фасад лишился латинских и еврейских букв, составлявших название, сейчас его украшают лишь оставшиеся от креплений дырки, каменное домино, брайлевская азбука крушения надежд.

Ландсман останавливает машину у барьера и скользит по обледеневшей поверхности стоянки к главному входу. Снега здесь гораздо меньше, чем на улицах центральных кварталов города. Небо приподнялось повыше, его бледно-серая поверхность раскрашена темными тигровыми полосами. Дыша носом, стиснув зубы, Ландсман подбирается к стеклянным дверям, ручки которых скованы, как кандалами, синими обрезиненными цепями. Ландсман обдумывает свое поведение. Поднять стук и грохот у этой двери, потрясая значком и авторитетом, подавить своим могучим силовым полем эту жалкую букашку Рафи, швырнуть ее...

Первая пуля взорвала воздух возле правой ушной раковины Ландсмана, вжикнула жирным фантастическим шмелем. Что это пуля, он сообразил, когда услышал звон разбитого стекла. Тут же живот его придавил обледенелый снежный покров крыльца, а вторая пуля обожгла затылок, как будто кто-то плеснул на него бензином и бросил спичку. Ландсман вытащил шолем, но пауки уже опутали голову полупрозрачной сетью, их укусы действуют парализующее, двигаться как будто лень. План его не план, а сам он, естественно, бездарный болван. Один, без поддержки. Где он, не знает никто, кроме Бенито Таганеса, гения умолчания с тягучим взглядом. Здесь и сдохнет он, на заброшенной парковке на краю света. Ландсман закрыл глаза, снова открыл их. Паутина уже гуще, на ней поблескивают капельки росы. Снег скрипит под ногами, ног более двух. Ландсман поднимает оружие, во что-то целится, нажимает на спуск.

Выстрел, женский вопль, пожелания цветущей раковой опухоли его, Ландсмана, половым железам. Снег влетает в уши Ландсмана и за шиворот. Кто-то хватает его пистолет и активно выкручивает его из руки. Дышит попкорном. Лансман поднимается за пистолетом, пелена на глазах утончается, становится прозрачнее. Видна усатая рожа Рафи Зильберблата, двери «Биг Мейкера», толстая крашеная блондинка, валяющаяся на спине, орошающая снег кровью откуда-то из живота. Пара пистолетов, один из которых, в руке Зильберблата, направлен в его голову. Аромат попкорна заглушает все остальные, странно изменяет запах и крови и дыма, тошнотворно подслащает их. Ландсман резко отпускает свой «смит-вессон».

Зильберблат столь усердно тянул пистолет, что рухнул с ним в снег на спину. Ландсман тут же на него уселся. Руки работают без участия головы. Руки вырвали шолем у Зильберблата, вернули его законному владельцу, без участия последнего распорядились вернувшимся имуществом. Зильберблат превратился в кровавый рог изобилия с раскрывом в голове, с раскрывом, из которого рванулся фонтан мозгов и крови. Паутина переместилась в уши Ландсмана. Слышит он теперь лишь хрип дыхания в глотке да буханье крови в висках.

Ландсман слезает со свежеубитого, давя снег коленями, внимая звенящему вокруг покою. У него хватает здравого смысла этому покою не доверять. Сомнения собираются толпой вокруг безобразий, которые он тут натворил, как зеваки на тротуаре вокруг сиганувшего из окна двадцатого этажа. Ландсман с трудом поднимается на четвереньки. Он измазан кровью и мозгом, вокруг кровь и мозги, валяется почти целый зуб...

В снегу два покойника, в воздухе, прежде всего — попкорн, как неделю нестираные носки.

Ландсман сосредоточился на том, как встать и как не упасть, а из ангара выползает еще одно существо, молодой человек с ликом крысьим и походкою нетвердой. Ландсман тут же зачисляет его в Зильберблаты. Этот почетный Зильберблат поднял трясущиеся руки над головой. В руках пусто. Состояние его противника, однако, меняет намерения молодого человека. Он быстро нагибается и хватает со снега пистолет покойного брата. Ландсман возмущенно вскакивает на ноги, однако чья-то пылающая лапа берет его за затылок, встряхивает и сует мордой в снег. Снег почему-то абсолютно черен.

Умерший Ландсман просыпается от холода в щеке. Под щекой ледяная корка. Звон, гул и паутина из ушей исчезли. Он в состоянии сесть. Кровь, натекшая из затылка, разрисовала снег рододендронами. Двое убитых на месте, но молодого человека, убившего или не убившего детектива Ландсмана, не видать. Сообразив, что он забыл умереть, Ландсман принялся себя освидетельствовать. Ни часов, ни бумажника, ни ключей, ни мобильника, ни шолема, ни бляхи... Печальный перечень. Все? Ага, вот: его «суперспорт» тоже исчез. Значит, жив. Ибо только жизнь может преподнести такой совершенный набор гадостей.

— ...ские Зильберблаты, — бормочет Ландсман. — Все как под копирку.

Все бы ничего, но холодно. Заползти в «Биг Мейкер» не дает все тот же смертоубийственный попкорн. Лучше от холода издохнуть. Отвернувшись от ангара, Ландсман озирает холм, горы за ним, поросшие чем-то древесным. Черным. Посидев в снегу, Ландсман улегся, устроился поудобнее, свернулся калачиком. И заснул в уютной стенной нише в отеле «Заменгоф», не беспокоясь более о клаустрофобии.

22

Ландсман держит в руках пухлого младенца. Младенец вопит, просто так вопит, без особенной причины, обозначает местоположение, как и положено младенцу. От его вопля у Ландсмана приятно сжимается сердце. Ландсману приятно держать младенца, пахнущего вафлями и мылом. Он сжимает пухлую ножку, прикидывает вес крохотного дедули, ничтожного и в то же время необъятного. Поворачивается к Бине, чтобы сообщить ей приятную новость: медики ошиблись. Вот он, их мальчик. Но Бины нет, сказать некому. Только запах ее волос, подмокших от дождя. Ландсман просыпается и соображает, что орущий младенец — Пинки Шемец, которому меняют пеленку или который чем-то в жизни неудовлетворен. Ландсман моргает, мир в виде батикового коврика на стене вторгается в сознание. И снова Ландсман ощущает потерю, уже в который раз лишаясь сына.

Ландсман устроен на кровати Берко и Эстер-Малке, на боку, лицом к пейзажу с садами Бали и всякими неизвестными птицами. Кто-то его раздел. Он уселся. Затылок тут же начинает вопить, чужая лапа боли сжимает его. Ландсман осторожно ощупывает края раны. Пальцы утыкаются в повязку, в марлю и пластырь. И проплешину выбритых волос. Память подсовывает картинки, как будто на стол падают один за другим снимки места преступления из смертоносной фотокамеры доктора Шпрингера. Шутник-техник из палаты станции «Скорой помощи», рентген, инъекция морфина, тампоны, смоченные бетадином... До этого — белый виниловый потолок кареты «скорой помощи», освещаемый отблесками уличных фонарей. А еще раньше, до прогулки в «скорой»... кровь, пятна на снегу, громадный шмель в ухе, красный фонтан из головы Рафи Зильберблата... дыры в стене, дыры в асфальте... Ландсман отпрянул от этих воспоминаний так резко, что столкнулся с болью об утрате Джанго Ландсмана.

— У-у-у, — взвыл он, протирая глаза. Чего бы он не отдал сейчас за сигарету, папиросу, самокрутку... Палец, например... мизинец, скажем...

Дверь спальни открылась, вошел Берко, выставив перед собой почти полную пачку «Бродвея».

— О-о-о, — сменил тональность Ландсман. — Я когда-нибудь говорил, что люблю тебя? — спросил он, зная, что никогда этого не говорил.

— Слава Богу, никогда. Конфисковал у соседки, Фридовой бабы. Сказал, что полицейский секвестр.

— Безумно благодарен.

— Первое очень заметно.

Берко понял, что Ландсман плакал: одна бровь повыше, как будто свесилась, как скатерть со стола.

— Что с ребенком? — спрашивает Ландсман.

— Зубы. — Берко снимает с крюка на двери спальни плечики с одеждой Ландсмана, вычищенной и отутюженной. Нащупывает и вытаскивает спички, подходит к кровати и протягивает гостю спички и пачку.

— Честно говоря, — начинает Ландсман, — не совсем представляю, что я тут делаю.

— Идея Эстер-Малке. Знает твое отношение к больничным палатам. А они сказали, что тебе там нечего делать.

— Присаживайтесь, мистер.

Стульев в комнате нет. Ландсман показал на кровать, Берко опустился на край, взвыв пружинами.

— Ничего, что я курю?

— Чего. Дуй-ка ты к окошку.

Ландсман подошел к окну, поднял бамбуковую штору. К его удивлению, за окном дождь. Запах дождя проникает сквозь приоткрытое окно: точно так же пахли волосы Бины в его сне. Ландсман скосил взгляд вниз, на стоянку. Ни следа снега, весь стаял. Свет какой-то странный...

— Сколько времени?

— Четыре тридцать... две, — ответил Берко, не глядя на часы.

— А день?

— Воскресенье.

Ландсман открывает окно полностью, присаживается на подоконник правой ягодицей, подставляет вновь зашумевшую голову дождю. Он раскуривает сигарету, затягивается, стараясь решить, насколько обеспокоен этой информацией.

— Ну и спать же я... — бормочет он неопределенно.

— Организм нуждался в отдыхе, — реагирует Берко, покосившись на Ландсмана. — Кстати, штаны с тебя стягивала Эстер-Малке.

Ландсман стряхнул пепел за окно.

— Меня подстрелили.

— Царапина. Даже ожог. Шить не пришлось.

— Их трое было. Рафаил Зильберблат, пишер, которого я принял за его брата, и какая-то курица. Липовый братец упер машину, бумажник, бляху и шолем. Бросил меня без оказания помощи, мерзавец.

— Так в точности и реконструировали.

— Я хотел вызвать помощь, но эта жидовская морда сперла мой «шойфер».

При упоминании о мобильнике Берко ухмыльнулся.

— Ты чего?

— Твой пишер. Баран редкий. С Айкса он срулил на Якови, Фэрбенкс, глядишь, и Иркутск рядом.

— Ну-ну.

— Звонит твой мобильник, и пишер отвечает.

— Ох... Это ты?

— Бина.

— Гм.

— Две минуты беседы с этим Зильберблатом, и она уже знает, где он находится, как выглядит и как звали его собаку, когда ему было одиннадцать.

Еще через пять минут двое латке снимают его с трассы за Крестовым. Машина твоя в порядке, даже деньги в бумажнике целы.

Интерес Ландсмана к услышанному выражается в скорости роста столбика табачного пепла на конце сигареты.

— А... шолем и бляха?

— А-а-а...

— Ага.

— Служебный значок и табельное оружие в данный момент находятся у вашего непосредственного начальника, детектив Ландсман.

— Ах, черт. Она собирается мне его вернуть?

Не глядя на Ландсмана, Берко разгладил простыню кровати.

— Я действовал строго в рамках... — убежденным тоном, но не веря самому себе заявил Ландсман. — Получил наводку на Рафи Зильберблата. — Он снова провел пальцами по краям повязки. — Хотел с этим типом потолковать.

— Надо было сначала мне позвонить.

— Не хотел беспокоить тебя в субботу.

Тоже мне оправдание. Прозвучало даже хуже, чем надеялся Ландсман.

— Ну, идиот я, — признал Ландсман. — Плохой коп.

— Первое несомненно.

— Ладно, не спорю. Как-то пошло в струю... Не думал же я, что так мокро дело обернется.

— Во всяком случае, пишер, малый братик, называет себя Вилли Зильберблатом. Показал на покойного братца. Говорит, действительно Рафи порешил Виктора. И чем? Половинкой ножниц.

— То есть как?

— При всех равных прочих Бине грех на тебя жаловаться. Ты эффективно завершил дело.

— Надо же... половинкой ножниц...

— Находчивый парень.

— Изобретательный.

— А курица, которую ты так круто... Это ведь ты ее положил?

— Ну я.

— Потрясающе! — без тени иронии воскликнул Берко. — Ты ухлопал Йохевед Фледерман.

— Да брось ты!

— Добрая охота!

— Ту самую медсестру?

— Коллеги из «В» перед тобой в долгу.

— Которая прикончила того старого пня, как его... Герман Познер, что ли...

— Единственное их нераскрытое дело за этот год. Они уверены были, что она смылась с Мексику.

— Fuck me, — сорвался Ландсман на американский.

— Табачник и Карпас уже обхаживали Бину насчет тебя.

Ландсман раздавил окурок о подоконник и швырнул его в дождь. Табачник и Карпас — давние соперники Ландсмана и Шемеца. Тоже мне заступники нашлись.

— Мне не везет даже в везении, — вздохнул Ландсман. — Что-нибудь с острова Вербова слышно?

— Ни звука.

— А в газетах?

— Главные черношляпные молчат. Ни в «Лихт», ни в «Рут» ни полслова. И сплетен пока никаких. Полное молчание, как будто ничего и не было.

Ландсман отрывается от подоконника, подходит к телефону на столе возле кровати, набирает давно знакомый номер, задает вопрос, получает ответ.

— Вербоверы забрали тело Менделя Шпильмана вчера ближе к ночи.

Телефон тут же принялся верещать, Ландсман снова снял трубку и передал ее Берко.

— Да вроде ничего, — ответил Берко в трубку. — Да, конечно, отдых ему не помешает. Да... Да... — Он опустил трубку, глядя на нее. Зажал дырки микрофона ладонью, прошипел: — Твоя бывшая...

— Говорят, ты быстро поправляешься, — бодро сообщила Бина Ландсману, когда он поднес трубку к уху.

— И мне говорят.

— Поправляйся. Отдыхай.

Зловещий смысл дошел до него, несмотря на нежные интонации.

— Бина, перестань. Прекрати эти шутки.

— Два покойника. Из твоего ствола. Без свидетелей, кроме одного, который ничего не видел. Автоматическая процедура, Меир. Отстранение до завершения расследования, с полным сохранением содержания, что тебе еще надо?

— Они в меня стреляли. У меня была информация, я прибыл туда с пушкой в кобуре, милый, как мышка. А они сходу начали пальбу.

— Ты все сможешь рассказать комиссии. А я тем временем бережно сохраню твою бляшку и твою пушку в милом розовом пластиковом мешочке. Веселенький такой мешочек, на молнии, «Хелло, Кити!» называется. Как их туда Вилли Зильберблат засунул, так пусть и лежат. А ты отдыхай да поправляйся, ладушки?

— Но это же на месяц, а то и... — взвыл Ландсман. — Это до Реверсии не закончится. Когда я вернусь на службу, служить уже негде будет. Ты сама знаешь, что никаких причин для отстранения... Я могу работать параллельно с этим дурацким расследованием, и согласно тем же дурацким предписаниям.

— Предписания разные бывают, — туманно высказалась Бина.

— Не темни, — насторожился Ландсман. — На что ты намекаешь?

Бина секунды две помолчала.

— Вчера вечером мне позвонил главный инспектор Вайнгартнер. Поздно, уже стемнело.

— Ну-ну...

— Он мне сообщил, что ему *только что* звонили. Домой. Как я поняла, весьма уважаемый джентльмен на другом конце провода был несколько возбужден вследствие неподобающего поведения детектива Меира Ландсмана вблизи дома этого уважаемого джентльмена. Создание общественно опасной ситуации. Демонстрация неуважения к местному населению. Превышение полномочий.

— И что Вайнгартнер?

— Он сказал, что ты очень хороший детектив, но что у тебя определенные проблемы.

«Тут твоя могила, Ландсман».

— А ты что сказала Вайнгартнеру? Когда он позвонил, чтобы разрушить твой субботний покой...

— Мой субботний покой... Мой субботний покой, что буррито из микроволновки. Трудно разрушить то, что не построено. Я сообщила главному инспектору Вайнгартнеру, о твоих подвигах, о ранении.

— А он?

— Он сказал, что в свете моего сообщения склонен пересмотреть свои давние атеистические убеждения. И потребовал, чтобы я сделала все от меня зависящее, дабы ты ни в чем не нуждался, чувствовал себя удобно и побольше, а главное подольше, отдыхал. Чем я сейчас и озабочена. Ты отстранен с полным сохранением содержания вплоть до дальнейшего уведомления.

— Бина, Бина, ты меня знаешь...

— Несомненно.

— Я должен работать. Ты не можешь... Не должна...

— Я именно должна. — Голос ее заморозил линию. — Ты прекрасно понимаешь, какая у меня сейчас свобода маневра.

— Значит, если гангстеры дернули за веревочку, расследование убийства следует прекратить? Это ты имеешь в виду?

— Я подчиняюсь главному инспектору, — объяснила Бина, как будто обращаясь к несмышленышу. Она прекрасно знала, что Ландсман терпеть не может, когда с ним обращаются, как с дураком. — А ты мне подчиняешься.

— Лучше б ты мне не звонила, — говорит Ландсман, помолчав. — Лучше б дала мне сдохнуть.

— Давай без мелодрам. И вообще, давай сдыхай, если очень хочешь.

— А что мне еще делать теперь, с отрезанными яйцами?

— Это ваше дело, детектив. Я бы посоветовала вам задуматься о будущем. Для разнообразия.

— О будущем... Межпланетные корабли, отели на Луне?

— О собственном будущем.

— Слетаем на Луну, Бина? Евреев берут.

— Всего хорошего, Меир.

Она вешает трубку. Ландсман тоже кладет трубку на рычаг, стоит, подставленный под взгляд Берко, сидящего на краю кровати. Ландсман чувствует, как последний комок злости, замешанной на воодушевлении, пролетает сквозь него, как сгусток пыли из трубы пылесоса. И вот он опустошен.

Он садится на кровать, заползает под одеяло, отворачивается к балийским природным чудесам на стене, закрывает глаза.

— Эй, Меир, — зондирует почву Берко. Ландсман молчит. — Так и будешь теперь жить в моей кровати?

Ландсман не видит смысла в ответе. Через минуту Берко нагибается вперед, встает с кровати. Ландсман чувствует, что он тоже оценивает ситуацию, глубину воды, отделяющей его от партнера, выбирает, в каком направлении шагнуть.

— Кстати, — решается он наконец, — Бина тебя в «скорой» навестила.

Об этом визите Ландсман вспомнить не может, как ни пытается. Наверное, вылетело из памяти.

— Но тебя накололи и накачали, ты дрыхнул и бредил. Чего только ни болтал!

— И о ней тоже? — еле слышно сипит Ландсман.

— Было.

Берко вздыхает и покидает собственную спальню, оставляя Ландсмана гадать, что он сможет осилить и как глубоко он может тонуть.

Ландсман слышит, как Берко с женой говорят о нем, понижая голос до шепота, как и положено, когда в доме чокнутые, козлы и гости нежеланные. Шепчутся за ужином. Потом ревет водопроводный кран, наполняя ванну; мытье и детские присыпки; сказка на ночь, которая заставляет Берко гоготать гусем. Ландсман скукожился на боку, затылок жжет и ноет, дождь тарахтит по стеклу и подоконнику, пахнет волосами Бины. Сознание Ландсмана затуманивается и проясняется, семья Тэйч-Шемец дает о себе знать звуковым фоном за дверью. Час за часом тянется время, центнер за центнером в душу Ландсмана просачивается балластный песок. Сначала голова перестала отрываться от подушки. Теперь уже и век не разомкнуть. Глаза закрыты, но нельзя сказать, что он спит, и мысли, терзающие его, тоже нельзя назвать снами.

Среди ночи в комнату вкатывается Голди. Походка сонная, он едва волочит ноги, какой-то мелкий монстр. И в кровать он не ложится, а ввинчивается, взвивает одеяло, как взбивалка накручивает крем. Он как будто сбежал откуда-то, спасаясь от кого-то, в панике, но когда Ландсман спрашивает мальчика, что случилось, ничего не отвечает. Глаза закрыты, дыхание спокойное, ровное. От каких бы детских кошмаров он ни спасался, здесь, в постели родителей, опасность ему не угрожает. Голди безмятежно спит, и пахнет от него разрезанным и полежавшим на воздухе, слегка подвяленным яблоком. Он врылся в спину Ландсмана ногами, нежно и безжалостно. Вот заскрипел зубами, как будто тупыми ножницами по кровельной жести.

Еще через час, примерно в полпятого, завопил младенец на балконе. Ландсман слышит, как Эстер-Малке возится с ним. Она взяла бы малыша к себе в постель, но сегодня это не получится, и ей приходится прибегать к всевозможным полумерам. Наконец Эстер-Малке с сосунком на руках появляется в спальне. Ребенок уже почти спит, чуть побулькивает да повякивает у материнской груди. Эстер-Малке сует Пинки между братом и спиной Ландсмана и исчезает.

Объединившись в родительской кровати, братья Шемецы затевают пересвист, перепев и перестук внутренних клапанов, перед которым детской свистулькой показался бы орган синагоги Эману-Эл. Вскоре детишки начинают тренировку кунг-фу, в результате которой Ландсман чуть не скатывается на пол. Ландсман фиксирует удары прямые и касательные, тычки локтями и коленями, царапины ногтями. Поближе к рассвету что-то фатальное совершилось в пеленке младшего. За всю жизнь свою Ландсман худшей ночи в постели не проводил. А это что-нибудь да значит.

Около семи принялась шипеть и плеваться кофеварка. Толпы возбужденных молекул кофейного пара набросились на обонятельные органы Ландсмана. Ковер в коридоре зашуршал под подошвами шлепанцев. Ландсман подавил в себе позыв признать факт появления в дверном проеме спальни Эстер-Малке, молча проклинающей Ландсмана и свое бессмысленное бабское самаритянство. Ничего он не слышит и не чувствует. Да, бесчувственный чурбан. Полежав чурбан-чурбаном, Ландсман ощутил в неподвижности этой признание собственной несостоятельности. Ладно, открыл глаза. Эстер-Малке стоит у косяка, обхватив себя руками, глядя на руины собственной постели. Да, вот ее детишки. Слава Богу, целы, невредимы, ангелочки-херувимчики… Но рядом этот кошмарный, чудовищный Ландсман, и совершенно без одежи-с!

— Вытряхивайся из постели немедленно, сукин сын, — нежно шепчет она.

— Встаю, встаю, — сипит Ландсман. Пренебрегая болью, подавляя собственные эмоции, он садится. Ночные пытки позабыты, он может шевелиться, координирует движения, владеет телом, ощущает руки-ноги, кожу чувствует. Маленькие садисты спят, не знают, что жертва ускользает из их когтей. Больше двух лет он не делил ложа с человеческим существом. И что? Оставив этот дурацкий вопрос в подвешенном состоянии, Ландсман сгреб с двери свои шмотки, фрагментарно оделся, вышел за Эстер-Малке в коридор с носками и поясом в руках.

— У дивана есть свои преимущества, — продолжает размышлять вслух Эстер-Малке. — Например, никаких гостей, четырехлеток и сосунков.

— Ваше молодое поколение страдает повышенной остротой ногтей, — огрызается Ландсман. — А к младшенькому в пеленки заползла выдра. Похоже, там и издохла. Уже разлагается.

В кухне Эстер-Малке оделяет сирого и убогого чашкой кофе, шаркает шлепанцами к коврику с надписью «СГИНЬ!» и поднимает с него «Тог». Ландсман сидит у стойки с чашкой, тупо смотрит в дверь гостиной. В полумраке на полу неподвижный холм тела Берко. По дивану разбросаны скомканные одеяла и подушки.

Ландсман приготовил для Эстер-Малке фразу: «Я не заслужил таких друзей, как вы». Она возвращается в кухню, уткнувшись в газету, и с порога бросает:

— Не удивительно, что ты, бедняжка, не выспался. Что-то на первой полосе привлекло ее повышенное внимание. Хорошее или плохое, правда или вранье.

Ландсман тянется к карману за очками. Очки для чтения сломались на середине дужки, представляют собой теперь пару очков в буквальном смысле слова, два лорнета. Эстер-Малке достает изоленту, желтую, как предупреждающие знаки, обматывает сломанную перемычку, возвращает очки Ландсману. Дужка на переносице превратилась в шишку размером с лесной орех, вытягивает глаза вверх.

— Лихой у меня теперь видок в этих очочках, — бормочет Ландсман, хватаясь за газету.

На первой странице газеты две большие статьи. Одна повествует о перестрелке на заброшенной автомобильной стоянке при закрытом супермаркете «Биг Мейкер». Главные действующие лица — одинокий детектив отдела особо тяжких преступлений Меир Ландсман, сорока двух лет, и двое подозреваемых в различных преступлениях, давно находящихся в розыске. Вторая статья под аршинной шапкой:

«ЮНЫЙ ЦАДИК НАЙДЕН МЕРТВЫМ В ОТЕЛЕ».

Текст при этом заголовке представляет закуску типа «винегрет из чудес, туманных домыслов, изящных вымыслов и неуклюжего вранья» и повествует о жизни Менахема-Менделя Шпильмана и о его безвременной кончине в отеле «Заменгоф» на Макс-Нордау-стрит. Согласно данным медицинской экспертизы — сам эксперт отбыл на ПМЖ в Канаду — в предварительном заключении в качестве причины смерти названо «недоразумение, связанное с наркоманией». Не слишком распространяясь в этом направлении, «Тог» затронул прошлое покойного.

В замкнутом мире благочестивых верующих Мендель Шпильман долгое время почитался явлением чудесным — учителем, пророком, чудотворцем, возможно, даже Искупителем. Старый дом Шпильманов наАнски-стрит в Гарькавы притягивал посетителей издалека; верующие и любопытствующие приезжали сюда даже из Буэнос-Айреса и Бейрута, чтобы взглянуть на талантливого ребенка, рожденного в роковой девятый день месяца Ав. Многие надеялись присутствовать при провозглашении юношей «пришествия царствия своего» и даже пытались зарезервировать для себя право на это. Молодой человек, однако, ни разу не проявил намерения делать заявлений такого рода. Двадцать три года назад, в день, намеченный для бракосочетания с дочерью штракенцского ребе, он исчез чуть ли не бесследно. Последующая жизнь мистера Шпильмана заставила забыть о связанных с ним чаяниях правоверных.

Упоминание о судебной экспертизе — пожалуй, единственный намек на причину смерти. Администрация отеля и управление полиции прокомментировать ситуацию отказались. Из статьи Ландсман узнал также, что заупокойной службы в синагоге не намечается, лишь похороны на старом кладбище Монтефиори, под руководством отца усопшего.

— Берко сказал, что папаша лишил его наследства. Что старый хрен не хотел иметь с сыном ничего общего. Значит, передумал, — прокомментировала читающая через плечо Ландсмана Эстер-Малке.

В Ландсмане статья вызвала зависть к покойному Менделю Шпильману, смешанную с жалостью к нему и к себе самому. Много лет сам он страдал под грузом отцовских надежд, чаяний, ожиданий, не имея представления, что было бы, если б он их оправдал либо превзошел. Хотел бы Исидор Ландсман вырастить сына столь же талантливого, как Мендель. Ландсман невольно думает, что, научись он играть в шахматы так, как Мендель Шпильман, его отец, возможно, решил бы, что ему есть ради чего жить, что его маленький мессия искупил прегрешения его. Ландсман вспоминает о письме, которое он отправил родителю, о своей надежде избавиться от гнета отцовских надежд. Вспоминает годы, на протяжении которых считал себя причиной смерти отца. Чувствовал ли вину Мендель Шпильман? Верил ли он в возлагавшиеся на него надежды, в свое призвание? Считал ли он, что в попытке освободиться от этой ноши должен отвернуться не только от отца, но и от всех евреев мира?

— Не думаю, что рабби Шпильман способен изменить свое мнение. Скорее, кто-то изменил его мнение за него.

— Кто, интересно?

— Если бы я мог предполагать, то предположил бы, что мать.

— Хорошо, если так. Можно поверить, что мать не позволит выкинуть сына, как пустую бутылку.

— Можно поверить… — Ландсман рассматривает фото в «Тоге». Мендель Шпильман в пятнадцать лет. Фото из архивов газеты. Борода… бородешка. Бачки торчат в стороны. Председательствует на какой-то конференции юных талмудистов, роящихся вокруг. Под снимком подпись: «Цадик-Ха-Дор в период расцвета дарования».

— О чем призадумался? — с ноткой подозрительности в голосе справляется Эстер-Малке.

— О будущем.

23

Течет, течет река «черных шляп», черная река печали, течет от ворот кладбища, «дома жизни», течет вверх по склону холма к черной дыре в черной земле. Скользкий от дождя сосновый ящик колышется на черных волнах, на черных плечах. Зонты сатмаров прикрывают шляпы вербоверов; геры, штракенцеры и вицницеры держат друг друга под ручку, как шушукающиеся школьницы. Раздоры, дрязги, сектантское соперничество, взаимные проклятия отложены, временно забыты; сейчас их объединила общая скорбь, соответствующая случаю, скорбь по соплеменнику, забытому ими и напомнившему о себе лишь в прошедшую пятницу. Даже и соплеменником-то его не назовешь... Не еврей, а то, что от него осталось... Оболочка, шелуха, истонченная до полупрозрачности двадцатью годами дурного образа жизни. Каждое поколение заслуженно теряет своего Мессию, которого недостойно. И вот набожные жители округа Ситка собрались, чтобы признать свою коллективную недостойность, чтобы закидать землею свои чаяния.

Вокруг могилы раскачиваются черные елки, как скорбящие хасидим. За кладбищенскими стенами шляпами менее строгих цветов и фасонов и зонтами разной степени легкомысленности обороняются от дождя тысячи еще более недостойных. Четкая иерархия определила степень недостойности и допускаемости в пределы «дома жизни», определила, кому где мокнуть в течение печальной процедуры. Эта иерархия и эта процедура привлекли внимание детективов из отдела взломов, контрабанды и мошенничества. Ландсман заметил на крыше серого «фордавикториа» Скольски, Фельда и Глобуса. Не каждый день вербоверская иерархия в полном составе выстраивается на всеобщее обозрение, как кружочки на прокурорском графике. В четверти мили на крыше «уол-марта» три американца в синих ветровках нацеливают телеобъективы и палку направленного микрофона. Толпу пронизывает синяя цепь униформированных латке, распределены полицейские мотоциклы. Представлена пресса, присутствуют операторы и репортеры Первого канала, филиала NBC в Джуно, кабельных новостей. Деннис Бреннан с непокрытой головой: либо погоды не чувствует, либо шляпы подходящего размера не отыскалось в Ситке. Полуверующие, неверующие, современные ортодоксы, скептики, просто зеваки, представительная делегация шахматного клуба «Эйнштейн»…

У Ландсмана они все как на ладони, он озирает их с высоты своей беспомощности и неприкаянности, не вылезая из «суперспорта», замершего на голой маковке холма, отделенного от «дома жизни» Мизмор-бульваром. Здесь какой-то застройщик заасфальтировал подъездной проулок к своему распланированному участку с многообещающим названием несуществующей улицы: Тиква-стрит. Улица Надежды… Словечко на иврите в это хмурое время дня этого хмурого времени, конца всех времен и надежд, для уха, привыкшего к идишу, не несет ничего, кроме вялой иронии в семнадцати хмурых колерах. Домов по улице Надежды не возведено ни единого. Деревянные колья да нейлоновый шнур с оранжевыми флажками очерчивают мини-Сион в грязюке вокруг тупичка-пятачка, этакий призрачный эрув крушения. Ландсман опять один, трезв, как карп в корыте, судорожно сжимает бинокль. Потребность промочить глотку терзает, как зубная боль. Мысли рвутся к пинте, к бутылке, к стопарю, к его осколкам. Мысли мучают, но под ними какая-то приятственная подкладка: как будто зуб уже выдран, и тянет сунуть палец в оставленную им дыру. Может, боль вызвана выдранной из него любимым начальством бляхой полицейского. Он почему-то винит во всем исключительно Бину.

Ландсман пережидает похороны в кузове, любуется деталями процессии сквозь цейсовские стекла и сажает аккумулятор, вполуха слушая передачу о блюзовике Роберте Джонсоне, порой полностью погружаясь в его голос, вибрирующий и ломкий, как голос еврея, диктующего кадиш дождю. С Ландсманом пачка «Бродвея», и он нещадно смолит, выкуривая из «суперспорта» подлую вонь Вилли Зильберблата, коварно уползающую в укромные уголки. Зильберблатом разит, как из забытой кастрюли, в которой неделю назад варили макароны. Берко пытался убедить Ландсмана, что у него богатое воображение, что он раздувает значение мелкого Зильберблата в своей великой биографии, но Ландсман доволен уже тем, что нашел оправдание экстренной фумигации, которая если и не истребляет тягу к бутылке, то хотя бы приглушает ее.

Берко пытался уговорить Ландсмана выждать денек-другой с расследованием смерти Менделя Шпильмана по причине «недоразумения, связанного с наркоманией». Спускаясь с Ландсманом в лифте, он изловил взгляд давнего партнера и изложил ему свои соображения по поводу мудрого плана появиться в понедельник утром без значка и оружия пред ясны очи королевы гангстеров и беспокоить ее наглыми вопросами на пути из «дома жизни», от останков единственного сына.

— Ты и близко к ней не сможешь подойти, — настаивал Берко, вываливаясь из лифта и следуя за Ландсманом к выходу из «Днепра». На Берко его необъятная пижама горчичного цвета. На руках болтаются составляющие костюма, поясной ремень на шее, башмаки поддеты двумя пальцами. Из грудного кармана на манер углов платочка торчат два квадратных тоста. — А если и сможешь, то... все равно не сможешь.

Берко с четкостью опытного шамеса разграничивал то, что можно совершить сломя голову, и то, чего ни в коем разе не позволят совершить те, кому раз плюнуть сломать чью-то шею.

— Они тебя мигом нейтрализуют. Они вытряхнут у тебя мелочь из штанов. К концу дня ты окажешься в каталажке, а завтра утром в суде.

Ландсману крыть нечем. Батшева Шпильман редко появляется за пределами своего крохотного мирка, а когда появляется, то отгорожена от остальных плотной стеной из стали и адвокатских языков.

— Без бляхи, без разрешения, без ордера, без открытого дела, в заляпанном костюме, с видом чокнутого, пристал к даме — да они пристрелят тебя и даже не станут доказывать, что ты виноват.

Берко продолжает сопроводительный танец, умудрившись по пути к автобусной остановке напялить носки и башмаки.

— Берко, ты мне не разрешаешь или не разрешаешь *без тебя*? Ты думаешь, я намерен изгадить тебе и Эстер-Малке шанс пережить Реверсию? Не дури. Я тебе и так достаточно нагадил за прошедшие годы. Но все же я не последняя скотина. И если ты полагаешь, что я этого делать не должен... Многоточие.

Ландсман остановился. Нельзя сказать, что он не ощущал тяжкого веса здравого смысла в аргументах Берко.

— Не знаю, что я полагаю, Меир. Я просто говорю... черт... — Появлялось иногда в глазах Берко это выражение. В детстве такое случалось чаще. В глазах светилась какая-то искренность. Ландсман в таких случаях избегал его взгляда. Он повернул лицо навстречу дующему с залива ветру. — Я говорю: по крайней мере, не на автобусе. Давай я сам тебя отвезу в отстойник.

До них донесся рокот мотора, скрип тормозов. Шестьдесят первый «бэ» на Гарькавы появился на проезжей части, выметая дождь с мостовой обратно в небо.

— По крайней мере, это. — Берко поднял пиджак за ворот, как будто предлагая Ландсману надеть его. — Возьми в кармане.

И вот у Ландсмана в руке уютная «беретта» двадцать второго калибра с пластмассовой рукоятью, в легких и в крови переизбыток никотина, в ушах ламентации черного еврея Дельты, мистера Джонсона. Через некоторое время, которого он не замечал и не мерил, пусть час, черные люди, избавившись от того, с чем пришли, двинулись обратно. Шествие поползло вниз с холма, к воротам. Во главе колонны, выпрямившись, насколько возможно, сливая дождь с широких полей шляпы, пыхтел локомотивом десятый верборверский ребе. За ним тянутся дочери, от семи до дюжины, с мужьями и детьми. Тут Ландсман как будто просыпается и наводит бинокль на Батшеву Шпильман. Он ожидал увидеть какую-нибудь ведьму наподобие мадам Макбет с налетом первой леди Америки, Мэрилин Монро-Кеннеди, включая розовую шляпунашлепку и месмерические спирали вместо глаз. Но выхваченная на короткое время из толпы Батшева Шпильман оказалась невысокой костистой бабулькой с приличествующей ее возрасту походкой. Лицо скрыто за густой черной вуалью. Одежда непримечательна, главная ее характеристика — не покрой или качество материала, а цвет: черный.

Шпильманы приближаются к воротам, нозы в форме стягиваются плотнее и давят на толпу, расчищая дорогу. Ландсман сует «беретту» в карман, выключает радио, вытряхивается из своей тачки. Дождь приутих и измельчал, превратился в мелкую морось. Ландсман, скользя на грязи, потопал вниз, к Мизмор-бульвару. За последний час толпа распухла, сконцентрировалась вокруг кладбищенских ворот. Людская масса беспокоится, колышется, гудит, дышит воздухом коллективной скорби. Латке в форме работают в поте лица, пытаясь пробить пробел между семьей и громадным вездеходом траурного шествия.

Ландсман путается в траве, спотыкается, набирает на подошвы глину. Напряжение отзывается болью в затылке. Болит бок, он начинает сомневаться, не проморгали ли медики трещину в ребре. Вот он поехал, поехал по грязюке, прорыл башмаками две десятифутовые борозды и, охнув, плюхнулся на задницу. Он слишком суеверен, чтобы не увидеть в этом падении дурной приметы, но ежели ты пессимист, то любая примета не к добру.

Самая плохая примета — отсутствие у него какого бы то ни было плана, пусть даже самого примитивного. Ландсман ноз вот уже восемнадцать лет, тринадцать из них детектив, семь последних трудится в отделе особо тяжких преступлений, классный коп, король детективов. Кем он был раньше? Кем стал? Мелкий чокнутый евреец с пушкой в сжатой ладошке и неуемным вопросом в глазах. Как кто при каких обстоятельствах должен поступать?.. Ученая мура. Уверенность, прижатая к сердцу, как талисман любви, — и плевать на все остальное.

Мизмор-бульвар превращен в парковку, над которой дождь старается разогнать сизую дизельную дымку. Ландсман минует буферы, бамперы, радиаторы и ныряет в толпу. Пацаны и подростки постарше, чтобы получше разглядеть, карабкаются на стволы и ветви европейских лиственниц, не желающих на скудной ситкинской почве расти гордыми и стройными, как их сородичи в иных краях. Народ уступает Ландсману дорогу, а тем, кто мешкает, Ландсман напоминает о себе плечом. Тычок — и тут же: «Извините…»

Запах плача, евреи, длинное белье, пропахшие табачным дымом пальто… грязь, грязь, грязь… Молятся так, как будто готовы рухнуть без сознания, как будто ритуал предусматривает падение без чувств в качестве заключительного жеста. Женщины вопят, разевая пасти, демонстрируя вставные челюсти и темные дыры глоток, хватаясь друг за дружку. Не по

Менделю Шпильману плачут они. Они оплакивают нечто, исчезнувшее из этого мира, тень тени, чаяние надежды. Почву из-под ног выдергивают у них, отбирают полуостров, к которому они привыкли, который любили, как дом свой. Они словно золотая рыбка, которую собираются швырнуть обратно в темное море диаспоры. Но этой мысли не объять, не охватить сознанием. И вместо этого они оплакивают погасший лучик, который и не вспыхнул, шанс, которого у них не было, царя, который не взошел бы на престол даже и без кусочка свинца в латунной оболочке, внедренного в мозг... Тычок плечом — и шип ящера зубастого: «Прош-шу проще...» — Ландсман поспешает.

Спешит Ландсман, надо признать, не бесцельно; ориентир — здоровенный лимузин, двадцатифутовая спецмодель. Путь по скользкому склону от вершины холма, через бульвар, сквозь зонтики, бороды и вопли толпы евреев, напоминает ему съемку любительского фильма о покушении-похищении. Но Ландсман никого брать в заложники не собирается. Он хочет потолковать с пожилой леди, привлечь ее внимание, попасться ей на глаза. Он хочет почтительно обратиться к ней, задать один вопрос. Какой вопрос?.. да черт его знает!

Об этом ему тут же напоминает... точнее, напоминают. Дюжина молодцов напоминают. Репортеры пробуравили туннель сквозь «черные шляпы» на ландсмановский манер — плечами, локтями и языками. Когда из ворот появляется хрупкая женщина в черном и под вуалью, поддерживаемая зятем, они залпом выпаливают свои вопросы, швыряют их в нее, как камни. Град хулиганских вопросов. Она как будто ничего не замечает, даже вуаль не шелохнулась. Баронштейн ведет мать покойного к лимузину. Шофер, филиппинец жокейского обличья и размеров, соскальзывает с переднего пассажирского сиденья. Подбородок мелкого худощавого филиппинца украшает шрам, наподобие запасной улыбки. Он распахивает перед хозяйкой дверцу. Ландсману до лимузина еще добрых две сотни футов. Он не успеет задать неизвестный ему вопрос, он вообще ничего не успеет.

Низкое, нечеловечье рычание, как будто крупная дикая кошка в клетке зоопарка обиделась на несортовой кусок кормежки. Одна из «черных шляп» предвзято истолковала заданный репортером вопрос. Собственно, она предвзято истолковала и незаданные вопросы. Ландсман видит разгневанную шляпу, разгневанную физиономию под ее полями. Обширная физиономия, окаймленная светлыми пейсами, без галстука, с выпущенной рубахой. Довид Зусман, нежданный кореш Берко Шемеца с острова Вербов. Желваки на челюстях, крупный металлический желвак слева под мышкой. Зусман обхватывает шею бедолаги Денниса Бреннана удушающим захватом, нежно рыча ему в ухо, которое, похоже, сейчас отхватит острыми зубами. Зусман вывинчивает голову репортера из плеч, а самого Бреннана — из толпы у лимузина, чтобы освободить дорогу госпоже Шпильман.

Богом из машины — скорее, чертиком из табакерки — подскакивает юный латке, чтобы вмешаться — а для чего еще он здесь? Но латке перепуган — видно по физиономии, — и потому дубинка его опускается на голову Довида Зусмана с неподобающей силой и страстью. Жутковатый хруст — и Зусман тает воском, растекается у ног юного латке, и кости его рассыпаются в придорожной слякоти.

На мгновение толпа застыла, замер весь пространный окружающий мир, да и само мгновение вроде бы остановилось. Народ вдохнул единым вздохом — и затаил дыхание, не выдыхая. После этого сорвались с цепей бешеные псы безумия. Еврейский бунт, бессмысленный и беспощадный, неудержимый и, надо признать, весьма шумный. Градом посыпались сочные ругательства с упоминанием кожно-венерических заболеваний, обильных кровотечений, родственных связей, естественных и противоестественных взаимоотношений живых существ разных родов, видов, семейств и даже классов. Волны воплей, шляп, кулаков и палок, развевающиеся вымпелами крестоносцев бороды, кровь, грязь, панцирные штаны... Двое несли транспарант на двух шестах — каждый вооружился своим шестом; транспарант с надписью, обращенной к усопшему владыке Менахему, свалился на «черные шляпы». Шесты устремились к черепам и челюстям полицейских, тряпку с надписью «ПРОЩАЙ...» смололи жернова толпы. Она еще раза два взлетела над головами скорбящих и наблюдающих, живых и мертвых — и исчезла под обезумевшими башмаками.

Ребе исчезает из поля зрения Ландсмана, но братцы Рудашевские невозмутимо конвоируют мамашу Менделя к автомобилю, к задней дверце. Водитель гимнастом запрыгивает на свое сиденье. Рудашевский номер какой-то хлопает машину по кузову:

— Пошел, пошел!..

Ландсман, еще шаря в карманах памяти в поисках сверкающей монеты правильного вопроса, впивается зоркими полицейскими глазами в лимузин, замечает каждую мелочь, иногда весьма существенную. Шофер-филиппинец немного не в себе, что и понятно. О ремне безопасности он и не вспоминает. Ему бы подудеть, но он и о сигнале забыл. И двери не зафиксировал. Водитель просто дергает машину с места на слишком высокой для таких условий скорости.

Ландсман отступает от надвигающейся на него колымаги, не отличаясь этим от остальных скорбящих и страждущих, которых достаточно много, чтобы заблокировать братьев Рудашевских в нужный момент и в нужном месте. Любой осел смог бы в этот момент беспрепятственно влезть в автомобиль. Ландсман кивает, ловит ритм безумия толпы, приноравливает к нему собственное безумие. Вот он, нужный момент. Ландсман распахивает заднюю дверь…

Лошадиные силы двигателя отдаются в его подошвах, мгновенно превратившихся в лыжи и поехавших по асфальту. Трение скольжения, влечение волочения… Везение и невезение… Везет его футов пятнадцать, он успевает подумать о кончине сестры, о лошадиных силах авиамотора, о массе и инерции… Подтянувшись, Ландсман опирается коленом о порожек и вваливается внутрь.

24

Темная пещера, синие светодиоды. Сухо, прохладно, какой-то лимонный дезодорант... Родственный запах! Ландсман вдруг обнаруживает в себе какой-то лимоновый привкус энергии и надежды. Может, он махровый идиот и совершил глупейший поступок в своей дурацкой жизни, но иначе, извините, он не мог. Сознание выполненного долга подсказывает единственный вопрос, который Ландсман всегда мастерски задает.

— Есть имбирный эль, — отвечает королева острова Вербова. Она сложилась, тряпицей, скрючилась за заднем сиденье, в самом уголке. Одежда тусклая, но из наилучшей ткани, на подкладке дождевика логотип модного производителя. — Выпейте, если хотите.

Ландсман не обошел вниманием и сиденье перед задним, расположенное лицом к нему, спинкой к водителю. Его занимает шестифутовая фигура условно женского пола, весом фунтов под двести. Одета фигура в черную «чертову кожу», из-под которой торчит воротничок белой рубахи без воротничка. Глаза фигуры цвета тяжелой тучи и твердости базальтовой. Как пули без оболочки, подумал Ландсман. Из уха фигуры, разумеется, торчит гарнитура. Мужская стрижка коротких ржаво-рыжих волос.

— Не знал, что Рудашевских выпускают и в женском исполнении, — острит Ландсман, устраиваясь на корточках в широком пространстве между сиденьями.

— Это Шпринцль, — поясняет хозяйка, поднимая вуаль. Тело ее хрупко и тщедушно, чуть ли не изможденно, однако не преклонными годами, против возраста протестуют тонкие черты лица, худощавого, но гладкого, таким можно любоваться. Широко разнесенные, голубые до синевы глаза, — наверное, такие и называются роковые. Губы не накрашены, однако полные и красные. Ноздри длинного прямого носа изогнуты крыльями. Лицо полно жизни, здоровья, а тело в упадке, и это вызывает беспокойство. Голова венчает ее морщинистую шею, как паразит, хищник-инопланетянин. — Обратите внимание на то, что Шпринцль вас еще не убила.

— Благодарю вас, Шпринцль.

— No problem, — бросает та, как будто луковица грохнулась в пустую жестянку ведра.

Батшева Шпильман шевельнула рукой в противоположный угол заднего сиденья. Перчатка из черного бархата, застегнута на запястье тремя некрупными черными жемчужинами. Ландсман благодарно кивает и перемещается на сиденье, весьма удобное, сразу вызывающее в пальцах ощущение прохладного, запотевшего стакана.

— Она также не сообщила о вашем прибытии своим братьям и кузенам в других автомобилях, хотя, как видите, это очень легко сделать.

— Крутая шайка-лейка эти Рудашевские, — бормочет Ландсман, но он понимает, что она хотела дать ему понять. — Вы хотели со мной поговорить.

— Неужели? — Она раздумывает, не шевельнуть ли губой, но отказывается от этого намерения. — Это ведь вы вломились в мою машину.

— О, тысяча извинений, мэм! Виноват, я принял вашу машину за шестьдесят первый автобус.

Физиономия Шпринцль Рудашевской отключается от присутствующих, приобретает выражение мистически-философической опустошенности. Как будто она обмочилась в штаны и наслаждается внезапной комфортной теплотой.

— Спрашивают, как у нас дела, мэм, — нежно обращается она к хозяйке. — Интересуются, все ли в порядке.

— Скажи, что все хорошо, Шпринцеле. Скажи, что едем домой. — Она повернулась к Ландсману. — Мы завезем вас в отель. Гляну на него. — Глаза спокойные и такого цвета, какого Ландсман никогда еще не видел. Разве что в птичьем оперении да в витражах. — Это устроит вас, детектив Ландсман?

Конечно его это устроит. Шпринцль Рудашевская бормочет в микрофон, а ее хозяйка опускает перегородку и инструктирует водителя. Угол Макса Нордау и Берлеви.

— Похоже, вас мучает жажда, детектив. Уверены, что не хотите имбирного эля? Шпринцеле, дай джентльмену стаканчик эля...

— Спасибо, мэм, я не хочу пить.

Батшева Шпильман играет размером глаз, осматривает Ландсмана внимательно, сравнивает с тем, что о нем слышала. Взгляд быстрый и беспощадный. Из нее вышел бы отличный детектив.

— Вам не нравится имбирный эль?

Машина сворачивает на Линкольн и идет вдоль берега, мимо острова Ойсштеллюнг и мыса раздолбанной надежды Сэйфти-Пин, к Унтерштату. Минут через девять «Заменгоф». Глаза ее топят Ландсмана в склянке с эфиром. Прикалывают к картонке, как насекомое.

— Нет-нет, я от него без ума, давайте, давайте, — спохватывается Ландсман.

Шпринцль Рудашевская протягивает ему холодную бутылку. Ландсман прижимает ее к вискам, перекатывает по лбу, делает глоток, вжимая в себя жидкость, как противную микстуру.

— Вот уже сорок пять лет я не сидела так близко рядом с посторонним мужчиной, детектив, — говорит вдруг Батшева Шпильман. — Просто позор.

— Особенно если учесть, что это за мужчина, — поддакивает Ландсман.

— Не возражаете? — Она опустила вуаль, лицо вышло из числа собеседников. — Мне так удобнее.

— Разумеется, разумеется.

— Ну, — выдохнула она, и вуаль чуть всколыхнулась. — Я и вправду хотела с вами поговорить.

— И я тоже.

— Зачем? Полагаете, что это я убила своего сына?

— Нет, мэм. Но я надеялся, что вы можете знать, кто это сделал.

— Вот как! — Голос звучит так, как будто Батшева Шпильман вызнала у Ландсмана то, что он тщательно скрывал. — Его убили.

— Э-э... Да, мэм, да, его... убили. А разве... А что вам сказал муж?

— Что сказал мне муж... — Это прозвучало риторически, названием какого-то мудреного трактата. — Вы женаты, детектив?

— Был.

— Брак распался?

— Да, лучше не сформулируешь. — Он чуть помолчал. — Да, именно так.

— Мой брак — лучше не пожелаешь, — сообщает она без малейшего оттенка хвастовства в голосе. — Понимаете, что это значит?

— Нет, мэм, извините, не уверен, что понимаю.

— В каждом браке случается разное. — Она покачала головой, вуаль заволновалась. — Сегодня, перед похоронами, был у меня в доме один из внуков, девяти лет мальчик. Я включила телевизор в швейной. Не положено, конечно, но что ж такой крохашкоц будет скучать... Посидела с ним десять минут, мультфильмы показывали: волк гоняется за синим петухом.

Ландсман понимающе кивает. Он видел этот мультик.

— Тогда вы помните, как этот волк мог там по воздуху бегать. Он перебирает задними лапами и летит, пока не замечает, что под ним земли нет. Но как только глянет вниз, сразу понимает, что произошло, и камнем падает вниз.

— Да-да, помню этот эпизод.

— Вот так и с успешным браком. Пятьдесят лет я бежала по воздуху. Не глядя под ноги. Вне того, что Бог велит. Не говоря с мужем. И наоборот.

— С моими родителями было то же, — говорит Ландсман и размышляет, протянули бы они с Биной дольше, если бы жили по традиции, по старинке. — Только они не слишком заботились о том, что Бог велит.

— О смерти Менделе я узнала от зятя, от Арье. Но от него я никогда ничего, кроме вранья, не слышала.

Ландсман услышал, как кто-то подпрыгивает, сидя голой задницей на кожаном чемодане. Оказалось, это смеется Шпринцль Рудашевская.

— Скажите мне правду, прошу вас, — сказала мадам Шпильман.

— Гм... Ну... Видите ли, вашего сына застрелили. Таким образом, что... По правде сказать, это было что-то вроде казни, мэм. — «Слава Богу, что она под вуалью», — подумал Ландсман. — Кто убил, мы не знаем. Мы установили, что два-три человека интересовались Менделем, выспрашивали. Весьма вероятно, что нехорошего пошиба люди. Было это несколько месяцев назад. Мы знаем, что он умер, находясь под воздействием героина. То есть ничего не чувствовал. Никакой боли не испытал, я имею в виду.

— Ничего не испытал, — донеслось из-под вуали, на которой появились два темных пятна, темнее черного шелка. — Продолжайте.

— Мне очень жаль, мэм. Жаль вашего сына. Надо было мне сразу сказать.

— Хорошо, что вы этого не сказали.

— Мы знаем, что сделал это не любитель. Но должен признаться, что с пятницы мы не продвинулись в расследовании фактически ни на шаг.

— Вы говорите «мы». Имея в виду полицию Ситки?

Хотел бы он видеть ее глаза в этот момент. Ландсману вдруг показалось, что собеседница с ним играет. Что она знает о его подвешенном состоянии.

— Ну, не совсем.

— Отдел убийств?

— Нет.

— Вас и вашего напарника?

— Тоже нет.

— Тогда я, извините, в недоумении. Кто эти «вы», не продвинувшиеся в расследовании убийства моего сына?

— В данный момент... Это что-то вроде теоретического расследования.

— Вот как?

— Предпринятого независимым учреждением.

— Мой зять утверждает, что вас отстранили от работы за посещение острова. Вы якобы проникли в дом, оскорбили мужа, обвинили его в том, что он был Менделе плохим отцом. Арье сказал, что у вас отняли значок.

Ландсман снова прокатил бутылку по вискам.

— Да, это верно. Учреждение, которое я имею в виду, бляхами не располагает.

— Только теориями?

— Совершенно верно.

— Какими, например?

— Например... Вот, например. Вы иногда, возможно, даже регулярно, общались с Менделе. Получали от него весточки, знали, где он, что с ним. Сын иногда вас навещал. Посылал вам открытки. Возможно, вы даже виделись изредка, тайком. То, что вы благосклонно согласились подвезти меня домой, может дать мне намек в этом направлении.

— Нет, я не видела сына более двадцати лет. А теперь уж и не увижу.

— Но почему, госпожа Шпильман? Что случилось? Почему он покинул вербоверов? Что случилось? Чем был вызван разрыв? Спор, ссора?

Минуту она не отвечала, как будто преодолевала привычное молчание, как будто приучаясь к мысли, что надо будет кому-то говорить о Менделе, да еще светскому полицейскому. Или же привыкая к приятной мысли о том, что можно будет вспомнить о сыне вслух.

— Этот выбор я сделала за него сама...

25

Тысяча гостей, иные аж из Майами-Бич или из Буэнос-Айреса. Семь фур и грузовик «вольво» с едой и вином. Кучи подарков и подношений, сравнимые с горами Баранова. Три дня поста и молитвы. Семейство клезморим Музыкант — это же половина симфонического оркестра! Все Рудашевские вплоть до древнего деда, в дымину пьяного, палящего в воздух из допотопного нагана. Целую неделю в коридоре, перед домом и за угол, на два квартала до Рингельблюм-авеню — очередь из желающих получить благословение от короля женихов. День и ночь в доме и вокруг него шум, гвалт, как будто чернь вздумала бунтовать против законных государей.

До свадьбы час, и они все еще ждут. Мокрые шляпы и мокрые зонты. Вряд ли он увидит и услышит их столь поздно, вникнет в их мольбы, в их печали. Но кто может знать, чего ждать от Менделе... Он всегда оставался непредсказуемым.

Она стояла у окна, глядя сквозь щелочку в шторах на просителей, когда приблизилась служанка и сказала, что Менделя нигде нет и что к ней пришли две дамы. Спальня госпожи Шпильман выходила окнами в боковой двор, но между соседними домами открывался вид до угла: мокрые шляпы и мокрые зонтики, евреи сомкнулись плечо к плечу, мокнут и ждут, надеясь кинуть взгляд...

День свадьбы, день похорон.

— Нигде нет, — повторила она, не оборачиваясь от окна. Ее охватило ощущение тщетности и завершенности, безнадежности и свершения, как будто во сне. В вопросе не было смысла, но она все же спросила: — А куда он делся?

— Никто не знает, мэм. Никто его не видел с прошлого вечера.

— С прошлого вечера...

— С этой ночи.

Прошлым вечером состоялся форшпиль для дочери рабби штракенцеров. Прекрасный выбор. Девушка талантливая, красивая, с живинкой, которой не отличались сестры Менделя и которой он восхищался в своей матери. Конечно, невеста из штракенцеров, сколь бы совершенной она ни была — выбор неподходящий. Знала это госпожа Шпильман. Задолго до того, как подошла к ней эта девушка-служанка и сказала, что Менделя в доме никак не найдут, что он ночью исчез, знала она, что никакая степень совершенства, никакая красота, никакой внутренний огонь в девушке не сделают ту достойной ее сына. Но всегда и во всем встречаются изъяны, и нет в мире совершенства. Между выбором, определенным Всевышним, благословен будь Он, и реальностью ситуации под чуппой. Между заповедью и ее исполнением, между небом и землей, между мужем и женой, меж Сионом и евреем... Имя этим изъянам — мир. Лишь приход Мессии загладит изъяны, закроет трещины, сотрет различия, расстояния, уничтожит барьеры. До тех пор над бездной могут вспыхивать искры, яркие искры могут перелетать через барьеры, проскакивать, как между электрическими полюсами, и мы должны быть благодарны за их мимолетные вспышки.

Именно так она бы все объяснила, обратись Менделе к ней с сомнениями по поводу предстоящего брака с дочерью штракенцского ребе.

— Муж ваш сердится, — сообщила девушка по имени Бетти, как и остальные служанки, приехавшая с Филиппин.

— Что он говорит?

— Ничего не говорит, мэм. Потому и видно, что сердится. Послал людей на поиски. Мэру позвонил.

Госпожа Шпильман отвернулась от окна. Фраза «Свадьбу пришлось отменить» метастазами ползла по телу. Бетти принялась подбирать с турецкого ковра обрывки салфеток.

— Что за женщины пришли? Какие женщины? Вербоверские?

— Одна, может быть, и вербоверская. Другая точно нет. Только сказали, что хотят с вами поговорить.

— Где они?

— Внизу, в вашем кабинете. Одна вся в черном, под вуалью. Как будто у нее муж умер.

Госпожа Шпильман уж и не вспомнит, когда это началось, когда к Менделю примчался первый одержимый безнадежностью, отчаявшийся, мечущийся в поисках чуда. Может быть, первые пробирались украдкой к заднему крыльцу, обнадеженные носившимися над островом слухами о чудесах. Служила у них в семье девушка, чрево которой запечатала неудачная операция в детские годы, еще в Цебу. И взял Мендель одну из куколок, сделанных им для сестер из тряпочек и булавочек, и вложил меж деревянных ножек куклы благословение, написанное карандашом, и сунул куклу в карман девушки-служанки. И прошло десять месяцев после этого события, и родила Ремедиос здорового сыночка. Или, пожалуйста, вот вам Дов-Бер Гурски, водитель Шпильманов. Попал он на баксы, десять штук задолжал русскому штаркеру-костолому, что делать? Нет, не беспокоил Менделя скорбный Гурски, сам подошел к нему юный чудодей, вручил Гурски пятидолларовую бумажку и сказал, что авось все и изменится к лучшему. Двух дней не прошло, как получил Гурски письмо из адвокатской конторы в Сан-Луи. Дядюшка, о котором Гурски и думать забыл, оставил ему полмиллиона. К менделевской бар-мицве сирые и убогие, больные и умирающие, проклятые и обездоленные уже стали костью в горле семейства. Перлись косяками днем и ночью, ныли и клянчили. Госпожа Шпильман приняла меры для защиты сына, установила приемные часы и правила поведения. Но ребенок ее владел даром. Дар требует бесконечного раздаривания.

— Не могу я сейчас их видеть, — сказала госпожа Шпильман, садясь на свою узкую кровать, затянутую бельем из грубого полотна с подушками, которые она вышила еще до рождения Менделя. — Не могу видеть этих ваших дам. — Иногда, отчаявшись пробиться к Менделе, женщины обращались к ней, к ребецин, и она благословляла их как могла и чем могла. — Мне нужно завершить свой туалет. Через час свадьба, Бетти. Всего час! Его еще найдут.

Долгие годы ждала она его предательства. С тех пор, как поняла, что Менделе таков, какой есть. Слово для матери ужасное, связанное с хрупкостью костей, ранимостью, беззащитностью перед хищниками. Ничто птицу не защищает, кроме перьев. Да и крыльев. Конечно же, взлет, полет... Она поняла сына раньше, чем он понял себя сам. Вдохнула с мягкого детского затылка. Прочитала послание, закодированное в торчащих из-под коротких штанишек коленках. В девичьей стеснительности, с которой он опускал глаза, когда его хвалили. А позже она не могла не заметить, хотя сам мальчик пытался это скрыть, как он смущается, заикается, розовеет, когда входит какой-нибудь из Рудашевских или некоторые из его кузенов.

Все время, пока она подыскивала невесту, устраивала помолвку, планировала свадьбу, госпожа Шпильман внимательно следила за сыном, старалась уловить его нежелание или неприятие. Но он ничем не проявлял недовольства ее планами, неверности долгу своему. Иногда шутил, с сарказмом, даже непочтительно, насмешливо. Мол, Святое Имя, да будет Он благословен, тратит время, как хлопотливая мамаша, составляя парочки еще не рожденных душ. Однажды подхватил оставленный сестрами кусок белого тюля, накинул себе на голову и, пародируя голос и манеры своей нареченной, принялся перечислять и расписывать физические и иные изъяны некоего Менделя Шпильмана. Все потешались, но в ее сердце встрепенулась испуганная птичка. Если не считать этого инцидента, сын казался непоколебимым в верности шестистам тринадцати заповедям, учению Торы и Талмуда, родителям, верующим, для которых представлял собой путеводную звезду. Конечно же, он еще найдется.

Она натянула чулки, платье, расправила нижнее белье. Надела изготовленный специально по случаю свадьбы сына парик. Шедевр ценою в три тысячи долларов. Пепельный с проблесками рыжего золота, имитирующий ее собственные волосы в юности, так же заплетенный. Лишь когда ее стриженую голову увенчал этот многодолларовый купол, мать поддалась панике.

На простом сосновом столике-подставке в постоянной готовности скучал простой черный телефон: аппарат, шнур и трубка, ни кнопок, ни диска. Если снять трубку, сразу же зазвонит такой же телефон, установленный в кабинете ее мужа. За десять лет, что госпожа Шпильман жила в этом доме, она пользовалась этим телефоном лишь три раза: однажды в боли, дважды в гневе. Над телефоном в рамке фотопортрет ее деда, восьмого ребе, портрет бабки и портрет матери, когда той было лет пять-шесть от роду. Мать сфотографирована под нарисованной ивой на берегу нарисованного ручья. Черные одеяния, туманное облако дедовой бороды, таинственный пепел времени, осевший на покойниках со старых фотоснимков... Отсутствовал в галерее брат матери, имя которого никогда не упоминалось. Проклят он был за отступничество свое, ей неизвестное. Как она понимала, началось это отступничество с запрятанной — и найденной у него — книжки под названием «Таинственный остров», а кульминацию пережило, когда пришло сообщение, что дядю ее видели в Варшаве без бороды и в соломенном канотье, еще более безобразном, нежели любой французский роман.

Госпожа Шпильман протянула руку к трубке черного телефона без кнопок и диска. Рука дрожала от страха.

— Я бы все равно не снял трубку, — донесся до нее голос мужа, подошедшего справа сзади. — Если уж ты должна нарушить заповедь субботы, то экономь грехи.

В те годы муж ее не был еще столь луннообразным, как впоследствии, но появление его в спальне супруги граничило с чудом, вроде появления в небе второго лунного диска. Он огляделся, знакомясь с обстановкой. Кресла в вышивке, зеленый полог, белизна кровати, все эти ее склянки-банки... Силится выдавить на лицо насмешливую улыбку, но гримаса выражает взаимоисключающие алчность и отвращение. С таким выражением на физиономии ее муж однажды принимал делегацию откуда-то с края света, из Эфиопии или Йемена. Невозможный рабби-негр в странном кафтане-лапсердаке с глазами — терновыми ягодинами, черная шляпа с черной кожей, чужеземец с чужеземной Торой, женское царство: они — каприз божественный, сбой Вышней мысли, пытаться постичь который — почти ересь.

Муж стоит в ее спальне, с каждой секундой мрачнея и теряя опору под ногами. Она уступает чувству жалости. Он здесь на чужой территории. Ядовитое облако злокачественной аберрации распорядка дня загнало его в этот незнакомый край, где звякают склянки с дурацкими благовониями и колют глаз несерьезные узорчики.

— Присядь, пожалуйста, — просит она.

Благодарно вздохнув, муж медленно опускает зад на жалобно пискнувший стул.

— Его найдут, — мягко и нежно угрожает он.

Не нравится госпоже Шпильман, как выглядит ее муж. Зная, что людей подавляют его габариты, он обычно аккуратен в одежде. Но сейчас носок его скручен, рубашка застегнута неправильно. Лицо помечено усталостью, баки спутаны, как будто он трепал их нервными пальцами.

— Извини, дорогой, — сказала госпожа Шпильман, открыла дверь в свою гардеробную, вышла туда. Она не любит темного безоттеночного одноцветия, «приличествующего» вербоверским женщинам. В этой комнате перешептываются, улыбаются друг другу синий, голубой, аквамарин, пурпур, гелиотроп. Она опустилась на легкомысленный стульчик, полностью спрятавший ножки под многоскладчатой юбкой, вытянула вперед ногу в чулке и большим пальцем притворила дверь, оставив дюймовую щель. — Так лучше. Надеюсь, ты не возражаешь...

— Его найдут, — повторяет муж более трезвым, деловым тоном, пытаясь убедить ее, но не себя.

— Пусть только найдут, — говорит мадам Шпильман, — и я убью его.

— Успокойся.

— Я сказала это вполне спокойно. Он напился? Там пили?

— Он постился. Вел себя безупречно. А как он говорил вчера! Паршат Чайи Сара. Колдовство какое-то. Электрический разряд, умершее сердце вздрогнуло бы и снова забилось. Закончил со слезами на глазах. Сказал, что должен подышать. И больше его никто не видел.

— Я убью его.

Из спальни нет ответа, лишь шум дыхания, постоянный, мерный, неумолимый. Она спохватилась. Зря она так. В ее устах это фигура речи, выражение отчаяния матери, но в его сознании, в лаборатории внутри костяной коробки черепа, может сложиться конкретика многократно обкатанной рабочей процедуры.

— Ты... не знаешь, где он? — спросил муж после паузы тоном, угрожающим своей нейтральностью.

— Откуда мне знать?

— Ну... Он с тобой говорит. Он сюда заходит.

— Не был он тут.

— Был.

— Откуда ты знаешь? Служанки шпионят?

Его молчание она истолковала как положительный ответ. И почувствовала героический порыв, решимость не покидать более свою гардеробную.

— Я пришел не для того, чтобы упрекать тебя или спорить. Наоборот, я надеялся, что смогу почерпнуть здесь твоей спокойной рассудительности. И вот я здесь, но чувствую, вопреки устремлениям своим как рабби и как человека, что должен все же тебя упрекнуть.

— За что?

— За его вывихи. Искривление души. Это твое упущение. Такой сын — плод материнской ветви.

— Подойди к окну, — сказала она. — Глянь сквозь щелочку между шторами. Посмотри на этих бедняг, на этих дураков, остолопов, пришедших за благословением, которого ты, положа руку на сердце, во всей силе своей, в своей учености не способен дать. Но эта неспособность никогда не мешала тебе благословлять.

— Я благословляю иначе.

— Посмотри на них!

— Это тебе стоит на них посмотреть. Выйди из своего шкафа и взгляни.

— Я видела их, — процедила она сквозь зубы. — И у всех этих людей искривление души.

— Но они скрывают это искривление. Прячут в скромности своей, в приниженности и в страхе Божьем. Господь повелевает нам покрывать головы свои в Его присутствии. Не выставлять макушку.

Снова скрип стула. Муж встал, зашаркали шлепанцы. Хрустнула поврежденная связка левого бедра, и он застонал от боли.

— Это все, о чем я прошу Менделя. Что у человека в голове, что он думает, что ощущает — это не интересно ни мне, ни Богу. Ветру безразлично, какой флаг трепать, красный или голубой.

— Или розовый.

Молчание. На этот раз не столь напряженное, как будто он вспоминал, как когда-то улыбался ее маленьким шуткам.

— Я найду его. Я сяду рядом с ним и расскажу сыну то, что знаю. Объясню, что пока он повинуется Господу и соблюдает Его заповеди, пока ведет себя праведно, он здесь дома. Что я не отвернусь от него первым. Что оставить нас — его выбор.

— Может человек скрывать от себя самого и от окружающих, что он Цадик-Ха-Дор?

— Цадик-Ха-Дор всегда скрыт. Это заложено в его природе. Может быть, я должен объяснить ему и это. Как и то, что его переживания и борьба, его сопротивление — своеобразное доказательство способности управлять.

— Мендель мог сбежать не от женитьбы на этой девушке. Может быть, не свадьба его пугает. Не с этим он не в состоянии ужиться. — Фраза, которую она еще не имела случая адресовать мужу, снова, в который уже раз сконцентрировалась на кончике ее языка. Госпожа Шпильман оттачивала, заменяла, опускала отдельные элементы ее конструкции, совершенствовала фразу в течение сорока лет, как строфы поэмы, сочиненной узником, лишенным бумаги и чернил. — Может быть, есть иной род самообмана, с которым мальчик не может примириться, с которым он не может сосуществовать.

— У него нет выбора. Даже если он впал в безверие. Даже если, оставаясь здесь, он обречен на лицемерие. Человеку такого дарования не может быть дозволено рыскать по нечистому внешнему миру, как ему вздумается. Он будет представлять опасность для всех и каждого. И в первую очередь для самого себя.

— Говоря о самообмане, я не имела в виду, что Менделе сам себя обманывает. Я имела в виду, что все вербоверы вовлечены в самообман.

Молчание. Зловещее, не легкое и не тяжелое, но всеобъемлющая тишина дирижабля перед тем, как проскочит та самая искра статического электричества.

— Я не знаю никого больше, кто ему противостоит, — сказал муж.

И госпожа Шпильман высказала свою фразу. Она слишком долго бежала по воздуху, чтобы глянуть вниз долее чем на секунду.

— То есть его нужно держать здесь, хочет он того или не хочет.

— Поверь мне, дорогая. И не пойми меня превратно. Все иное много хуже.

Она чуть не потеряла сознание. Затем метнулась из гардеробной, чтобы посмотреть, какие у него были глаза, когда он в мыслях замахнулся на жизнь собственного сына, грех которого, как она его понимала, состоял лишь в том, что он хотел оставаться существом, которым его создал Всевышний. Но муж ее уже выплыл, бесшумно, как дирижабль. Вместо него она застала в спальне Бетти, и снова с сообщением о тех же двух дамах-посетительницах. Неплохая служанка Бетти, но, как и все филиппинки, слишком склонна совать нос в ситуации, чреватые скандалом. Девушка с трудом скрывала удовольствие от распиравшей ее новости.

— Одна дама, мадам, говорит, что они от Менделя. Говорит, извините, что он не вернется домой. Что, извините, свадьбы не будет.

— Он вернется домой, — сказала госпожа Шпильман, сдерживая руку, готовую смазать по наглой физиономии Бетти. — Мендель ни за что... — Она сдержалась, потому что хотела сказать: «Мендель ни за что не ушел бы не простившись».

Женщина, прибывшая от ее сына, к вербоверам не принадлежала. Современная еврейка, одетая скромно из уважения к месту, которое посетила. На ней длинная юбка с одноцветным узором, модное темное пальто. Она старше госпожи Шпильман лет на десять-пятнадцать. Темноглазая и темноволосая, когда-то очень красивая. При входе госпожи Шпильман она вскочила, представилась как Брух. Подруга ее толстовата, набожна, по виду вроде сатмар, в длинном черном платье, черных чулках, черной широкополой шляпе, натянутой по самые уши. Чулки кисло сморщились, полуотклеившаяся пряжка-стекляшка на шляпной ленте нервно дергалась, пытаясь отскочить и потеряться. Вуаль жалостливо сбилась к левому верхнему углу шляпы. Поглядев на это жалкое создание, госпожа Шпильман на мгновение отвлеклась от роковой новости, которую принесли эти женщины. В ней возникло желание благословить, желание настолько сильное, что она едва смогла его сдержать. Захотелось обнять эту жалкую особу, поцеловать ее так, чтобы печаль ее исчезла. Интересно, не так ли чувствовал, ощущал, переживал Мендель?

— Что за чушь? — отрезала она вместо всего этого. — Садитесь.

— Мне очень жаль, госпожа Шпильман, — сказала дама Брух, возвратившись на место и присев на краешек сиденья, как будто показывая, что долго рассиживаться не собирается.

— Вы видели Менделя?

— Да.

— И где же он?

— У друзей. Но долго он там не задержится.

— Он вернется домой.

— Нет-нет. Извините, госпожа Шпильман, мне очень жаль. Но вы сможете поддерживать контакт с Менделем, где бы он ни находился. Когда захотите.

— Какой контакт? Что за друзья?

— Я могу вам это сказать, если вы пообещаете сохранить все в тайне. Иначе… так Мендель сказал… — Она глянула на подругу, ища поддержки. — Иначе, сказал он, вы о нем больше не услышите.

— Дорогая моя, я и не желаю о нем больше слышать, — отчеканила госпожа Шпильман. — Так что стоит ли мне сообщать, где он находится? Как вы считаете?

— Гм… Действительно…

— Только, если вы мне этого не сообщите, я, без всяких шуток, отошлю вас в гараж к Рудашевским, и они узнают все, что нужно, и даже больше. Они это умеют.

— Нет-нет, я вас не боюсь, — поспешно выпалила дама Брух с нервной улыбкой на лице и в голосе.

— Не боитесь? Почему бы это?

— Потому что Мендель сказал, что мне не надо бояться.

Она уверена в себе, эта крошка Брух, голос уверенный, держится независимо. Да еще что-то дразнящее чувствуется в ее поведении, отголосок дразнящей игривости, всегда присутствовавшей в отношениях Менделя с матерью. И даже с отцом своим, могучим и ужасным. Госпожа Шпильман всегда чуяла этого чертенка в своем сыне и теперь поняла, что чертенок этот помогал ему выжить, защититься. Перья мелкой птахи.

— Прекрасно он это излагает, о страхе и бесстрашии. Как трус сбежал от выполнения своего долга, от семьи. Вот бы ему на себя оборотиться! Лучше приволоките этого труса сюда, чтобы избавить близких его от позора. Не говоря уж о совершенно невинной, ни в чем не замешанной девушке.

— Он бы пришел, если бы мог, уверяю вас, госпожа Шпильман, — сказала Брух, и вдова, ее спутница, вздохнула.

— Отчего же он не может?

— Вы сами знаете.

— Ничего я не знаю.

Но она знала. Очевидно, знали и эти две чужие женщины, пришедшие, чтобы полюбоваться на ее слезы. Госпожа Шпильман опустилась на расшитые золотом подушки белого раззолоченного кресла «Людовик XIV», не обращая внимания на складки примятого небрежным движением платья. Закрыв лицо ладонями, она заплакала. От стыда и унижения. Жалея потерянные дни, месяцы и годы, рухнувшие планы и надежды, впустую растраченные время, энергию, жизнь. Бесконечные переговоры, посыльные и посольства между дворами вербоверов и штракенцеров. Но горше всего плакала она по себе. Ибо решилась тогда со свойственной ей категоричностью никогда более не видеть своего любимого, увы, безнадежно испорченного сына.

Экий эгоизм! Лишь много позже нашла она в себе крупицу жалости к этому грешному миру, который Мендель теперь уже не спасет, грехи которого не искупит.

Госпожа Шпильман проплакала таким образом минуту или две, после чего аляповатая вдова оставила свое место и приблизилась к креслу Людовика XIV.

— Пожалуйста, — проговорила она еле слышно и возложила пухлую лапку на руку госпожи Шпильман. Лапку, опушенную золотистыми волосками. С трудом верилось госпоже Шпильман, что эта лапка двадцать лет назад без труда умещалась у нее во рту.

— В игрушки играешь, — проговорила госпожа Шпильман, снова обретя дар речи и рационального мышления. После первого шока, остановившего ее сердце, она ощутила какое-то странное облегчение. Если ее Мендель девятислойный, то в нем восемь слоев чистой доброты, доброты лучшего качества, нежели она и ее муж, люди тугоплавкие, выжившие и утвердившиеся в этом мире, могли исторгнуть из своей плоти без божественного вмешательства. Но девятый слой Менделя Шпильмана всегда оставался сплошь дьявольским, жил там шкоц, рубивший топором живое сердце матери. — Развлекаешься.

— Нет.

Он приподнял вуаль, открыл ей свою боль и неуверенность. Она увидела его страх перед роковой ошибкой. Она увидела в своем сыне свою собственную решимость совершить эту ошибку.

— Нет, мама. Я пришел, чтобы проститься. — Истолковав недоумение, отразившееся у нее на лице, он усмехнулся. — Нет, мама, я не трансвестит.

— Неужто?

— Нет-нет.

— А очень похож.

— Во мне погиб великий актер.

— Я хочу, чтобы ноги твоей здесь больше не было.

Но хотела она лишь того, чтобы он не покидал ее дома, чтобы остался, спрятался у нее под боком в своем дурацком бабьем платье, ее дитя, ее королевич, ее дьяволенок.

— Я ухожу.

— Я не хочу больше видеть тебя. И не звони мне. Знать не желаю, где тебя черти носят.

Ей лишь стоило дать знать мужу, и Мендель остался бы рядом. Вполне реальная альтернатива.

— Хорошо, мама.

— И не называй меня больше так.

— Хорошо, мадам Шпильман. — Однако в его устах это обращение не звучало ни чужим, ни оскорбительным. Она снова заплакала. — Но... Просто, чтобы ты знала. Я не один, я с друзьями.

Что за друзья? Любовь? Любовница? Любовник? Неужели он умудрился утаить от нее...

— Что за друзья?

— Старый друг. Он мне помогает. Госпожа Брух тоже мне помогает.

— Мендель спас мне жизнь, — вставила госпожа Брух. — Давно это было.

— Стоило стараться, — фыркнула госпожа Шпильман. — Он ей жизнь спас! Много добра это ему принесло...

— Госпожа Шпильман, — сказал Мендель. Он взял ее руки, сжал в своих. Ладони жгучие, горячие. Кожа его всегда была на два градуса теплее, чем у любого обычного человека. Так термометр показывал.

— Убери руки. — Она заставила себя сказать это. — Немедленно убери руки.

Сын поцеловал ее в макушку. Даже сквозь слой чужих волос она почувствовала этот поцелуй и чувствовала его еще долго. Мендель опустил вуаль, потопал из комнаты, увлекая за собой даму Брух.

Госпожа Шпильман еще долго сидела в новом кресле старого Людовика. Часы, годы. Холод охватывал душу, ледяное омерзение к Творению и Творцу, к Его уродливым творениям. Сначала ей казалось, что потрясена она поступком сына, грехом, от которого ему не отрешиться, но потом поняла, что испытывает ужас перед собой. Ей вспомнились преступления, совершенные ради нее, ради ее удобства, как будто капли черной жижи в громадном черном море. Ужасно это море, этот пролив между двумя берегами, между Намерением и Действием. Люди называют этот пролив своим «миром». Бегство Менделя — не отказ сдаться. Это сдача, капитуляция. Цадик-Ха-Дор тешил себя своим отречением. Он не желал стать таким, каким хотели его видеть мир и его евреи с зонтами, шляпами, скорбями, с их дождем, каким хотели его видеть отец и мать. Он не мог даже стать таким, каким бы он сам хотел себя видеть. Госпожа Шпильман надеялась, молилась об этом, сидя в кресле Людовика XIV, молилась, чтобы ее мальчик однажды нашел путь к себе самому.

Потом молитва оставила ее сердце, и осталась она наедине с утратой. Душа болела, требовала возвращения сына. Она ругала себя за то, что прогнала Менделя, не узнав, где он остановился, куда пойдет, как его найти, узнать о нем. Она разжала ладони и увидела на правой крохотный обрывок бечевки.

26

— Да, детектив, я слышала о сыне время от времени. Не хочу, чтобы это звучало цинично, но обычно он давал о себе знать, когда попадал в затруднительное положение или оставался без денег. В случае Менделя, благословенно будь его имя, эти две ситуации часто совпадали.

— Когда это было в последний раз?

— В этом году. Весной. Да, я помню, это было за день до Эрев Песах.

— Значит, апрель...

Женская ипостась Рудашевских извлекла изящный «шойфер-мазик», тюкнула по кнопочкам и выдала дату, предшествующую первому вечеру Пасхи. Несколько ошарашенный, Ландсман невольно отметил, что это был последний полный день, прожитый его сестрой.

— Откуда он звонил?

— Возможно, из больницы. Не знаю. Слышны были посторонние разговоры, какой-то громкоговоритель. Мендель сказал, что собирается исчезнуть. Что он должен исчезнуть на некоторое время, что не сможет звонить. Он просил выслать деньги на абонентский ящик в Поворотны, которым он уже пользовался.

— Вам не показалось, что сын испуган?

Вуаль дрогнула, как театральный занавес, за которым кто-то двигается. Госпожа Шпильман медленно кивнула.

— Он не говорил, почему он должен исчезнуть? Не сказал, что кто-то его преследует?

— Пожалуй, нет. Ничего такого. Просто, что ему нужны деньги и что он должен исчезнуть.

— И все?

— Пожалуй... Нет. Хотя... Я спросила, как он питается. Менделе иной раз... Он просто забывает есть, понимаете?

— Понимаю.

— Но он ответил: «Не волнуйся, я только что приговорил здоровый кус вишневого пирога».

— Вишневого пирога, — задумчиво повторил Ландсман. — Только что.

— Вам это о чем-то говорит?

— Пока нет. Но всякое может случиться. — Однако сердце уже начало подталкивать его в ребра. — Мадам Шпильман, вы упомянули громкоговоритель. Мог это быть громкоговоритель аэропорта?

— Мне это не приходило в голову, но когда вы об этом сказали... Да, конечно.

Автомобиль плавно сбросил скорость, остановился. Ландсман смотрит сквозь тонированное стекло. Перед ним «Заменгоф». Госпожа Шпильман нажатием кнопки опускает оконное стекло, впускает в салон серый вечер. Она поднимает вуаль, вглядывается в побитую физиономию отеля. Окна, двери, козырек, вывеска... Долго смотрит. Из отеля вываливается парочка алкашей, одному из которых Ландсман однажды любезно помешал оросить мочой штанину товарища. Алкоголики вцепились друг в друга, образовали импровизированный навес от дождя для кого-то третьего. Поборовшись с газетой и ветром, они качнулись в одном направлении и, по-прежнему сцепившись, зашагали приблизительно в противоположном. Королева острова Вербов опустила вуаль, подняла стекло. Ландсман ощущает жжение безмолвного вопроса. Как он может жить в таком... таком?.. И почему он не смог защитить ее сына?

— Кто вам сказал, что я здесь живу? Ваш зять?

— Нет, не зять. Я об этом сама спросила. Есть на свете еще один детектив Ландсман. Ваша бывшая супруга.

— Она и обо мне рассказала?

— Она звонила сегодня. Когда-то были у нас неприятности с одним человеком... Он обижал женщин. Очень плохой человек, больной. Это было в Гарькавы, на Ански-стрит. Обиженные женщины не хотели обращаться в полицию. Ваша бывшая жена тогда мне очень помогла, и я до сих пор в долгу перед ней. Она хорошая женщина. И хороший полицейский.

— Полностью с вами согласен.

— Она посоветовала мне, если доведется с вами встретиться, отнестись с пониманием к вашим вопросам.

— Я ей за это благодарен, — совершенно искренне сказал Ландсман.

— Ваша бывшая супруга отзывалась о вас лучше, чем можно было бы ожидать.

— Да, мэм. Вы же сами сказали, что она хорошая женщина.

— Но вы ее все же оставили.

— Но не из-за того, что она хорошая женщина.

— Значит, из-за того, что вы плохой мужчина? Плохой человек?

— Надо признать, — кивнул Ландсман. — Но она слишком вежлива, чтобы такое обо мне сказать.

— Вежлива? Много лет прошло, но вежливостью, насколько я помню, эта милая еврейка не отличалась. — Госпожа Шпильман щелкнула фиксатором двери. Ландсман вылез на тротуар. — Во всяком случае, хорошо, что я этого притона раньше не видела. Я бы вас близко к себе не подпустила.

— Да, не блеск, — согласился Ландсман, придерживая шляпу. — Однако какой ни есть, а дом родной.

— Нет, не дом, — отрезала Батшева Шпильман. — Но вам, конечно, так считать легче.

27

— Профсоюз копов-иудеев, — изрек пирожник. Он щурится на Ландсмана из-за стальной стойки своего заведения, скрестив руки на груди, чтобы показать, что нипочем ему все хитрые еврейские штучки. Щурится он так, словно пытается найти орфографическую ошибку на циферблате контрафактного «Ролекса» и знает, что сейчас отыщет, и не одну. Познаний и навыков Ландсмана в великом и могучем американском языке как раз хватает, чтобы возбудить подозрения самого доверчивого собеседника.

— Точно, — подтверждает покладистый Ландсман. Жаль, конечно, что на его членском билете ситкинского отделения «Рук Исава», международной организации евреев-полицейских, не хватает уголка. Карточка украшена шестиконечным щитом. Текст напечатан на идише. Никакими полномочиями она владельца не наделяет, даже такого заслуженного, как Ландсман, ветерана с двадцатилетним стажем. — Мы по всему миру разбросаны.

— Оно и не диво, — с некоторым вызовом бросает пирожных дел маэстро. — Но, представь себе, мистер, мы здесь только пирогами торгуем.

— Вам пирог нужен или нет? — вступает в беседу жена пирожника, как и муж, дородная и бледная. Бледны и волосы ее, с позволения сказать, прически, цвета низких облаков в ранних сумерках. Дочь на заднем плане, среди фруктов, ягод, корочек хрустящих. Да и сама ягодка сочная и спелая с точки зрения иных постоянных посетителей аэропорта Якови. Давно ее Ландсман не видел. — Если не нужен, берегите свое время. Народ за вами, между прочим, на самолеты торопится.

Она отбирает членскую карточку Ландсмана у мужа и решительно возвращает ее хозяину. Что ж, винить ее сложно. Пассажиров ждет Якови, ключевой пункт карты севера, узел, в котором сплетаются, из которого начинаются маршруты, откуда рассеиваются по просторам чьей-то родины шистеры и шарлатаны всех мастей, сухопутные акулы недвижимости и морские волки тюленьего промысла, рыбаки-браконьеры, агенты по вербовке, контрабандисты, заблудшие русские, наркокурьерчики, местные уголовники, хронические янки. Юрисдикция Якови — пальчики оближешь! Права здесь качают евреи, индейцы, клондайки. И пирог в аэропорту покоится на более прочных и долговечных моральных и юридических устоях, чем половина потребителей продукции пирожного семейства. С чего бы пирожной леди доверять Ландсману с потертой невразумительной карточкой сомнительной иностранной организации и с еще более сомнительной выбритой проплешиной на затылке. Нелюбезность ее вызывает у Ландсмана острое сожаление. Была бы с ним бляха, он бы мог сказать даме, что стоящие сзади могут дуть ему в зад, а ей самой следует продуть уши и мозги, внимательно слушать и паинькой отвечать. Вместо этого он послушно оглядывается на очередь… подумаешь, полтора человека… вполглаза любуется на байдарочников, коммивояжеров, мелких дельцов… Каждый из них в обе брови выражает горячее желание поскорее дорваться до горячего пирога и в оба глаза желает Ландсману катиться колбаской вместе со своим бритым затылком и своей драной карточкой.

— Яблочный пирог, пожалуйста, — заказывает Ландсман. — У меня с ним связаны приятные воспоминания.

— Я его тоже люблю, — сразу смягчается жена и отправляет мужа за яблочным пирогом, еще неразрезанным, только из духовки. — Кофе?

— Да, пожалуйста.

— Какой?

— Двойной черный. — И Ландсман подсовывает ей фото Менделя Шпильмана. — Может, вы его приметили?

Женщина, не отрывая рук от дела, уделяет фото достаточное внимание. Ландсман видит, что она узнала Шпильмана. Вот она поворачивается к мужу, принимает у него тарелку-картонку с пирогом, ставит на поднос к чашке кофе и пластмассовой вилке, закатанной в бумажную салфетку.

— Два пятьдесят. Сядьте у медведя.

Медведя подстрелили какие-то евреи шестидесятых. Доктора, если по обличью судить. В лыжных шапочках и пендлтоновских шмотках. Уставились в объектив с очкастой мужественностью золотого периода ситкинской истории. Под снимком пятерых крутых зверобоев карточка, текст ее на идише и на американском сообщает, что медведь подстрелен возле Лисянски, ростом-длиною 3,7 метра, весом 400 кг и при жизни был бурым. Это без пояснения не любой поймет, ибо остался от медведя всего только один скелет, хранящийся теперь в стеклянной витрине, возле которой и присел сейчас Ландсман со своим подносом. Сиживал он здесь и раньше, в ритме движения челюстей обозревая жуткий костяной ксилофон. Последний раз Ландсман сидел здесь с сестрой, примерно за год до ее смерти. Он тогда расследовал дело Горсетмахера, а она вернулась с компанией туристов-рыбаков.

Ландсман думает о Наоми. Балует себя, как будто куском пирога. Опасно и желанно, как стопарик сливовицы. Он изобретает диалог, вкладывает в ее призрачный рот слова, которыми она могла бы дразнить и высмеивать брата. За идиотское валяние в снегу с бандюками Зильберблатами. За распивание имбирного эля на заднем сиденье дурацкой таксы-четырехколески в компании набожной старухи. За самоуверенность в борьбе с пьянством и с убийцами

Менделя Шпильмана. За утрату бляхи. За равнодушие к Реверсии и за отсутствие твердой жизненной позиции. Его сестра ненавидела евреев за их покорную веру в волю Господа и за доверие к язычникам. Кого-кого, а Наоми в отсутствии позиции не обвинишь. У нее по любому вопросу построена позиция: укрепленная, ухоженная, взлелеянная. У нее бы и по поводу выбора Ландсманом пирога и кофе выявилась бы позиция, господствующая, разумеется.

— Профсоюз еврейских полицейских, — приветствует его дочь пирожников, усаживаясь на ту же скамью. Она сняла передник и вымыла руки. Мукой слегка припорошены лишь ее веснушки в районе локтевых сгибов. Немного муки и на светлых бровях. Прическу определяет черная резинка, стянувшая волосы в конский хвост на затылке. Лицо у нее как-то навязчиво некрасиво, глаза сильно разбавленной голубизны. Возрастом она Ландсману почти ровесница. Пахнет от нее сливочным маслом, табаком и дрожжевым тестом. Этот букет Ландсман находит жутковато эротичным. Дочь пирожников подпаливает ментоловую сигарету и запускает в его сторону клуб дыма. — Что-то новенькое.

Сигарета остается во рту, а рука пирожницы принимает от Ландсмана его ставшую столь популярной карточку. Она делает вид, что читает легко и бегло.

— Еврейский язык мне знаком, — заявляет она наконец. — Все ж не ацтеки какие-нибудь.

— Я на самом деле полисмен, — говорит Ландсман. — Но расследование частное, потому я без бляхи.

— Покажите фото.

Ландсман протягивает ей снимок. Собеседница кивает, панцирь ее самообладания лопается по шву.

— Мисс, вы его узнали.

Она возвращает фото, трясет головой, хмурится.

— Что с ним случилось?

— Убит. Выстрелом в голову.

— Гос-споди...

Ландсман вынимает нераспечатанную пачку салфеток, передает пирожнице. Та сморкается и комкает использованную бумажку в руке.

— Как вы его узнали?

— Я его подвезла. Один раз.

— Куда?

— В мотель на трассе номер три. Он мне понравился. Смешной. Очень приятный. Какой-то уютный. Путаный немножко. Сказал мне, что у него проблема с наркотой, но что он пытается от нее избавиться. Он был какой-то... Его присутствие...

— Утешало?

— М-м... Нет. Но ощущалось. Он был, присутствовал. С час примерно мне казалось, что я в него влюбилась.

— Но это только показалось?

— Теперь этого уже не узнать.

— Вы с ним переспали?

— О, вы настоящий коп. Ноз, так?

— Совершенно верно.

— Гм. Нет, секса не было. Я хотела. Потащилась за ним в комнату. Даже, как бы это сказать... приставала к нему. Напирала, там... Набросилась. А он хоть бы что. То есть вежливый и все такое, но у него другие проблемы. Зубы. В общем, он понял, что к чему.

— Что понял?

— Понял мою проблему. С мужиками. Слабость в коленках. Только не подумайте чего, вы мне не нравитесь.

— Нет-нет, мэм, что вы!

— Я лечилась. Двенадцатишаговый курс. Я как будто заново родилась. Но единственное, что на самом деле спасало — пироги!

— Неудивительно, что они так хороши.

— Ха!

— Итак, он ваше... предложение... отверг.

— Да. Но очень, очень вежливо. Рубашку на мне застегнул. Я как девчонка себя чувствовала. И он мне дал... Дал, чтобы я сохраняла при себе...

— Что?

Она опустила голову, кровь интенсивно прилила к ее лицу. Ландсману показалось, что он слышит ее пульс. Следующие слова собеседница произнесла гулким шепотом:

— Благословение. Он меня благословил.

— Наверняка парень был голубой.

— Да, он мне сказал. Но это слово не использовал. А если использовал, то я забыла. Он вроде сказал, что его *это* больше не волнует. Что героин проще и надежнее. Героин и шашки.

— Шахматы. Он играл в шахматы.

— Во-во, я и говорю. Но его благословение еще действует, ведь так?

Видно было, какого ответа она ожидает.

— Конечно, действует, — уверенно заявил Ландсман.

— Смешной такой маленький еврейчик. Странный. А надо же... Оно ведь сработало, правда.

— Что?

— Его благословение. У меня сейчас впервые за всю жизнь постоянный парень. У нас, типа, регулярные свиданки. Даже странно как-то.

— Я рад за вас обоих. — Ландсман почувствовал зависть к ней, ко всем тем, кого Мендель Шпильман оделил своим благословением. Вспомнил о случаях, когда он проходил мимо, не замечая Шпильмана и не подозревая о близости своего шанса. — Значит, вы подвезли его в мотель, потому что, как говорится, «положили на него глаз»? Вы хотели воспользоваться случаем?

— Поиметь его? — Пирожница бросила недокурок сигареты на пол и придавила его меховым сапогом. — Я отвезла его по просьбе знакомой. Она называла его Фрэнком. Она доставила его откуда-то на своем самолете. Она летала. Вот и попросила меня его отвезти и помочь устроиться за земле, так она сказала. Что ж, я сразу согласилась.

— А звали эту вашу знакомую Наоми.

— Угу. Вы ее знали?

— Я знаю, как ей нравились ваши пироги. Фрэнк с ней часто летал?

— Может быть. Но точно не знаю. Не спросила. Сюда они прилетели вместе. Он ее нанял, что ли. Вы это запросто могли бы узнать. С этой вашей карточкой.

Ландсмана охватывают немота и желанная умиротворенность. Чувство обреченности. Как будто он испытал парализующий укус змеи, предпочитающей сожрать добычу живую, но спокойную. Пирожница, дочь пирожников, склоняет голову к стоящему меж ними на скамье подносу, к нетронутому пирогу.

— Обижаете кулинара, начальник.

28

На всех снимках за долгий период их детства Ландсман запечатлен, рукой обнимающий сестру за плечи. На ранних фото ее макушка не достает до его пупка. На последнем — на верхней губе Ландсмана заметен пушок, а разница в росте сократилась до одного, самое большее двух дюймов. При первом взгляде на эти фотографии возникает идиллическое впечатление: заботливый старший брат готов защитить сестренку от всяческих напастей. Просмотрев семь-восемь снимков, замечаешь угрожающий оттенок защитного жеста. После дюжины возникает беспокойство относительно этих братика и сестрички. Прижавшись друг к дружке, прилежно улыбаются в фотокамеру дети, позирующие для снимка объявления об усыновлении.

— Бедные сиротки, — высказалась однажды Наоми, листая старый альбом. Фото удерживались на глянцевом картоне прозрачной пленкой, придававшей им вид вещественных доказательств. — Милые крошки ищут новый дом.

— Разве что Фрейдль еще была жива, — заметил Ландсман, сознавая, что его поправка звучит упреком сестре. Мать их умерла от мгновенно развившейся раковой опухоли, с разбитым сердцем, узнав, что дочь ее бросила колледж.

— Спасибо за справку, — огрызнулась Наоми.

Пересматривая альбом в последний раз, Ландсман не мог избавиться от впечатления, что этот мальчик на снимках удерживает сестру, стараясь не дать ей взлететь и врезаться в гору.

Трудным ребенком была его сестра, значительно более трудным, чем был или старался быть он сам. Разница в возрасте всего в два года, и все, что Ландсман ни делает или утверждает, может подвергаться сомнению и ниспровержению. В детстве сестра была пацанкой, а выросши, блистала мужиковатостью. Когда какой-то пьяный осел спросил, не лесбиянка ли она, Наоми ответила:

— Во всем, кроме секса.

Стремление летать привил ей один из первых ее парней. Ландсман никогда не приставал к сестре с расспросами, чего ради она так пыжилась, добивалась лицензии пилота, зачем вломилась в крутой гомоидиотический мир диких летунов тундры. Его лихая сестрица неуважительно относилась к пустопорожним толкам и размышлениям. Как понимает это Ландсман, крылья летящего самолета постоянно пребывают в состоянии борьбы с воздухом, в котором находятся; взрезают, взбивают, взвихряют его; изгибают и искажают его потоки. Пробивают себе путь, как лосось сквозь течение, к истокам которого стремится за смертью своей. Как лосось, сионист синей речки, мечтающий о своем роковом доме, Наоми истратила всю свою силу на борьбу.

Нельзя сказать, что боевой настрой определял поведение Наоми, ее осанку и улыбку. «Эррол-Флинновскую» крутую морду она строила лишь изредка и в шутку, а при очередной жизненной неудаче вовсю скалила зубы. Пририсуй ей черным карандашом усы, и можешь смело послать с абордажной саблей на борт пиратского парусника. Лишних сложностей в ее характере не наблюдалось, и этим сестра резко отличалась от всех других знакомых Ландсману женщин.

— Еще та была баба! — говорит Ларри Спиро, руководитель службы управления воздушным движением аэропорта Якови.

Спиро — тощий сутулый еврей из Шорт-Хиллз, штат Нью-Джерси. Мексиканец. Для евреев Ситки все с юга — мексиканцы. «Мексиканцы» обзывают ситкинских айсбергерами или замороженными отморозками. Толстые линзы очков Спиро исправляют астигматизм, но не влияют на мерцающий в его глазах скепсис. Жесткая проволока волос лучится с его головы, как графический атрибут возмущения на газетной карикатуре. На Спиро белая оксфордская рубаха с монограммой на кармашке и красный галстук с золотой продрисью. Импровизируя перформанс «в ожидании виски», Спиро с наслаждением подтягивает рукава.

— Christ! — Как и большинство работающих в округе Ситка мексиканцев, Спиро нашпигован американизмами. Для евреев-янки округ Ситка — край краев земных, Хатцеплац, ничто на задворках пустоты. Американский для такого еврея, как Спиро, — соломинка, которая высосет его из этого дурацкого коктейля бессмыслицы обратно в реальный мир. Спиро улыбается. — Никогда я не видал женщину, которая бы так притягивала к себе всякие дрязги.

Они устроились в нише гриль-бара «Скагуэй Эрни» в приземистой алюминиевой пристройке, которая когда-то вмещала весь аэропорт. Спокойно сидят, ждут заказанных бифштексов. Многие считают, что «Скагуэй Эрни» — единственное место между Анкориджем и Ванкувером, где можно получить приличный бифштекс. Его хозяин Эрни ежедневно получает свои бифштексы с кровью, доставленные по воздуху из Канады запакованными в лед. Меблировка и декор излишествами не блещут: винил, сталь да ламинат. Тарелки пластиковые, салфетки, дипломатично выражаясь, гофрированные. Заказываете вы у стойки, получаете номерок на проволоке, по которому вас и определяет подавальщица. Персонал преклонного постпенсионного возраста, пола женского, однако сильно напоминает манерами и внешностью дальнобойных водителей большегрузных фур. Атмосфера заведения определяется его лицензией на продажу спиртного и клиентурой: теми же пилотами, охотниками, рыбаками, всякими штаркерами и дельцами невидимого фронта. В пятницу вечером, в разгар сезона, здесь можно купить-продать все, что угодно, от свежей лосятины до кетамина, и услышать наиболее изысканное вранье.

В шесть вечера в понедельник присутствует публика менее колоритная и многочисленная: персонал аэропорта да пилоты. Мирные евреи, работяги в вязаных галстуках. Да и истории в воздухе журчат поскромнее. Один американец на ломаном идише повествует, как однажды одолел три сотни миль, не замечая, что летит вниз головой. Стойка бара ради понедельника не изменилась: неуклюжий носорого-бегемот, лживо-викторианский, но из настоящего дуба. Стойка спасена из лопнувшего ковбойского бара в центре Ситки.

— Дрязги-передряги, да, — соглашается Ландсман. — От начала и до конца.

Спиро хмурится. В тот день, когда самолет Наоми врезался в гору Дункельблюм, он дежурил на вышке. Диспетчеры никак не могли повлиять на события, но вспоминать об этом все равно неприятно. Спиро расстегивает молнию на пластиковой папке и достает оттуда толстый синий сшиватель с одним толстым сброшюрованным документом и несколькими отдельными листками.

— Я еще разок заглянул, — мрачно сообщает он. — Метеоусловия благоприятные. С профилактикой она несколько затянула. Связь самая банальная.

— Угу, — промычал Ландсман.

— Что-нибудь новое хочешь найти?

— Не знаю, Спиро. Смотрю, просто смотрю.

Ландсман пролистывает экземпляр заключения комиссии ФАА, откладывает его и переходит к листкам.

— Это план полета, о котором ты спрашивал. Утро перед катастрофой.

Ландсман всматривается в формуляр, подтверждающий, что пилот Наоми Ландсман на летательном аппарате «Пайпер Суперкаб» собирается совершить полет с одним пассажиром на борту из Перил-Стрэйт, штат Аляска, в Якови, округ Ситка. Формуляр — обычная распечатка на принтере, шрифтом «Таймс роман» двенадцатого кегля.

— Значит, она позвонила, — Ландсман всматривается в графу даты-времени, — в половине шестого?

— Она использовала автоматизированную систему. Чаще всего так делают.

— Перил-Стрэйт. Это где-то у Тенаки?

— Да, чуть южнее.

— Значит, лететь оттуда сюда два часа?

— Примерно так.

— Странный оптимизм, — заметил Ландсман. — Наоми указала время прибытия восемнадцать пятнадцать. Через сорок пять минут с момента регистрации.

Спиро всяческие аномалии отталкивают и притягивают. Он берет папку, пролистывает документы, которые он собрал и скопировал после того, как согласился на предложение Ландсмана заказать ему стейк.

— Но она и прибыла вовремя. Вот отметка: восемнадцать семнадцать.

— Значит... Значит... — Что значит? Или она покрыла двухчасовой маршрут от Перил-Стрэйт до Якови за три четверти часа, или... Или Наоми изменила свои планы и решила приземлиться в Якови, когда была в воздухе и летела куда-то еще.

Прибыли бифштексы. Официантка заменила номерки толстыми кусками канадской говядины. От них исходит святой дух. Они божественно выглядят. Но Спиро их не замечает. Он зарылся в бумаги.

— О'кей, вот предыдущий день. Она вылетела из Ситки в Перил-Стрэйт с тремя пассажирами. Взлет в шестнадцать ноль ноль, посадка в восемнадцать тридцать. Выходит, когда они туда прибыли, уже стемнело. Естественно, ночевка. На следующее утро... Гм...

— Что?

— Вот. Похоже, она сначала хотела вернуться в Ситку. Сначала. В Ситку, не в Якови.

— С пассажирами?

— Без.

— И, пролетев какое-то время, как мы полагаем, в Ситку одна — а на самом деле с каким-то пассажиром на борту, — она вдруг меняет направление на Якови.

— Так это и выглядит.

— Перил-Стрейт. Что такое этот Перил-Стрейт?

— Да то же, что и все остальное. Лоси, медведи, олени. Рыба. Все, что еврей жаждет угробить.

— Мне так не кажется, — поджимает губы Ландсман. — Не похоже это на рыбачью вылазку.

Спиро хмурится, встает и направляется к стойке. Подсаживается к какому-то американцу. Губы Спиро шевелятся, американец молча уставился в стойку перед собой. Затем кивнул, и оба шагают к Ландсману.

— Роки Китка, — представляет их друг другу Спиро. — Детектив Ландсман. — И, поставив точку, набрасывается на свой бифштекс.

Китка. Черной кожи штаны и жилетка. На голое тело. Жилетка, во всяком случае. Если не считать обильной татуировки на местные темы. Моржи, киты, бобры — все зубастые, кроме обвившего левый бицепс угря с хитрой мордой… или это змея?

— Вы пилот? — интересуется Ландсман.

— Нет, я коп со стажем, — выпаливает Китка и смеется, растроганный собственным остроумием.

— Перил-Стрейт. Вы там бывали?

— Впервые слышу.

Это тоже следует понимать как шутку.

— Что вы о нем скажете?

— Только то, что видно сверху.

— Китка, — размышляет Ландсман. — Фамилия индейская.

— Отец мой тлингит. Мать шотландско-ирландско-германско-шведско… еще много каких кровей… но не еврейских.

— Много там туземцев в Перил-Стрейт?

— Да вообще никого, кроме них. — Тут Китка вспоминает, что ничего о той местности ему неизвестно, и переводит взгляд на бифштекс. Взгляд голодный.

— Белых нет?

— Один-два...

— А евреи?

Взгляд Китки деревенеет.

— Ничего не знаю.

— Мне надо кое-что там расследовать. Кое-что, интересное для еврея из Ситки.

— Там вообще-то Аляска. Еврейский коп может, конечно, расспрашивать там кого угодно, это ясно, но вот кто его там услышит...

Ландсман отодвигается от своего бифштекса.

— Давай, дорогой, — воркует он на идише. — Кончай его гипнотизировать. Он твой. Я его не трогал.

— А вы как же?

— У меня аппетита нет. Не знаю почему.

— Нью-Йорк? Люблю Нью-Йорк.

Китка садится. Ландсман пододвигает тарелку прямо ему под нос. Он занимается своим кофе, следя, как соседи по столу уничтожают заказанные им бифштексы. Китка на глазах оттаивает, раскрывается.

— Черт, ласковый бычок, — провожает Китка последний глоток мяса и заливает его ледяной водой из красного пластмассового стакана. Смотрит на Спиро, на Ландсмана, отводит взгляд в сторону. Утыкается глазами в стакан.

— Цена бифштекса, — криво усмехается он. — Есть там странноватое ранчо, говорят. Для религиозных евреев, севших на наркотики или спившихся. Вроде даже ваши бороды на сладенькое падки.

— Вполне логично, — комментирует Спиро. — Подальше от глаз чужих. Позору много.

— Но ведь дело-то сложное, — сомневается Ландсман. — Получить разрешение на открытие любой еврейской лавочки — проблема, а тут еще в заповедной зоне... Даже для лавочки благотворительной.

— Ну, не знаю. За что купил, за то и продаю. Может, конечно, вранье все.

— Чушь собачья! — восклицает вдруг Спиро, снова углубившийся в досье.

— Что такое? — настораживается Ландсман.

— Вот я смотрю все по порядку, но кое-чего не пойму... Я не вижу ее плана полета. Плана того, рокового полета. Из Якови в Ситку. — Спиро вынимает «шойфер», нажимает две клавиши, ждет. — Я знаю, что она зарегистрировалась. Я помню, что видел его... Белла, привет, это Спиро. Проверь, пожалуйста, для меня, выведи план полета. — Он диктует дежурной имя и фамилию Наоми, дату и время ее последнего полета. Да-да, давай.

— Вы мою сестру знаете, мистер Китка?

— Можно сказать, что знаю. Как-то она мне дала отлуп.

— Вы не одиноки, — утешил летчика Ландсман.

— Не может быть, — отчеканил Спиро. — Проверь, как следует.

Молчание. Четыре глаза внимательно следят за Спиро. Тот ждет с трубкой у уха, вслушивается.

— Что за ерунда, Белла? Я сейчас буду.

Он отключает аппарат. По виду его можно заподозрить, что прекрасный бифштекс колом встал в его желудке.

— В чем дело? — спрашивает Ландсман, не нуждаясь в ответе.

— Плана полета нет в базе данных. — Спиро встает, собирает разложенные по столу листки. — Но его номер упоминается здесь, в актах расследования катастрофы. — Он замолкает. — А может... Может?..

Он роется в страницах толстой подшивки документов по расследованию ФАА катастрофы на северо-западном склоне горы Дункельблюм.

— Кто-то здесь побывал, — цедит он сквозь плотно сжатые губы. — Кто-то порылся. — Он обдумывает все, хорошенько взвешивает, выражение лица его меняется, губы обвисают. — Очень толстой волосатой лапой.

— Такой, к примеру, лапой, которая может протолкнуть разрешение устроить приют для сирых и увечных евреев на индейской земле.

— Лапой, слишком для меня толстой, — подытоживает Спиро, захлопывает папку и сует ее подмышку. — Я должен идти, прошу прощения, детектив Ландсман. Спасибо за бифштекс.

Он убегает, а Ландсман вытаскивает мобильник и набирает аляскинский номер. Отвечает женский голос, и Ландсман произносит имя:

— Вилфрида Дика, пожалуйста.

— Господи Иисусе, — вырывается у Китки. — Это ж надо...

Но отвечает Ландсману дежурный сержант:

— Инспектора нет. В чем дело?

— Может, вы располагаете информацией о ранчо-приюте в районе Перил-Стрейт? Врачи бородатые и все такое...

— Бет Тиккун? — В устах сержанта эти два серьезных слова звучат как имя знакомой ему легкомысленной девицы и рифмуются с «chicken»*. — Ну, знаю, слыхал.

Знание это, опять же судя по его интонации, пока не принесло сержанту радости и вряд ли принесет и в дальнейшем.

— Я бы туда хотел заехать ненадолго. Скажем, завтра. Сложностей не возникнет?

Сержант долго ищет ответ на этот, казалось бы, простой вопрос.

— Завтра... — вымучивает он наконец, явно не зная, как выпутаться.

— Да, я хочу быстренько слетать туда и обратно. Осмотреться.

— Гм...

---

¹ Цыпленок (*англ.*).

— Не понимаю, сержант. Этот Бет Тиккун, что, ненадежное место?

— Не хотел бы высказывать свое мнение. Сами знаете, инспектор Дик суров. В общем, я передам ему, что вы звонили.

— У вас свой самолет, Роки? — спрашивает Ландсман, гася разговор средним пальцем.

— Был. В покер проиграл. Теперь работаю на одного еврея.

— Ну, извините.

— Да ничего.

— Короче, не возьметесь подкинуть меня в этот храм духовного возрождения на Перил-Стрейт?

— Завтра я лечу на Фрешуотер-Бей. Могу слегка свернуть вправо, закинуть. Ждать там с включенным счетчиком не собираюсь. — Китка ухмыляется бобровыми зубами. — Но это обойдется вам дороже, чем бифштекс.

29

Травяная пролысина, зеленая брошь, приколотая на уровне ключицы к черному пальто соснового леса, затянувшего мощный корпус горы. В центре этой зеленой бреши вокруг фонтана столпились несколько строений, соединенных тропками и разделенных пятнами газонов и гравия. В отдалении пятно футбольного поля, окруженное овалом беговой дорожки. Все вместе взятое напоминает лесную школу для заблудших остолопов из богатых семейств. Полдюжины молодцов в шортах и свитерах с капюшонами рысят по беговой дорожке. Остальные сидят или валяются на поле, потягиваясь, разминаясь. Буквы людского алфавита на зеленой странице. Самолет кренится над полем, капюшоны шевелятся, как стволы зенитных пулеметов. С высоты, конечно, судить трудно, но у Ландсмана создается впечатление, что разминающихся на поле господ очень трудно принять за больных и немощных. Ближе к деревьям Ландсман замечает темную фигуру. Правая рука человека согнута в локте и приложена к уху. Он сообщает кому-то: к нам гости. За деревьями зеленая кровля, белеют какие-то кучи, возможно, снега.

Китка терзает свою колымагу так, что железо стонет и рычит, роняет самолет на полсотни метров, затем снижает понемногу. Ландсману кажется, что он рычит и стонет вместе с машиной. Наконец поплавки коснулись воды. «Лайкоминг» затихает, и Китка может наконец обнаружить свои затаенные мысли.

— Вот уж не думал, не гадал. Но шести сотен за это, ей-богу, немного.

Через полчаса после взлета Ландсман решил сдобрить путешествие доброй долей содержимого своего желудка. Самолет, провонявший перегнившей кровью многочисленных лосей, казался вполне подходящим местом для наказания Ландсмана за нарушение обета, данного после гибели сестры: никогда более не подходить близко к таким летающим посудинам. Поскольку за последние дни Ландсман почти ничего не ел, рвоту его можно считать своеобразным достижением.

— Извини, Роки, — бормочет Ландсман, пытаясь оторвать взгляд и голос от уровня носков. — Я, похоже, немного не в форме.

В последний свой полет с сестрой на ее «Суперкабе» Ландсман проявил себя молодцом. Но то был хороший самолет, Наоми — отличный пилот, полет состоялся в прекрасную погоду, а главное — Ландсман был пьян. В этот раз он летел в прискорбном состоянии алкогольного неопьянения, трезвый как стеклышко. Три чашки паршивого кофе взбудоражили его нервную систему. Вместе с самолетом в Якови взлетел и припадочный ветер, гнавшийся за машиной и тыкавшийся в нее с разных сторон. И перед панелью управления сидел весьма посредственный пилот, неуверенность которого толкала на рискованные поступки. Ландсман болтался в брезенте старого двести шестого, который руководство «Местных авиалиний Теркеля» решилось доверить Роки Китке. Самолет трясся, все болты ландсмановского скелета разболтались, винты вывинтились, череп выпихнул глазные шарики, закатившиеся куда-то под отопитель кабины. Уже над Болотными горами Ландсман горько пожалел о нарушении обета.

Китка распахнул дверцу, выпрыгнул на пирс со швартовочным концом в руках. За ним на серые кедровые доски выполз пассажир, поморгал, выпрямился, вдохнул терпкий сосновый воздух с примесью приморской гнили. Поправил узел галстука и шляпу.

Перил-Стрейт — неразбериха разнородной судовой мелочи и хижин, формой и цветом напоминающих проржавевшие насквозь двигатели посудин много большего размера, чем болтающиеся на мелкой волне у причалов и мостков. Композиционный центр ансамбля — заправочная станция. Дома на сваях, напоминающих ноги иссохших старух. Меж домов виляют деревянные мостки, ищут дорогу к берегу. Вся куча удерживается от расползания сетями и тросами. Деревня кажется выброшенной на берег грудой останков затонувшего где-то далеко большого города.

Пристань для гидропланов смотрится пришельцем из иного мира. Выглядит она солидно, как будто вчера построена, сверкает свежей краской. Предназначена для использования людьми с деньгами. От берега ее отделяют стальные ворота. От ворот металлическая лестница зигзагами карабкается на холм, к венчающей его лужайке. Кроме лестницы вверх взбирается и рельсовая колея для подъема того, что не может воспользоваться лестницей. На небольшой металлической табличке надпись на идише и на американском: «ЛЕЧЕБНЫЙ ЦЕНТР БЕТ ТИККУН». Пониже еще одна надпись, уже только по-американски: «ЧАСТНАЯ СОБСТВЕННОСТЬ». Ландсман задерживает взгляд на еврейских буквах. Как-то неуместно уютно выглядят они здесь, в диком углу острова Баранова, как сборная команда еврейских полицейских в черных костюмах и шляпах.

Китка набирает из крана технического водопровода полный «стетсон» воды и выплескивает его в салон самолета, затем многократно повторяет процедуру. Ландсман замирает, сознавая себя причиною этого неудобства, но Китка и рвота — старые знакомые, так что улыбка не исчезает с лица пилота. Он выскребает пол кабины краем пластиковой обложки гринписовского путеводителя по китам и тюленям, выполаскивает сам путеводитель, встряхивает его. Застыв в двери самолета, смотрит на Ландсмана, стоящего на причале. Волна плещет о поплавки «Чесны», бьется в сваи. В ушах Ландсмана свистит ветер со Стикин-ривер, шевелит поля шляпы. Наверху, в поселке, какая-то женщина кричит — зовет ребенка или мужа. Воет, передразнивает ее собака.

— Думаешь, эти, там, не знают, что к ним гости? — кивает в сторону «частной собственности» Китка. Улыбка на его физиономии вянет, становится какой-то чахоточной.

— Я уже наносил внезапные визиты на этой неделе. И ничего хорошего из этого не вышло. — Ландсман вынул из кармана «беретту», проверил магазин. — Их врасплох не застанешь.

— Но ты хоть знаешь, кто они такие?

— Нет. А ты?

— Честно, брат, знал бы — не утаил бы. Хоть ты мне и заблевал весь пол.

— Кто бы они ни были, я думаю, что они убили мою сестренку.

Китка переваривает это сообщение, как будто выискивая в нем слабые точки.

— Мне к десяти надо быть во Фрешуотере, — говорит он извиняющимся тоном.

— Конечно, конечно. Я понимаю.

— Иначе я б тебе помог.

— Да брось ты. Не твое это дело.

— Так-то оно так, но Наоми… Зашибись была девка.

— Еще бы.

— Я ей, правда, никогда не нравился.

— В жизни не угадать было, кто ей завтра понравится.

— Ну, ладно. — Китка выгреб из кабины носком роперовского сапога еще ложку воды. — Ты там поосторожней.

— Нет, поосторожней я не умею.

— Вот и она тоже не умела. Твоя сестра.

Ландсман подошел к воротам, для порядка подергал ручку. Перекинул сумку на другую сторону, полез вслед за ней по решетке. На самом верху башмак засел между прутьями, сорвался с ноги, шлепнулся наземь. Ландсман спрыгнул, грузно плюхнулся вслед за башмаком. Прикусил язык, болван, почувствовал во рту соленый вкус крови. Отряхнулся, оглянулся. Китка смотрит вслед. Свидетель. Ландсман машет Китке, тот через секунду повторяет жест. Захлопывает дверцу. Мотор оживает, пропеллер исчезает в мутном круге своего вращения.

Ландсман взбирается по лестнице. Сейчас он не в лучшей форме. Хуже, чем при подъеме к квартире Шемецев в пятницу утром. Всю эту бессонную ночь он проворочался на набитом булыжниками матрасе мотеля. Позавчера в него стреляли, валяли его в снегу. Знобит, голова кругом. Какой-то таинственный крюк подцепил за ребро грудную клетку, в левом колене застрял кривой ржавый гвоздь. Приходится остановиться, запалить паллиативную сигарету. Он следит, как «Чесна» ползет к утренним облакам, оставляя его в полном одиночестве.

Ландсман перегибается через ограждение лестницы, нависает над пустынным побережьем, над деревней. На загогулинах мостков появляются какие-то люди, следят за ним. Он машет им рукой, они отвечают. Ландсман затаптывает окурок, продолжает подъем. Уже не слышно плеска волн, постепенно затихает карканье ворон. Теперь он слышит лишь собственное дыхание да колокольный перезвон подошв по металлическим ступеням. Сумка поскрипывает.

Вверху на флагштоке два куска ткани. Один изображает полосатый матрац дяди Сэма, заштопанный на углу прямоугольной синей заплатой с белыми блямбами. Другой поскромнее, белый с бледно-голубой звездой Давида. Флагшток торчит из кучи выбеленных валунов, окаймленных по окружности бетонным бордюром. У основания латунная пластинка с гравировкой: «ФЛАГШТОК СООРУЖЕН НА СРЕДСТВА, ЛЮБЕЗНО ПРЕДОСТАВЛЕННЫЕ БАРРИ И РОНДОЙ ГРИНБАУМ, БЕВЕРЛИ-ХИЛЛЗ, ШТАТ КАЛИФОРНИЯ». От флагштока отходит дорожка, ведет прямиком к самому большому из замеченных Ландсманом с воздуха зданий. Остальные — невыразительные коробки в тени кедров, но главное воздвигнуто с размахом и с замахом на какой-то неведомый стиль, «украшено архитектурою». Кровля щипцовая, выполнена из ребристой стали, выкрашена зеленой краской. Окна сдвоенные с рельефными наличниками. С трех сторон здание охватывает крыльцо-веранда, крыша которого подперта неокоренными бревнами хвойных пород. В центре от бетонной дорожки на веранду ведут бетонные ступени.

На верхней ступеньке двое. Глядят на приближающегося Ландсмана. Две могучих бороды, но без пейсов. Ни черных рейтуз, ни черных шляп. Тот, что слева, молод. Лет тридцать, не больше. Высокий, даже длинный лоб торчит бетонным надолбом, а челюсть как будто подвешена. Борода какая-то бессистемная, кое-где свивается в несолидные курчавинки, щеки скрыты не полностью. Естественно, при галстуке. Руки висят по бокам какими-то головоногими. Ландсман читает в его пальцах томное стремление к кадыку, пытается угадать на костюме выпуклость пистолета.

Второй ростом, весом, сложением напоминает самого Ландсмана. Разве что в талии покруглее. Опирается на трость темного дерева с гнутой рукоятью. Борода угольно-черная с сизыми включениями, подстриженная, очень доброжелательная борода. Он в твидовом костюме-тройке. Пыхтит трубкой, чем-то напоминающей его трость. На лице удовлетворение, граничащее с восхищением. Добрый доктор, встречающий пациента, которому непременно следует помочь. На ногах у него мокасиновые полуботинки с кожаными шнурками.

Ландсман останавливается перед нижней ступенькой и щитом выставляет вперед свою сумчонку. Где-то дятел постукивает костяшками домино. Шуршат иглы спящих ежей и сонных сосен. Три человека при крыльце — и никого более на всей Аляске. Если не считать тех, кто следит за ним сквозь перископы, прицелы, через щелочки в занавесах, сквозь замочные скважины. Распорядок дня, прерванный его появлением, подвис, завис, заклинился. Сломанные спортивные игры, недомытые чашки, недоеденная яичница, недопахнувшие тосты…

— Не знаю, что вам и сказать, — говорит молодой и высокий. Голос его слишком долго метался в его недрах, стукался о внутренние перегородки и теперь звучит ушибленным и недовольным жизнью стариканом. — Вы, должно быть, заблудились. И упустили свое средство передвижения.

— Но я ведь куда-то попал? — спрашивает Ландсман.

— Вам здесь нечего делать, мой друг, — звучит голос из твида. Волшебное слово «друг» вытягивает из его облика всю дружелюбность.

— Но мне тут забронировали место, — уверяет Ландсман, не спуская глаз с беспокойных пальцев молодого. — Я моложе, чем кажусь.

Откуда-то из деревьев доносится звук игральных костей, встряхиваемых в стаканчике.

— Ну, ладно, я не пацан, и никто мне тут ничего не бронировал, но у меня существенные проблемы со злоупотреблением.

— Мистер… — Твид спускается на ступеньку. Ландсман чует горькую вонь его трубочного перегара.

— Послушайте, — заклинает он. — Я много слышал о ваших добрых делах, так? Я чего только не перепробовал. Может, я перебрал, но мне некуда больше удрать, некуда податься.

Твидовый человек поворачивается в сторону высокого, оставшегося наверху. Кажется, они не имеют представления, кто такой Ландсман и что им с ним делать. Программа развлечений последних дней, не в последнюю очередь пытка полетом, похоже, стерла с Ландсмана все признаки копа. Он надеется и опасается, что выглядит забулдыгой-неудачником, у которого за душой ничего, кроме его потертой сумки.

— Помогите мне, — молит Ландсман и с удивлением чувствует слезы в глазах. — Мне... хуже некуда. — Голос его дрогнул. — Я на все готов.

— Как вас зовут? — спрашивает высокий. В глазах его нет враждебности. Они жалеют это существо, не испытывая к нему симпатии или интереса.

— Фельнбойгер, — вытаскивает Ландсман фамилию из древнего протокола допроса. — Лев Фельнбойгер.

— Кто-нибудь знает, что вы сюда направились, мистер Фельнбойгер?

— Только жена. Ну, пилот, конечно.

Ландсман видит, что эти двое достаточно знают друг друга, чтобы обменяться эмоциональными аргументами и контраргументами, не используя ничего, кроме глаз.

— Я доктор Робуа, — говорит наконец высокий, окончив безмолвный обмен любезностями с коллегой и оппонентом. Рука его начинает движение в направлении Ландсмана, как будто стрела крана с грузом на вывешенном вниз крюке. Ландсман пытается уклониться, но крюк настигает его. — Прошу вас, мистер Фельнбойгер, входите.

Ландсман шагает с ними по ошкуренным доскам крыльца. Вверху, между балками, замечает осиное гнездо, но, похоже, оно тоже оставлено обитателями, как и все остальные сооружения здесь, на вершине холма.

Они входят в пустой вестибюль, оформленный как приемная ортопеда. Пластиковые стены, синтетический ковер цвета картонки для яиц. На стенах традиционная фотодрянь: виды Ситки, рыбацкие катера, бакалавры ешивы, кафе на Монастир-стрит, свингующий клезмер, что-то вроде стилизованного Натана Калушинера. Ландсману кажется, что вся эта фотовыставка вывешена здесь специально к его приходу, только что. Ни пепелинки в пепельницах. Аккуратные стопочки брошюр «Наркотическая зависимость: кому выгодно?» и «Жизнь: своя или взаймы?».

На стене скучает термостат. Пахнет вычищенным ковром и трубочным дымом. Над дверью приклеена табличка с надписью: «ОБСТАНОВКА ВЕСТИБЮЛЯ ПОЖЕРТВОВАНА БОННИ И РОНАЛЬДОМ ЛЕДЕРЕР, БОКА-РЕЙТОН, ШТАТ ФЛОРИДА».

— Присаживайтесь, — густым приторным голосом предлагает доктор Робуа. — Флиглер!

Человек в твидовом костюме проходит к французскому окну, открывает его левую половину, проверяет задвижки вверху и внизу, закрывает окно, запирает и кладет ключ в карман. Отходит от окна, проходит мимо Ландсмана, задев его твидовым плечом.

— Флиглер, — говорит Ландсман, нежно придерживая его за руку. — Вы тоже доктор?

Тот стряхивает руку Ландсмана, вынимает из кармана книжку спичек. — Еще бы, — отвечает он как-то без убежденности. Пальцами правой руки отрывает спичку от книжки, чиркает, зажигает ее и прижимает горящую головку к чашечке трубки, все это единым плавным сложным движением. В то время как его правая рука развлекает и отвлекает Ландсмана этим изящным перформансом, кисть левой руки ныряет в пиджак Ландсмана и выуживает оттуда «беретту».

— Вот в чем ваша проблема, — объясняет он, поднимая пистолет для всеобщего обозрения. — Внимательно следите за доктором.

Ландсман послушно следит за Флиглером, который подносит пистолет к внимательным медицинским глазам. Но в следующий момент где-то в голове Ландсмана оглушительно захлопывается дверь и он на мгновение отвлекается роем из тысяч ос, влетающих в портал его левого уха.

30

Ландсман приходит в себя лежа на спине. Видит ряд каких-то железных котелков, аккуратно висящих на крюках в трех футах над его головой. Ноздри Ландсмана щекочет ностальгический запах лагерного котла, баллонного газа, хозяйственного мыла, жареного лука, жесткой воды, рыболовного ящика. Металл многообещающе холодит затылок. Сам Ландсман вытянут на длинном прилавке из нержавейки, руки удерживаются наручниками за спиной, прижаты поясницей. Босопятый, обслюнявившийся, готовый к разделке, фаршировке с лимончиком и веточкой шалфея.

— Чего только о вас не болтают, — бормочет Ландсман, — но что вы людоеды, для меня все ж таки новость, извините.

— Я вас в рот не возьму, Ландсман, — отнекивается Баронштейн. — Даже если умирать с голоду буду и если мне вас на золоте сервируют. Острой пищи избегаю. — Габай ребе сидит на высоком табурете слева от Ландсмана, спрятав руки под передником бороды. Вместо знакомой униформы на нем новая пара из ткани х/б, рубаха заправлена в штаны и застегнута почти по горло, штаны как цементом приправлены. Плюха кипы на маковке смотрится естественно, все остальное — ни дать ни взять пацан из школьного спектакля с привешенной фальшивой бородой. Каблуки уперты в перекладину табурета, штаны поддернуты, обнажают гусиную кожу тощих голеней.

— Кто этот тип? — вопрошает длинный Робуа. Ландсман выворачивает голову и упирается взглядом в доктора, если он, конечно, действительно доктор. Робуа устроился у его ног, под ним такая же стальная табуретка. Темные пятна под глазами как будто наведены графитовым карандашом. Возле него стоит нянюшка Флиглер с тросточкой на ручке, следит за дотлевающей сигаретой в правой руке, левая зловеще покоится в кармане. — Откуда вы его знаете?

На стене вывешен на магнитной планке поражающий полнотой и разнообразием набор ножей, ножичков, секачей, топориков, готовых для использования изобретательным поваром или шлоссером.

— Шамес по имени Ландсман.

— Полицейский? — удивляется Робуа и кривит физиономию, как будто раскусил подсунутую друзьями-шутниками конфету, начиненную горчицей. — А почему без бляхи? Мы бляхи при нем не нашли. Флиглер, была бляха?

— Ни бляхи, ни удостоверения, ничего при нем не было полицейского. Включая пушку.

— Что бляхи нет, это моя заслуга, — сообщает Баронштейн. — Не так ли, детектив?

— Вопросы здесь задаю я, — отзывается Ландсман, пытаясь поудобнее устроиться на схваченных наручниками собственных руках. — Возражения есть?

— Какая разница, есть ли при нем бляха, — ворчит Флиглер. — Здесь ваша еврейская бляха дерьма не стоит.

— Я прошу выбирать выражения, друг Флиглер, — сурово одергивает «нянюшку» Баронштейн. — И, кстати, прошу не в первый раз.

— Слышал, слышал, да с памятью у меня плохо.

Баронштейн строго смотрит на Флиглера. Скрытые железы его мозга выделяют яд, накапливающийся в пазухах, готовый выделиться наружу.

— Друг Флиглер склонялся к идее пристрелить вас и переместить подальше в лесок, — любезно сообщает он Ландсману, не сводя глаз с кармана Флиглера.

— Подальше, подальше в лес, — подтверждает Флиглер. — Зверушкам кушать надо.

— Традиционный курс лечения, доктор? — обращается Ландсман к Робуа, стараясь встретиться с ним взглядом. — Не удивительно, что Мендель Шпильман постарался выбраться отсюда как можно скорее. Прошлой весной. Запамятовали?

Они впились зубами в его слова, сосут их сок, прикидывают калорийность и насыщенность витаминами. Баронштейн выделяет в яд своего взгляда толику упрека в адрес доктора Робуа: «Ты ж его упустил, — шипит этот взгляд, — ты ж его не удержал, этого...»

Баронштейн нависает над Ландсманом, склонившись с табурета, голос угрожающе нежен. Изо рта несет резкой кислятиной. Сырные корки, хлебные корки, осадки кофе...

— А что вы поделываете, друг Ландсман, так далеко от родных пенат?

Баронштейн почему-то выглядит удивленным. Баронштейн возжелал информации. Возможно, думает Ландсман, это единственное желание и волнует душу этого еврея.

— Тот же вопрос я с тем же успехом мог бы адресовать и вам, — парирует Ландсман, прикидывая, насколько возможно, что Баронштейн здесь тоже всего лишь посетитель, чужак в некотором роде. Может, он тоже восстанавливает след Менделя Шпильмана, пытается выяснить, где сын ребе пересекся с убившей его тенью? — Что это за местечко такое, школа-интернат для заблудших вербоверских душ? Кто эти типы? Вы дырочку на ремне пропустили, рабби.

Баронштейн откидывается назад, пальцы его неспешно ощупывают ремень, на лице спешно испекается какая-то несмешная усмешка.

— Кто-нибудь знает, что вы здесь? Кроме летчика?

Ландсман ощущает укол испуга за голову Роки Китки, летящего сквозь жизнь незнамо куда. Немного ему известно об этих евреях из Перил-Стрейт, но похоже, что пилоту угрожает смертельная опасность.

— Какого летчика? Не знаю никакого летчика, — искренне недоумевает Ландсман.

— Полагаю, нам следует предположить худшее: эта позиция безнадежно скомпрометирована, — изрекает доктор Робуа.

— Вы слишком много времени вращались среди этих людей. Уже говорите и мыслите, как они, — говорит Баронштейн, не отрывая глаз от Ландсмана. Пальцы его расстегивают пояс и застегивают его снова на указанную Ландсманом дырочку. — Однако, вы, пожалуй, правы, Робуа. — Пояс Баронштейн затягивает с удовольствием истязателя, хотя объект наказания — он сам. — Но я готов биться об заклад, что Ландсман никому не проронил ни звука о предполагаемой экскурсии. Даже своему партнеру-индейцу. Он изгой, и это понимает. Его никто не поддерживает. Пикни Ландсман кому-нибудь — и его сразу начнут отговаривать, а то и категорически запретят ему вытворять очередные глупости. Все посчитали бы, что на его способность логически мыслить повлияла жажда отомстить за убийство сестры.

Брови Робуа встречаются на переносице, как две волосатых лапы в рукопожатии.

— Его сестра? А кто его сестра?

— Я прав, Ландсман?

— Когда же вы бываете неправы, Баронштейн! Только вот я изложил письменно все, что я знаю, в том числе и о вашей милости.

— Ой ли?

— О вашем липовом заведении по исправлению юных душ.

— Гм. Липовом... Гм...

— Прикрытие для ваших операций с Робуа и Флиглером и их могучими друзьями... то есть хозяевами. — Сердце Ландсмана бешено колотится в такт метаниям мысли. Ему очень интересно, зачем понадобилось каким-то евреям это немалое землевладение подальше от глаз людских, как они умудрились оттяпать у индейцев кус территории и разрешение на строительство нового уютного Макштетля. Может, перевалочный пункт для контрабанды человеческого материала, для вывоза евреев с Аляски без виз и паспортов? — Убийство Менделя Шпильмана и моей сестры с целью сокрытия ваших махинаций. Использование связей для сокрытия причины катастрофы.

— Письменно на бумаге?

— Да, на белой. И передал своему адвокату с указанием вскрыть в случае моего исчезновения.

— Вашему адвокату?

— Совершенно верно.

— Нельзя узнать, кому именно?

— Сендеру Слониму.

— Сендер Слоним. Гм... — Баронштейн кивает, как будто веря словам Ландсмана. — Добрый еврей, но плохой юрист. — Баронштейн соскальзывает с табурета, башмаки его разом бухают в пол, ставя точку в протоколе допроса. — У меня все, друг Флиглер.

Ландсман фиксирует слухом щелчок, движение подошвы по линолеуму, правым глазом — мелькание тени. Отточенная сталь у хрусталика. Ландсман дергает головой, но Флиглер сгребает его ухо и дергает. Ландсман сжимается в комок, пытается извернуться, но рукоять трости Флиглера врезается в рану на его затылке. Колючая звезда протыкает лучами глаза Ландсмана, и он превращается в колокол, гудящий болью. Флиглер переворачивает этот колокол на живот, резво взбирается верхом ему на спину, вздергивает голову Ландсмана вверх и назад, подносит к горлу нож.

— У меня нет бляхи, — хрипит Ландсман, адресуясь к Робуа, которого он сейчас считает наиболее сомневающимся евреем данного помещения, — но я все равно ноз. Убейте меня, и придется вам плясать под другую музыку, федеральную.

— Как же, — пыхтит со спины Флиглер.

— Маловероятно, — соглашается Баронштейн. — Никому из присутствующих в полиции служить не придется... или более не придется.

Тонкая полоска, состоящая исключительно из железа с примесью углерода, обжигает горло Ландсмана.

— Флиглер! — восклицает Робуа, вытирая рот увеличившейся вдруг ладонью.

— Давай, Флиглер, давай, режь, сучье вымя! — поощряет исполнителя Ландсман. — Я тебе пришлю спасибо.

За кухонной дверью вспухает какое-то многоголосие, топот, кто-то застывает, обдумывая роковое действие: постучаться или нет. Молчание.

— Что там еще? — нервно кричит Робуа.

— На пару слов, доктор, — откликается мужской голос — молодой, американский и говорящий по-американски.

— Стоп! — Повелительный жест Робуа относится к Флиглеру. — Ждать!

Перед тем как за Робуа захлопнулась дверь, Ландсман воспринимает поток звуков, какие-то островоконечные многосложные, лишенные смысла слова терзают его мозг.

Флиглер устраивается поудобнее на пояснице Ландсмана. Между ними возникает неловкость, связывающая совершенных чужаков в замкнутом объеме лифта. Баронштейн проверяет, не появилось ли новых надписей на его прекрасном швейцарском хронометре.

— Я все угадал? — нарушает молчание Ландсман. — Так, хотелось бы знать, для общего развития...

— Х-ха! — выдыхает Флиглер. — Мне смешно...

— Робуа — дипломированный специалист по реабилитационной терапии, — голосом вокзального автоинформатора вещает Баронштейн. Одновременно его речь напоминает Ландсману Бину, когда та вынуждена общаться с одним из населяющих планету пяти-шести миллиардов идиотов и полуидиотов, к которым относится и Ландсман. — Он искренне пытался помочь сыну ребе. Мендель прибыл сюда совершенно добровольно. А когда решил отсюда уехать, они ничего не могли сделать, чтобы его задержать.

— Уверен, что ваше сердце разбито.

— Что вы хотите этим сказать?

— Излеченный Мендель Шпильман не представлял бы для вас угрозы? Для вашего статуса наследного принца?

— Ох, — вздохнул Баронштейн. — Чего от вас еще ожидать...

Дверь приоткрылась, Робуа проскользнул обратно, брови вынуты арками «Макдоналдса». Сквозь исчезающую щелочку дверного проема Ландсман уловил две молодых бороды в мешковатых темных костюмах. К уху одной бороды прилип слизняк микрофона. Противоположную сторону дверного полотна, разумеется, украшает табличка с надписью: «КУХНЯ ОБОРУДОВАНА НА СРЕДСТВА МИСТЕРА И МИССИС ЛАНС-ПЕРЛШТЕЙН, ПАЙКСВИЛЬ, ШТАТ МЭРИЛЕНД».

— Восемь минут, — в панике выплевывает Робуа, — не больше десяти.

— К вам гости? — участливо справляется Ландсман. — Кто бы это мог быть? Хескел Шпильман, конечно. Он ведь знает, что вы здесь, Баронштейн? Что вы тут торгуетесь с этими пушкарями? Что вы хотели от Менделя? Использовать для манипуляции великим ребе?

— Прочитайте в своем отчете Слониму. Может, позвонить ему, чтобы он вам напомнил?

Ландсман слышит за дверью движение, шарканье, стук. Щелкнуло реле, зажужжал и отъехал гольфомобильчик.

— Нет, сейчас никак, — говорит Робуа, подходя к Ландсману вплотную. Погустевшая вдруг борода карабкается ему в ноздри и в уши, свисает щупальцами к физиономии пленника. — Чего он более всего

279

боится, это шума. Шума не будет, детектив. — Голос его потеплел, Ландсман замер, ожидая гадости, которая за этой нежностью воспоследует. Гадость проявилась в уколе в руку, быстром, профессиональном.

В сонные секунды перед потерей сознания голос Робуа сначала утратил всякий смысл, затем приобрел немыслимую четкость, стал прозрачным и понятным, как иногда случается во сне, когда вдруг открываются спящему поразительные глубины и высоты, сочиняет он поэтические шедевры, которые поутру оказываются бессмысленным бредом. Евреи по ту и по эту сторону двери восторгаются розами и глициниями, миррой и ладаном, осененные тенью финиковых пальм. Ландсман стоит среди них в белых струящихся одеждах, отражающих жар библейского солнца, и несет он какую-то ахинею на иврите, и вкруг него лишь друзья да братья, и горы прыгают баранчиками, а холмы резвятся козлятками…

31

Ландсман приходит в себя под гул пропеллера «Чесны-206», отстригающего у него правое ухо. Он зашевелился под неудобным электрическим пледом, электрическим, но не включенным. Каморка ненамного больше койки, на которой он валяется. Чуткий палец детектива тянется к голове. Там, где его благословил Флиглер, голова напоминает подготовленную к жарке отбивную, вспухшую и влажную. Плечо тоже подверглось какой-то кулинарной обработке.

Сквозь стальной намордник узкого окошка просачивается что-то серое, не свет, а остатки света разочарованного ноябрьского дня юго-восточной Аляски, мучительно пытающегося вспомнить, как выглядит солнце.

Ландсман хочет сесть и обнаруживает, что плечо его так болит из-за того, что какая-то добрая душа пристегнула его левое запястье к стальной ножке койки. Вертясь во сне, Ландсман вывернул плечо и руку в немыслимое положение. Та же добрая душа лишила его штанов, рубашки и пиджака, оставив лишь набедренное прикрытие. И на том спасибо...

Он садится, точнее, присаживается на корточки. Слезает с матраса так, чтобы прикованная рука вернулась в более естественное положение. Браслет сползает, ладонь упирается в пол, покрытый линолеумом грязно-желтого цвета, в точности как фильтр вытащенного из лужи сигаретного окурка. Пол холоден, как стетоскоп патологоанатома. На полу пыльные Анды и Аппалачи, дохлые мухи и их предсмертные испражнения. Стены из шлакоблоков, покрытых толстым слоем краски, напоминающей голубую в разводах зубную пасту. Напротив его головы знакомая рука знакомым почерком выцарапала по кладочному шву: «СИЯ КОНУРА СБАЦАНА НА ДОБРОХОТНЫЕ ПОЖЕРТВОВАНИЯ НИЛА И РИЗЫ НУДЕЛЬМАН, ШОРТ-ХИЛЛЗ, ШТАТ НЬЮ-ДЖЕРСИ». Он хочет рассмеяться, но вид надписи, выполненной его сестрой в этом карцере, вызывает слезы.

Единственный предмет меблировки, кроме койки, — веселенькое детское ведерко из жести. Синенькое, желтенькое, с собачкой, резвящейся среди цветочков на зелененькой лужаечке. Ландсман долго созерцает ведро, думая о детях, об отходах, для которых предназначено это ведро, о собаках из мультфильмов. Смутное беспокойство, вызванное Плуто, — собакой, владельцем которой была мышь, — как-то терялось на фоне ужаса от мутанта Гуфи. Мозг его глушат облака дыма, выхлоп оставленного кем-то в его черепе автобуса с невыключенным двигателем.

Ландсман сидит на корточках рядом с койкой еще одну-две минуты, собирает мысли, как нищий подбирает с мостовой рассыпанную мелочь. Затем подтягивает койку к двери и усаживается на нее. Размеренно и дико, методично и бешено, принимается лупить в дверь босыми пятками. Стальной лист отзывается оглушающим грохотом, поначалу Ландсмана вдохновляющим. Но энтузиазм его быстро гаснет. Тогда Ландсман поднимает вопль.

— Помогите! — орет он. — Я порезался! Кровью истекаю!

Он осип от воплей, пятки гудят. Он устал. Мочевой пузырь заявляет о себе. Взгляд на ведерко, взгляд на дверь. Снотворное в крови, ненависть к этой комнатушке, где провела свою последнюю ночь его сестра, к людям, которые приковали его к кровати почти голым… Может быть, и его вопли — но мысль о том, что придется мочиться в это дурацкое ведерко с собачкой, бесит Ландсмана.

Он подволок койку к окну, отодвинул намордник, оказавшийся всего-то шторой из стальных полосок.

В стальной оконной раме толстые серо-зеленые стеклоблоки. Рама когда-то открывалась, но сейчас — возможно, не так давно — ручка-задвижка из нее удалена. Остается еще один способ открыть это окно. Ландсман волочется вместе с кроватью к ведерку, поднимает его, размахивается и запускает в стекло. Ведерко отскакивает в лоб Ландсману. Он во второй раз за день чувствует вкус крови, когда капля со лба доползает до угла рта.

— Сука ты, собачка! — бормочет он замершему на смятом боку ведерку.

Ландсман волочет койку к стене, свободной рукой стаскивает с нее матрас, ставит его к стенке. Хватает кровать обеими руками, поднимается вместе с ней, покачиваясь от ее тяжести. Пригнув голову, направляет таран кровати в окно. Вздрагивает от внезапно возникшего видения: зеленый газон, клочья тумана. Деревья, вороны, застывшие в воздухе осколки разбитого стекла, свинец водной массы пролива, яркий белый гидросамолет с красными полосами. Кровать выскальзывает из хватки Ландсмана, вылетает сквозь стеклянные липы в серое утро.

Пацаном в школе Ландсман легко одолевал физику. Ньютоновская механика, тела в состоянии покоя и движения, действие и противодействие... В физике он видел больше смысла, чем во всем остальном, что ему пытались привить наставники. Взять, к примеру, инерцию. Склонность движущихся тел оставаться в движении. Посему Ландсман, возможно, не шибко удивился тому, что кровать не остановилась на достигнутом, сокрушив стеклоблоки. Резкий рывок, жар в плече, напряглись измученные связки — и опять его охватили эмоции, знакомые по посадке в движущийся лимузин миссис Шпильман. Этакое сатори, озарение, внезапная уверенность в ошибке. Возможно, в роковой ошибке.

Дуракам везет. Ландсман приземляется в кучу плотного, слежавшегося снега. Единственная такого рода куча в поле зрения, защищенная от редкого солнца и от ветра стеной барака. Челюсти соударяются каждой парой зубов, удар зада о подснежную почву приводит в действие ньютоновскую механику скелета.

Ландсман высовывает голову из снега. Холодный ветер бьет по затылку. Наконец приходит ощущение холода. Он поднимается, челюсти еще гудят, по спине сползают снежные лавины, приглашают его опуститься в снег, зарыть в него голову, расслабиться. Отдохнуть. Уснуть.

Уснуть не дают шаги, кто-то сейчас вынырнет из-за угла. Он слышит звук подошв, резинок, стирающих собственные следы. Походка бракованная, хромая. Интересно, почему не слышны шаги палки темного дерева с гнутой рукоятью? Ландсман крепко обнимает раму кровати, внезапно возлюбив ее странною любовью, поднимается, поднимая кровать, опирается спиной о стену. В поле зрения появляются башмак и твидовая штанина Флиглера. Когда за штаниной следует сам Флиглер, угол кровати встречается с его лицом, мгновенно выбросившим многопалую руку крови. Палка взлетает в воздух; описав дугу, падает на дорожку, издавая наконец звуки, напоминающие фрагмент пьесы для африканского ударного инструмента маримба. Кровать снова увлекает за собой Ландсмана, все трое валятся наземь: Флиглер с кроватью, поверх них Ландсман. Запах крови Флиглера Ландсману не нравится, он отпихивается и поднимается, прихватив шолем из ослабевших пальцев хромого и увечного.

Не лишившись еще боевого задора, Ландсман поднимает пистолет, собираясь добавить к кровати пулю. Но прежде бросает взгляд на главное здание, до которого футов около пятисот. За французскими окнами-дверьми его двигаются силуэты. Вот они вываливаются наружу, Ландсман любуется их бородами и разинутыми ртами, завидует способности молодежи удивляться, но автоматически направляет ствол шолема в их сторону. Все ныряют обратно, оставив лишь высокую, худую, светловолосую фигуру — новоприбывшего, лишь недавно вылезшего из кабины белого гидроплана. Волосы у него интересные, как будто рыжее солнце играет на стальной поверхности. На свитере стадо пингвинов, мешковатые вельветовые штаны. Человек в пингвинах хмурится, но тут кто-то вдергивает его внутрь, от греха подальше.

Наручник напоминает о себе. Ландсман меняет объект внимания, направляет пистолет на собственную левую руку, опускает раму кровати наземь, как будто не желая с ней расставаться, опускает, — так юный кинорыцарь опускает тело своего верного кинооруженосца, сраженного киномечом либо кинострелою. Аккуратный выстрел, отдача в запястье — и можно передвигаться относительно свободно. В направлении просеки меж деревьями. Позади десятка два молодых, здоровых, сильных евреев: орут, бегут, выкрикивают очень толковые распоряжения, которых никто не слышит, не разбирает. Сначала он ожидает выстрелов, пули в голову, падения в снег, в грязь, в прошлогодние иглы. Но дисциплинированная публика без приказа не стреляет.

Кто-то там на дух не переносит шума.

Ландсман бежит по ухоженной грунтовой дороге, вдоль которой на шестах торчат фонари. Вспоминает вид с воздуха. Куда-нибудь эта тропинка выведет.

Ландсман бежит через лес. Слой опавших иголок на дороге приглушает шлепанье босых пяток. Он представляет, как тепло оставляет его тело, струится позади, поднимается вверх. Во рту вкус крови. На левой руке звякают звенья перебитой цепочки. Где-то дятел колотится глупой башкой об ствол. Собственная башка Ландсмана тверже древесного ствола, тоже как будто деревянная. Ландсман представляет головы встреченных им господ. Хромого «профессора», чей револьвер он сейчас сжимает в руке. Бетонный лоб талантливого терапевта. Чертова халупа... Чертово подпольное заведение, приют для уголовников... Светловолосый в пингвинах, которому не по душе шум...

Часть его головного мозга гадает: сколько нынче на дворе? И сколько этакой температуре вкупе с ветром и какой-никакой влажностью воздуха потребуется, чтобы обеспечить полисмена без бляхи, но в трусах необратимой гипотермией... Но главный мотив его истоптанного мозга — бежать, бежать.

Лес вдруг пропал, перед ним какой-то сарай гаражного типа, гофрированные стальные стены и кровля, без окон. Стоит на краю поля, поросшего какой-то... соломой. В отдалении солома вдруг зеленеет и теряется в тумане. У стены мошонкой прилепились два пропановых баллона. Ветер здесь сильнее, Ландсман ощущает его кожей, как кипяток. От сарая отходит гравийная дорога, ярдов через пятьдесят разветвляется в сторону зелени и куда-то за деревья. Ландсман поворачивается к сараю. Большие ворота на роликах. Ландсман толкает — ворота с грохотом едут в сторону. Какое-то холодильное оборудование, компрессоры и змеевики, у одной стены какие-то резиновые шланги, исписанные арабскими цифрами. Возле самых ворот трехколесный электрокар «зумзум», ситкинский экспортный шлягер номер два (после мобильников «шофар»). Этот оборудован кузовом, устланным листом черной грязной резины. Ландсман влезает за баранку. Замерз он, конечно, замерз, холодный ветер дует с Юкона, но виниловое сиденье этого «зумзума» все же обжигает зад нестерпимым холодом. Ландсман давит пальцем кнопку, жмет педаль. Схватывают шестеренки, поехали! Он подкатывает к развилке, колеблется между лесом и зеленой травой, исчезающей в тумане обещанием спокойствия. Нажимает на педаль.

Перед тем как нырнуть в заросли, Ландсман замечает через плечо преследователей на большом черном «форде каудильо», из-под колес которого на повороте у сарая прыснул гравий. Ландсман дивится, откуда взялось это железо. Ведь с воздуха он никакого четырехколесного металлолома здесь не заметил. «Форд» уже в пяти сотнях метрах за «зумзумом» и, разумеется, нагоняет.

В лесу гравий кончается, сменяется укатанной землей, колея виляет между изящными ситкинскими соснами, высокими и таинственными. За деревьями виднеется чешуя сетки «Рабица»; забор увенчан затейливыми завитушками колючей проволоки. Стальная изгородь оживляется вкраплениями зеленых пластиковых полосок. Местами зелень исчезает. Ландсман замечает еще один стальной сарай, не то ангар, просеку, шесты, столбы, тросы... Маскировочные сети, колючая проволока, снова маскировочные сети... Должно быть, что-то весьма терапевтическое. И парни в черном «форде» гонятся за ним, чтобы его тепло одеть, накормить, напоить, приголубить. О, теплые штаны!!!

Черный автомобиль уже в двух сотнях ярдов. Молодой господин на переднем пассажирском сиденье опускает стекло, вылезает, усаживается на открытом окне, держась одной рукой за решетку багажника на крыше. В другой руке его Ландсман замечает что-то огнестрельное. Стриженая борода, стриженая шевелюра, черный костюм, трезвый галстук, как у доктора Робуа. Он не торопится. Куда торопиться, цель с каждой секундой все ближе. Рука молодого человека вспыхивает, задняя стенка «зумзума» покрывается сеткой трещин с дырой в центре, во все стороны летят стекловолоконные осколки. Ландсман вскрикивает и сдергивает ногу с педали акселератора.

Еще пять-десять футов по инерции — и все. Молодой господин в переднем пассажирском окошке вздымает оружие, любуется результатом своего подвига. Вид испорченного имущества его несказанно огорчает. Однако он поразил движущуюся цель, а это что-то да значит! Это значит, прежде всего, что движущаяся цель превратилась в неподвижную мишень. Следующий выстрел не будет сопряжен с такими сложностями. Юноша опускает ствол замедленным движением, понемногу, почти с наслаждением.

Ландсман, к пулям относящийся с расчетливой бережливостью, нутром чует профессионализм высокой пробы, добросовестное отношение к тренировкам и к служебным обязанностям, постоянство вечности.

Сдача на милость победителя. Над головой Ландсмана уже развевается белый флаг. Куда убежишь от «каудильо», если «зумзум» и в лучшие времена больше пятнадцати миль в час не выжмет? Теплое одеяло, чашечка горячего кофе — доброе утешение в неудаче. «Каудильо» фыркнул, взметнул тучу опавшей хвои, замер. Три из четырех дверец распахнулись, трое молодых евреев в подстриженных бородах и мешковатых костюмах вымахнули на дорогу, выкинув в сторону Ландсмана руки с автоматическим ручным оружием. Пистолеты вибрируют, вырываются из их рук, как будто снабженные собственными гироскопами и, возможно, мозгами. Пистолейро с трудом удерживают оружие в повиновении. Ай, крутые ребята в прибитых гвоздиками к мозгам расшитых блюдечках-тюбетеечках!

Задняя дверь на ближней к Ландсману стороне сохраняет спокойствие. За ней вырисовывается некая фигура. Крутые ребята при пушках и челюстях направляются к Ландсману.

Ландсман, забыв про холод, поднимает руки, мило помахивая ими в воздухе на высоте плеч.

— Вы, ребята, роботы? — обращается он с улыбочкой к трем добрым молодцам. — Мы мутанты? В конце кино всегда все роботы-мутанты.

— Заткнись, — американизирует по-американски ближайший американец и вводит своей репликой какой-то новый звук. Как будто нечто волокнистое, пропитанное чем-то аморфным, разрывают без спешки примерно пополам. Ландсман замечает по глазам добрых молодцев, что они этот звук тоже воспринимают и учитывают. Звук усиливается, и теперь выясняется, что разрывание чего-то волокнисто-аморфного сопровождается каким-то постукиванием, как будто вентилятор лупит лопастями по листу настенного рекламного календаря. А вот еще добавилось простуженное покашливание какого-то старого хрена. Старый хрен, не переставая кашлять, уронил на бетонный пол тяжкий гаечный ключ, на диво резво нагнулся, поднял, снова уронил, снова нагнулся, снова уронил... А вот через комнату пролетел туго надутый воздушный шарик, коснулся раскаленной лампочки и звонко лопнул. Теперь и сама лампочка показалась из-за деревьев, виляя и подпрыгивая. Ландсман понял, что поднял руки не по адресу.

— Дик, — икнул он, вдруг снова ощутив адский холод. Лампочка шестивольтовая, не мощнее крупного карманного фонаря. Накаливает нить лампочки энергия от двухцилиндрового V-образного двигателя специзготовления. Вот уже слышно, как пружинный амортизатор передней вилки реагирует на колдобины. И вот уже отраженный рефлектором свет лампочки падает на оригинальный еврейский пикник на обочине лесной дорожки.

— Мать его, — реагирует один из добрых молодцев. — И мать его грёбаного мотобобика.

Множество историй об инспекторе Вилли Дике и его «грёбаном мотобобике» довелось услышать Ландсману. Говорили, что этот чудо-мотоцикл смастерили для какого-то знаменитого бомбейского миллионера миниатюрного сложения. Этот же самый мотоцикл вроде бы получил к тринадцатилетию принц Уэльский. И на нем же вроде выполнял головоломные трюки некий карлик в каком-то цирке Техаса не то Алабамы. В общем, где-то там, на диком юге. С первого взгляда перед зрителем оказывался «ройял энфилд крусайдер» 1961 года выпуска, стальной при солнечном свете, с прекрасно реставрированной хромировкой. Если подойти ближе или поставить его рядом с нормальным мотоциклом, то можно обнаружить, что это действующая модель, выполненная в масштабе 2:3. Вилли Дик, человек взрослый и зрелый, умудрился вырасти лишь до четырех футов и семи дюймов.

Проехав чуток за «зумзум», Дик глушит пожилой британский двигатель, слезает с седла и подходит к Ландсману.

— Ну и какого хрена? — тянет он, стаскивая перчатки, черные кожаные краги вроде тех, которыми щеголял Макс фон Зидов в роли Эрвина Роммеля. Голос его всегда поражает глубиной и звучностью, особенно когда видишь, из какого тела он исходит. Дик описывает полукруг почета вокруг красы и гордости еврейской уголовной полиции.

— Детектив Меир Ландсман, — ухмыляется он и поворачивается к добрым молодцам. — Джентльмены…

— Инспектор Дик, — высказывается тот, который велел Ландсману заткнуться. Молодой человек крутеет на глазах. Вот он уже крупный пахан, такой же острый, как и его зубная щетка, отточенная в шив. — Что вы ищете в нашем лесу?

— Приношу свои извинения, мистер… если не ошибаюсь, Голд, не так ли? Но это, бога душу мать, мой лес, черт бы вас в жилу драл. — Остановившийся было Дик снова начинает прохаживаться хозяйской походочкой. Поворачивается к «форду», простреливает взглядом закрытую заднюю дверцу. Ландсман не уверен, но тот тип на заднем сиденье коротковат для Робуа, да и на того, с пингвинами на свитере, тоже не тянет ростом. Какая-то безликая тень, внимательная и осторожная. — Я здесь был, когда вами еще за тыщу миль не пахло. И я останусь здесь еще надолго после того, как выветрится запах ваших пидорских задниц.

Детектив инспектор Вилфред Дик чистокровный тлингит, потомок вождя Дика, поставившего точку в череде убийств, знаменующих русско-тлингитские отношения. В 1948 году он застрелил в Оленьей бухте черт знает откуда взявшегося полумертвого от голода русского подводника, шарившего в его крабовых ловушках. Вилли Дик женат, у него девять детей от первой и единственной жены, которую Ландсман никогда не видел. Конечно, о ней говорят, что она здоровенная. Году этак в 1993-м или 1994-м Дик успешно участвовал в гонке на собачьих упряжках «Айдитарод», пришел девятым из сорока семи участников. Защитил докторскую по криминологии в университете Гонзага в Спокане, Вашингтон. Первым сознательным действием Дика по достижении совершеннолетия была поездка на старом китобое «Бостон» в Ангун, в управление полиции, чтобы убедить суперинтенданта сделать ему исключение и принять в полицейские, несмотря на рост. Как он этого добился — об этом рассказывали столько... и такого... в том числе и всяких гадостей. Вилли Дик обладает всеми отрицательными качествами умных недоростков: тщеславием, заносчивостью, самомнением, злопамятностью. Но не отнять у него и честности, бесстрашия, упорства. Он перед Ландсманом в долгу. На это у Дика тоже хорошая память.

— И какого дьявола вам здесь надо, милые мои евреи? Может, объясните? Ума не приложу.

— Этот человек — наш пациент, — объясняет Голд. — Он пытался... раньше срока... выписаться.

— И за это его необходимо пристрелить. Понимаю. Еврейская терапия. Должно быть, по Фрейду? Я не силен, извините, мать вашу...

Он поворачивается к Ландсману и оглядывает его с головы до ног. Лицом Дик, можно сказать, симпатичен, своеобразен. Живые глаза постреливают из-под навеса мудрого лба, подбородок с ямочкой, нос прямой, правильный. Когда Ландсман видел его в последний раз, Дик то и дело вытаскивал из кармана очки для чтения и с умным видом насаживал их на переносицу. Сейчас он стремится подчеркнуть свое старение — или зрелость — парой итальянских очков в стальной оправе типа тех, что надевают для умных телеинтервью стареющие британские рок-гитаристы. На Дике тугие черные джинсы, черные ковбойские сапоги, красная с черным рубаха с открытым воротом. На плечах, как обычно, накидочка из шкуры собственноручно убитого медведя. Любит повыпендриваться Дик, но детектив он отличный.

— Бога ради, Ландсман, ты выглядишь как грёбаный молочный поросенок из консервной банки.

И вот накидочка покидает плечи инспектора Дика и летит по воздуху к Ландсману. В первое мгновение шерсть обжигает холодом, но холод тут же сменяет блаженное тепло. Дик еще придерживает на физиономии усмешечку, но глаза его, как с удовлетворением замечает Ландсман, теряют всякую веселость.

— Я говорил с вашей бывшей женой, детектив Ландсман, — урчит Дик угрожающе, — после того как получил сообщение о вашем звонке. У вас бродить здесь меньше прав, чем у затраханного безглазого африканского свинокрыса. — Голос инспектора Дика приобретает патетические нотки. — Детектив Ландсман, что я обещал вам сделать с вашей жидовской жопой, буде она еще раз появится на моей индейской территории? Да еще, что очень удобно, без одежи?

— Н-н-не помню, — стуча зубами в пароксизме благодарности и отмерзания бормочет Лансман. — М-м-много чего обещал...

Дик подходит к «каудильо», стучит в дверь, как будто хочет войти. Дверца открывается. Почти полностью скрывшись за ней, Дик бросает внутрь, в тепло, пару слов и еще что-то, более весомое. После этого выходит из-за дверцы и сообщает Голду:

— Там с вами поговорить желают.

Голд отправляется к оставшейся открытой дверце и тоже почти сразу возвращается. Вид у него такой, будто его высморкали через уши и винит он в этом Ландсмана. Голд кивает Дику.

— Детектив Ландсман, — провозглашает Дик. — Очень опасаюсь, мать вашу, что вынужден вас арестовать, вашу мать.

32

В приемном покое индейского госпиталя в поселке Святого Кирилла индийский доктор Рау из Мадраса, освидетельствовав Ландсмана, находит его вполне пригодным для каталажки. Все шутки насчет индийцев и индейцев доктору уже давно приелись. Доктор смазливый, этакий сусальный Сэл Минео марципановый: большие темные оливки глаз, рот как роза с торта-мороженого.

— Ничего серьезного, легкое обморожение, — сообщает он Ландсману, которого даже сейчас, через час и сорок семь минут после чудесного спасения, все еще сотрясает холод из глубин промерзших костей.

— А где у вас большой сенбернар с маленьким бочонком бренди вместо ошейника? — спрашивает Ландсман, после того как врач предлагает ему сменить одеяло на тюремную одежку, аккуратной стопочкой сложенную возле раковины.

— Вам нравится бренди? — Доктор Рау как будто читает фразу из разговорника, не проявляя ни малейшего интереса ни к своему вопросу, ни к возможному ответу пациента. Ландсман мгновенно замечает допросные интонации в голосе врача, веющий от него обжигающий холод. — Вы чувствуете потребность в бренди? — Взгляд доктора Рау исследует что-то в пустом углу комнаты, от пола до потолка.

— Кто сказал о потребности? — Ландсман возится с пуговицами поношенных саржевых штанов. Хлопковая рубашка, парусиновые тапочки без шнурков. Какая еще одежонка найдется для бездомного приблудного алкаша-одиночки, голым свалившегося с неба в лапы сил правопорядка? Обувь великовата, остальное сидит отлично.

— Не чувствуете тяги? — На букву «а» в фамилии доктора, написанной на бэйджике, села частица пепла, он счищает ее ногтем. — Не тянет выпить здесь и сейчас? Тяга отсутствует?

— Тяга?.. Нет, тяги нет. Может быть, желание. Вполне объяснимо.

— Конечно. Возможно, вам нравятся большие слюнявые собаки?

— Да тьфу на них, доктор. Хватит нам в игрушки играть.

— Хорошо. — Доктор Рау поворачивается к Ландсману полным лицом. Радужки глаз его как будто из чугуна отлиты. — На основании обследования я могу предположить, что вы сейчас пребываете в стадии отвыкания от алкоголя, детектив Ландсман. Помимо обморожения вы страдаете также от обезвоживания, тремора, пальпитации, зрачки у вас увеличены. Сахар в крови низкий, то есть вы, вероятнее всего, постоянно недоедаете. Отсутствие аппетита — тоже симптом отвыкания. Давление повышено, поведение, насколько я слышал, эрратическое, даже насильственные действия...

Ландсман безуспешно пытается разгладить отвороты воротника рубашки. Тщетные потуги. Они снова и снова загибаются, свиваются в трубку.

— Доктор, — заводит задушевный монолог Ландсман, голосом хватая врача за лацкан служебной униформы. — Весьма ценю вашу проницательность, однако между нами, душеведами, скажите мне откровенно, если бы страна Индия подлежала упразднению, а вы вместе со всеми, кого любили, должны были бы через два месяца проследовать куда-то к волку в зубы, к черту на рога и если половина мира в последнее тысячелетие стремилась бы истребить всех обитателей полуострова Индостан, не рисковали бы вы в таких обстоятельствах стать алкоголиком?

— Возможно. Или произносил бы речи перед незнакомыми врачами.

— Пес с бочонком бренди не заботится о душе обмороженного, — тоскливо изрекает Ландсман.

— Детектив Ландсман...

— Да, док.

— Я вас обследую одиннадцать минут, и за это время вы произнесли три монолога. Тирады, я бы сказал.

— Ну, — тянет Ландсман, впервые ощущая движение своей крови. На этот раз к щекам. — Бывает.

— Вы вообще склонны к резонерству?

— С кем не бывает?

— Словесный понос.

— И так называют.

Только тут Ландсман замечает, что доктор Рау что-то постоянно жует где-то на задворках челюстей. Ноздри улавливают легкий запах аниса.

Доктор помечает что-то в ландсмановской истории болезни.

— Вы не находитесь в настоящее время под наблюдением психиатра, не принимаете антидепрессантов?

— Вам кажется, что у меня депрессия?

— Возможно, термин неточный. Я еще не определился с симптомами. Из сказанного инспектором Диком и из моего обследования можно заключить, что у вас возможны некоторые расстройства.

— Вы не первый мне об этом докладываете, извините.

— Лекарств не принимаете?

— Нет-нет.

— Совсем никаких?

— Совсем. Остерегаюсь.

— Чего-то боитесь?

— Боюсь сорваться.

— Оттого и пьете? — В словах доктора сквозит ирония. — Алкоголь творит чудеса в смысле самообладания. — Врач подходит к двери, открывает ее, входит ноз-индеец. Он поджидал Ландсмана. — Опыт показывает, детектив Ландсман, — заключает свою собственную тираду доктор Рау, — что те, кто боится сорваться, уже давно летят куда-то.

— Возвестил свами, — припечатал ноз-индеец.

— Забирайте, запирайте, — махнул рукой доктор Рау, направляясь с бумажками Ландсмана к своему столу. Не то к торчащей из-под стола корзине для мусора.

У индейского ноза голова как нарост на стволе секвойи, а прическа — страннее Ландсман не видывал. Какой-то кошмарный замес помпадур на полубоксе. Индейский ноз ведет Ландсмана по пустынным коридорам, по стальной лестнице, к какой-то задней камере тюрьмы Святого Кирилла. Вместо решетки в камере приличная стальная дверь. Внутри тоже вполне пристойно. Чисто и светло. Койка при матрасе, подушке и одеяле. Унитаз с сиденьем. К стене привинчено стальное зеркало.

— Номер люкс, — сообщает индейский ноз без улыбки.

— Знаете, не хуже, чем в моей гостинице, — откликается Ландсман.

— Никаких поблажек, никаких обид. Так инспектор велел.

— А где сам инспектор?

— Разбирается. Мы уже получили жалобу от этих. Дерьмо десяти видов. — Он ухмыляется. — Вы того хромого еврея чуть не пришили.

— Кто эти евреи, сержант? Что они там делают?

— Числится типа санатория. — В голосе и лице сержанта то же отсутствие эмоций, какое только что продемонстрировал доктор Рау. — Для излечения и исправления молодых евреев, соскочивших с колеи. Больше ничего не знаю. Отдыхайте, детектив.

Индейский ноз покидает Ландсмана. Оставшись в одиночестве, тот залезает под одеяло с головой, по-детски всхлипывает, не успев осознать этого звука-жеста-действия; из глаз текут бесполезные слезы.

Обхватив подушку, он вдруг ощущает, насколько одиноким оставила его Наоми.

Во утешение себе Ландсман возвращается к Менделю Шпильману на другом ложе, в гостиничной койке номера 208. Он влезает в сознание постояльца, представляет себе вытяжную кровать, бумажные обои, ходы второй игры Алехина против Капабланки в Буэнос-Айресе в 1927-м, представляет резкий звук, приглушенный подушкой, удар в затылок, сахарный всплеск крови и слизывающий его язык мозга. Цадик-Ха-Дор решил, что костюм его — смирительная рубашка. Растраченные годы. Игра в шахматы на деньги, деньги тратятся на героин. Игра в прятки на распутье. Стези Господа, изгибы хромосомных загогулин... Кто-то откапывает его и отправляет в Перил-Стрейт. Там заботливый врач, там удобства, обеспеченные на деньги Барри и Марвина, Сюзи и Сары еврейской Америки, там его залатают, подчистят, подлечат. Зачем? Потому что он им нужен. И он соглашается, направляется туда сознательно и добровольно. Наоми не доставила бы их туда, если бы учуяла какую-то фальшь, налет принуждения. Что-то убедило его. Деньги, обещание исцеления, радужные перспективы, примирение семьи, возможно, даже обещание снабдить героином. Но вот он в Перил-Стрейт, у истоков новой жизни — и что-то меняется. Что-то он узнает, вспоминает, видит. Струсил? Он обращается за помощью к той же женщине, готовой помочь пропащей душе, как к единственному другу. Наоми подбирает его, на ходу изменив маршрут, обеспечивает ему доставку в дешевый мотель — при помощи дочери пирожника. Таинственные евреи помогают Наоми врезаться в гору и отправляются на охоту. Дичь — Мендель Шпильман. Он прячется от своих воплощений, зарывается лицом в заменгофскую подушку, забывает об Алехине и Капабланке, о гамбитах и защитах. Забывает о стуке в дверь.

— Можешь не стучать, Берко, — говорит Ландсман. — Это тюрьма все-таки.

Звякает ключ, индейский ноз открывает дверь. Рядом с ним Берко Шемец, одетый для сафари в северной саванне. Джинса, фланель, высокие ботинки, расстегнутая ветровка-штормовка с семьюдесятью двумя карманами, субкарманами, квазикарманами. На первый взгляд — увеличенная модель типичного аляскинского придурка-отпускника. На куске рубашки фрагмент эмблемы какого-то поло-клуба. Скромная кипа уступила место какой-то дурацкой феске. Берко особо образцовый еврей, когда судьба бросает его на индейскую родину. Можно биться об заклад, что на спрятанные под курткой манжеты он умудрился присобачить запонки со звездами Давида.

— Ну, извини, извини, — лепечет Ландсман. — Я всегда виноват, но в этот раз виноват еще больше, понимаю.

— Там разберемся, — гудит Берко. — Пошли, он нас ждет.

— Кто ждет?

— Французский император.

Ландсман встает, походит к раковине, плещет в физиономию воду.

— Мне, что, можно идти? — спрашивает Ландсман выходящего из камеры индейского ноза. — Я что, свободен?

— Как вольная птица, — заверяет ноз.

— Кто бы мог подумать, — удивляется Ландсман.

33

Из своего кабинета на углу первого этажа инспектор Дик прекрасно видит автостоянку. Шесть мусорных баков, защищенных броней против медвежьих когтей. За баками альпийская лужайка, за ней увенчанная снегом стена гетто, сдерживающая натиск евреев. Дик осел на своей модели стула в масштабе 2:3, руки скрестил, подбородок упер в грудь, взгляд устремил в окно. Не на горы и не на травку, смотрит он, даже не бронированные баки созерцает. Взгляд его угасает в районе парковки железного коня модели «ройял энфилд крусайдер» 1961 года. Ландсману выражение лица Дика хорошо знакомо. С такой же физиономией Ландсман рассматривает свой «шевель суперспорт» или лицо Бины Гельбфиш. Физиономия мужчины, осознавшего в очередной раз, что нечего ему делать в этом мире. Ошибочка вышла, не туда он попал. И снова сердце его застопорило, зацепилось, как воздушный змей, запутавшийся в телеграфных проводах, запуталось в чем-то, что, казалось, укажет ему цель и путь для ее достижения. Американская мотоповозка, произведенная во времена детства, мотоцикл, который когда-то принадлежал будущему королю Англии, лицо женщины, достойной любви...

— Надеюсь, на этот раз в штанах? — процедил Дик, не отворачиваясь от окна. Следов каких-либо эмоций в глазах его не обнаружить. В лице Дика вообще ничего в этот момент обнаружить невозможно. — Потому что после всего, чему пришлось мне быть свидетелем там, в лесочке — Иисус, я чуть не сжег свою медвежью накидку! — Он передергивает плечами. — Тлингитский народ не так уж много мне платит, чтобы любоваться голыми еврейскими задницами.

— Тлингитский народ. — Эти слова звучат в устах Берко как координаты Атлантиды или начало нецензурного анекдота. Шемец давит мощным задом хилую меблировку кабинета Дика. — Тлингитский народ что-то платит? Как считает Меир, все как раз наоборот.

Дик медленно оборачивается, кривит губы.

— Ну-ну. Джон-Еврейчик, при нем чепчик. Язык не сломал, пончики благословлямши?

— Сдохни, Дик, антисемит-недоросток!

— Сдохни, Джонни, жирная ж…, со своими намеками на мою продажность!

На ржавом, но богатом интонациями тлингите Берко желает Дику сгинуть в снегу с голым задом и без башмаков, в процессе отправления большой нужды.

На безупречном идише Дик желает Берко справить большую нужду в большую волну в безбрежном океане, вне зоны видимости берега.

Они с угрожающим видом подступают друг к другу, и Берко принимает крохотного Дика в свои объятия. Следует обоюдное похлопывание по спине, подкрепляющее их медленно угасающую дружбу, зондирующее неугасимую древнюю вражду, звучащее боевым тамтамом. Еще до того, как судьба бросила Джона Медведя в еврейское русло его жизненной реки, обнаружил он индейскую игру «корзинный мяч», бледнолицыми называемую баскетболом, и Вилфреда Дика, разыгрывающего защитника ростом тогда еще в четыре фута с двумя дюймами. Их объединила ненависть с первого взгляда — большое романтическое чувство, неотличимое в тринадцатилетнем подростке от большой любви и принимаемое за нее.

— Джон-Медведь, мать твою, а…

Берко щерится, трет затылок, он похож сейчас на подростка-центрового, мимо которого только что промелькнуло в направлении корзины что-то мелкое и гадкое.

— Хо-хой, Вилли Ди…

— Присядь, козоёб жирный… И ты, Ландсман, спрячь свой прыщавый конопатый зад, глаза б мои на него не глядели.

Все ухмыляются, все рассаживаются. Дик с хозяйской стороны стола, еврейская полиция с гостевой. Два стула для посетителей стандартного размера, как и полки, как и вся остальная мебель по другую сторону стола Дика. Эффект комнаты смеха, у Ландсмана он вызывает легкое головокружение, его подташнивает. Может, правда, еще один симптом отвыкания. Дик вытаскивает свои черные сигареты и подталкивает пепельницу к Ландсману. Он откидывается на спинку, каблуки бухает на столешницу. Рукава его вулричской рубахи закатаны, предплечья узловаты, загорелы и волосаты. Седина курчавится и в расстегнутой рубахе на груди. Шикарные очки сложены, торчат из кармана.

— Так много на свете народу, с которым бы сейчас вместо вас повидаться… Миллионы милых морд…

— Так закрой свои грёбаные гляделки, — подсказывает решение проблемы Берко.

Дик следует совету. Веки его темны, сверкают, как туфли крокодиловой кожи. Чуть припухшие туфли.

— Ландсман, — произносит он, наслаждаясь своей слепотой. — Как номер, приглянулся?

— Лаванды в простыни чуть переложили. Больше никаких претензий.

Дик открывает глаза.

— Могу считать, что мне как сотруднику сил охраны порядка резервации шибко-шибко повезло. Контакты с евреями за все прошедшие годы сведены к минимуму, глаза б мои на них не глядели. И прежде чем вы посыплете из своих жидовских сфинктеров обвинениями в антисемитизме, хочу констатировать, что мне пох…, оскорбляю ли я ваши свинячьи антисвининные задницы. Надеюсь, что оскорбляю. Этот вот пузан знает, что я ненавижу всех и каждого из двуногих, независимо от мировоззрения и ДНК, и для вашей породы делать исключений не собираюсь.

— О чем речь, Дик! — кивает Берко.

— Взаимно, Дик, — кивает Ландсман.

— Для меня вы в массе — мудрствующие мудаки. Многослойный сэндвич из лжи, лицемерия, неприпудренного пидорского политиканства. Уже вследствие этого я с прибором положил на сказки вашего доктора Робуа со всеми его — кстати, вовсе не липовыми, хотя и обхезанными сверху донизу — полномочиями. Уж он мне изложил-наложил, с какого члена этот бандюга Ландсман носился по дороге с голой ж…, учиняя разбой и грабеж.

Ландсман хотел было открыть рот, но Дик отмахнулся в его направлении от невидимой мухи, блеснув ухоженными девичьими ноготочками.

— Сейчас закончу. Эти джентльмены, Джонни, мне не платят. Я у них не на жалованье. Но путями, для меня непостижимыми, они спутались с джентльменами, которые мне платят, точнее, сидят в совете, который мне платит. С тлингитскими джентльменами. И если племенные вожди прикажут мне привлечь мосье Ландсмана за несанкционированное нарушение границ владений, хулиганство, взлом, самовольное проведение расследования, то я так и сделаю, глазом не моргнув. Еврейские птенчики из Перил-Стрейт, как ни прискорбно мне это признать — и ты, Джонни, знаешь, насколько мне претит это признать, — *мои* еврейские птенчики. И их воровская хаза, пока и поскольку она находится там, где находится, пользуется моей защитой. И обитатели этой хазы не потеряют интереса к Ландсману после того, как я вытащил его конопатую задницу из-под их стволов.

— Типичный случай словесного поноса, — замечает Ландсман. — Дик, ваш доктор интересуется такими высокопарными тирадами. Вам бы с ним интересно было потолковать.

— Но прежде чем перекинуть тебя в акульи челюсти твоей бывшей бабы, Ландсман, — продолжает Дик, — а я с удовольствием это сделаю... Хотел бы я напоследок провентилировать один вопросик. Даже несмотря на то, что вы оба какие-никакие евреи, и, стало быть, услышу я от вас наслоения вранья разной степени вонючести, припудренного, опять же, всякой вашей еврейской идеологией.

Они ждут вопроса, и вопрос звучит просто и ясно, безо всякого многословия:

— Вы здесь по делу об убийстве?

— Да, — отвечает Ландсман.

— Официально — нет, — тут же добавляет Берко.

— По делу об убийствах, — не уступает Ландсман. — Два убийства, Берко. Менделя и Наоми.

— Наоми! Меир, но как?

И Ландсман отчитывается подробно, не упуская ничего, начиная с того момента, как в дверь его номера в отеле «Заменгоф» постучали. Рассказывает о том, как катался в лимузине с госпожой Шпильман, сообщает о беседе с дочкой пирожника, о метаморфозах с материалами ФАА, о визите Арье Баронштейна в Перил-Стрейт.

— Они говорят на иврите? — дивится Берко. — Мексиканцы на иврите?

— Вроде так, — подтверждает Ландсман. — Не тот иврит, конечно, что у рабби в синагоге. — Уж в иврите-то Ландсман силен. Отличит от полинезийских разнопевов. Но его иврит традиционный — язык, пронесенный предками через века европейского изгнания, в масле и соли, как прокопченный в целях лучшей сохранности лосось, пропитанный дымком идиша. Этот иврит не используется людьми для общения между собой, с его помощью обращаются к Богу. Если и слышал Ландсман иврит в Перил-Стрейт, то не тот язык копченой сельди, а какой-то еще более колючий диалект: щелочной, кварцевый, кремнеземный. Возможно, иврит, принесенный в сорок восьмом сионистами, евреями выжженной пустыни, стремившимися сохранить его в чистоте, но, как и германские евреи до них, ошеломленные натиском идиша, вереницей невзгод и крушений. Насколько известно Ландсману, вымер этот иврит, мало носителей его осталось, и встречаются они раз в год в пустынных залах. — Я почти ничего и не услышал, одно-два слова. И скороговоркой, не уловить.

Он рассказал, как очнулся в комнате, в которой обнаружил эпитафию Наоми, о бараках и лагере, о вооруженных молодых людях.

Дик все это выслушал весьма внимательно, задавал попутные вопросы, вникал в детали.

— Знал я твою сестру, — сказал он Ландсману, когда тот закончил рассказ. — Жаль мне ее. И этот придурок... Рискнуть ради такого — вполне в ее характере.

— Но чего они хотели от Менделя Шпильмана, эти евреи с их визитером, который не любит шум поднимать? Чем они там занимаются? — недоумевает Берко. — Чего им вообще надо?

Эти вопросы Ландсману кажутся очевидными, логичными, ключевыми. Но Дика они расхолаживают.

— Не ваше дело. — Рот Дика превратился в коротенький бескровный дефис. — Эти евреи из Перил-Стрейт весят столько, что могут превратить прошлогоднюю коровью лепешку в бриллиант.

— Что ты о них знаешь, Вилли? — спрашивает Берко.

— Ни хрена не знаю.

— Тот, в «каудильо». Тоже американец?

— Не сказал бы. Скрюченный какой-то еврейшка. Он не представился. Я и не интересовался. Сотруднику индейской полиции это ни к чему.

— Вилфред, речь идет о Наоми, — напомнил Берко.

— Понимаю. Но я достаточно знаю о Ландсмане... Да, бога мать, что, я не знаю работы детектива? Сестра или не сестра, дело здесь не в выяснении истины.

Вы не хуже меня знаете, что, как бы мы ни выясняли истину, покойникам от нее легче не станет. Ландсман, понятно, хочет отплатить этой падали. Но это нереально. К их глоткам не подобраться. Никак.

— Вилли. Перестань. Не надо. Наоми...

Молчание, которым Берко продолжил фразу, несло понятное Дику смысловое значение.

— Ты хочешь сказать, что я должен сделать это для тебя?

— Да, Вилли.

— Наше общее детство... Там... Ну-ну...

— Черт с ним, с детством.

— Сейчас слезу пролью. — Дик наклоняется и жмет кнопку переговорника.

— Минти, принеси мою накидку, я в нее сейчас сблюю. — Он отключает переговорное устройство, прежде чем Минти успевает что-нибудь сообразить. — Хрен тебе, а не детская ностальгия, детектив Берко Шемец. Не буду я для тебя рисковать своей задницей. Но я знал твою сестру, Ландсман. Я завяжу на ваших извилинах такой же узелок, какой эти птенчики завязали на моих. И попытайтесь сообразить, что бы это значило.

Дверь открывается, молодая и очень плотная женщина, ростом еще ниже Дика, вносит медвежью накидку босса. Выглядит она как монашка, несущая плат с Христовым ликом. Разве что ступает побыстрее. Дик спрыгивает со стула, сгребает свой плащ и завязывает на шее с гримасой отвращения, как будто боясь заразиться.

— Обеспечь этого, — он тычет большим пальцем через плечо, в Ландсмана, — шмотками. Чем-нибудь повонючее, в гнилой рыбе. Возьми пальто Марвина Клага, он подох в А7.

34

В лето от Рождества Христова 1897-е итальянский альпинист Абруцци совершил восхождение на гору Сент-Элиас. Участники его группы, вернувшись в городишко Якутат, возбудили ажиотаж среди завсегдатаев местных баров и переполошили телеграфистов историями о чудесном видении, открывшемся им со склонов второго по высоте аляскинского гиганта. В небе перед ними возник город. Улицы, башни, здания, деревья, толпы народу, столбы дыма из труб... Крупный город в облаках! Некий Торнтон запечатлел видение на снимке. Впоследствии оказалось, что на этой туманной картинке изображен Бристоль, английский метрополис, увиденный альпинистами за двадцать пять сотен трансполярных миль. Десятью годами позже исследователь Пири профукал кучу денег в поисках Крокерленда — волшебной красы горной местности, болтавшейся перед ним и его спутниками где-то в небесных далях во время предыдущего похода. Явление назвали фата-морганой. Отражения и преломления, обусловленные метеоявлениями в атмосфере и человеческим восприятием, будоражили воображение многих тысяч обитателей планеты.

Взору Меира Ландсмана явились коровы. Белые в рыжих пятнах молочные коровы на призраках зеленых лугов.

Уже два часа тряслись три полисмена в направлении Перил-Стрейт, и вот Дик удружил им этим сомнительной желанности видением. Они жадно курили и лениво перекидывались оскорблениями, наслаждались толчками дорожных выбоин размером от мелкой тыквы до шестиместной ванны. Лес и дождь, от мороси до ливня. Проскочили через деревню Джимс. Стальные кровли у залива, домишки сгрудились в ожидании штормов, как последние банки консервов на полке бакалейщика. Сразу за переносной церковью пятидесятников мощение сгинуло, колеса принялись месить песок да гравий. Еще через пять миль поехали по сплошному киселю. Дик матерится и ворочает рычагом передачи, как Геракл дубиной. Педали газа и тормоза вездехода подогнаны под его фигуру, Дик нагоняет на свою колымагу ужас, как Горовиц на фортепиано, бушуя над клавишами рапсодиями Листа. Каждый ухаб обрушивает дуб Шемеца на рябинку Ландсмана, скрипят амортизаторы, хрустят кости детектива.

Джип вылез из грязи, седоки вылезли из джипа и принялись продираться через колючие кусты. Ноги скользят, намек на тропу угадывается по обрывкам желтой полицейской ленты на деревьях. Через десять минут балансирования в грязи и тумане, переходящем в ливень, уткнулись в проволоку забора. Проволока с колючками и под напряжением. Ровнехонько выстроились бетонные столбики, проволока аккуратно натянута, без слабин и разрывов. Добротная изгородь, на совесть сделана. На индейской земле, без всяких разрешений, насколько известно Ландсману. По другую сторону забора пасется его фатаморгана. На сочной фатаморгановой траве. Сотня изящных, рекламного обличья коров с аристократическими головами.

— Коровы, — тянет Ландсман, как будто мычит.

— Похоже, молочные, — добавляет Берко.

— Эйрширы, — объясняет Дик с видом знатока. — В прошлый раз я щелкнул разок-другой, и один сельхозпрофессор из Калифорнии их опознал. «Шотландская порода, — гундосит Дик, подражая профессору из Калифорнии, — известна неприхотливостью и способностью выживать в суровых условиях севера».

— Коровы, — повторяет Ландсман. Он все еще не может прийти в себя. Этого не должно быть. Видел он коров, знает с виду, понаслышке. В ранние дни «колледжей Айкса» программа развития Аляски осыпала иммигрантов тракторами и сеянцами, семенами и удобрениями. Евреи округа мечтали о еврейских фермах. — Коровы на Аляске.

Поколение Большой Медведицы пережило два существенных разочарования. Первое — самое глупое — вследствие полного отсутствия легендарных айсбергов, белых медведей, моржей, пингвинов, тундры, вечной мерзлоты, белого безмолвия и — главное! — эскимосов. До сих пор в Ситке на каждом углу можно встретить аптеку «Морж», салон причесок «Эскимос» или таверну «Нанук».

Второе разочарование — еще глупее — отражено в популярных песенках той поры вроде «Зеленой клетки». Два миллиона евреев выгрузились на берег и не увидели перед собою волнующейся травы, отмеченной массивными буграми бизоньих спин, не увидели бешено мчащихся на мустангах аборигенов в головных уборах из множества перьев. Только горные цепи да полсотни тысяч деревенских тлингитов, давно уже освоивших всю годную к использованию землю. Некуда расти, нечего делать, кроме как сбиться в толпу, как в Вильно или Лодзи. Сельхозмечтания миллиона безземельных евреев, подогретые пропагандой: фильмами, литературой, информационными брошюрами Министерства внутренних дел США, — оказались химерой. Время от времени какие-то утописты приобретали кусок земли, напоминавшей какому-то энтузиасту пастбище. Они закупали скот, издавали манифест, основывали колонию. А потом климат, рыночная конъюнктура и злая судьба стирали еврейскую мечту с лица земли.

Ландсман видит перед собой эту мечту в реальности. Мираж увядшего оптимизма, надежда на будущее, на которой он воспитан. Надежда, превратившаяся позже в мираж.

— Какая-то странная корова, — бормочет Берко, приросший к захваченному Диком биноклю. Ландсман слышит в его голосе интонации рыболова, у которого задергался поплавок.

— Дай-ка. — Ландсман вынимает бинокль из руки Берко и подносит к глазам. Коровы как коровы...

— Вон та, рядом с двумя, которые отвернулись. — Берко поправляет бинокль в руке напарника, наводит его на корову, которая вроде бы интенсивнее и в белом, и в рыжем окрасе. И голова вроде помощнее, менее «женственная». Губы коров шевелятся, как ловкие пальцы, щиплют траву.

— Вроде действительно отличается... Ну и что?

— Пока не знаю, — не вполне искренне отвечает Берко. — Вилли, это коровы наших еврейских друзей?

— Мелкого еврейчика-ковбойчика мы наблюдали своими глазами. Из школы, из лагеря или как оно там у них именуется... Он их собрал, направил туда, к лагерю. При нем шотландская овчарка. Мы с ребятами за ними немножко прошлись.

— Они вас не заметили?

— Уже темнело. Да и вообще, какого дьявола! Индейцы мы или нет? Там, в полумиле настоящая ферма, пара силосных бункеров. Бизнес среднего масштаба. Разумеется, еврейский, а чей же еще?

— Так что ж у них тут? — спрашивает Ландсман. — Лечебница, ферма или что-то еще, для чего алкаши и коровки служат маскировкой?

— Ваши соплеменники любят парное молочко.

Они стоят, глядя на коров, Ландсман борется с искушением прилечь на электрическую изгородь. В нем сидит коварный либо тупой как пробка черт, толкающий в жужжанье тока. В голове его жужжит ток, толкающий к проволочному черту. В нем что-то бродит, булькает, грызет изнутри. Крокерленд коровий, травяная фата-моргана. Да, глаза видят, но это все равно невозможно. Не должно этого быть, никакой хоть сто раз еврей такого агрикультурного чуда не сотворит. Ландсман знаком лично либо по делам с кучей ему современных евреев, великих и злобных, богатых и чокнутых, утопистов-визионеров, политиков, вертящих статьи закона, как свиной шашлык над угольками. Ландсман бросил на весы царьков русских предместий с их лабазами оружия, алмазов и красной икры, перешебуршил картотеку королей контрабанды и моголов серого рынка, гуру сект крупных и помельче. Влиятельные граждане промелькнули перед мысленным взором детектива Ландсмана, со всеми их связями и средствами. Но никто из них на этакое не тянул, даже Хескел Шпильман или «Дикий зверь» Анатолий Московиц. Как ни суперсверхмогуч еврей округа Ситка, все равно он повязан путами сорок восьмого года. Королевство его воистину сведено в хрестоматийную скорлупку от ореха. Небо его — аляповато размалеванный купол, горизонт его — забор из колючки под напряжением. Как детский воздушный шарик, наслаждается он высотой полета и свободой, дарованными ниточкой, зажатой в липкой лапке сосунка.

Но Берко уже поправляет узел галстука — а после этого жеста он непременно рожает какую-либо теорию.

— Ну что, Берко?

— Она не белая с красными, — провозглашает Берко истину в последней инстанции. — Она *красная* с белыми. Корова.

Он сдвигает шляпу набок и выпячивает губищи. Отступив на несколько шагов от недружелюбного забора, Берко подворачивает штанины. Начинает разбег, сначала медленно, затем ускоряется. К ужасу, изумлению и некоторому увеселению Ландсмана, Берко прыгает! Отрывается от земли обеими ногами! Вытягивает вперед одну и подбирает под себя другую ногу! Демонстрирует зеленые носки и бледные лодыжки! С глухим толчком и гулким выдохом Берко приземляется по ту сторону забора, взмахом рук восстанавливает равновесие и ныряет в мир коров.

— ...мать, — полагает Ландсман.

— Сейчас самое время его арестовать, — выражает свое мнение инспектор Дик.

Свое недовольство коровы выражают единодушно, но как-то вяло, без особых эмоций. Берко направляется к своей избраннице. Она отвергает детектива, но он не сдается, раскрывает объятия, уговаривает ее на идише, по-американски, по-тлингитски, на старо- и новобычьем. Обходит ее медленно, поедает взором, как ожившую античную богиню. Эта корова — не простая.

И она сдается на уговоры. Корова, правда, несколько набычилась, но стоит терпеливо, расставив копыта «на ширину плеч» и даже несколько шире, как будто все еще прислушиваясь, хотя Берко уже свой монолог закончил. Берко инспектирует ее сверху и снизу, взглядом и руками, треплет холку, чешет бока, доходит до выпирающего рангоута таза. Больше всего Берко интересует белый окрас. Он мнет его и трет, рассматривает и нюхает пальцы. Плюет на пальцы, снова трет пятно. Потом оставляет свою избранницу и подходит к забору.

Клятвенно воздев десницу, Берко демонстрирует Ландсману побелевшие пальцы.

— Пятна-то фальшивые.

Он снова отходит для разбега, Ландсман и Дик отступают от забора подальше. Берко ухает, прыгает, бухается наземь.

— Показуха, — комментирует Ландсман.

— Как всегда, — замечает Дик.

— Значит, корова в маскхалате...

— Точно.

— На рыжей корове белые пятна.

— Вот-вот.

— И это что-то да значит.

— В каком-то смысле, — говорит Берко. — В определенном контексте. Я полагаю, что эта корова — красная корова.

— Иди ты! — дивится Ландсман. — Неужто красная?

— Это все ваши хитрые еврейские штучки, — ядовито бормочет Дик.

— Пара адума. Красная корова, рыжая телица... — вещает Берко. — Отстроится храм в Иерусалиме, и для жертвоприношении, по Писанию, нужна специфическая корова. Рыжая телица без пятна, без изъяна. Штука достаточно редкая. С начала времен их, что ли, всего девять экземпляров попалось. Клевер с пятью лепестками. Крутая штука.

— Когда рак свистнет... Когда Храм отстроят, — говорит Ландсман, думая о дантисте Бухбиндере и его идиотском музее, — то есть после явления Мессии?

— Кое-кто полагает, — разъясняет Берко, начиная понимать то, что начинает понимать Ландсман, — что Мессия задержится с визитом до тех пор, пока не отстроят Храм. Пока не возведут алтарь. Кровавые жертвоприношения, жрецы, ансамбль песни и пляски...

— Значит, если ты поймал красную телку и у тебя вся нужная фигня готова, там, шляпы с нажопниками... Ну, и Храм, значит, сляпан... Значит, ты силком заставишь Мессию вынырнуть?

— Упаси Боже, я человек не религиозный, — встревает Дик. — Но я все же вынужден вмешаться и подчеркнуть, что Спаситель уже явился в мир сей, и вы, пидоры поганые, пришили этого бедного засранца, укокошили нах... ни за хрен собачий.

Издали доносится искаженный динамиком человеческий голос, иврит пустынников. Ландсман падает духом, пятится.

— Пошли отсюда, — вносит он конкретное деловое предложение. — Я у них уже нагостился. Больше не тянет.

Они возвращаются в машину. Дик запускает двигатель, но держит на нейтралке и с тормоза не снимает. Они сидят, дымят. Ландсман стреляет у Дика одну из его черных и вынужден признать их энергетический потенциал.

— Хочу вернуться к одному моменту, Вилли, — выдувает Ландсман вместе с дымом выкуренного до половины «Нэта Шермана». — И очень бы хотел, чтобы ты меня опроверг.

— Постараюсь.

— Ехали это мы сюда, и ты намекал так и этак, что исходит от сего места этакий душок...

— Букет вони.

— Деньгами воняет?

— Что ж тут опровергнешь...

— Душевное волнение я ощущал с первой минуты, как услышал об этом местечке. Теперь ознакомился с ним поближе. От парадного входа до этих подпольных коров. И все меньше покоя в душе моей.

— Ну и что?

— Понимаешь, плевать, сколько именно денег они тут рассеивают в пространство. Разумеется, какой-то член вашего совета время от времени получает от какого-то еврея какой-то бакшиш. Бизнес есть бизнес: доллар и в тундре доллар и тэ дэ. Болтают же люди, что нелегальное движение товаров и денег через демаркационную линию — главный фактор, способствующий любви, дружбе и взаимопониманию между великими еврейским и тлингитским народами.

— Ну-ну...

— Очевидно, что эти евреи, что бы они тут ни делали, не желают делиться секретами с остальными евреями. Ситка — как дом, в котором слишком много жильцов и слишком мало кроватей. Все всё друг о друге знают. Большой штетль без маленьких секретов. Так что тайны лучше прятать здесь.

— Ну...

— Но запах или не запах, бизнес или бабки, тайны или нет, простите великодушно, невозможно представить себе, что тлингиты позволили каким-то евреям заявиться сюда, в самое сердце своей территории, и построить все это. Сколько бы еврейских денег в индейские карманы ни перекачать.

— Ты хочешь сказать, что даже такие обормоты, как мы, индейцы, не отдадут свою землю злейшему врагу?

— Пусть мы, евреи, злейшие.враги человечества, плетем коварные сети для мира, спрятавшись на обратной стороне Луны. Но все равно мы не всесильны. Такая формулировка тебя устроит?

— Да я и с первой не спорил.

— Индейцы могли пойти на такое, только если бы приз оказался очень, очень большим. Таким, к примеру, как округ Ситка.

— Положим.

— Об американцах я подумал под углом доступа к файлам о катастрофе с Наоми. Ведь никакой еврей не может обещать такого приза.

— Свитер пингвиновый, — сказал Берко. — И переход округа Ситка под юрисдикцию аборигенов после ухода евреев. За это индейцы помогают вербоверам в селекции красных телок.

— Но что с этого имеет пингвинный свитер? — спросил Ландсман. — Что отломится сучьим Штатам?

— Здесь, братец Ландсман, начинается Большая Тьма, — решил Дик, снимая ручной тормоз. — Вилфрид Дик туда с тобой не пойдет.

— Даже думать об этом не хочется, — повернулся Ландсман к Берко, — но придется нам, пожалуй, наведаться к месту резни.

— Fuck его мать... — безрадостно заключил Берко по-американски.

35

В сорока двух милях от южной границы Ситки торчит над лужицей на двух дюжинах свай домишко, слепленный из выкинутых волнами обломков и крытый серой дранкой. Один из закоулков земли, забытых Богом, но посещаемый медведями и выбросами метана. Кладбище шлюпок, снастей, ржавых пикапов, а также дюжины русских зверобоев и их алеутских проводников. С одной стороны залива в зарослях прячется длинный общинный дом индейцев, с другой тянутся каменистые россыпи. На тысяче черных камней древние высекли изображения звезд и зверей. На этом пляже в 1854 году двенадцать «промышленников» и алеутов, возглавляемых Евгением Симоновым, погибли от рук вождя тлингитов по имени Кохклукс. Через сотню лет праправнучка вождя Кохклукса, миссис Пульман, стала второй индейской женой пяти-с-половиной-футового еврея, шпиона-шахматиста по имени Герц Шемец.

И в шахматах, и в темном агентском промысле дядя Герц отличался чутьем момента, переизбытком осторожности, глубиной подготовки. Он изучал противника всеми доступными средствами, выискивал его слабые места, комплексы. Двадцать пять лет вел он тайную борьбу против целого народа, стараясь вырвать из-под ног этого народа его землю. За это время стал он признанным знатоком культуры и истории народа-противника. Дядя Герц наслаждался сочностью языка тлингитов, его сосущими леденцовыми гласными и жующими согласными. Он добросовестно исследовал дух и тело женской половины племени.

Когда он женился на миссис Пульман (никто никогда не называл эту даму, мир ее праху, миссис Шемец), в нем сразу же вспыхнул интерес к славной победе ее прапрадеда над Симоновым. Он часами просиживал над картами царского времени в библиотеке Бронфмана, читал записи бесед миссионеров-методистов с девяностадевятилетней старухой, которой исполнилось лишь шесть, когда боевые молотки ударили по крепким русским черепам. В обзоре Географического общества за 1949 год он обнаружил, что место побоища значится тлингитской территорией, несмотря на то что расположено к западу от хребта Баранова. Зеленый островок индейской земли на еврейской территории. Обнаружив этот недочет, Герц тотчас велел мачехе Берко купить эту территорию на деньги, взятые, как обнаружил Деннис Бреннан, из резиновых фондов «COINTELPRO». Выстроил на этом участке свой дом на паучьих ногах. После смерти миссис Пульман Герц Шемец унаследовал дом и землю. И объявил территорию самой безнадежной индейской резервацией, а себя самого — самым безнадежным индейцем.

— С-сука, — выдавливает из себя Берко с меньшей злостью, чем ожидал Ландсман. Такова реакция Берко Шемеца на появление в поле зрения отцовского обиталища.

— Когда ты его в последний раз видел?

Берко с отвращением отворачивается от отчего дома, надвигающегося на ветровое стекло «суперспорта».

— Скажи-ка мне, Меир, будь ты на моем месте, когда б ты увидел его в последний раз?

Ландсман пристраивается к лакированному под дерево измаранному «бьюику» с кричащим стикером на бампере.

«МЕСТО ВСЕМИРНО ЗНАМЕНИТОГО СИМОНОВСКОГО ПОБОИЩА И НАСТОЯЩИЙ ИНДЕЙСКИЙ ОБЩИННЫЙ ДОМ», — гласит надпись на идише и по-американски. Хотя придорожный аттракцион уже некоторое время не функционирует, наклейка на бампере новенькая. Таких наклеек в доме еще не одна коробка.

— Подскажи, — просит Ландсман.

— Шуточки насчет обрезания.

— А, да...

— Полное собрание за все века.

— Образованность, — покачивает головой Ландсман. — И не задумывался, сколько их.

— Пошли, к дьяволу. — С этими словами Берко решительно вылезает из машины. — Поскорее покончим.

Ландсман исподлобья уставился на общинный дом — пеструю, заросшую волчьей ягодой и вьюнком развалюху. Этот «настоящий» индейский сарай Герц Шемец выстроил с помощью двоих братьев своей индейской жены, племянника Меира и сына Берко на следующее лето после того, как его сын переселился на Адлер-стрит. Строил Герц его для забавы, не помышляя о барышах. Уже после своего изгнания из «органов» он безуспешно попытался извлечь из бывшего хобби хоть какой-то доход. Берко в то лето было пятнадцать, Ландсману двадцать. Строя папашин сарай, Берко пытался строить себя по образу и подобию Ландсмана. Два месяца он с энтузиазмом осваивал пилу-циркулярку, «по-ландсмановски» присобачивая к углу рта сигарету, страдая от разъедавшего глаза дыма. В то время Ландсман уже заботился о своих полицейских экзаменах, и Берко тоже объявил об аналогичных амбициях. Но если Ландсман спал и видел себя в заоблачных верхах иерархической лестницы, то Берко снились навозные вилы патрулирования.

Как и большинство полицейских, Ландсман шел навстречу трагедии с закрепленными парусами, задраенными люками, твердо стоя на мостике рядом с рулевым. Боялся он не шторма, а мелей, песчаных банок, пробоин ниже ватерлинии, нежданных капризов вращающего момента. Воспоминаний того лета.

Мысли, что он истощил терпение пацана, с которым когда-то из мелкашки сшибал с забора пустые консервные жестянки. Этот «настоящий» общинный дом затронул прежде нетронутые нервы. В зарослях бузины да дерезы растворилось все, что они проделали вместе.

— Берко, — произносит Ландсман под хруст ледка, подернувшего невразумительную грязь еврейско-индейской резервации. Он касается — робкая девушка — локтя кузена. — Извини, что от меня столько хлопот.

— Можешь не извиняться. Это не твоя вина.

— Я уже паинька. — Ландсман сам в этот момент верит своим словам. — Не знаю почему. Может, из-за переохлаждения. Или из-за дела Шпильмана. Или потому, что не пью. Но я вернулся в себя прежнего.

— Угу.

— А тебе так не кажется?

— Кажется. — Так Берко согласился бы с дураком или ребенком. Не соглашаясь в душе. — Ты вроде в полном порядке.

— Бурные аплодисменты.

— Давай сейчас не будем в это вникать, ладно? Входим, бомбардируем старого хрена вопросами — и домой. Эстер-Малке ждет, малыши... Не возражаешь?

— Конечно, Берко, о чем речь!

— Вот и спасибо.

Замерзшие лужи, гравий и галька, карикатура на лестницу — в выщербинах, шаткая, скрипучая. Обветренная покосившаяся кедровая дверь утеплена криво набитыми полосами черной резины.

— Ты говоришь, что не моя вина...

— Слушай! У меня сейчас пузырь лопнет.

— Значит, ты считаешь, что я не отвечаю за свои действия. Стебанутый. Психически ненормальный...

— Давай-ка постучимся.

Он дважды бухает в дверь. Кажется, что весь дом зашатался.

— Не способный носить бляху, — бубнит Ландсман, искренне желая найти в себе силы сменить тему. — Иными словами....

— Это не по адресу, с этим к твоей бывшей жене.

— Но ты не возражаешь...

— Слушай, я ничегошеньки не понимаю в психических, там, расстройствах, болезнях, как их там... Меня никто не арестовывал за гонки голышом по морозу в трех сотнях миль от дома после вышибания чьих-то мозгов стальной койкой...

Герц Шемец открывает дверь. Свежевыбритый, при двух микроцарапинках. На нем серый фланелевый костюм, белая рубашка, маково-красный галстук. Он распространяет аромат витамина В, свежего крахмала, копченой рыбы. Он еще меньше росточком, еще более нервный, как деревянный дергунчик на палочке.

— Привет, старик, — обращается он к племяннику, круша тому пальцы рукопожатием.

— Отлично выглядишь, дядя Герц.

Присмотревшись, гость обнаруживает, что костюм на локтях и коленях лоснится, на галстуке следы минувших трапез, а завязан он не на сорочке, а на белой пижаме, небрежно заправленной в брюки. Но не Ландсману критиковать туалеты. На нем самом вытащенный из загашника багажника вискозно-шерстяной костюм с блестящими пуговицами на манер золотых древнеримских монет. Когда-то он спешно одолжил этот костюм у разнесчастного игрока по фамилии Глюксман. Спешил, опаздывал на похороны. Костюм одновременно похоронный и мажорный, однако при множестве морщинок-складочек, а также при одуряющем аромате багажника детройтской колымаги.

— Спасибо, что предупредили, — улыбается дядя Герц, выпуская из ладони обломки ландсмановских пальцев.

— Берко хотел сюрприз устроить, — кивает на кузена Ландсман. — Но ты же любишь выйти и кого-нибудь там подстрелить.

Дядя Герц складывает ладони и кланяется. Как истинный отшельник, он серьезно относится к обязанностям хозяина. Если охота неудачна, он вытащит какой-нибудь заиндевевший фрагмент трупа из морозильника и сунет его в духовку со всякими луковицами-морковками да толчеными травками, которые он выращивает и хранит подвешенными под крышей сарая. Непременно в наличии лед для виски и холодное пиво для тушенки. Ну, конечно же, еще надо успеть побриться и нацепить галстук.

Герц Шемец пропускает Ландсмана в дом и остается лицом к лицу с сыном. Ландсман созерцает. Интересная интермедия. Заинтересованное лицо. С момента, когда Авраам сложил Исаака на верхушке горушки голыми ребрами ко Господу. Дед Шемец закатывает рукав рубахи Берко, самый нежный компонент настроения которого в данный момент — желание поскорее избавиться от мочи. Не нравится ему, как родитель обозревает его тонкое итальянское белье.

— Ну, так где же Большой Синий Бык?

— Не знаю. Наверное, жует задницу твоей пижамы.

Берко разглаживает рукав, смятый пальцами отца, проходит мимо старика в дом.

— Ж-жопа... — шепчет он, намного громче просит прощения, устремляется в туалет.

— Сливовицы? — вопрошает Герц Шемец, протягивая руку к черному эмалированному подносу с бутылками, моделирующими небоскребы Шварцн-Яма.

— Лучше сельтерской, — возражает Ландсман. Взлетевшие дугами брови дяди побуждают его развить ответ. — У меня новый врач. Из Индии. Хочет, чтобы я бросил пить.

— С каких пор ты прислушиваешься к индийским докторам?

— Ни с каких.

— Самолечение — семейная традиция Ландсманов.

— Как и быть евреем. И куда это нас завело?

— Да, странное нынче время, чтобы быть евреем, — соглашается дед.

Он предлагает Ландсману стакан, накрытый ермолкой лимонного диска. Затем наливает себе добрую дозу сливовицы и поднимает свой стакан с иронической улыбкой, с юмористической жестокостью, которую Ландсман давно изучил и в которой давно уже не видит никакого юмора.

— За странные времена, — провозглашает старец.

Он сглотнул бульку и победоносно уставился на Ландсмана, как будто ожидая взрыва аплодисментов. Ландсман понимает, как больно старику ощущать крах всего, над чем он трудился в течение многих лет. Герц булькнул в стакан еще дозу и отправил ее вслед за первой, не получая от процесса никакого удовольствия. Брови Ландсмана поползли вверх.

— У тебя свой доктор, — пояснил дядя Герц, — у меня свой.

Хижина дяди Герца вмещает одну большую комнату с получердаком, идущим вдоль трех стен. Декор и обстановка — рог, кость, кожа, мех, шкура. На чердак от кухонного отсека ведет лестничка судового типа. В углу аккуратно заправленная кровать, возле нее на столике шахматная доска. Фигуры розового дерева и из клена. Один из белых кленовых коней без левого уха. Голова одной из «черных» пешек розового дерева украшена седой прядью. На доске хаос. На поле вторгся ингалятор «Вик», угрожая белому королю на е1.

— Вижу, разыгрывается защита Ментолипта, — замечает Ландсман и разворачивает доску, чтобы получше вникнуть в ситуацию. — Партия по переписке?

Герц наваливается на Ландсмана, изо рта его вырывается умопомрачительный букет сливового бренди и селедки, настолько жирной и острой, что Ландсман ощущает укол ее скелета. Ошеломленный Ландсман роняет доску. Фигуры раскатываются по полу.

— Ландсмановский гамбит! Этот ход у тебя всегда был неподражаем, — скептически скрипит дядя Герц.

Ландсман присел, шарит по полу, собирает фигуры.

— Извини, дядя Герц, извини...

— Да ладно, — машет рукой великодушный хозяин. — Все в порядке. Все равно это не игра. Я просто дурака валял. По переписке больше не играю. Я жертвою живу и умираю. Ошеломить противника прекрасной и безумной комбинацией... Разве сделаешь это почтовой открыткой? Набор узнаёшь?

Герц помогает Ландсману собрать фигуры в коробку, включая кленовые, подбитые зеленым бархатом. Ингалятор он сует в карман.

— Нет, — тут же врет Ландсман. Много лет назад в припадке раздражения он исполнил такой же ландсмановский гамбит, стоивший уха этому белому коню.

— Ухо он тебе подарил.

Возле кровати на тумбочке — книги, аж целых пять штук. Чендлер в переводе на идиш. Биография Марселя Дюшана на французском. В мягкой обложке жесткая критика коварных происков Третьей Российской Республики годичной давности, модная тогда тема в Штатах. Справочник по морским млекопитающим Петерсона. Наконец, нечто с энергичным названием «Катрf» («Борьба») в германском оригинале. Автор — Эмануил Ласкер.

Рычит водопад в унитазе, затем струя воды из крана бьет в раковину. Берко споласкивает руки.

— С чего-то все вдруг бросились на Ласкера, — дивится Ландсман. Он берет толстый том в руки. Тяжелая, солидная книжища, в черном переплете, с золотым рельефом букв и орнаментики. Ландсман открывает книгу, листает. Никаких диаграмм, ни коней, ни ферзей, ничего о шахматах. Сплошняком сухая немецкая проза. — Выходит, Ласкер еще и философ?

— Он полагал себя именно философом. К сожалению, следует признать, в философии он себя не проявил. В шахматах и в математике он бесспорный гений, однако тут... Но кто сегодня читает Ласкера? Никто не читает больше Ласкера.

— Сейчас это более верно, чем неделю назад, — встревает в беседу Берко, выходя из санузла с полотенцем, вытирая пальцы, каждый в отдельности. Он прямым ходом следует к столу. Большой деревянный стол накрыт на три персоны. Тарелки из эмалированной стали, стаканы пластиковые, а ножи с костяными рукоятками страшного вида, такими ножами вырезают дымящуюся печень свежеубитого медведя. На столе кувшин охлажденного чая и эмалированный кофейник. Трапеза, предлагаемая хозяином, обильна, пища горяча, преобладает в ней лосятина.

— Лось с перчиком, — поясняет старик. — Фарш лосиный я смолол еще осенью, глубокая заморозка в вакууме. Лося сам свалил, естественно. Тысяча фунтов корова. Приправу сделал сегодня. Красные бобы, черные бобы... На случай, если не хватит, еще кое-что вынул из морозильника. Лотарингский пирог — яйца, помидоры, разумеется, бекон... бекон — лосиный бекон, сам коптил...

— Яйца — лосиные яйца, — в тон отцу продолжает Берко.

Герц Шемец указывает на стеклянную посудину с кругленькими тефтельками, залитыми красновато-коричневой подливкой.

— Тефтельки по-шведски. Лосиные тефтельки. И еще холодная жареная лосятина, для сэндвичей. Хлеб я сам пеку. И майонез свой. Мало ли что они там в банку сунут.

Все садятся за стол. Трапеза с одиноким стариком. Когда-то его застолье искрилось жизнью, объединяло необъединимое: евреев и индейцев. Пили калифорнийское вино, распространялись на разные предлагаемые хозяином темы. Здесь встречались странные типы: крутые темнилы, шахматные мазурики, агенты и лоббисты из Вашингтона и местные рыбаки, резчики тотемов. Миссис Пульман подначивала Герца, и это нисколько не вредило его авторитету, придавало ему дополнительный шарм и вес.

— Я тут позвонил одному-другому, — нарушил молчание дядя Герц после нескольких минут шахматной концентрации внимания над тарелочными композициями. — После того как вы сообщили, что пожалуете.

— И одному и другому? — уточнил Берко.

— Да-да. — Герц изобразил что-то, означающее улыбку, на полсекунды приподняв верхнюю губу в правом уголке рта, показав зуб и снова спрятав. Как будто попался он на невидимый рыболовный крючок, и рыболов как раз натянул леску. — Я так понял, что ты снова валяешь дурака, Мейерле. Нарушение субординации. Непредсказуемое поведение. Бляху и оружие потерял.

Кем бы ни был в своей жизни, дядя Герц, сорок лет носил он в бумажнике федеральную бляху офицера сил правопорядка. И хоть лишился он ее с позором, тон упрека в голосе невозможно не расслышать. Он повернулся к сыну.

— А на каком месте твоя голова, мне совершенно непонятно. Восемь недель до пропасти. Два сына и, мазел тов и кайнахора, третий на подходе...

Берко не спрашивает, откуда старой перечнице известно о беременности Эстер-Малке. Лишний елей тщеславному старикашке. Он лишь с умным видом кивает и отправляет в рот очередную лосиную тефтельку. Отличные тефтельки, сочные, ароматные, пряные, с дымком...

— Не возражаю, — скромно соглашается Берко. — Безумие. И я вовсе не хочу сказать, что этот пустой бурдюк мне нравится, без бляхи и пушки, гляньте на него только! Носится с голым задом по лесам, мешает жить порядочным людям... Да нужен он мне больно! Конечно, жена и дети мне нужны больше. И рисковать я лучше ради них буду, а не ради него. — Он переводит взгляд на миску тефтелек, и из недр тела его исходит неясный размытый звук, чисто еврейский: полуотрыжка, полустон, полурыдание и полуеще что-то. — Но раз уж мы помянули бездну Реверсии, то я хочу особо отметить, что в такой обстановке я не хотел бы остаться без Меира.

— Вишь ты, какой преданный. — Герц тычет большим пальцем в сына, обращаясь к Ландсману: — Вот то же самое ощущал я к твоему отцу, благословенно его имя. А этот трус бросил меня на произвол судьбы.

Тон его легок и чуть ли не весел, но повисшее над столом молчание придало обстановке мрачный оттенок. Все трое сосредоточенно жуют, жизнь кажется долгой и весомой. Герц встает, наливает себе еще дозу. Подходит к окну, смотрит на небо, которое выглядит мозаикой из осколков разбитого зеркала, отражающих разные оттенки серого. Зимнее небо юго-восточной Аляски — Талмуд серого, неисчерпаемый комментарий Торы дождевых облаков и умирающего света. Дядя Герц для Ландсмана всегда оставался образцом компетентности, уверенности, аккуратности, методичности. В нем можно было заметить оттенки иррациональности и склонности к насилию, но они всегда скрывались за стеной его индейских авантюр, он прятал их так, как хитрое животное маскирует свои следы. Однако память Ландсмана хранит и дядю Герца в первые дни после смерти отца. Скрюченная в комок жалкая фигура за кухонным столом на Адлер-стрит, с выбившейся из брюк рубашкой, вцепившаяся в бутылку быстро убавляющейся сливовицы, столбиком барометра указывающей на сгущение атмосферы его скорби.

— У нас сейчас своя головоломка, дядя Герц, — говорит Ландсман. — Из-за этого мы и приехали.

— И еще из-за майонеза, — добавляет Берко.

— Головоломка, — вздыхает старик. — Терпеть не могу головоломок.

— Ну, тебе и не придется ее разгадывать, — утешает Берко.

— Джон Медведь, следи за тоном. Я не потерплю такого тона, — одергивает его отец.

— Тон? — выдает Берко аккорд из дюжины тонов и полутонов; звенит, скрежещет, брякает наглостью, раскаянием, сарказмом, смущением, возмущением, невинностью и изумлением. — Т-хон!

Ландсман бросает на Берко взгляд, означающий не напоминание о его возрасте и статусе, но о непродуктивности родственных дрязг, столь же неизбежных и разрушительных, как буря в стакане воды. Семья... Замкнутая границами крохотного необитаемого острова общность, вынужденное трение, притирание, возгорание... костер, который вы разжигаете, чтобы испечь каких-то дурацких моллюсков и отогнать хищников, вмиг спалит ваш жалкий бамбуковый навес...

— Мы пытаемся прояснить ситуацию, — заново заводит Ландсман. — И в этой ситуации имеются аспекты, которые нас привели к тебе, дядя Герц.

Дядя Герц наливает себе еще дозу, приносит ее к столу, усаживается.

— Давай с самого начала.

— В самом начале в моем отеле обнаружился покойник.

— Ага.

— Ты об этом слышал?

— Слышал по радио. А кое-что из газет узнал. — Газеты — его всегдашняя отговорка. — Сын Хескела Шпильмана. На которого они так надеялись.

— Его убили, — продолжает Ландсман. — Об этом ты в газетах не прочел. Убили, когда он находился в бегах, скрывался. Этот парень чуть ли не всю жизнь от чего-то прятался, то от одного, то от другого. Я смог реконструировать его жизнь до аэропорта Якови в прошлом апреле. Он проклюнулся там за день до того, как погибла Наоми.

— Это связано с Наоми?

— Люди, которые искали Шпильмана и которые, как мы полагаем, его убили, эти люди в прошлом апреле наняли Наоми, чтобы доставить его на свою ферму, якобы приспособленную для целей терапии и профилактики наркомании и алкоголизма. На Перил-Стрейт. Прибыв туда, Шпильман запаниковал и попросил Наоми ему помочь. Она вывезла его оттуда, доставила обратно в Якови. На следующий день она погибла.

— Перил-Стрейт. Что, неужели индейцы убили Менделя Шпильмана? — не поверил старик.

— Нет, не индейцы, — поморщился Берко непонятливости родителя. — Эти, с врачебной фермы. Она, похоже, сооружена на деньги американских евреев. Там одни евреи. И, насколько мы можем судить, много чего скрывают под фасадом своей благородной деятельности.

— Что, марихуану выращивают?

— Нет, не марихуану, а коров. Эйрширских молочных. С сотню голов стадо.

— И еще что-то?

— Еще у них там какой-то военно-тренировочный центр. Главный — какой-то старый еврей. Вилфред Дик его видел, но его лицо Дику ничего не сказало. С вербоверами они связаны, по меньшей мере с Арье Баронштейном. Но толком мы ничего не знаем.

— И американец там был, — добавил Ландсман. — Он прилетел на встречу с Баронштейном и компанией. Тамошние американца, похоже, побаивались. Опасались, что ему не понравится, как они там справляются.

Старик поднялся из-за стола, прошелся, остановился между столом и кроватью. Вынул из увлажнителя сигару, прокатал ее меж ладонями. Замер, потом снова принялся за сигару, катал ее, как будто втирая в ладони.

— Ненавижу головоломки.

— Знаем, знаем.

— Знаете, знаете, — передразнил сына Герц.

Все еще перекатывая сигару, дядя Герц поднес ее к носу, закрыл глаза, втянул запах, получая удовольствие не только от аромата, но, как показалось Ландсману, от прикосновения гладкого листа к коже носа.

— Мой первый вопрос, — произнес дядя Герц, открывая глаза. — Может быть, и единственный.

Они ждут вопроса, а он приспосабливает сигару к узким губам, щелочкой приоткрывая рот.

— Какого цвета коровы?

36

— Одна рыжая, — медленно произносит Берко
с некоторым сомнением в голосе, как будто он недоумевает, когда на ладони фокусника, за которой он
внимательно наблюдал, появилась монета.

— Полностью рыжая? От рогов до хвоста?

— Ее замаскировали. Опрыскали какой-то белой
краской. Иной цели, как маскировка, я не могу для
этой окраски придумать. Чтобы скрыть, что корова
эта... без изъяна, без пятна.

— Ох, Боже ж мой, — выдыхает старик.

— Кто эти люди, дядя Герц? Ты ведь знаешь.

— Кто эти люди? Евреи. Евреи-махинаторы. Масло масляное. Иных на свете не бывает.

Он все не может решиться подпалить свою сигару. Вынимает изо рта, вертит, кладет, снова за нее
хватается. Ландсману уже кажется, что под табачным листом скручена какая-то бумажка со страшной тайной.

— Ладно, — открывает наконец рот дядя Герц. —
Соврал. Еще вопрос. Меир, помнишь, когда ты еще
пацаном бывал в клубе «Эйнштейн», один еврей все
время с тобой шутил? Литвак его фамилия.

— Альтер Литвак. Я его видел недавно. В «Эйнштейне».

— Да ну?

— Он голос потерял.

— Да, попал в аварию. Колесом по шее. Жена погибла. На Рузвельт-бульваре, где насажали этой че-
ремухи виргинской. Единственное дерево, которое
выжило, и было то самое, в которое они врезались.
Единственное в округе Ситка.

— Помню, как сажали эти деревья, — сказал Ландсман. — Перед Всемирной выставкой.

— Пожалуйста, без слюнявой ностальгии, — вскинулся Герц Шемец. — Хватит с меня, навидался ностальгирующих евреев начиная с себя самого. Вы встречали когда-нибудь ностальгирующего индейца?

— Еще бы. А ты нет, потому что, когда ты приближался, от тебя прятали женщин и ностальгирующих индейцев. Давай о Литваке, отец.

— Он на меня работал. Много-много лет.

Из тона дяди Ландсман заключает, что тот сердится. Герц, как и все Шемецы, весьма темпераментный господин, но вспыльчивость отрицательно сказывалась на его работе, поэтому он от нее постарался избавиться.

— Альтер Литвак был федеральным агентом?

— Нет. Официально он там не числился. Федеральную службу он оставил тридцать пять лет назад. В армии служил.

— А почему ты на него злишься? — спросил Берко, внимательно следивший за отцом сквозь щелочки прищуренных глаз.

Герца вопрос застал врасплох, он старается это скрыть.

— Я никогда не злюсь. Разве что на тебя, дорогой мой. — Он улыбается. — Все еще ходит в «Эйнштейн»? Не знал, не знал... Он всегда карты предпочитал. В картах блеф в почете, обман, скрытность...

Ландсман вспоминает двоих молодых людей, которых Литвак представил как своих внучатых племянников, и вдруг осознает, что одного из них видел в лесу на Перил-Стрейт, за рулем «форда каудильо» с серой тенью на заднем сиденье.

— Он был там, — бормочет Ландсман Берко. — Таинственный тип на заднем сиденье.

— А что он для тебя делал все эти много-много лет, Литвак этот, а? — спрашивает Берко.

Герц колеблется, переводя взгляд с сына на племянника и обратно.

— Да, так... То-се, одно, другое... Все не для протокола. Он владеет многими полезными навыками. Может, самый способный человек, которого я за всю жизнь встретил. Системно мыслит. Терпелив и методичен. Физически очень силен был. Хороший пилот и механик. На местности ориентируется. Способный наставник, тренер. Дьявол!

Он удивленно смотрит на половинки разломанной сигары, в каждой руке по половинке. Роняет их на опустошенную тарелку с разводами соуса, прикрывает свидетельство проявления эмоций салфеткой.

— Этот еврей меня и предал. Продал тому репортеру. Он годами копил на меня компромат и все передал Бреннану.

— Но почему, если он *твой* еврей? — спросил Берко.

— Я не могу удовлетворительно ответить на этот вопрос. — Герц, ненавидящий головоломки, качает головой. Эта загадка для него на всю оставшуюся жизнь. — Может, в какой-то степени, деньги, хотя выдающимся стяжателем его не назовешь. Ни в коем случае не по убеждениям — у него нет никаких убеждений. Равно как и верований. Лоялен он лишь в отношении людей, которые ему подчиняются. Он видел, как идут дела, когда в Вашингтоне взяла верх та свора, и понял, что со мной покончено, прежде чем я сам это понял. Вот он и решил, что момент настал. Может, ему просто надоело на меня работать, и он решил пригрести мое место себе. Даже после того, как американцы вышибли меня и свернули операции официально, им нужен был свой человек в Ситке. И лучшего, чем Альтер Литвак, они не нашли. Может, ему просто надоело проигрывать мне в шахматы. Увидел шанс выигрыша — и выиграл. Но *моим* евреем Литвак никогда не был. Постоянный статус для него ничего не значил. Для него вообще ничего не значит дело, которому он служит.

— Рыжая телица, — вставляет Берко.

— Идея рыжей телицы, — подхватывает Ландсман. — Но давайте с ней покончим. Есть у вас рыжая без бельма, без бельмеса, и приволокли вы ее, скажем, в Иерусалим.

— Там ее полагается прикончить, — поясняет Берко. — И сжечь ее в пепел, и сделать помазание из пепла, и испачкать этим помазанием жрецов. А пока не испачкаешь, они не чисты и не могут войти в святилище, в Храм. — Он поворачивается к отцу. — Так?

— Более или менее.

— Ладно, но я вот чего не понимаю. Ведь там же это, как его, — морщится Ландсман. — Мечеть. На горке, где стоял Храм.

— Не мечеть, Мейерле, — поправляет Герц. — Святыня. Куббат-ас-Сахра. Купол-на-Скале. Третья по значению святыня ислама. Выстроена в седьмом веке. Абд-аль-Маликом в точности на том месте, где стояли два Храма евреев. На месте, где Авраам готовил к жертвоприношению Исаака, где Иаков узрел лестницу в небо. Пуп Земли. Да. Если захочешь воссоздать Храм и возродить старые ритуалы, не обойти проблемы с Куполом-на-Скале.

— Разбомбить, взорвать, снести... — лихо вступил Берко. — Здесь Альтер Литвак, должно быть, мастак.

— Да, в этих вопросах он большой специалист. — Герц потянулся к стакану, но стакан пуст.

Ландсман поднялся из-за стола. Схватил шляпу.

— Надо вернуться. Надо потолковать с кем-нибудь. С Биной.

Он достает свой мобильник, но сигнал из Ситки не достает. Снимает трубку с настенного аппарата, но номер Бины сшибает его на речевые сообщения.

— Найди Альтера Литвака, — диктует Ландсман. — Задержи и не выпускай.

Он поворачивается к столу, за которым сидят отец и сын. Берко молча и настойчиво задает какой-то важный для него вопрос. Руки его лежат на коленях, как у благовоспитанного ребенка. Но он не ребенок и ни в коей мере не благовоспитанный. Пальцы его переплетены, дабы не дозволить им совершить чего-то неподобающего. По прошествии немалого, как Ландсману показалось, времени, дядя Герц опускает глаза.

— Молитвенный дом в Святом Кирилле, бунты? — Это, что ли, вопрос Берко?

— Бунты, да. — Это, похоже, ответ Герца Шемеца.

— А вот Бога душу...

— Берко!

— Бога душу!.. Индейцы всегда говорили, что евреи сами взорвали его!

— Надо принять во внимание, какое давление оказывали на нас в тот период.

— Па-анимаю! Да-да. Балансирование на тонкой проволоке. На громадной высоте.

— Эти евреи, фанатики, влезшие на территорию спорной зоны, ставили под угрозу статус Ситки. Подтверждали страхи американцев. Показывали, что произойдет, если нам предоставят постоянный статус.

— Угу. О'кей. Ага. Ладно. А мать? Она тоже подвергала опасности Ситку?

Дядя Герц что-то произносит. Вернее, издает какие-то звуки. Воздух проходит из легких меж зубов и губ, звук напоминает человеческую речь. Он опускает глаза и снова издает такой же звук. Ландсман понимает, что Герц Шемец просит прощения. Говорит на языке, к которому никогда не прибегал, которому не обучен.

— Знаешь, мне бы давно пора понять, — говорит Берко, поднимаясь из-за стола. Он снимает с крюка пальто и шляпу. — Я всю жизнь не любил тебя, паразита, с первой минуты. Пошли, Меир.

Ландсман следует за Берко, но уже в дверях ему приходится отступить обратно, чтобы пропустить возвращающегося Берко. Берко отшвыривает пальто и шляпу, дважды бьет себя по лбу, обоими кулаками одновременно. Потом ломает вытянутыми впе-

ред пальцами невидимую сферу, размером примерно с череп отца.

— Всю жизнь старался, пыжился, — говорит Берко. — Глянь... — Он срывает с затылка кипу и поднимает перед глазами, созерцая ее с ужасом, как будто
сорванный с себя скальп. Швыряет шапчонку в старика. Кипа попадает Герцу в нос, падает, увенчивает
пирамиду из салфетки, сломанной сигары, лосиной
подливки. — А это дерьмо! — Он хватает ворот рубахи, рывком расстегивает ее, не заботясь состоянием
пуговиц. Обнажается белая ткань его бахромчатого
таллита, неуклюжего, как бронежилет, кефлар священный, окаймленный ультрамарином. — В гробу я
его видал! — Виданный им в гробу таллит неохотно,
но достаточно резво выползает из-под рубахи, обна-
жая футболку, тоже белую. — Каждый драный день
своей жизни я встаю и натягиваю это дерьмо и при-
творяюсь хрен знает кем. Ради тебя.

— Я никогда тебя не просил соблюдать религиозных ритуалов, — бормочет старик, не поднимая
глаз. — Да я и сам никогда в жизни...

— Дело не в *религии*, — стонет Берко. — Дело,
черт побери, в *отце*!

Еврей ты или не еврей, определяется по матери.
Берко это знает. Он знает это с того дня, когда прибыл в Ситку. Ему достаточно в зеркало глянуть, чтобы
это увидеть.

— Чушь! — бормочет старик, может, обращаясь
к самому себе. — Религия рабов. Подвязки, упряжь,
сбруя... Я этой дряни в жизни не надевал.

— Не надевал? — взвизгнул сын, как будто в восторге.

Ландсман опешил, когда Берко во мгновение ока
оказался у стола. Он не сразу понял, что происходит.
Берко напяливает свою ритуальную хламиду на голову старика. Он хватает голову отца одной рукой,
а другой накручивает на нее ткань, бахрому, как будто готовя статую к транспортировке. Старик бьется,
размахивает руками.

— Никогда не надевал, да? Не надевал? Так надень! Примерь мое, старый хер!

— Стоп! — кричит Ландсман и бросается спасать человека, склонность которого к тактической жертве фигуры привела, хотя и неумышленно, но непосредственно, к гибели Лори Джо «Медведь». — Берко, прекрати! — Ландсман хватает друга за локоть и тянет его прочь. Он умудряется протиснуться между отцом и сыном, начинает отпихивать сына от отца. К двери, к двери...

— О'кей. — Берко вскидывает руки и позволяет Ландсману отпихнуть себя фута на два. — Все, все... Не буду, отстань, Меир.

Ландсман отлипает от Берко, и тот начинает запихивать в штаны футболку, рубашку, потом принимается рубашку застегивать и обнаруживает, что пуговиц на ней не осталось. Он приглаживает щетку волос, подбирает с пола пальто и шляпу, выходит. Ночь с туманом входит на ходулях в дом на сваях, торчащий над водой.

Ландсман поворачивается к старику, голова которого обмотана тряпицей, старику, сидящему, как заложник, которому не позволено видеть захвативших его похитителей.

— Помочь, дядя Герц?

— Нет-нет, все в порядке, — отвечает тот еле слышно, ткань ослабляет звучание голоса. — Спасибо.

— Так и будете сидеть?

Старик не отвечает. Ландсман надевает шляпу и выходит.

Они уже усаживаются в автомобиль, когда из дома доносится выстрел. Звук откатывается от гор, ослабевает, исчезает.

— Бл...! — Берко оказался в доме еще до того, как Ландсман добежал до ступенек.

Когда Ландсман ворвался в открытую дверь, Берко уже согнулся над отцом, застывшим в позе спортсмена на соревнованиях по бегу с барьерами: одна нога подтянута к груди, другая вытянута сзади. В правой руке повис курносый револьвер, в левой зажата ритуальная бахрома. Берко распрямляет тело отца, переворачивает его на спину, проверяет пульс на шее. Красное пятно блестит на лбу справа, ближе к виску. Волосы выжжены, вырваны, обожжены и испачканы кровью. Выстрел, конечно, жалкий.

— О, черт, — бормочет Берко. — О, черт, дед... Все засрал...

— Все засрал... — отзывается Ландсман.

— Дед! — орет Берко, но тут же смолкает и добавляет еще два-три тихих гортанных слова на языке, оставленном в прошлом.

Они останавливают кровь, обрабатывают и перевязывают рану. Ландсман ищет, куда делась пуля, и находит дырку в фанерной стене.

— Где он его откопал? — Ландсман подбирает оружие. Револьвер потерт, поцарапан, старый механизм. — Тридцать восьмой «детектив спешиэл».

— Да черт его знает. У него куча пушек. Страсть любит игрушки. Это у нас общее.

— Может, мемориальный? Может, из него застрелился Мелек Гейстик в кафе «Эйнштейн»?

— Я бы не удивился. — Берко взваливает отца на плечо, они спускаются к машине, кладут раненого на заднее сиденье на кучу полотенец. Ландсман включает сирену, которую использовал, может, два раза за пять лет, и они направляются вверх по склону.

Станция «скорой помощи» есть в Найештате, но народ, доставляемый туда, мрет исправно и регулярно, так что они решают держать путь в Ситку, в центральную больницу. По дороге Берко звонит жене. Объясняет ей несколько сбивчиво, что его отец и человек по имени Альтер Литвак несут долю ответственности за смерть его матери во время печально известного индейско-еврейского конфликта, что его отец пустил себе пулю в лоб, что они собираются отвезти Герца Шемеца в отделение «скорой помощи» городской больницы, потому что он полицейский, черт побери, и что у него работа, и старик может и коньки отбросить. Эстер-Малке принимает и переваривает все рассказанное, Берко заканчивает контакт, и они входят в слепую зону. Минут пятнадцать связь отсутствует, оба молчат, но ближе к границе города телефон Берко оживает.

— Ну... — говорит он. И снова: — Ну... — но уже более раздраженно. Он слушает доводы своей жены около минуты. Ландсман не знает, читает ли она ему кодекс профессионального поведения, рассказывает ли о нормах морали и нравственности, о долге всепрощения, о долге сына перед отцом и потомков перед предками. Под конец Берко трясет головой, оглядывается на старого еврея, распростертого на полотенцах, выдавливает из себя: — Ладно. — И завершает разговор.

— Сбросишь меня в больнице, — произносит он голосом признавшего поражение, — и позвони мне, если найдешь этого грёбаного Литвака.

37

— Кэтрин Свини, пожалуйста.

Бина держит в руке телефонную трубку. Кэт Свини, помощник прокурора США, дама серьезная и компетентная, вполне может выслушать и осмыслить то, что собирается ей сообщить Бина. Ландсман нагибается, протягивает палец и его подушечкой разрывает соединение. Бина уставилась на него, медленно хлопая воскрылиями век своих. Ландсман застал ее врасплох. В кои-то веки!

— Они стоят за этим, — говорит Ландсман, не снимая пальца с кнопки.

— Кэти Свини стоит за этим? — Бина не отнимает трубки от уха.

— Не знаю. Сомневаюсь, что она об этом вообще слышала.

— Офис федерального прокурора в Ситке стоит за этим?

— Может быть. Не знаю. Возможно, и нет.

— Департамент юстиции, значит...

— Да. Не знаю, Бина. Извини.

Удивление прошло, глаза ее смотрят на него, не мигая.

— О'кей. Теперь слушай меня. Прежде всего, убери свой гнусный волосатый палец с моего телефона.

Ландсман поспешно отдергивает руку, не дожидаясь, пока лазерный луч ее взгляда стерильно оттяпает его палец.

— Не прикасайся к моему телефону, Меир.

— Никогда в жизни.

— Если то, что ты мне рассказываешь, правда, — говорит Бина тоном учителя, адресующегося к классу умственно недоразвитых подготовишек, — то я непременно должна сообщить об этом Кэти Свини. Возможно, следует сообщить в Госдеп. Даже, вероятно, в Министерство обороны.

— Но...

— Потому что — не знаю, в курсе ли ты, — потому что Святая Земля располагается вне границ моего участка.

— Охотно верю. Но послушай. Кто-то, обладающий весом — серьезным весом, — стирает данные в базе данных ФАА. Вес того же порядка необходим, чтобы пообещать совету индейских вождей отдать им округ Ситка после исхода евреев, если те пустят Литвака с его программой в Перил-Стрейт.

— Тебе это Дик сказал?

— Очень прозрачно намекнул. И при всем моем уважении к Ледерерам из Бока-Рейтон, вынуждает заметить: та же влиятельная персона подписывает чеки на карманные расходы по весьма дорогостоящим операциям. Тренировочный центр. Оружие и логистика. Селекция скота. Кто стоит за всем этим?

— Правительство США.

— Вот я и говорю.

— Потому что·они полагают, что идея запустить кучку чокнутых евреев в арабскую Палестину, чтобы взорвать пару-тройку храмов, побегать за Мессией и начать третью мировую войну — идея очень неплохая.

— Бина, они такие же чокнутые. Да ты и сама это знаешь. Может быть, они возлагают на третью мировую войну большие надежды. Может, они полагают, что третья мировая — новый крестовый поход, который вернет Иисуса на землю. А может, их интересуют просто нефть, нефтедоллары, гарантии на все времена. Не знаю.

— Заговорщики в правительстве?

— Понимаю, как это звучит.

— Говорящие цыплята.

— Извини.

— Ты обещал.

— Помню.

Она поднимает трубку, повторяет предыдущий вызов.

— Бина, пожалуйста, не надо.

— Я перебывала с тобой в куче темных уголков, Меир Ландсман. Но в этот не собираюсь.

Ландсман полагает, что не стоит винить ее за это.

Бина добирается до Свини, излагает той избранные места из ландсмановской истории. В ее изложении вербоверы и группа евреев-мессианцев стакнулись и планируют нападения на мусульманскую святыню в Палестине. Многие домыслы Бина опускает. Не упоминает также о смерти Наоми и Менделя Шпильмана. Зато заботится о достаточном неправдоподобии изложения, чтобы собеседница скорее ей поверила.

— Я хочу выйти на этого Литвака, — заключает она рассказ. — О'кей, Кэти... Да... Да, конечно... Да, да...

Разговор завершен. Бина подбирает со стола сувенирный глобус с миниатюрной панорамой Ситки, встряхивает его и смотрит, как падает снег. Офис она подчистила основательно, все выкинула, все безделушки и фотоснимки. Оставила только глобус да свою парку в нескольких экземплярах в рамках на стене. Да фикус и еще какой-то каучуконос, да розовую орхидею с беловатыми вкраплениями в зеленом стеклянном сосуде. Прелестно, как дно загородного автобуса после пикника, вид снизу. Бина царит над этой идиллией в очередном мрачном брючном костюме, волосы ее вздернуты и удерживаются на месте кольцами-резинками, металлическими пряжками и иными весьма полезными приспособлениями, живущими в ящике стола.

— Она не смеялась? — спрашивает Ландсман.

— Кэти не из таких. Ждет дополнительной информации. Мне показалось, что я не первая, от кого она услышала об Альтере Литваке. Сказала, что, возможно, они его заберут, если мы его обнаружим.

— Бухбиндер, — вспоминает Ландсман. — Доктор Рудольф Бухбиндер. Помнишь, он выходил из «Полярной звезды», когда ты входила.

— Дантист с Ибн-Эзра-стрит?

— Он сказал мне, что переезжает в Иерусалим. Я ему не поверил.

— Какой-то институт...

— На «М».

— Мириам?

— Мориа!

Бина лезет в компьютер и находит институт Мориа в закрытом списке, по адресу: 822 Макс-Нордау-стрит, седьмой этаж.

— Дом номер восемьсот двадцать два, — повторяет Ландсман. — Х-ха.

— Твой сосед? — Бина набирает номер.

— Через улицу, напротив, — отвечает Ландсман почти робко.

— Машину, — резолютно меняет намерение Бина, сбрасывает номер и набирает другой, короткий. — Гельбфиш.

Она приказывает блокировать входы отеля «Блэкпул» патрульными и сотрудниками в штатском, кладет трубку и смотрит на нее.

— О'кей, — говорит Ландсман. — Двинули.

Но Бина не двигается.

— Как приятно не иметь дела со всей твоей бредятиной. Я все же немного отошла от круглосуточной маниакальной Ландсмании.

— Завидую тебе.

— Герц, Берко, твоя мамаша, твой папаша... Вся ваша шайка. — И припечатывает по-американски: — Вонючий чокнутый пучок.

— Сочувствую.

— И луч света в вашем бедламе — Наоми. Единственный здравомыслящий человек был в семейке.

— Она так же отзывалась о тебе. Только Наоми говорила «единственный в мире».

Двойной неробкий удар в дверь. Ландсман встает, полагая, что Берко уже успел обернуться.

— Хелло! — В дверях американец. Привет американский: — Это еще кто? Вроде не имел удовольствия.

— Вы, собственно, к кому? — щурится Ландсман.

— Я есть ваше похоронное бюро, — сообщает американец на лоскутном, но энергическом идише.

— Мистер Спэйд назначен наблюдать за переходными процедурами, — поясняет Бина. — Полагаю, я о нем упоминала, детектив Ландсман.

— Полагаю, упоминали.

— Детектив Ландсман, — повторяет Спэйд-Большая-Лопата, ко всеобщему удовлетворению сползая в американский. — Небезызвестный.

К удивлению Ландсмана этот тип не шествует гордо за толстым гольф-клубным брюхом. Для брюха слишком соплив, широкоплечести и бочкогрудости еще не изжил. Фигуру обтягивает костюм гребенной шерсти по белой рубашке при монолитном лазоревом галстуке с зерненой поверхностью. Шея в бритвенных царапинах и шишках, между которыми торчат невыбритые островки. Выпирающий кадык намекает на безграничную серьезность и искренность. К лацкану прилипла стилизованная рыбка желтого металла.

— Если не возражаете, присядем здесь на минутку с вами и вашим начальником?

— О'кей. Но я бы лучше постоял.

— Как пожелаете. Может, все же впустите в помещение?

Ландсман отступает в сторону, пропускает гостя дорогого. Спэйд закрывает дверь.

— Детектив Ландсман, я имею основания полагать, что вы проводите несанкционированные расследования с превышением полномочий, к тому же будучи отстраненным…

— С сохранением содержания, — подсказывает Ландсман.

— Вы нарушаете все действующие правила. При содействии детектива Шемеца, тоже несанкционированном. Не удивлюсь, инспектор Гельбфиш, если окажется, что вы попустительствуете или даже содействуете им в этом волюнтаризме.

— О, нет-нет, — протестует Ландсман. — От нее помощи не дождешься. Палки в колеса, кнопки в задницу, никакой помощи.

— Я только что звонила в офис федерального прокурора.

— Неужели?

— Возможно, они сами займутся этим делом.

— Что вы говорите?

— Случай вне моей юрисдикции. Возможно, жители округа замышляют противозаконные действия за границами государства.

— Гм. За границами. Угроза! Вон из города!

Взгляд Бины охладевает, глаза заполняются не то свинцом, не то ледяной слякотью.

— Я хочу найти человека по имени Альтер Литвак, — как будто через силу произносит она. — Проверить, имеет ли он отношение к этим действиям. А также к убийству Менделя Шпильмана.

— Угу, — кивает Спэйд дружелюбно, несколько рассеянно, как будто пытаясь уделить частицу внимания несущественным моментам чужой жизни, увлеченно роясь в Интернете собственных мыслей. — Прелестно, мадам, но с моей позиции... Как это у вас называется: такой человек, который сидит с трупом, если труп еврей?

— Это называется шомер, — говорит Бина.

— Угу. С моей позиции местного шомера я обязан заявить: нет. Вам следует оставить в покое эту тему и мистера Литвака.

Бина отвечает не сразу. Усталость постепенно овладевает всем ее организмом, всем телом.

— Вы тоже в это замешаны, Спэйд?

— Я лично? Нет, мэм. Команда наблюдателей тоже нет. Комиссия по Реверсии — ни в коем случае. По правде говоря, я об этом не слишком много знаю. А о том, что знаю, обязан помалкивать. У меня свой круг обязанностей, весьма ограниченный. И не выходя за рамки этого круга, могу сказать, при всем моем уважении, что вы растратили значительную часть своих ресурсов.

— Это мои ресурсы, мистер Спэйд. В течение двух месяцев я могу допрашивать тех свидетелей, которых сочту нужным допросить, имею право арестовать того, кого считаю нужным арестовать.

— Только в случае согласия прокуратуры.

Звонок.

— А вот и прокуратура, — соображает Ландсман. Бина снимает трубку.

— Привет, Кэти. — Она молча слушает, покачивая головой. — Понимаю. — Голос ее ровен, без следов эмоций.

Трубка вернулась на аппарат. Бина сухо улыбается, склоняет голову, признавая полное поражение. Ландсман чувствует, что она старается на него не смотреть, ибо, если глаза их встретятся, она, чего доброго, разрыдается.

— А я так мило все устроила, — сокрушается Бина.

— И этот интерьер, надо признать, — льстит Ландсман. — Бездна вкуса! Здесь такой сарай был…

— Хотела передать все в полном порядке, — обращается Бина к Спэйду. — Без крошек и дохлых мух. Без развязанных шнурков.

Она старалась, вылизывала все задницы, которые положено лизать, расчищала завалы на дорогах, выгребала из конюшен навоз. Упаковала все в коробку и перевязала собою, изящным бантом.

— Даже диван долбанный выкинула. Спэйд, вы можете намекнуть, что происходит?

— Честное слово, не знаю, мэм. А если бы знал, не сказал бы.

— Но у вас есть указания держать здесь все тихо-мирно, гладко-сладко.

— Да, мэм.

— Здесь — Ситка. Там — Палестина.

— Насчет Палестины я не в курсе. Я из Люббока. Жена у меня из Накогдочес, а оттуда до Палестины сорок миль.

Бина непонимающе уставилась на него, затем в глазах забрезжило понимание, а щеки окрасил легкий румянец гнева.

— Шуточки свои можете оставить при себе.

— Слушаю, мэм. — Теперь слегка покраснели щеки Спэйда.

— Я отношусь к своей работе серьезно, мистер Спэйд. И, позвольте вам сказать, вам советую тоже отнестись ко мне со всей грёбаной серьезностью.

— Да, мэм.

Бина встает и смахивает с крюка свою оранжевую парку.

— Я собираюсь взять Альтера Литвака, допросить его, возможно, арестовать. Если хотите мне помешать, пожалуйста, попробуйте. — Она энергично двинулась к выходу мимо Спэйда, пытающегося сориентироваться в ситуации. — Но если вы попытаетесь меня остановить, никакого «тихо-мирно» не получится. Это я вам гарантирую.

Она выскочила из помещения, но тут же сунула голову обратно.

— Эй, жидовская морда! — зыкнула она Ландсману. — Помоги даме.

Ландсман насадил на голову шляпу и устремился за ней, кивнув на ходу Спэйду.

— Слава Богу, — выдохнул Ландсман.

38

Институт Мориа — единственный жилец седьмого, верхнего этажа отеля «Блэкпул». Стеночки блещут свежей красочкой, половичок нежно-новенький, розово-лиловенький. В конце коридора, при двери в № 707 на латунной плакетке чернеет имя заведения на идише и американском, пониже латиницей: «ЦЕНТР СОЛА И ДОРОТИ ЦИГЛЕР». Бина жмет на кнопку, глядя в зрачок камеры наблюдения над дверью.

— Уговор помнишь, — сообщает Бина Ландсману отнюдь не вопросительным тоном.

— Я помалкиваю.

— Это только малая часть уговора.

— Меня нет вообще. Не присутствую и даже не существую.

Она снова нажимает на кнопку, затем заносит кулак, чтобы грохнуть в дверь, но та подается, обнаруживая Бухбиндера. На нем какой-то из его вязаных то ли свитерных пиджаков, то ли пиджачных свитеров, на этот раз василькового цвета с фрагментами сырной плесени и подтухшего лосося, поверх бумажного твила и еще одного свитера, без молний. Лицо и руки не то в грязи, не то в чернилах.

— Инспектор Гельбфиш, — представляется Бина, выставляя вперед бляху. — Управление полиции Ситки. Мне нужен Альтер Литвак, и я имею основания предполагать, что найду его здесь.

Дантисты, как правило, не обучены высокому искусству лицедейства. На физиономии Бухбиндера открытым текстом написано, что визиту шамесов предшествовал предупредительный звонок.

— Уже поздно, — бормочет дантист. — Если вы...

— Альтер Литвак, доктор Бухбиндер. Он здесь?

Ландсман видит, как Бухбиндера терзают восходящие и нисходящие потоки, как дантиста бросает в воздушные ямы... Врать ему, что ли, нечасто приходится?

— Нет. Нет-нет, его нету, — врет он наконец.

— И где он, вы, разумеется, не имеете ни малейшего представления?

— Нет. Нет, инспектор, не знаю.

— Угу. О'кей. Может, вы несколько кривите душой, доктор Бухбиндер?

Краткая пауза, насыщенная докторскими эмоциями. Дверь захлопывается перед носом Бины, и кулак ее тут же нарушает пристойную тишину помещения. Дверь снова открывается, Бухбиндер прячем в карман мобильник. Он слегка кланяется. Лицо его лучится добродушием. Кто-то подогрел чувства дантиста, вылив ему за шиворот наперсток расплавленного олова.

— Прошу вас. Мистер Литвак вас примет. Он этажом выше.

— Разве это не последний этаж? — спрашивает Бина.

— Э-э... Есть еще пентхаус.

— Ночлежкам пентхаусы не положены, — роняет Лансдман. Бина стреляет в него глазом, напоминая, что его нет, что он призрак молчаливый.

Бухбидер понижает голос.

— Эксплуатационный полуэтаж, — бормочет он. — Его отремонтировали. Сюда, пожалуйста.

Межкомнатные перегородки снесены, Бухбиндер ведет непрошеных гостей по галерее центра Циглера. Прохладно, мрачновато. Белые стены, белый потолок. Никакого сравнения с бывшей лавкой канцтоваров на Ибн-Эзра-стрит. Стеклянные или акриловые кубы, венчающие пристойного вида пьедесталы, излучают свет, демонстрируют каждый свое: серебряную лопату, медный таз, какой-то непонятного вида покров, напоминающий одеяние инопланетянина из фантастического фильма. Экспонируется более сотни артефактов, тут и там драгметаллы, драгоценные камни.

— Вы достигли высот невообразимых, доктор, — замечает Ландсман.

— Да, это чудо. Чудо…

У дальней стены зала дюжина больших деревянных ящиков, из которых лезут наружу завитушки сосновых стружек. Из стружечной неразберихи торчит изящная серебряная ручка с позолотой. В центре зала на обширном низком столе представлена модель каменистого холма, подсвеченная дюжиной галогеновых светильников. Вершина холма, на котором Исаак ждал, когда отец лишит его тело жизни, плоская, как расстеленная на столе салфетка. По бокам каменные дома, вымощенные камнем проезды, крохотные оливы и кипарисы с пушистой зеленой листвой. Крохотные евреи в крохотных молитвенных шалях созерцают бездну на вершине холма, как будто иллюстрируя или моделируя постулат — так думает Ландсман — что у каждого еврея свой личный Мессия, который никогда не придет.

— Храма не вижу, — сама того не желая, ворчит Бина.

Бухбиндер с довольным видом хрюкнул и наступил на кнопку в полу. Раздался мягкий щелчок, что-то еле слышно загудело, как крохотный вентилятор. И Храм, воздвигнутый Соломоном, разрушенный вавилонянами, воссозданный, отреставрированный царем Иудеи, обрекшим на смерть Иисуса, вновь разрушенный римлянами, Храм, на месте которого возвели свое строение Аббасиды, вновь занял законное место на вершине мира. В соответствующем масштабе, разумеется. Генерирующая изображение технология сообщает образу чудесное переливчатое свечение, модель напоминает мираж, полярное сияние. Предполагаемый Третий Храм сочетает мощь каменных кубических объемов и колонн с разбегом площадок. Тут и там шумерские каменные изваяния придают сооружению легкий варварский оттенок. Та самая бумажка, справка с печатью, думает Ландсман, которую Бог оставил евреям, обещание, о котором мы Ему продудели все уши и дудим до сих пор. Ладья, сопровождающая короля в эндшпиле мироздания.

— Осталось включить «ту-ту, би-би», — бормочет Ландсман. — Осликов Иа-Иа…

Наконец, узкая лесенка. Верхним концом упирается она в стальную дверь черной эмали. Бухбиндер чуть слышно стучится.

Дверь открывает водитель «форда каудильо», плотный племянник Литвака во втором поколении, широкоплечий американчик со свежим розовым затылком.

— Меня должен ожидать мистер Литвак. Я Бина Гельбфиш.

— У вас пять минут, — отрезает молодой человек на сносном идише. Не старше двадцати парень. Левый глаз его косит внутрь, а прыщей на щеках много больше, чем бороды. — Мистер Литвак очень занят.

— А вы кто?

— Можете звать меня Микки.

Бина шагает на парня и врезается подбородком в его горло.

— Вам, Микки, это не понравится, но мне плевать на занятость мистера Литвака. Я займу столько его времени, сколько мне понадобится. Проводите меня быстренько к нему, если не хотите заполучить много времени для отдыха и размышлений.

Микки ищет поддержки и солидарности. Его брошенный в сторону Ландсмана взгляд говорит: кошмарная баба! Ландсман предпочитает значения взгляда не понять.

— Прошу прощения, у меня дела. — Бухбиндер отвешивает два поклона, каждому из копов. — Очень много работы.

— Вы куда-то собираетесь, доктор? — спрашивает Ландсман.

— Я уже все сказал. Может быть, вам следует записывать, чтобы не забывать.

Пентхаус отеля «Блэкпул» размахом не поражает. Две комнатушки. В наружной из мебели — диван-кровать, бар для спиртного, небольшой холодильник и семеро плохо подстриженных молодых людей в темных костюмах. Диван в сложенном состоянии, но по запаху заметно, что молодые люди на нем спят, возможно, все семеро. Мятый уголок простыни торчит из-под диванной подушки, как кусок рубашки, пойманный ширинкой.

Молодые люди уставились на телевизор с очень большим экраном. Спутниковые новости демонстрируют премьер-министра Маньчжурии, пожимающего руки пятерым маньчжурским астронавтам. Коробка, из которой вынули телевизор, стоит на полу рядом со своим бывшим содержимым. На кофейном столике спортивные напитки в бутылках, пакеты с неочищенными подсолнуховыми семечками. Шелуха от семечек распределена по комнате более непринужденно. Ландсман замечает три автоматических пистолета: два за поясами, один в носке. Может, и под чьей-то задницей или на чьем-нибудь бедре прячется еще один. Детективам никто не рад. Даже, кажется, наоборот. Молодые люди явно хотели бы увеличить расстояние между ними и собой.

— Покажите ордер. — Это Голд, мелкий огрызок мексиканца из Перил-Стрейт. Он отлипает от дивана и подскакивает к Бине. Узнав Ландсмана, вздымает единственную бровь до макушки. — Леди, этот тип не имеет права здесь находиться. Пусть он уйдет.

— Спокойно. Кто вы такой?

— Это Голд, — встревает Ландсман.

— Ага, Голд. Так вот, Голд. Вас здесь — раз, два, три, четыре… семеро. Нас двое.

— А меня и вовсе нету, — добавляет Ландсман. — Я вам снюсь.

— Мне нужен Альтер Литвак, и в бумажке я для этого не нуждаюсь, радость моя. Даже если я вздумаю его арестовать, то ордер могу и позже выписать. —

Бина дарит Голду слегка поношенную улыбку. — Честное слово.

Голд колеблется. Потом поворачивается, чтобы вроде как посовещаться с коллегами, но осознает тщету и суетность этого занятия, если не жизни в целом. Он подходит к двери и стучит. Из-за двери доносится нескладный всхлип изорванной волынки со сломанными трубками.

По строгости обстановки комната напоминает дом на сваях Герца Шемеца. Включая шахматную доску. Ни радио, ни телевизора. Стул, книжная полка, складная койка в углу. Достающая до пола стальная штора дребезжит на ветру. Литвак сидит на койке, колени сжаты, на коленях открытая книга. Старик сосет из жестянки через гибкую зеленую пластиковую трубочку какую-то консервированную питательную дрянь. Увидев вошедших, Литвак ставит банку на полку рядом с блокнотом в «мраморной» обложке, отмечает страницу закладкой-ленточкой и закрывает книгу. Ландсман видит, что это старое издание Тарраша в твердом переплете, возможно, «Триста партий». Литвак поднимает взгляд. Глаза его — два выцветших гроша. Лицо — углы да рытвины, аннотация на желтой кожаной обтяжке черепа. Он смотрит, как будто ожидая увидеть в их исполнении какой-то карточный фокус. Лицо доброго дедушки, готового скрыть свое разочарование и изобразить фальшивое удовольствие.

— Я Бина Гельбфиш, а Меира Ландсмана вы знаете.

«Я и тебя знаю», — ответили глаза старика.

— Ребе Литвак не может говорить, — поясняет Голд. — У него повреждены голосовые связки.

— Понимаю, — кивает Бина. Она оценивает взглядом результаты разрушительной деятельности времени, ранений, болезней. С этим человеком лет семнадцать или восемнадцать назад она танцевала румбу на свадьбе кузины Ландсмана Шефры Шейнфельд.

Свои повадки бой-бабы-детектива Бина отложила в сторонку — но не оставила. Она никогда их и вне службы не оставляет. Держит в расстегнутой кобуре со снятым предохранителем, и рука на бедре, пальцы поигрывают. — Мистер Литвак, я от этого детектива слышала о вас довольно-таки дикие истории.

Литвак достает свой блокнот и лежащую на нем наискосок черную пластмассовую сигару «Уотермана». Открывает блокнот, укладывает его на колено, изучает Бину, как шахматную доску в клубе «Эйнштейн», взвешивает дебют, видя двадцать вариантов, от девятнадцати отказывается. Развинчивает ручку. Последняя страница. Запись:

Не обращайте внимания на дикие истории

— Это верно. Я много лет в полиции, и по пальцам одной руки можно пересчитать случаи, когда дикая история оказывалась правдой.

Нелегкий фокус — предпочитать простые объяснения вещей в мире, полном евреев

— Согласна.

Потому трудно быть еврейским полицейским

— Мне нравится. Жаль будет с этим расстаться.

Литвак дернул плечами, как бы давая понять, что непременно посочувствовал бы, будь он на это способен. Его жесткие глаза протыкают застрявшего в дверях Голда и формулируют какой-то вопрос, на который Голд трясет головой. Ответив таким образом, Голд ретируется к телевизору.

— Понимаю, что это нелегко, — говорит Бина, — но скажите нам, что вы знаете о Менделе Шпильмане?

— И о Наоми Ландсман, — добавляет Ландсман.

Если думаете я убил Менделя то вы так же заблуждаетесь как и он

— Я вообще ничего никогда не думаю.

Счастливая

— Таков мой дар.

Литвак смотрит на часы и издает какой-то звук-обломок, по мнению Ландсмана — страдальческий.

Он щелкает пальцами. Появляется Голд, и Литвак поднимает в воздух исписанный блокнот. Голд мгновенно исчезает и еще более мгновенно появляется с новым блокнотом. Он подходит к Литваку, вручает ему блокнот и молча спрашивает, не следует ли распорядиться визитерами каким-либо из множества доступных способов. Литвак этот вопрос игнорирует, жестом отсылая Голда прочь. Потом отодвигается в сторонку и хлопает по освободившемуся месту рядом с собой. Бина расстегивает парку и садится. Ландсман подтягивает стул. Литвак открывает блокнот на первой странице.

Любой Мессия обречен в момент когда пытается спасти себя

39

Фрум, ветеран кубинской кампании, служил у Литвака в Матансасе и расхлебывал с ним кровавую кашу Сантьяго. Фрум — опытный пилот и надежная кадровая единица. Ему можно доверять, потому что нет в нем ни следа веры. Литвак слишком часто сталкивался с обдуманным и многосторонне, многоэшелонно обоснованным предательством правоверных. Пилот Фрум с оглядкой доверял лишь показаниям панели инструментов. Трезвомыслящий, дотошный до педантичности, компетентный, спокойный, выносливый… Когда он выгрузил в Перил-Стрейт команду новичков, салаги оставили самолет Фрума, понимая, *что* из них должно получиться.

«Пошлите Фрума», — накарябал в блокноте Литвак, когда от мистера Кэшдоллара поступило сообщение о чудесном разрешении от бремени в Орегоне. Во вторник Фрум вылетел на юг, а в среду (да разве ж это простое совпадение? — всплеснет руками правоверный) — в среду Мендель Шпильман замаячил в кабинете Бухбиндера на седьмом этаже отеля «Блэкпул», сообщив, что он разбазарил все свои благословения до последнего, а последнее приберег для себя самого. Пилот Фрум в это время находился за тысячу миль от отеля «Блэкпул», на ранчо в окрестностях Корваллиса, где Флиглер и Кэшдоллар, прилетевшие из Вашингтона, торговались с фермером, владельцем волшебного рыжего явления.

Да мало ли пилотов, способных доставить Шпильмана в Перил-Стрейт! В пилотах недостатка не было, но все они либо люди посторонние, либо юные правоверные. Посторонним лучше не доверяться, а юные правоверные… Литвак опасался, что Мендель Шпильман разочарует юного правоверного, что начнут досужие языки молоть плевелы праздных сплетен. Если верить доктору Бухбиндеру, Шпильман пребывал в состоянии неуравновешенном и непредсказуемом. Возбужденный, капризный, он вдруг впадал в состояние прострации, клевал носом, заплетающимся языком плел какую-то ахинею. Цадик-Ха-Дор весом в пятьдесят пять кило! Можете себе такое представить?

В таких обстоятельствах Литвак остановился на другом пилоте, также абсолютно лишенном веры и верований, но рассудительном и сдержанном, а также связанном с Литваком древней связью, внушающей ему определенные надежды. Первую мысль об этом пилоте Литвак изгнал из сознания, но вторая мысль оказалась о нем же. К тому же время подпирало. Уже дважды Шпильман соглашался отправиться к доктору Робуа на Перил-Стрейт и дважды передумывал. И Литвак приказал выйти на этого пилота и предложить ей работу. И она согласилась, содрав с Литвака на тысячу долларов больше, чем он собирался ей заплатить.

— Женщина… — процедил доктор, передвигая ладью ферзевого фланга — ход, насколько мог видеть Литвак, не дававший ему никакого преимущества. Доктор Робуа в прецизионной мерке Литвака обладал недостатком, свойственным всем верующим. Все внимание стратегии и полное пренебрежение тактикой. Ход ради самого хода, без мысли о последствиях. — Сюда.

Они сидели в кабинете второго этажа главного здания, с видом на пролив, на домишки индейского поселения с путаницей сетей и зигзагами деревянных мостков, сбегавшихся к категоричному восклицательному знаку нового причала для гидропланов. Кабинет принадлежал Робуа, но в углу его стоял еще один стол, для Мойша Флиглера, когда тот прибывал в Перил-Стрейт и когда его можно было удержать за столом. Альтер Литвак предпочитал обходиться без столов, как в служебной, так и в домашней обстановке, если понятие «домашняя обстановка» вообще к нему применимо. Он спал в гостиных, гаражах, на чьих-то диванах. Его рабочим столом мог стать и кухонный, а офисом — полигон, кафе или шахклуб «Эйнштейн», запасник института Мориа.

У нас тут полно мужчин менее мужественных, — написал Литвак. — Надо было завербовать ее раньше

Он навязал Робуа обмен слонами, внезапно пробив брешь в центре белых, и уже рассматривал один-другой вариант мата в четыре хода. Перспектива победы порождала скуку. Испытывал ли он какое-то удовольствие? Какое ему вообще дело до шахмат? На кой они ему? Взял ручку, запечатлел на бумаге оскорбление — хотя вот уже за почти пять лет не припомнил подъема эмоций со стороны доктора Робуа.

Будь у нас сотня таких, как она, я бы сейчас очищал доску от ваших фигур на веранде с видом на гору Гелеонскую

— Гм… — изрек доктор Робуа, взявшись за пешку и глядя в лицо Литваку. Литвак смотрел на небо.

Доктор Робуа сидел спиной к окну, темной скобкой замыкая шахматную доску, размышляя о сиюминутном шахматном роке. Западный горизонт за ним дыбился дымом с мармеладом. Мятые горы чернели зеленью деревьев и синели белизной снежных лощин. На юго-западе — ранний закат полной луны, выщербленной горизонтом, похожей на собственный черно-белый фотоснимок большого разрешения, наклеенный на небо.

— Да не глядите вы в окно! — взорвался доктор Робуа. — Каждый раз, когда вы туда смотрите, я думаю, что они уже здесь. — Он уложил своего короля на доску, откинулся назад складным плотницким метром. — Больше не играю. Слишком взвинчен. Вы выиграли.

Он зашагал по кабинету.

Не вижу причин для беспокойства перед вами простая задача

— Простая?

Он призван освободить Израиль вы же должны лишь освободить его самого

Робуа прекратил расхаживать и остановился возле Литвака, который положил ручку и принялся укладывать фигуры в коробку.

— Три сотни парней готовы умереть, следуя за ним. Три тысячи вербоверов готовы связать с ним судьбу, оставив дома и семьи. Если кинуть клич, последуют миллионы. Рад, что вы в состоянии шутить на такие темы. Рад, что можете спокойно смотреть в это окно, следить за небом и знать, что он наконец двинулся в путь.

Литвак оставил в покое фигуры и снова глянул в окно. Чайки, бакланы, всякие уткообразные, не имеющих названий на идише, парили на фоне заката. Каждую из птиц, летящих с юго-запада, можно было принять за приближающийся «Пайпер». Нельзя сказать, что ожидание не раздражало Литвака. То, чем они занимались, требовало людей, к долгому ожиданию несклонных.

Надеюсь он действительно ЦХД очень надеюсь

— Ничего вы не надеетесь, — отмахнулся Робуа. — Для вас это лишь игра. Азартная партия игрока, лишенного ощущения азарта.

После аварии, стоившей Литваку жены и голоса, доктор Рудольф Бухбиндер, сумасшедший дантист с Ибн-Эзра-стрит, восстановил его челюсть в акриле и титане, а когда Литвак пристрастился к болеутолителям, Бухбиндер направил его к старому другу, доктору Максу Робуа. И когда через несколько лет Кэшдоллар обратился к человеку в Ситке, чтобы воплотить в жизнь боговдохновенную мечту президента Америки, Литвак сразу вспомнил о Бухбиндере и Робуа.

Много еще утекло воды, не говоря о неисчерпаемых резервах литваковской хуцпа, бесконечных пил-

пул, словопрений, базара и трепа с Хескелом Шпильманом через Баронштейна, прежде чем план начал
обретать зримые очертания. Вставляли палки в колеса и разливали перед этими колесами масло карь-
еристы из минюста, видя в Шпильмане и Литваке — с достаточными основаниями — беспринцип-
ных бандюганов. Наконец, после месяцев надежд
и разочарований, состоялась встреча с большим дя-
дей в банях на Рингельбаум-авеню.

Вторник, утро, снег кружит меж слепых фонарей,
на земле белое одеяло в четыре дюйма. Слишком мало с точки зрения городской службы снегоочистки.
На углу Рингельбаум и Глатштейна занял пост про-
давец каштанов. На красном зонте снег, шипит и
светится хитрый агрегат, незаснеженные следы каш-
тановых дел мастера обрамляют параллельные полосы, оставленные колесами тележки. Тишь рассвет-
ная, слышно щелканье реле в ящике, переключаю-
щем светофоры, слышен писк пейджеров в карманах
придверных громил, рыжих медведей, выдрессиро-
ванных на охрану тела вербоверского ребе.

Рудашевские внедрили Литвака в дверь, на затянутую винилом бетонную лестницу. Вверх, затем
вниз в недра бани. Кулаки их физиономий излучают
смешанный свет иллюзиона туманных картин. Ша-
лость, жалость, свирепость, тупость, божественное
озарение... Древний русский кассир в стальной клетке и банщик в простынях да полотенцах не имеют ни
глаз, ни лиц. Головы их втянуты в утробы, их вообще
здесь нет, они как раз выбежали выпить чашечку кофе в «Полярной звезде», а может, еще даже не отлипли
от животов жен своих и не покинули постелей. В этот
час баня еще официально закрыта. Посетителей ни
души, вообще никого нет, а банщик, сунувший Литваку пару поношенных полотенец, всего лишь призрак, оделивший свежего покойника саваном.

Литвак разделся, повесил одежду на два стальных крюка. Букет запахов: хлорка, подмышки, бан-
ная соль — или рассол из устроившегося в подвале

засолочного цеха? Ничто не действует угнетающе, унижающе. Может, и не было у принимающей стороны замысла морально раздавить сторону принимаемую? Принудили раздеться… Так кто ж в парилку во фраке прется!.. Шрамы Литвака многочисленны, иные ужасны. Определенный эффект: один из Рудашевских аж присвистнул. Тело Литвака — пергамент, исписанный сагами страданий, балладами и байками о боли, которую этим костоломам вряд ли приходилось кому-либо причинять. Он вынул блокнот из кармана повешенных на крюк брюк.

Нравится?

Вопрос слишком сложен для Рудашевских. Один кивает, другой отрицающе трясет головой. Такая несогласованность смущает обоих, и они поскорее сбывают коллекционера шрамов сквозь молочного стекла дверь в наполненное молочного цвета паром помещение парилки, допускают к телу, которое призваны охранять, позабыв про блокнот и смертоносное оружие — авторучку.

Тело во всем ужасе и великолепии, громадное глазное яблоко, вывалившееся из глазницы. Видел его Литвак ранее лишь однажды, увенчанное черной шляпой и обернутое черными тканями, как пухлая пальма листьями. Сейчас гороподобный монстр, виднеющийся сквозь туман, больше напоминает известняковый валун, поросший темным лишайником волосяного покрова. Литвак почувствовал себя самолетом, волею ветра брошенным в скалу. Чрево, беременное тройней слонят, увесистые сосцы, аки серны-близнецы с яркими кляксами сосков, ляжки, что отъевшиеся котики на лежбище… в общем, впечатляет.

Литвак опустил свой обтянутый рваным пергаментом скелет на горячие плитки у подножия мясного монстра. В прошлую встречу глаз рабби он не приметил, их прикрывала тень несъедобного пирога его шляпы. Сейчас глаза эти рассматривали видавшее виды тело Литвака. Глаза добрые, доброватые либо приученные к этому выражению. Глаза читали шрамы, каждый по отдельности: пурпурную пасть на правом плече, красные рубцы на ребрах, яму на правом бедре, достаточно глубокую, чтобы вместить унцию джина. Глаза выражали симпатию, уважение, даже благодарность. Жестокая и бессмысленная кубинская кампания вызвала много шума, ее ветеранов сторонились. Никто не предлагал им прощения, забвения, отдохновения. Хескел Шпильман обещал поруганному войной Литваку все это и даже больше.

— Характер ваших затруднений мне объяснили, изложили и суть вашего предложения, — произнес ребе девичьим голосом, исходящим Бог весть из какого места на его теле и сразу вступавшим во взаимодействие с кафелем, туманом и каплями воды. — Вы все-таки пронесли сюда блокнот и ручку, несмотря на ясные указания не брать с собой ничего.

Литвак приподнял для обозрения контрабанду. Блокнот живо впитывал влагу, листы уже коробились.

— Это вам не понадобится. — Птицы ладошек ребе уютно устроились на скале его брюха, он закрыл глаза, лишив Литвака их симпатии, искренней или деланной, и в течение одной-двух минут выдержал собеседника в липкой каше жаркого тумана. Литвак терпеть не мог потных процедур, всегда ненавидел швиц. Но лишь в этой мирской нечистой дыре старого Гарькавы мог вербоверский ребе считать себя наедине с собеседником, вне двора, габая, вне своего мира. — Я не потребую от вас никаких разъяснений, не буду ни о чем спрашивать.

Литвак кивнул. Понятно, не стал бы Шпильман тратить время и приглашать его сюда для этого одностороннего диалога, если бы намеревался ему отказать. Так подсказывал Литваку здравый смысл. Но нутром он чуял, что пригласил его сюда этот толстый гангстер, чтобы поиздеваться над ветераном и вышвырнуть вон с подобающей помпой.

— Заверяю вас, мистер Литвак, что ваше предложение рассмотрено подробнейшим образом, под всевозможными углами зрения.

Начнем с наших южных друзей. Если бы они просто чего-то хотели, как обычно... чего-то осязаемого... Нефти, к примеру... Или если бы они руководствовались какими-то стратегическими соображениями в отношении России или Персии... В обоих случаях мы им без надобности. Каким бы сложным ни было завоевание Святой Земли, наше физическое присутствие, наша решимость сражаться, наше оружие не повлияли бы на их стратегические планы. Я изучил их предложения по поддержки еврейского вопроса в Палестине, изучил их теологию; по мере сил, с помощью рабби Баронштейна попытался уяснить цели этих язычников и их логику. Не могу не признать, что убедился в их искренности. Когда они утверждают, что хотят вернуть Иерусалим евреям, они не врут. Их мотивация, рассуждения, ссылки на так называемые пророчества и апокрифы, конечно, смехотворны. Даже ужасающи. Эта дурацкая вера во второе пришествие того, кто никуда не исчезал хотя бы потому, что никогда и не появлялся. Но, со своей стороны, они тоже могут нас пожалеть с нашим запоздавшим Мессией. Как основанием для сотрудничества взаимной жалостью нельзя пренебрегать.

Ваша позиция тоже ясна. Вы солдат-наемник. Вас привлекает динамика и ответственность командной генеральской деятельности. Я вас понимаю. Вам по душе драка, убийство, когда убивают не ваших людей. Отважусь предположить, что после столь долгой работы с Шемецем угождать американцам у вас тоже вошло в привычку.

Для вербоверов риск очень велик. Очень велик. Чреват гибелью всей общины в течение нескольких дней, если ваши войска окажутся недостаточно подготовленными или, что также вероятно, столкнутся с подавляющим численным перевесом противника. Если мы здесь останемся, нам, правда, тоже грозит конец. Ветром развеет. Наши друзья с юга дали это ясно понять. Это кнут. Реверсия как уголь в штанах, возрожденный Иерусалим как ведро ледяной воды. Пряник. Иные горячие головы из молодежи предлагают оказать им сопротивление здесь, на месте, но это просто безумие.

С другой стороны, если мы согласимся и вы преуспеете, ценность приза превосходит всякие вожделения. Я имею в виду, конечно, Сион. Одна мысль о такой возможности воодушевляет, слепит глаза.

Он поднял к глазам левую ладошку. Обручальное кольцо прорубило бороздку в его пальце и спряталось в складке, как будто топор в стволе толстого дерева. Литвак почувствовал биение крови в висках, в горле, как будто большой палец ритмично забился по нижнему басу арфы. Головокружение. Руки и ноги раздувает гелий, они превращаются в воздушные шары, тянут тело вверх... Это от жара парилки, предположил Литвак.

— Манящее видение, — сказал ребе. — Чувствую себя таким же ослепленным, как евангелисты. Сокровище неоценимое.

Нет, не только атмосфера парной усилила пульс Литвака и вызвала головокружение. Он понял, что нутро его оказалось умней рассудка. Шпильман собирался отклонить предложение. Этот момент приближался, но в голове Литвака зародился и зрел контраргумент.

— И это еще не все, — продолжал ребе. — Мессия — моя заветная мечта, сильнейшее стремление моей жизни. — Он поднялся, брюхо хлынуло на бедро и мошонку, как вскипевшее молоко из кастрюли. — Но сдерживает страх. Страх поражения, боязнь потери еврейских жизней и полного разрушения всего, над чем трудились шесть десятков лет. К концу войны нас оставалось одиннадцать человек, одиннадцать вербоверов, Литвак. Одиннадцать! Я обещал тестю на его смертном одре, что никогда не допущу такого разгрома.

Наконец, я сомневаюсь в целесообразности этих действий. Существуют многочисленные обоснованные теории, предостерегающие от поспешных действий, от попыток ускорить пришествие Мессии. Иеремия и Соломон, к примеру, осуждают такие действия. Да, конечно, я жажду узреть моих евреев в новом доме, обеспеченном финансовой поддержкой США, с доступом к новым рынкам и ресурсам, которые откроет успех вашей операции. Жажду узреть Мессию, как жажду погрузиться после жара этой парильни погрузиться в темную прохладу миквы там, за дверью. Но, прости, Господь, мне эти слова, я боюсь. Таким страхом обуян, что даже вкус Мессии на губах моих не убедит меня. Так и скажите им там, в Вашингтоне. Трусит вербоверский ребе. — Идея страха показалась ему новой и заманчивой. Так подросток задумывается о смерти, так блудница мечтает о чистой любви. — Что?

Ребе уставился на задранный вверх указательный палец Литвака. Еще какое-то предложение. Дополнительный пункт повестки дня. Литвак не обдумал, как его подать, стоит ли вообще его поднимать, этот пункт и этот палец. Но когда ребе уже совсем повернулся было массивным задом к Иерусалиму и к немыслимой сложности сделки, которую вот уже сколько месяцев вынашивал и пестовал Литвак, он почуял возможность блестящего хода, вроде тех, что отмечаются в многоходовках двойным восклицательным знаком. Он распахнул блокнот, махнул ручкой по первому чистому листку, но в спешке и панике нажал слишком сильно, ручка порвала размокшую бумагу.

— Что у вас? — спросил Шпильман. — Еще какое-то предложение?

Литвак кивнул раз, другой.

— Ценнее Сиона? Мессии? Может, домишко на продажу?

Литвак встал и подошел к ребе. Двое голых с гиблыми телами. Каждый по-своему одинок. Из своего одиночества вытянул Литвак указательный палец и нарушил однородность мелких капелек конденсата, скопившегося на белом квадрате плитки. Два слова.

Глаза ребе уперлись в слова, перекинулись к глазам Литвака. Надпись снова затуманилась, исчезла.

— Мой сын?!

Это не просто игра, — написал Литвак в кабинете на Перил-Стрейт, ожидая вместе с Робуа прибытия этого заблудшего неисправимого сына. — *Лучше драться за сомнительную победу, чем праздно ожидать какими ошметками тебя накормят*

— Я надеюсь, что в каком-то углу еще осталась вера, — сказал Робуа. — Может быть, еще есть надежда.

Обеспечивая партнеров, клиентов, коллег, помощников, работодателей кадрами, Мессией, финансированием в пределах, превышающих их самые дикие мечты, Литвак просил от них лишь одного: не требовать, чтобы он верил тому идиотизму, в который уверовали они сами. Если для них телица красная — плод божественного вмешательства, то для него эта рыжая телка — выкинутый из-под хвоста случая отход засунутых туда, случаю под хвост, многих тысяч долларов налогоплательщиков, потраченных на бычью сперму и оплодотворение пипеточкой. Всесожжение этой коровы — для них исполнение древнего завета и очищение Израиля, для него — необходимый ход в древней игре, на кон которой поставили выживание евреев.

Я в тот угол не ходок

Стук в дверь, и в щель просунулась голова Микки Вайнера.

— Я пришел, чтобы напомнить вам, сэр, — сказал он на добротном американском иврите.

Литвак непонимающе уставился в розовое лицо с припухшими веками и округлым детским подбородком.

— За пять минут до сумерек. Вы велели напомнить.

Литвак подошел к окну. Небо испещрилось розовыми и зелеными полосами по лучистому серому фону, напоминающему тело живого лосося. На небе планета — или яркая звезда. Он кивнул Микки Вайнеру. Закрыл шахматную доску-коробку и запер крючочком.

— Что в сумерки? — Робуа повернулся к Микки Вайнеру. — Какой сегодня день?

Микки пожал плечами. Насколько ему известно, обычный день месяца нисана. Как и его товарищи-сверстники, Микки Вайнер верил в предстоящее возрождение царства Иудейского и в Иерусалим как вечную столицу евреев. Так же, как и они, соблюдал он правила и предписания. Молодые американские евреи в Перил-Стрейт блюли диету, праздновали положенные даты, прикрывали темя кипой и носили таллиты, однако бороды подстригали по-армейски. В субботу они избегали работы и тренировок, однако не слишком строго. В течение сорока лет Литвак отвыкал от религиозных норм. Даже после аварии, лишившей его Соры, оставившей на ее месте зияющую дыру, даже в жажде смысла и голоде значения, оставшись перед пустой чашею и расколотым подносом, Литвак не стал более религиозным. «Черные шляпы» ему претили, как и прежде. После встречи в бане он ограничивался лишь минимально необходимыми контактами с готовящимися к походу на Палестину вербоверами.

Никакой сегодня день, — написал он перед тем, как сунуть блокнот в карман и выйти. — *Сообщите мне когда прибудут*

В своей каморке Литвак вынул изо рта протезы, небрежно швырнул их в стакан. Расшнуровал ботинки и тяжко уселся на складную кровать. В Перил-Стрейт он всегда спал здесь, в стенном шкафу-кладовке, — так значилось это помещение на планах проектировщиков. Удобно, напротив кабинета Робуа. Одежду Литвак повесил на крюк, багаж сунул под койку.

Он оперся на крашеные шлакоблоки холодной стены, посмотрел на противоположную стенку, повыше полочки, на которой стоял стакан с его зубами. Окон в шкафу не предусмотрели, поэтому звезду пришлось вызвать в воображении мысленным усилием. Порхающие утки. Фотографическая луна. Небо, темнеющее до цвета ружейного дула. Низко летящий самолет, заходящий с юго-востока, с пассажиром, который в планах Литвака одновременно пленник и динамит, башня и яма-ловушка, мишень и стрела.

Литвак поднялся, крякнул, приветствуя свою спутницу и собеседницу, боль. Суставы рвут металлические стержни, колени клацают, как педали раздолбанного пианино, металлическая арматура стягивает челюсти. Провел языком по слизи протезной замазки. С болью он и ранее знаком был не понаслышке, но после аварии тело стало чужим, слаженным и сколоченным неизвестно из чего. Насаженный на шест, сооруженный из обломков досок скворечник, в котором бьется летучая лиса его души. Как и любой другой еврей, рожден он в чужом мире, не в своей стране, не в том городе, в неверное время, а теперь еще и тело не то, неправильное тело. Может быть, то же самое чувство неправильности, кулак в еврейском брюхе, и заставляет его генеральствовать в этом еврейском предприятии.

Литвак подошел к стальной полке, которую сам привинтил к стене под воображаемым окном. Рядом со стаканом, в котором игральные кости зубных протезов свидетельствовали об искусстве Бухбиндера, еще один. В нем несколько унций парафина, затвердевших вокруг куска белой бечевки. Литвак купил эту свечку в какой-то лавчонке почти через год после смерти жены, чтобы зажечь в годовщину ее гибели. Годовщин ее гибели прошло немало, и Литвак этаблировал своеобразную традицию. Каждый год он доставал свечку-ежегодничек, глядел на нее, представлял, как он ее зажжет, представлял трепетание пламени, воображал, как лежит во тьме, а мемориал светит над его головой, разметывает вокруг светотеневые загогулины своего таинственного алфавита. Через сутки стакан опустеет, фитиль сгорит, металлическая эмблемка утонет в остатках парафина... Далее воображение отказывалось служить ему.

Литвак порылся в карманах штанов в поисках зажигалки, чтобы дать себе реальный шанс, предоставить выбор. Сможет ли он щелкнуть крышкой, высечь искру, зажечь огонь? Зажигалка — стальная «Зиппо» с вытравленной на боку рейнджеровской эмблемой и с глубокой вмятиной с другой стороны, которой она отразила какую-то часть налетевшего на них автомобиля или дороги, или дерева, не дала чему-то твердому прорваться к сердцу Литвака. Из-за горла своего Литвак больше не курил, зажигалку оставил при себе по привычке, как символ живучести, и никогда с ней не расставался. Днем в брюках, ночью рядом с постелью. Но сейчас ее не оказалось ни в брюках, ни возле койки. Он робко, по-стариковски обхлопал себя. Реконструировал события дня, до утра, когда должен был положить зажигалку в карман. Клал ли он ее туда сегодня? Никакого следа в памяти. В том числе и о вчерашнем дне. Не забыл ли он ее где-нибудь в Ситке, несколько дней назад? В отеле «Блэкпул»? Литвак опустился перед койкой, вытянул из-под нее свое имущество, перерыл, переворошил его. Нет зажигалки. И спичек нет. Только свеча в стакане для сока и человек, не знающий, как ее зажечь. Даже при наличии источника огня. Литвак повернулся к двери и услышал шаги. Тихий стук. Свечка-ежегодничек скользнула в боковой пиджачный карман.

— Ребе Литвак, они здесь, сэр, — доложил Микки Вайнер.

Литвак сунул в рот зубы и натянул рубашку.

Всех разогнать по комнатам я не хочу чтобы его видели

366

— Он не готов, — сказал Микки Вайнер. Сомнение в голосе, потребность в подтверждении. Менделя Шпильмана он в жизни не видал, слышал, конечно, байки о детских чудесах, может, сообщения о чудесным образом скисавшем или сбегавшем при упоминании имени Шпильмана молоке.

Он болен но мы его вылечим

Ни в коем случае не было частью плана Литвака намекнуть евреям Перил-Стрейт, что Мендель Шпильман — Цадик-Ха-Дор. Мессия явленный — какой от него прок? Исполненная мечта — наполовину разочарование.

— Мы знаем, что он всего лишь человек, — добросовестно разъясняет Микки Вайнер. — Мы все это знаем, ребе Литвак. Он человек и ничего больше, а то, что мы делаем, больше, чем любой человек.

Не о человеке забочусь, — пишет Литвак. — Всем по комнатам

Стоя на пирсе гидропланов и наблюдая, как Наоми Ландсман помогает Менделю Шпильману покинуть кокпит «Суперкаба», Литвак подумал, что, не знай он наверняка, принял бы их за возлюбленную пару. С такой привычной непринужденностью Наоми подхватила его под руку, поправила воротник рубашки, завернувшийся за пиджак, смахнула огрызок целлофановой пленки с прически... Она смотрела в его лицо, только ему в лицо, а Шпильман глазел на Робуа и Литвака; она смотрела с нежностью механика, выискивающего трещины усталости материала. Казалось непостижимым, что эти двое знакомы друг с другом не более трех часов. Три часа. Этого периода оказалось достаточным, чтобы сплести ее судьбу с его участью.

— Добро пожаловать, — донеслось от кресла-коляски, при которой замер доктор Робуа. Развевающийся на ветру галстук доктора шлепнул его по губам. Голд и Тертельтойб, парень из Ситки, спрыгнули на пирс. От веса Тертельтойба причал содрогнулся и звякнул. Волны лизали сваи пирса. В воздухе пахло мокрыми рыбацкими сетями и лужами стоялой жижи, скопившейся в старых лодках. Почти стемнело. В искусственном освещении пирса все слегка позеленели, кроме Шпильмана, белого, как ость птичьего пера, и на вид такого же пустотелого. — Добро пожаловать, — продублировал себя Робуа для вящей убедительности.

— Не надо было аэроплана, — ответил Шпильман сухой актерской шуткой, хорошо поставленным голосом, прекрасно артикулируя, с легким придыхом печальной древней Украины. — Я в состоянии и сам долететь.

— Гм... да...

— Рентгеновское зрение. Виртуальный бронежилет. Полный набор. Для кого, извините, коляска? Для меня?

Он простер перед собой руки, составил ступни рядышком, обозрел себя от подушечек пальцев рук до носков башмаков, изображая готовность ужаснуться увиденному. Плохо сидящий костюм в мелкую полосочку, головной убор отсутствует, галстук разболтался, рубашка заправлена в штаны фрагментарно, растрепанная прическа отдает чем-то подростковым. В этом хрупком теле и сонном личике ничего нет от его ужасного родителя. Разве что какие-то намеки вокруг глаз. Шпильман повернулся к пилоту, разыгрывая удивление и обиду предположением, что он может нуждаться в колесах инвалидного кресла. Но Литвак видел, что эта игра скрывала его реальное удивление и реальную обиду на злодейку судьбу.

— Вы ведь считаете, что я неплохо выгляжу, мисс Ландсман? — сказал Шпильман, дразня девушку, взывая к ней, умоляя ее.

— Ты потрясный парень, — лихо ухмыльнулась Наоми. На ней синие джинсы, заправленные в высокие черные сапоги, мужская белая оксфордская рубаха, старая стрелковая куртка ситкинского управления полиции с фамилией «ЛАНДСМАН» над карманом. — И видок у тебя что надо.

— Ой, врунья, врунья...

— Хорошо, без вранья. Чисто с моей личной точки зрения вы выглядите вполне на полученные мною тридцать пять сотен долларов, мистер Шпильман. Объективно, правда?

— Я в коляске не нуждаюсь, доктор, — говорит Шпильман без тени упрека. — Но все равно спасибо за предусмотрительность.

— Вы готовы, Мендель? — спросил доктор мягко, предупредительно.

— А мне необходимо быть готовым? Если это так, то придется протянуть еще недели три-четыре-пять.

Слова вылетели изо рта Литвака как вербальный смерч, как пламенное дыхание дракона, нежданными и непрошенными. Ужасный звук, как будто горящая автопокрышка бухнулась в сугроб.

— Не надо быть готовым. Надо быть здесь.

Звуки эти поразили всех, даже Голда, который спокойно листал бы буклет комиксов при свете сгорающего заживо человека. Шпильман медленно повернулся, улыбка в углу рта, как ребенок, которого зажали подмышкой.

— Альтер Литвак, не так ли? — Он вытянул руку для пожатия, щурясь на Литвака, напуская на себя вид крутой мужественности, высмеивая крутую мужественность и одновременно полное ее отсутствие в собственной натуре. — О, скальных пород рука!

Собственная его рука мягка, тепла, влажновата — лапка вечного школьника. Что-то в Литваке протестует, сопротивляется этой теплоте и мягкости. Он и сам испугался древней окаменелости своего голоса, а еще больше того, что вообще что-то ляпнул. Ужаснулся чему-то в Менделе Шпильмане, в его пухлом личике, неказистом костюме, улыбке потерянного вундеркинда, в его храброй попытке спрятать свой испуг — всему, что исторгло из него, Литвака, первую фразу за несколько лет. Литвак сознавал, что харизма — категория реальная, хотя и не вполне определенная, некий химический огонь, которым горят отдельные счастливые несчастливцы. Как и пламя таланта, как горение гения, она аморальна, она вне измерений добра и зла, силы, слабости, бесполезности. Ощутив в своей ладони теплую ладошку Шпильмана, Литвак понял, насколько верна его тактика. Если Робуа найдет к механизмам Шпильмана подходящие гаечные ключи, то Шпильман вдохновит и поведет не несколько сотен вооруженных берсеркеров, не тридцать тысяч «черных шляп», ищущих, куда бы приткнуть ковчег гонимой родины, но весь разбредшийся народ. Этот план здравый и реальный, ибо в Менделе Шпильмане оказалось нечто, заставившее заговорить человека с разрушенными речевыми органами. Это нечто боролось с чем-то в Менделе Шпильмане, что наталкивалось на нечто в Литваке. Он почувствовал позыв сжать руку, сокрушить кости этой ручки школьника.

— Мир вам, еврейцы, — усмехнулась Ландсман. — Давненько...

Литвак кивнул и пожал протянутую Наоми руку. В нем сразу же схватились естественное восхищение умелым профессионалом, овладевшим ремеслом вопреки множеству препон, и подозрение, что эта особа лесбиянка. Эту категорию милых дам Литвак отказывался понимать и принимать почти принципиально.

— О'кей, — отмахнулась она от него, все еще ориентируясь на Шпильмана. Ветер вдруг усилился, и Наоми обняла своего пассажира за плечи, слегка сжала. Осмотрела зеленоватые лица ожидавших передачи груза. — Все будет хорошо?

Литвак черкнул что-то в блокноте, передал Робуа.

— Уже поздно, темно, — сказал тот. — Позвольте предложить вам ночлег.

Она, казалось, собиралась отказаться, потом кивнула.

— Неплохая мысль.

У подножия длинной зигзагообразной лестницы Шпильман остановился, оценил высоту подъема.

Казалось, его посетили какие-то предчувствия, понимание того, что здесь от него ожидают. Изобразив на лице ужас, он рухнул в инвалидную коляску.

— Защитный шлем забыл дома.

Добравшись до верха, он так и остался в коляске и позволил своему пилоту управлять и этим транспортным средством вплоть до прибытия в главное здание. Тяготы долгого пути, ответственный шаг, на который он, наконец, решился, падающий уровень героина в кровотоке — существенные факторы. Но они уже прибыли в его комнату. Кровать, стол, стул, прекрасные шахматы, английский набор. Мендель Шпильман полез в карман мятого костюма и вытащил черную с ярко-желтым картонную коробку.

— Ну, я так понимаю, мазел тов и все в порядке, — сказал он, распределяя полдюжины маняще выглядящих сигар «Коиба». Запах их, даже незажженных и в трех футах от его ноздрей, автоматически вызвал в мозгу Литвака обещание заслуженного отдыха после жестокого боя. Чистые простыни, горячая вода, темнотелые туземки, мулатки, квартеронки… Женщины, девочки… — Говорят, девочка…

Сначала никто не понял, о чем он. Затем раздался нервный смех. Смеялись все, кроме Литвака и Тертельтойба, щеки которого приобрели цвет украинского супа «борщт». Тертельтойб знал, как и все остальные знали, что Шпильман не должен узнать никаких деталей плана, включая и новорожденную телку, пока Литвак не даст соответствующих указаний.

Литвак выбил сигару из мягкой руки Шпильмана и сжег взглядом Тертельтойба, едва видя его сквозь заславшую глаза кровавую пелену гнева. Уверенность, которую он ощущал на пирсе, уверенность, что Шпильман послужит их делу, полетела вверх тормашками. Такой талант, как Шпильман, никогда никому служить не будет. Этот талант может позволить служить себе. И в первую очередь он заставляет служить себе своего носителя. Не удивительно, что бедняга так долго бегал и прятался от своего поработителя.

Вон

Они прочитали это сообщение и покинули помещение. Последней вышла Ландсман, не забывшая спросить, где она будет спать, и пообещав Шпильману утром с ним свидеться. Сначала Литвак подозревал, что Наоми может планировать ночное рандеву с бывшим пассажиром, но это подозрение отмел на том основании, что она лесбиянка. Ему и в голову не пришло, что эта еврейка, искательница приключений, может уже взвешивать возможности побега, о котором сам Мендель еще не помышлял. Ландсман чиркнула спичкой, запалила сигару, затянулась, вышла.

— Не сердитесь на парня, ребе Литвак, — улыбнулся Шпильман, когда они остались вдвоем. — Люди мне всегда всё рассказывают. Да вы и сами заметили. Пожалуйста, возьмите сигару. Очень хорошая сигара.

Этот чертов еврейчик подобрал корону, которую Литвак выбил из его руки, и, поскольку Литвак не принимал, но и не отказывался, просто-напросто спокойно поднес ее к губам старого вояки и мягко всунул ее меж его губ. И она висела там, исходя запахом пряной подливки, пробки, комаров, отдавая женской промежностью, пробуждая старые вожделения. Последовал щелчок, вспыхнул огонек, Литвак чуть пригнулся и всунул кончик сигары в пламя собственной зажигалки «Зиппо». Он ощутил укол чуда, ухмыльнулся, кивнул, облегченно вздохнув запоздало всплывшему в сознании логическому объяснению: он, Литвак, забыл зажигалку в Ситке, Голд или Тертельтойб нашли и захватили с собой в самолет. Шпильман попросил закурить и автоматически сунул зажигалку в карман. Все путем.

Сигара раскочегарилась. Литвак посмотрел вдоль ее ствола, заглянул в странные мозаичные глаза, золотые с зеленым. Отличная сигара. Все отлично.

— Зажгите, — сказал Шпильман. Он вложил зажигалку в руку Литвака. — Зажгите свечу, ребе Литвак. Без молитв. Не надо ничего делать, ничего ощущать, переживать. Просто зажгите.

Под плеск потока покидающей мир логики Шпильман сунул руку в карман литваковского пиджака, вытащил стакан с парафином и фитилем. Для этого фокуса Литвак подыскать никакого объяснения не смог. Он взял свечу у Шпильмана, поставил ее на стол. Колесико он провернул подушечкой большого пальца. На плече тепло мягкой ребячьей ладони. Кулак его сердца начал разжиматься так, как будто он вошел наконец в дом, где можно жить. Потрясающее ощущение. Рот Литвака открылся.

— Нет, — произнес он голосом, в котором, против его ожидания, угадывалось что-то человеческое.

Он защелкнул зажигалку и сбросил руку Шпильмана с такой силой, что тот потерял равновесие, споткнулся, упал, ударившись головой о металлическую полку. Свеча грохнулась на пол. Стакан разлетелся на три больших осколка. Парафиновый цилиндр раскололся по длине надвое, обнажив фитиль.

— Не хочу, — прохрипел Литвак. — Еще не готов.

Но, посмотрев на распростертого на полу Шпильмана, из правого виска которого текла кровь, он понял, что уже опоздал.

40

Едва Литвак кладет перо, как снаружи взбухает опереточный переполох. Ругань, звон стекла, кто-то гулко ухнул. В комнату прогулочным шагом входит Берко Шемец, подмышкою зажав арбуз головы Голда. Весь остальной Голд тащится за Шемецем, взрывая ковер каблуками. Дверь Берко за собой захлопывает. Шолем его, зажатый в руке, компасной стрелкой ищет Северный магнитный полюс в лице Альтера Литвака. Джинсы и рубаха Берко заляпаны географическим узором крови Герца. Берко молчит, за него вещает голова Голда.

— Кровью срать будешь! Сгниешь Иовом!

Берко дает Голду рассмотреть выходную дырочку ствола своего шолема, и тот смолкает. Ствол тотчас снова ищет широкую грудь Литвака.

— Берко, — обращается к напарнику Ландсман. — С ума сошел?

Берко смотрит на Ландсмана как на обузу. Он открывает рот, ничего не сказав, снова закрывает. Кажется, он хочет произнести какую-то формулу, заклинание, способное расцепить связь времен, рассыпать мироздание. Или способное не дать рассыпаться ему самому.

— Этот жид, — выплевывает он и добавляет тише, с хрипотцой: — Моя матушка...

Вроде Ландсман видел когда-то фото мадам Лори Джо «Медведь». Жгучая брюнетка, розоватые очки, улыбка весьма нахальная... Но эта женщина для него даже не призрак. Берко много рассказывал о своей индейской жизни. Баскетбол, охота на котиков, пьянки, дядья, Вилли Дик, человеческое ухо на столе... Но о матери вроде ни разу не вспоминал. Как будто цена за его обращение. Героический акт забвения. Недостаток воображения — грех для шамеса более непростительный, чем вылазка в горячее место без поддержки. Или тот же грех в иной форме.

— Да-да, — соглашается Ландсман, делая поспешный шаг навстречу Берко. — Гад, конечно. Стоит его кокнуть.

— Берко, у тебя двое малышей, — напоминает Бина официальным тоном. — У тебя Эстер-Малке. У тебя будущее, о котором нельзя забывать.

— Хрен, — пытается прохрипеть Голд из подмышки Берко, но у него плохо получается. Голд скребет ногами, пытается получить опору, но это у него получается еще хуже.

Не отрывая взгляда от Берко, Литвак что-то пишет.

— Что он сказал? — спрашивает Берко.

Нет здесь будущего для евреев

— Знаем, знаем. Слышали, — отмахивается Ландсман. Он сгребает блокнот и ручку, перекидывается на последнюю страницу, печатает по-американски:

НЕ БУДЬ ИДИОТОМ! ВЕДЕШЬ СЕБЯ ХУЖЕ, ЧЕМ Я.

Вырвав листок, сует его под нос Берко. Блокнот и ручку кидает обратно Литваку. Этот аргумент Берко, кажется, убеждает. Он выпускает посиневшего Голда, тот падает на ковер.

— Он убил твою сестру, Меир.

— Я пока не знаю, — говорит Ландсман и поворачивается к Литваку: — Убил?

Литвак отрицательно поводит головой и принимается что-то строчить, но в это время из-за двери доносится дружный вопль. Неудержимый, но вполне осознанный порыв. Что-то эпохальное с телеэкрана. Футбольный мяч влетел в верхний угол ворот. Сексапильная девица на пляже выскочила из бюстгальтера. Тут же аналогичный вопль доносится сквозь открытое окно откуда-то по соседству. Вопль многократно повторяется и варьируется. Орут Гарькавы и Нахтазиль. Литвак улыбается и откладывает ручку и блокнот, как будто сказать ему больше нечего. Как будто все его признания вели лишь к этому моменту. Голд ползет к двери, открывает ее, встает на ноги и печатает шаг в соседнюю комнату. Бина подходит к Берко, протягивает к нему руку ладонью кверху. Берко чуть колеблется, затем опускает на ее ладонь свой пистолет.

В соседней комнате обнимаются, роняют слезы радости, роняют кипульки с макушек. На большом телевизионном экране Ландсман видит изображение, которое украсит первые полосы всех газет мира. По всему городу руки верных будут приклеивать и прикнопливать эти изображения к стенам, перегородкам, дверям, окнам, ветровым стеклам. Мгновенно появятся постеры с этим изображением, два на три фута, пожалуйста. Верхушка холма в Иерусалиме с аллеями и домами. Плоскость камня. Обожженные зазубрины рухнувшей кладки. Громадный столб грязного дыма. А по низу голубыми буквами: «ДОЖДАЛИСЬ!» От $10 до $12.95.

— Бог мой! Что они делают? Что они сделали?

Много пугающего для Ландсмана в этом кадре на телевизионном экране, но самое шокирующее — что евреи из Ситки произвели некоторые действия над объектом, находящимся в восьми тысячах миль. Нарушение фундаментальных физических законов эмоциональной механики. В Ситке пространство-время претерпевают странные трансформации, и еврей, протянув верхнюю конечность в произвольном направлении, непременно уткнется в собственный анус. Носом.

— А как же Мендель?

— Полагаю, они уже не могли повернуть назад. Полагаю, рванулись без него вперед.

С любой точки зрения нелогично Ландсману печалиться о Менделе. Все на свете теперь происходит без Менделя.

Минуту-другую Бина наблюдает за молодыми людьми, сложа руки, на лице ни выраженьица, разве что в уголках глаз мельтешит нечто невнятное.

Взгляд Бины напоминает Ландсману приглашение на обручение одной из ее подруг. Жених подруги был мексиканец, и вся пирушка прошла под знаком Синко де Майо. К дереву во дворе подвесили картонного пингвина. Детям завязали глаза, вооружили их палками и напустили на пингвина — колотить животное до тех пор, пока не отдаст того, что спрятано внутри. Дети лупили воздух с присущей им звериной свирепостью, пока из пингвина не посыпались ириски-карамельки в бумажных обертках, вроде тех, что достают из запыленных недр сумок бабки-тетушки, навещая своих родичей-потомков. Сыпался конфетный град, дети радостно бесновались, Бина наблюдала, сложив руки под грудями и гофрируя уголки глаз.

Она возвращает Берко шолем и достает свой.

— Заткнуться! — командует она и сразу же энергичней, по-американски: — Shut the fuck up!

У некоторых из молодых людей в руках мобильники, они пытаются дозвониться до родни и знакомых, но ведь и все остальные евреи Ситки пытаются! Молодые люди суют друг другу экраны своих шойферов с индикацией сбоя. Сеть рухнула, трансляторы не справляются с лавиной звонков. Бина подходит к телевизору, пинает натянутый шнур. Вилка выскакивает из розетки. Телевизор вздыхает. Какое-то темное топливо из заправочных танков молодых людей мгновенно испаряется, они сбоят, идут юзом, тормозят...

— Все арестованы, — негромко произносит Бина, став центром внимания. — Всем лицом к стене, руки на стену. Меир!

Ландсман обхлопывает всех по очереди, до самых лодыжек, жестами дотошного закройщика. С шести молодых господ собрал он жатву из восьми ручных огнестрельных механизмов и двух дорогих охотничьих ножей. Покончив с досмотром, он предлагает молодым людям занять сидячие места. Третий осматриваемый вернул ему «беретту», полученную Ландсманом от Берко перед походом в Якови. Он демонстрирует находку Берко.

— Прелесть моя, — изрекает Берко, не опуская своего большого шолема.

Трое молодых людей устраиваются на диване, двое в креслах, один вытягивает из ниши стул. Выглядят они полными лопухами, оставленными в арьергарде, в обозе. Все уставились на дверь в комнату Литвака, как будто ожидая указаний. Дверь закрыта. Бина открывает ее, толкает ногой, смотрит внутрь, осматривается.

— Меир, Берко.

Штора дребезжит на ветру. Дверь санузла нараспашку, там темно. Альтер Литвак исчез.

Ни в шкафу, ни в душевом отсеке. Бина вздергивает штору. Раздвижная стеклянная дверь открыта, как раз позволяет войти и выйти. Они вылезают на крышу, оглядываются, шарят за запертой надстройкой системы кондиционирования воздуха, обходят водонапорный бак, влезают под брезент, берегущий от осадков складные летние стулья. Выглядывают за карнизы. Размазанный по асфальту силуэт Литвака отсутствует. Возвращаются в пентхаус отеля «Блэкпул».

Посреди койки лежат блокнот, ручка и раздолбанная зажигалка «Зиппо». Ландсман подбирает блокнот и читает последнюю запись.

Я ее не убивал она была хорошим парнем

— Украли, сволочи, суки вонючие, — равнодушным голосом констатирует Бина. — Спецназ сучьих Штатов, одного с ним хозяина моськи.

Бина связывается со своими людьми внизу. Никто никого и ничего подозрительного не заметил, ни группы чумазых аварийщиков, ни автоматчиков с гримом на мордах, ни свисающих со всяких тарахтящих в воздухе кофемолок тросов и веревочных лестниц.

— Падлы, — Бина подпускает в свою речь чуток жару и лоскутки американской лексики. — Осквернители Библии, fucking Yankee motherfuckers.

— Language, lady, jeez! Судырыня, что за выражения!

— Yeah, whoa, take it easy, there, ma'am! Но-ну, таки спокойно, спокойно, дама!

Некоторое количество американцев в костюмах, слишком много, чтобы Ландсман сразу смог оценить их численность, штук, скажем, шесть, умудрились протиснуться в предбанник литваковской спаленки. Крупные, недоедание им явно не знакомо; аккуратные, очень любят они свою работу. На одном грязнооливковая накидочка и скромная улыбочка под волосами злато-серебристыми. Без пингвинового свитера Ландсман его с трудом узнает.

— О'кей, ребята, — говорит человек, название которого должно быть явно Кэшдоллар. — Давайте все попытаемся успокоиться.

— ФБР, — роняет Берко.

— Почти попал, — кивает Кэшдоллар.

41

Следующие сутки Ландсмана маринуют в снежно-белой комнате с молочно-белым ковром на седьмом этаже федерального здания Гарольда Айкса на Сьюард-стрит.

Шесть человек с посконно-мужественными экранными именами киношных подводников обреченной киносубмарины сменяются попарно, отрабатывают четырехчасовыми сменами. Один из них афро, еще один латино, остальные поросячье-розовые жвачные гиганты с прическами астронавтов, не то скаутских вожатых-педофилов, подростки-переростки с полированными церковно-приходскими манерами. Время от времени Ландсман чует в каждом из них дизельное сердце полисмена, однако сбивает с толку южный языческий гламур. Ландсман напускает дыму, но они нащупывают его и загоняют в угол.

Никто ничем не угрожает, не пытается запугать. Обращаются к нему по рангу, имя произносят так, как он его предпочитает слышать. Когда Ландсман старается увильнуть, запудрить мозги или запирается, мрачнеет, они принимают вид терпеливых школьных учителей. Вопросы Ландсмана встречают унижающим молчанием, как будто тысячи галлонов воды с пожарного самолета обрушивается на него это молчание. Не упоминают ни о детективе Шемеце, ни об инспекторе Гельбфиш. Ни тем более о таинственном исчезновении мосье Альтера Литвака. Кто такие Мендель Шпильман и Наоми Ландсман, они вообще не имеют представления. Знать они хотят, что знает Ландсман — или полагает, что знает — об участии США в уничтожении Куббат-ас-Сахра, об инициаторах, исполнителях и жертвах этого акта, о связанных с ними лицах. Они не желают, чтобы Ландсман знал, что они сами что-то обо всем этом знают. Сами они обо всем этом не имеют ни малейшего представления. Они настолько хорошо натасканы, что Ландсман лишь в середине второй смены осознает повторяемость вопросов. На разные лады перепевают они две дюжины вопросов, инвертируют их и перефразируют, подают под разными углами. Плетут сочетания, как из основных ходов шести шахматных фигур, вплетая их в нейронную мозговую сеть.

Ландсмана регулярно пичкают ужасным, с позволения сказать, кофе и от часа к часу черствеющим сливочным печеньем, абрикосовым да вишневым. В один из перерывов его сопроводили в комнату отдыха и предложили отдохнуть на диване. Закрыв глаза, имитируя сон, Ландсман сразу узрел надвигающиеся на него мотострелковые цепи кофе и печенья. Пора возвращаться в снежно-молочность допросной камеры, к белому шуму стен, к кофейно-абрикосовому шерри, к винилу под задницей и ламинату под носом... Под носом...

— Детектив Ландсман...

Открыв глаза, Ландсман видит черные разводы на коричневом ламинате столешницы. Скула его онемела от давления твердого пластика. Он поднимает голову, оставляя на поверхности стола лужицу слюны. Липкая нить между губой и лужицей растягивается, лопается.

— Эхькь, — кряхтит Кэшдоллар.

Он вынимает упаковочку бумажных платочков и запускает по столу к Ландсману, мимо открытой коробки печенья. Кэшдоллар напялил новый полупердон золотистой вязаной шерсти с замшевым передом, замшевыми пуговицами, замшевыми нашлепками на локтях. Восседает он на металлическом стуле прямо, четкий узел галстука, гладко выбритые щеки, голубые глаза подчеркнуты мудрыми морщинками. Прическа отсвечивает золотом фольги внутренней упаковки «Бродвея». Улыбка лишена энтузиазма и жестокости. Ландсман стирает безобразие с лица и со стола.

— Вы не проголодались? Выпить, может быть?

Ландсман не возражает против глотка воды. Кэшдоллар вынимает из левого кармана куртки бутылочку минеральной воды, кладет ее на стол и запускает по маршруту, проложенному платочками. Не так уж он молод, Кэшдоллар, но что-то юношески серьезное осталось в том, как он нацеливает бутылку, как поступательным движением ладони запускает ее вращение, как провожает ее взглядом, лишенный возможности дополнительно откорректировать курс. Ландсман шипит колпачком, отпивает глоток. Минеральная вода… Не слишком он ей рад.

— Работал я на одного парня, — говорит Кэшдоллар. — На моего предшественника. Он то и дело вставлял в разговор всякие словечки. Среди нашего брата привычка распространенная. У нас кто из военных, кто из экономистов… Народ держится за привычные словечки, фразочки. Шибболеты. Еврейское слово, вы, конечно, знаете. Книга Судей, глава двенадцатая. Точно есть не хотите? Я вам чипсов принесу. Или лапши разогрею, у нас здесь микроволновка есть.

— Нет, спасибо. Лучше про шибболеты.

— Этот парень, мой предшественник, время от времени выдавал: «Мы сказку рассказываем, Кэшдоллар». — Голос Кэшдоллара, когда он изображает бывшего начальника, становится более солидным и менее просторечным, чем его природный гундосый тенорок. Более напыщенным. — «Сказку сказываем, Кэшдоллар. Больше ничего бедным мудозвонам не надо». Только он не говорил «мудозвонам».

— Ваш брат, — стремится уточнить Ландсман. — Это те, кто устраивает взрывы в святых местах мусульман? Устраивает новые крестовые походы? Убивает женщин, которые летают на своих крохотных самолетиках и время от времени пытаются выручить кого-то из беды? Стреляют в затылок беззащитным бедолагам? Извините, я только хотел уточнить, чем занимаются люди с шибболетами.

— Прежде всего, детектив, мы никаким образом не причастны к гибели Менаше Шпильмана. — Он произносит еврейское имя Шпильмана на американский манер. — Меня это убийство так же шокировало и озадачило, как и всех остальных. Я никогда с ним не встречался, но наслышан, что был он личностью незаурядной, замечательных способностей, и нам без него, как вы можете понять, только хуже. Курить хотите? — Он вынимает непочатую пачку «Уинстона». — Я знаю, вы заядлый курильщик. Прошу. — Сигареты и спички следуют по накатанной трассе через стол.

— С вашей сестрой сложнее. Поверьте, мне очень жаль ее, мне жаль, что так получилось. Хоть вам от этого не легче, я приношу свои извинения. Ваша сестра — прокол того парня, на которого я работал, моего начальника. Он за этот прокол заплатил. Не жизнью, конечно, — Кэшдоллар обнажил свои крупные квадратные зубы, — как вам бы хотелось, но заплатил. Он ошибся. Он ошибся и в ряде других случаев. И в своей ключевой фразе он тоже ошибся. — Кэшдоллар качает головой. — Не мы рассказываем историю.

— А кто?

— История рассказывает нас. С начала времен. Мы часть этой старой сказки. И вы, и я.

Книжка спичек украшена рекламой едальни «Хогейтс Сифуд», Вашингтон, округ Колумбия. На углу Девятой и Мэйн-авеню, Юго-Запад. Тот самый ресторан, перед которым пьяное такси поставило точку в жизни Энтони Даймонда, главного противника пресловутого Аляскинского акта.

Ландсман чиркает спичкой.

— И Иисус? — спрашивает он, глядя сквозь пламя картонной полоски.

— И Иисус.

— Я против Иисуса ничего не имею.

— Очень хорошо. Иисус прекрасный парень. И он не стремился к убийствам, к разрушению, к причинению вреда. Куббат-ас-Сахра — прекрасный памятник архитектуры и истории, ислам — почтенная религия, если не считать того, что она исходит из неверных начальных посылок. Хорошо, если находится мирный путь. Но если без этого не обойтись? Иисус это понимал. «Кто обидит одного из малых сих, уверовавших в меня, лучше ему навесить жернов мельничный на шею и утонуть в глубинах моря». Кажется, так. Слова Иисуса. Он мог быть и крут, когда понадобится.

— Лихой парень.

— Несомненно. Вы можете этому не верить, но конец времен близок. Я лично в это верю и к этому стремлюсь. Но непременное условие этого — Иерусалим и Святая Земля должны вновь отойти к евреям. Об этом говорит Писание. К сожалению, без кровопролития это недостижимо, без разрушения. Это тоже оговорено в Писании. Но я, в отличие от моего предшественника, всеми силами стремлюсь свести эти неприятные аспекты к минимуму. Ради Иисуса и ради моей собственной души, ради всех нас. Блюсти чистоту. Соблюдать компактность процесса.

— Иными словами, меньше светиться.

— Разумеется, это неотъемлемое условие всех операций.

— И вы хотите, чтобы я свой рот держал на замке.

— Понимаю, что это непросто.

— До той поры, пока все не уляжется в Иерусалиме. Сменить часть арабов вербоверами, переименовать десяток улиц...

— Достичь критической массы, чтобы пошел естественный процесс. Направить поток в русло. Исполнить по написанному.

Ландсман снова глотнул минеральной воды. Теплая. У нее вкус внутреннего кармана куртки Кэш-доллара.

— Я хочу вернуть пушку и бляшку.

— Люблю полицейских, — говорит Кэшдоллар, не вкладывая в слова особенного энтузиазма. — Правда. — Он прикрывает рот ладошкой и задумчиво дышит через нос. Ногти наманикюрены, но на большом пальце ноготь обгрызен. — Здесь скоро воцарятся индейцы, между нами говоря. Индейская полиция не собирается опираться на евреев.

— Но Берко-то они возьмут.

— Однако не возьмут никого, у кого нет бумаги.

— Вот-вот. И бумагу я тоже хочу.

— Вы хотите не слишком мало, детектив Ландсман.

— От меня требуется не слишком мало молчания.

— Пожалуй, пожалуй.

Кэшдоллар изучает Ландсмана секунду-другую, и в глазах его видит Ландсман пистолет где-то на персоне Кэшдоллара, видит и палец, который привык к спусковому крючку. Мало ли есть способов более надежно обеспечить молчание детектива Ландсмана. Кэшдоллар поднимается, аккуратно задвигает стул под стол. Ноготь большого пальца направляется ко рту, но на полпути меняет решение.

— Платочки, будьте добры…

Ландсман запускает пачку обратно, но получается это у него не столь удачно. Кэшдоллар перехватывает пачку, тоже неловко. Пачка подпрыгивает и плюхается в жестянку с печеньем, прямо в блестящее пятнышко красного джема. Злость приоткрывает щелочку в безмятежном взоре Кэшдоллара, видны запертые в душе его демоны и дьяволы, рвущиеся на волю. «Чего он более всего боится, так это шума», — вспомнил Ландсман. Кэшдоллар добывает из пачки платочек и аккуратно отирает упаковку. Затем платочки следуют в надежное место, в правый карман вязаной курточки. Кэшдоллар возится с замшевой пуговицей, и Ландсман наконец замечает еще одно надежное место, в котором покоится шолем Кэшдоллара.

— Вашему партнеру много есть чего терять и много чем дорожить. И вашей бывшей жене. Они оба это сознают. Может быть, вы придете к тому же выводу относительно собственной персоны.

Ландсман взвешивает потенциальные персональные потери. Свинячья шляпа-пирожок. Дорожные шахматы и снимок трупа мессианского. План Ситки — энциклопедический, мирской, конкретный, с притонами и вспышками отзвучавших выстрелов, с колючками кустов, с микротомными срезами давно засыпанных раскопок мостовых, план, отпечатанный в извилинах под черепной коробкой. Зимний туман окутывает сердце, зимний вечер длит бесконечные еврейские споры. Призраки имперской России, парящие над луковицей купола собора Святого Михаила, отзвуки Варшавы в колыханиях рук и крестца скрипача в кафе. Каналы, рыбачьи катера, острова, бродячие собаки, рыбоконсервные фабрики, молочные закусочные. Неоновый свет Театра Баранова, отраженный мокрым асфальтом, акварельные расплывы в лужах, влажные шаги четырех ног, двух твоих и двух девушки твоей мечты, выходящей с тобою после третьего просмотра «Сердца тьмы» Уэллса...

— В гробу я видал ваше Писание, вот что, — спокойно говорит Ландсман. Он как-то сразу обмяк, осточертели все прохвосты и пророки, пальба и жертвы, а главное — безмерная мафиозная масса Бога. Не слышать бы больше о Земле Обетованной и неизбежной кровавой бане для ее искупления. — Мне не интересно, что там написано. Мне не интересно, что заповедано старому придурку в шлепанцах, славному в веках тем, что готов был распороть глотку родному сыну в угоду куцей идейке. Мне плевать на рыжих телок, на патриархов и на казни египетские. На старые кости в песке. Родина моя в моей шляпе. А шляпа — в котомке бывшей жены.

Он закуривает следующую сигарету.

— Я вас в рот е...л, — заключает Ландсман. — И вашего Иисуса, драную сучью дыру.

— Роток на замок, и молчок, Ландсман, — мягко ставит точку Кэшдоллар.

42

Ландсман выходит из Дома Айкса, поправляет шляпу на опустевшей голове и видит, что мир забрел в полосу тумана. Ночь холодная и липкая, нагло лезет в рукава пальто. Площадь Корчака — корыто яркой дымки, пронизанной натриевыми лампами. Полуослепший и промерзший до костей, он ползет по Монастир-стрит до Берлеви, переползает на Макса Нордау. Спину ломит, голова в камнедробилке, самооценка зашкаливает за нуль. Пространство, которое недавно занимал его разум, шипит газированной минералкой. В душе его вакуум.

Войдя в вестибюль «Заменгофа», Ландсман получает от Тененбойма два письма. В одном сообщается, что рассмотрение его поведения по делу Зильберблат-Фледерман назначено на девять утра следующего дня. Второе письмо от новых хозяев отеля. Некая госпожа Робин Навин из гостиничной сети «Джойс-Дженерали» сообщает о радужных перспективах, ожидающих клиентов гостиницы, которая с первого января будет называться «Лаксингтон-парк Ситка». Одной из своих пяток радуга упирается в тот факт, что ландсмановский договор помесячной аренды аннулируется с первого декабря. Длинные белые конверты торчат и из других дырок за конторкой, кроме помеченной номером 208. Это гнездо зияет пустотой.

— Слыхали, что случилось? — спрашивает Тененбойм Ландсмана, вернувшегося из экскурсии в светлое будущее отеля «Заменгоф».

— Видел по телику. — На самом деле память удерживает другие впечатления, сконструированные многочасовым допросом и промыванием мозгов.

— Сначала объявили, что случайность, — кривит губы Тененбойм, золотая зубочистка мотается в уголке рта. — Якобы какие-то арабы мастерили там, в туннеле под храмом, свои подлые бомбы. Потом сменили пластинку. Сказали, что умышленно, что одни арабы били других.

— Сунниты и шииты?

— Что-то вроде. Кто-то не совсем точно направил ракету.

— Сирия и Египет?

— Да хрен его знает, брешут что-то. Президент, конечно, сразу вылез язык чесать. Мол, святой город для всех, и мы там скоро будем.

— За ними не заржавеет, — кивнул Ландсман.

Еще одно почтовое отправление для него. Рекламная открытка спортзала, обещающая колоссальную пожизненную скидку. В этом зале Ландсман качал мышцы за несколько месяцев до развода. Предложение относилось к времени, когда физические упражнения могли улучшить его душевный статус. Неплохое предложение. Ландсман не смог вспомнить, оправдалось ли оно в его случае. На открытке слева еврей толстый, а справа тощий. Толстый еврей жалок, измучен, изможден. Ночей не спит, страдает, щеки у него как сметаной намазаны, маленькие глазки горят злобно. Правый еврей поджарый, загорелый, уверенный в себе, спокойный. Борода подстрижена. Так и просится в предбанник к Литваку. «Еврей, коему принадлежит будущее планеты», — привешивает ему ярлык Ландсман. Текст на открытке нахально утверждает, что левый и правый евреи — одно и то же лицо.

— Видел, в кого они превратились, землячки наши? Тоже по телеящику показывали.

— Ансамбль песни и пляски?

— Ансамбль массового оргазма.

— Ради Бога, Тененбойм, не на пустой желудок.

— Благословляют арабов за войну друг против друга. Благословляют память Мухаммеда.

— Звучит жестоко.

— Один из «черношляпников» вещал, как он в Святой Землице Израиля займет местечко в первом ряду на шоу Мессии. — Тененбойм вытащил изо рта зубочистку, разочарованно глянул на ее конец и сунул прецизионный инструмент обратно. — Я бы сунул их всех в один большой самолет и отослал бы туда поскорее, черный год на них.

— Да ну?

— Сам бы вместо пилота полетел.

Письмо «Джойс-Дженерали» Ландсман засунул обратно в конверт и бросил Тененбойму.

— Выкинь от моего имени, пожалуйста.

— У вас тридцать дней, детектив. Что-нибудь найдете.

— Еще бы. Все мы что-нибудь найдем.

— Если нас что-нибудь не найдет еще раньше.

— Ты-то работу сохранишь?

— Пока не ясно. Подлежит рассмотрению.

— Значит, надежда еще есть.

— Или нет.

— Или есть, или нет.

Ландсман входит в элеваторо. Поднимается на пятый. Проходит по коридору, перевесив снятое пальто через плечо, придерживая его за вешалку крючком пальца; другой рукой ослабляет галстук. Дверь его номера безмолвно бормочет свой стишок: пять-ноль-пять. Что это значит? Ничего. Свет в тумане. Три арабских цифры, пришедших из Индии. Как и шахматы. Но по свету их рассеяли арабы. Сунниты, шииты. Сирийцы, египтяне. Ландсман думает, как скоро враждующие фракции в Палестине выяснят, что ни одна из них не имеет отношения к уничтожению храма. День-два, никак не более недели. Как раз достаточно, чтобы замутилась вода, чтобы Литвак успел доставить туда своих парней, чтобы Кэшдоллар оказал поддержку. И вот уже Тененбойм служит ночным портье в «Лаксингтон-парк Иерусалим».

Ландсман укладывается в постель и достает карманные шахматы. Взгляд его мечется по направлениям ударов, прыгает с клетки на клетку в поисках убийцы Менделя Шпильмана и Наоми Ландсман. Ландсман вдруг с облегчением понимает, что обнаружил убийцу. Физик из Швейцарии, нобелевский лауреат, посредственный шахматист Альберт Эйнштейн. С головой, увенчанной седой дымкой, в безразмерном вязаном жакете и глазами-туннелями, проникающими в глубь времени. Ландсман преследует Эйнштейна с клетки на клетку по релятивистским доскам преступления и наказания, по воображаемой стране пингвинов и эскимосов, которую не смогли унаследовать евреи.

Его сон делает ход конем, и сестренка Наоми возбужденно объясняет ему знаменитое доказательство Эйнштейна: вечное возвращение еврея может быть измерено лишь в свете условий вечного изгнания еврея. Это доказательство гениальный ум Эйнштейна выхватил из вибрации крыла маленького самолета и из черного клуба дыма, взметнувшегося из ледяного склона горы. Во сне Ландсберга вибрируют ледяные горы, лучатся неведомым светом. Затем эти вибрации, которые мучили Ландсмана и народ его с начала времен, вибрации, принятые иными дурнями за голос Господа, улавливаются окнами номера 505, как солнечный свет сердцевиной айсберга.

Ландсман открывает глаза. Дневной свет бьется в швах жалюзи, как пойманная муха. Наоми снова умерла, а этот осел Эйнштейн к делу Шпильмана совершенно непричастен. Ландсман не знает ничего ни о чем. Он даже не сразу соображает, что боль в желудке вызвана такой прозаической причиной, как голод. И не просто голод, а жгучее желание потребить двойную порцию мясного месива, обернутого капустными листьями. Он лезет к мобильнику за временем, но батарея села. Звонок вниз позволяет Ландсману узнать, что уже девять минут десятого. Четверг. Голубцы! Каждую среду у мадам Калушинер в «Ворште» румынский вечер, запускающий кулинарные щупальца в следующее утро. У старухи лучшие сармали в Ситке. Легкие и тягучие, перец в них прокалывает кисло-сладкую доминанту, подчеркнутую свежей сметанкой и пересыпью мелко порубленной петрушки. Ландсман бреется, одевается в тот же истасканный костюм, снимает с ручки двери галстук. Он готов съесть с сармали свою собственную ляжку. Сойдя вниз, он, однако, смотрит на стенные часы и осознает, что на девять минут опоздал на слушание своего собственного дела.

Когда Ландсман, как собака когтями, скользит подошвами на мокрых плитках коридора административного модуля, перед комнатой 102, он опаздывает уже на двадцать две минуты. В комнате лишь длинный стол, фанерованный деревом, с пятью креслами для членов комиссии, да его непосредственное начальство, сидящее на краю стола, болтающее ногами, сцепленными в лодыжках, и остроносые башмаки начальства нацелены в сердце Ландсмана. Они вдвоем в помещении.

Бина злее христианского ада и намного пламеннее. Костюм на ней мятый, жакет застегнут неправильно. Волосы удерживает завязанная на узел пластиковая коктейльная соломинка. Колготок на ней нет, голые ноги пестрят веснушками. Ландсман со странным удовлетворением вспоминает, как она сдирает порванные колготки, комкает их, перед тем как со злостью запустить в мусорную корзину.

— Чего пялишься? Отлезь от ляжек, — рявкает Бина. — В глаза гляди!

Ландсман подчиняется, направляет глаза в двустволку ее взгляда.

— Проспал, — бормочет он. — Прошу прощения. Они продержали меня двадцать четыре часа, и...

— Они продержали меня тридцать один час, — перебивает Бина. — Я только что оттуда вырвалась.

— Тогда, для начала, тьфу на мое нытьё.

— Для начала, — соглашается она.

— Как они с тобой?

— Ну, до тошноты милы, — горько усмехнулась Бина. — Я растаяла и всё-превсё рассказала добрым дядям.

— Аналогично.

— Ну вот. — Бина обвела руками комнату, как будто сгребла что-то и выбросила прочь. Шутливый тон — недобрый признак. — И угадай, что дальше?

— Я покойник. Засыпан негашеной известью и зарыт в сырую землю.

— Дело в том, что мне позвонили сегодня, уже в эту комнату, в восемь пятьдесят девять. После того как я строила из себя дуру, вырываясь из этого дурацкого федерального дома, чтобы успеть к твоей казни, чтобы поддержать своего детектива.

— Гм.

— Отменили! Отменили твое слушание!

Бина лезет в мешок, роется в нем, вытаскивает пистолет. Присоединяет к арсеналу из двустволки своего взгляда и пары остроносых башмаков. Тупорылый М-39. Ярлычок на бечевке свисает со ствола. Она запускает этот кусок металла в Ландсмана. Оружие тот ловит удачно, но с бляхой ему не везет, еще меньше — с мешочком, содержащим запасной магазин. Бина снова лезет в сумку и извлекает многостраничный кошмарного вида формуляр.

— После того как вы поломаете голову над этим DPD-2255, детектив Ландсман, будете полностью восстановлены в правах как действующий офицер полиции округа, с полным окладом и привилегиями.

— На любимой работе.

— На пять недель. Поздравляю.

Ландсман взвешивает шолем, как шекспировский герой рассматривает череп.

— Надо было стребовать с этих янки миллион. Они бы и не моргнули.

— Чтоб их черти драли всех. Я их все время чуяла. Там, в Вашингтоне. Здесь, в наших головах. Дергающих за веревочки. Определяющих шаги. Да не только я. Все их чуяли. Нас тут терпели, как гостей. Но предоставили слишком много свободы. Мы возомнили себя автономными. Я воображала, что служу всем и каждому. Обществу. Закону. Как бы не так. На самом деле я служу Кэшдоллару.

— Думаешь, мне стоило бы уйти?

— Нет, Меир.

— Я знаю, что зарвался. Тоже, свободный охотник.

— Думаешь, я злюсь из-за того, что пришлось вернуть бляху и пистолет?

— Да нет... Но слушание отменили. А ты так любишь, чтобы во всем порядок, чтобы все по правилам, по писанному.

— Да, я люблю, чтобы как по писанному. Я верю в написанное.

— Знаю, знаю.

— Если бы мы с тобой побольше играли по писанному... — Ландсман почувствовал, как между ними возникло что-то опасное. — Ты и твои закидоны, черный год на них...

Ему захотелось рассказать. Эта история с ним уже три года. Когда Джанго исторгли из ее тела, Ландсман подошел к врачу. Бина приказала мужу спросить, может ли быть какой-то прок от исследования недоразвитого плода, его органов.

— Моя жена интересуется... — начал Ландсман и не договорил.

— Были ли видимые дефекты? Нет. Внешне ребенок совершенно нормальный. — Врач заметил ужас на лице Ландсмана. — Но это не значит, что плод в полном порядке, — добавил он.

— Да, понимаю...

Ландсман больше не видел этого врача, не узнал судьбу маленького тельца, которого он пожертвовал темному богу собственных страхов.

— Я заключила с ними ту же драную сделку, Меир. В оплату моего молчания.

— Что ты останешься копом?

— Нет. Что ты останешься копом.

— Спасибо, Бина. Спасибо. Я тронут.

Она прижала руки к лицу, помассировала виски.

— Я тебе тоже благодарна. За то, что ты напомнил, как все это сложно и запутанно.

— Рад помочь, — расшаркался он.

— Хлёбаный Кэш, грёбаный Доллар. Ты видел его прическу? Вплавлена в голову. Волосы не двигаются.

— Он сказал, что якобы к смерти Наоми не причастен. — Ландсман потянул себя за губу. — Свалил на своего предшественника.

Ландсман старался держать голову поднятой, но обнаружил, что смотрит на носки башмаков. Бина, поколебавшись, положила руку на его плечо, слегка сжала. Сняла руку, распоров в душе Ландсмана пару швов.

— И насчет Шпильмана тоже все отрицает. Правда, я не спросил о Литваке. Не говорил он, куда делся Литвак? В Иерусалим смылся?

— Кэшдоллар старался напустить туману, но, возможно, он и сам не знает. Я слышала его разговор по мобильнику, он требовал у кого-то прислать экспертов для обследования комнаты Литвака в «Блэкпуле». Может быть, умышленно болтал при мне. Получается, что они не в курсе, где Литвак. Может, тот прихватил кассу да смылся. На свой Мадагаскар, к примеру.

— Может быть... — Ландсман задумался. — Может быть...

Бина насторожилась.

— Боже упаси, сейчас ты еще что-нибудь выкинешь!

— Ты сказала, что мне благодарна.

— Шуток не понимаешь?

— Слушай, мне нужна помощь. Я хотел бы осмотреться с Литваком.

— Но весь верх в «Блэкпуле» для нас закрыт федералами.

— Осмотреться не в самом «Блэкпуле», а под ним.

— То есть?

— Ну, туннели, подземные ходы...

— Гм... Туннели...

— Варшавские ходы, так их называют.

— А я должна держать дядю за ручку в гадких темных подвалах?

— Метафорически.

43

У начала спуска Бина вынула из своей сумы и вручила Ландсману брелок-фонарик. Брелок — реклама погребального бюро в Якови. Затем, отодвинув в сторону кучу папок, раздвинув пачку судебных документов, отшвырнув деревянную щетку для волос, журнал «Народ мой» и мумифицированный банан, извлекла какую-то садомазохистскую арматуру черного цвета и насадила ее на голову. Из цилиндра, прикрепленного к арматуре в области лба, вырвался луч довольно яркого света. Ландсман почувствовал тьму, слово «туннель» стало осязаемым для пальцев и языка.

Вниз, мимо кладовой забытых вещей. Вслед блеснуло стеклянными глазами чучело куницы. Болтается веревочная петелька. Ландсман пытается вспомнить, вернулся ли он, чтобы накинуть ее на крюк перед бесславным бегством в прошлый четверг. Так и не вспомнил.

— Иду вперед, — решает Бина.

Она опускается на голые коленки и продвигается вперед. Ландсман следует за ней. Пульс бьет в виски, язык пересох, системы организма полупарализованы фобией, но вмонтированный в мозг каждого еврея кристалл-приемник, настроенный на частоту Мессии, резонирует при виде задницы Бины, двойной дуги, похожей на букву магического алфавита — руна, способная откатить валун, придавивший его желание. Он сознает, что, какой бы могучей ни оказалась эта магия, никогда не придется ему вонзить зубы в этот зад. Зад вдруг исчезает вместе с остальной Биной, Ландсман остается один. Он замирает, собирается двинуться вперед, серьезно намерен тронуться с места, когда вдруг слышит:

— Давай живей сюда!

Он повинуется. Бина подняла фанерный диск и передает его Ландсману. Лицо ее появляется и исчезает в свете брелочка, лицо серьезное, как в детской игре. Такое лицо было у нее, когда еще ребенком он влезал к ней в окно, чтобы заснуть с нею вместе на ее кровати.

— Здесь лестница. Меир, ты в прошлый раз туда, вниз, не лазил?

— Нет, не лазил... Я, понимаешь...

— Ладно, ладно. Пошли, — мягко прерывает она.

Бина осторожно спускается, нащупывая ногами скобы, Ландсман следует за ней. Туфли скребут по металлу перекладин. Затем Бина спрыгивает, вслед за ней Ландсман. Она подхватывает и задерживает его падение. Голова Бины поворачивается, высвечивая стены туннеля.

Еще одна алюминиевая труба, горизонтальная. Можно стоять выпрямившись. Ведет труба под улицей Макса Нордау в направлении отеля «Блэкпул». В трубе прохладно, воздух какой-то железистый. Дно трубы прикрыто фанерой, на которой ясно видны отпечатки подошв.

Добравшись примерно до середины Макс-Нордау-стрит, они обнаруживают перекресток. Второй туннель направлен на восток и на запад, в бункеры, в подвалы складов и магазинов. Система коммуникаций, предназначенная облегчить спасение, затруднить уничтожение. Ландсман думает о прибывших сюда с его отцом, несломленных и решительных. Бывшие партизаны, подпольщики, коммунистические повстанцы, левые сионисты-саботажники — газеты юга классифицировали их как сброд. Они никому не верили и с самого начала ждали предательства от своих спасителей. Они прибыли в страну, никогда не видевшую евреев, и готовились к дню, когда им снова прикажут паковать вещи. Но мало-помалу успокоились, зажирели, осели под крылышком дяди Герца, настраивавшего их на мирный лад и друг против друга.

— Им захотелось удобства, — пояснила Бина. — Они почувствовали себя дома. Они расслабились. Человеку свойственно расслабляться.

Продолжив путь, они дошли до следующей вертикальной трубы со скобами-ступеньками.

— Лезь теперь ты вперед, — приказала Бина. — Дай для разнообразия мне твоей задницей полюбоваться.

Ландсман вцепился в скобу, поднялся на одну, вторую, третью ступеньку... Вот и фанерный люк, в щель просачивается тощий лучик света. Ландсман нажал на люк рукой, потом уперся плечом...

— Что случилось? — спросила Бина снизу.

— Не двигается. На ней что-то... Или...

Он шарит пальцами, светит своим фонариком. В дырку люка пропущен тросик в резиновой оболочке, привязанный к верхней скобе.

— Что там, Меир?

— Они закрепили люк, чтобы никто за ними не увязался. Прочной веревочкой.

Ветер с материка ворвался в ситкинскую сокровищницу тумана и дождя, оставив после себя лишь паутину да одну яркую монетку на голубом своде. К трем минутам первого пополудни солнце уже пробило себе солидную дыру и красит камни и штукатурку площади в волнующие вибрато; волнующие, ежели ты, конечно, не валун. Ландсман, хоть и шамес, но все же не камень.

Оказавшись на острове Вербов, следуя к западу по 225-й авеню, они с Биной то и дело ловили глазами, носами и ушами сильные запахи вербоверской кухни, шипящий цимес, булькающий над городом. На этом острове всегда сильнее проявляются эмоции — радость и горе, переполох и оцепенение. Плакаты провозглашают немедленное возрождение царства Давидова и призывают верных собирать сундуки к отбытию в Эрец Исроэль. Многие из лозунгов намалеваны, набрызганы спонтанно, впопыхах, на постельных простынях и на оберточной бумаге. На боковых улицах стараются переорать друг друга толпы и группы хозяек и торговцев, обуянных благородным желанием, соответственно, сбить или вздуть цены на перевозки, моющий концентрат, солнцезащитные зонтики, батарейки, питательные плитки, тропические ткани. Дальше, в проулках и во дворах, пылают страсти более конфиденциальной торговли: наркотики, золото, алмазы, автоматическое оружие. Они минуют группы уличных гениев, погруженных в составление научно обоснованных комментариев, кому какие контракты достанутся в Святой Земле, кто возьмет политический рэкет, кому отойдет контрабанда сигарет, чьи нежные руки будут поставлять нежное тело. Впервые с момента, когда Гейстик стал чемпионом, со времени Всемирной выставки, может быть, впервые за шестьдесят лет почувствовал Ландсман, что нечто действительно здесь приключилось. А вот что именно, пока ни один тротуарный ребе не мог определить.

Святая святых острова, самое сердце старого Вербова, вся эта суматоха, однако, не затронула. Ни конца изгнания, ни гонки цен, ни мессианской революции. На широком конце площади дом ребе как будто дремлет, все такой же массивный и солидный. Дым усердно валит из его трубы, теряя солидность лишь при соприкосновении с ветром. Утренние Рудашевские торчат на посту, на крыше кукует черный петух с полуавтоматической мандолиной. На площади толкутся ежедневные женщины при тележках и детишках, не доросших еще до школы. Они сталкиваются, сцепляются и расцепляются, завязывают и развязывают узелки дыханий и сплетен, плетут кружево повседневности. Ветер играет в дрейдл обрывками листков и листьев, газет и полиэтиленовых мешков, вдувает пыль в подворотни. Мужская пара в длинных лапсердаках плетется к дому ребе, распустив пейсы по ветру. Впервые традиционная ламентация ситкинских евреев, база веры, если не философии — «Всем плевать на нас, застрявших здесь меж Хунна и Хоцеплац», — кажется Ландсману не проклятием, а благословением. *Здесь*, на предполагаемых задворках истории с географией.

— Кто еще захочет жить в этом курятнике? — своеобразно преломляет его мысль Бина, вздергивая застежку молнии парки до подбородка. Бина хлопает дверцей ландсмановского рыдвана. Следует ритуальная перестрелка взглядами с местным женским контингентом. — Глаз стеклянный, деревянная нога, ни один ломбард не примет, — вот что такое это место.

Перед фасадом мрачного амбара местного многознатца бакалавр избивает половик палкой от метлы. Половик пропитан психотропным моющим раствором, на асфальте три безнадежных пятна, натекших из ржавых колымаг, которые здесь всерьез принимают за автомобили. Юный монстр терзает и ласкает тряпку торцом и длиной дрына. Завидев Бину, он впрыскивает в свой раж толику ужаса и благоговения. Такое же выражение появилось бы на его междупейснике, появись здесь вместо Бины Искупитель в оранжевой парке. Взгляд его прилип к тому, что торчит из парки, как язык малолетка к латунной дверной ручке; чтобы оторвать его, придется приложить немалое усилие и испытать мучительную боль.

— Ребе Цимбалист! — рявкает Ландсман.

— Он-таки здесь, но сильно-сильно занят, — с готовностью сообщает молодой человек.

— Таким же неотложным делом, как и ты, — предполагает Ладсман.

— Я был там не у места, — выдавливает бакалавр, жалея себя, и устремляет указующую скулу свою на Бину, не вовлекая в жест иных частей тела. — Ей туда нельзя. Она там не у места.

— Видишь это, сладкий мой? — сует ему Бина свою бляху. — Я как конверт с деньгами, везде у места, лучший подарок.

Изверг забывает про жертву, прячет орудие пытки за спину, как будто боясь его обличительной силы.

— Ребе Ицык... Вы его арестуете?

— Иди ты... — удивляется Ландсман, подступая к бакалавру. — А за что, подскажи мне, милый?

Чего не отнимешь у бакалавра из ешивы, так это таланта ответеться от вопроса.

— Откуда мне знать? Будь я законником в модных штанах, так торчал бы я тут с палкой-тряпкой, скажите на милость?

В амбаре собрание вокруг большого картографического стола. Ицык Цимбалист инструктирует свою команду евреев в желтых комбинезонах, с расфасованными в сеточки кранцами бород на подбородках. Вторгшаяся к ним женщина воспринимается всеми как назойливая муха. Цимбалист последним отрывает взгляд от стола с очередной насущной проблемой, оценивает появившуюся в дверях проблему новую, нежданную, кивает вошедшим и хрюкает с упреком, как будто укоряя полицейских за опоздание.

— Доброго утречка, джентльмены, — дудит Бина, и голос ее расплывается в мужском амбаре. — Я инспектор Гельбфиш.

— Доброе утро, — откликается местный многознатец.

Лицо его бесплотное нечитаемо, как блеск клинка или голый череп. Ловко скатывают карту его руки, перевязывают ее бечевкой, суют в кажущуюся неразбериху таких же свертков. Размеренные движения старика, забывшего спешку как порок дней молодых. Шаг его нечеток, но жест точен и аккуратен.

— Пообедали, — сообщает он своей команде, хотя на столе ни крошки съедобной.

Команда колеблется, обтягивая старца неправильным эрувом, готовая защитить его от мирских хлопот, два источника которых блистают бляхами под их родным кровом.

— Им бы лучше далеко не расходиться, — замечает Ландсман. — Может, с ними тоже побеседовать придется.

— Подождите в машинах, — обращается к людям Цимбалист. — Не болтайтесь здесь.

Они направляются через склад к гаражу. Один задерживается, путаясь пальцем в сетке бороды.

— Раз обед миновал, ребе Ицык, так, может, мы займемся ужином?

— Можете и завтрак прихватить, — ворчит Цимбалист. — Всю ночь работать придется.

— Много работы? — сочувствует Бина.

— Шутите! Года не хватит разобраться. Грузовой контейнер нужен.

Цимбалист подходит к электрочайнику и звякает стаканами.

— Ну-ну, Ландсман, я слыхал, что у вас этой бляхи немножко не было, нет?

— Таки неплохо со слухом у вас, ребе Ицык.

— Слышу только то, что говорят.

— Слышали о туннелях под Унтерштатом? На случай, если американцы нас разлюбят и решат провести «акцьён»?

— Такое трудно не услышать. Даже до ваших ушей дошло.

— Может, случайно у вас имеется и план этих туннелей? Входы, выходы, соединения, переходы...

Старик все еще стоит к ним спиной, разрывает упаковку пакетиков чайной заварки.

— Ни о какой случайности не может быть и речи. Совершенно закономерно имеются у меня эти планы.

— Так что если бы по какому-то резону захотелось вам ввести или вывести кого-то, для примера, скажем, из отеля «Блэкпул» на Макса Нордау, так это для вас проще пареной репы?

— И с какой это стати? — удивляется Цимбалист. — Я в таком клоповнике моське своей обожаемой тещи жить не пожелал бы.

Он выключает чайник, не дав воде вскипеть, заливает заварку в мешочках. Стаканы ставит на поднос, туда же пристраивает банку с джемом и три чайных ложечки. Втроем они присаживаются к его столу в его углу. Пакетики неохотно окрашивают тепловатую водицу. Ландсман оделяет всех «папирозами», предлагает огонь. Из фургонов доносятся звуки — не то крики, не то смех, так Ландсман и не понял.

Бина прогуливается по помещению, восхищается количеством гибкого погонажа, его разнообразием, осторожно обходит спутанные клубки провода, серой резины с кроваво-красными пятнами меди на срезе.

— Ошибок не случалось? — интересуется Бина. — Не там проволоку протянули, не туда кого-нибудь послали...

— Не смею допускать ошибки, не отваживаюсь. Суббота — штука серьезная. Если народ перестанет доверять моим картам, мне конец.

— У нас еще нет результатов баллистической экспертизы относительно оружия, убившего Менделя Шпильмана, — продолжает Бина с той же интонацией. — Но рану ты видел, Меир.

— Видел.

— Не похоже на, скажем, «глок», ТЕС-9 или еще что-нибудь в том же духе?

— По моему скромному мнению, нет.

— С Литваком, его командой и их оружием ты поворковал достаточно.

— Прекрасные мгновения!

— В их песочнице неавтоматических формочек-лопаточек не обнаружил?

— Нет. Нет, инспектор, не обнаружил.

— Ну, так и что? — интересуется Цимбалист, опуская свой хрупкий седальник на надувной резиновый пышкопончик, венчающий сиденье застольного стула. — И почему это до меня относится, позвольте вам спросить? Какие такие причины имеются?

— Кроме, разумеется, вашего желания, чтобы справедливость в этом конкретном случае восторжествовала? — уточняет Бина.

— Да-да, конечно, — с жаром подтверждает Цимбалист.

— Детектив Ландсман, вы не полагаете, что Альтер Литвак убил Шпильмана или приказал его убить?

Ландсман возвел очи на лицо мудреца-многознатца и ответил:

— Нет. Не он. Мендель ему не был нужен. Но он начинал в него верить, в Менделя.

Цимбалист моргает, проверяет пальцем, не затупился ли клинок его носа, обдумывая услышанное, как будто узнал о том, что на природе проклюнулся новый ручей, который просится на его карты.

— Не-ет, я такого не съем, — проклёвывается ручеёк его голоса. — Кто угодно. *Любой другой еврей, но не этот.*

Ландсман до спора не опускается. Цимбалист тянется за своим чаем. Ржавая жилка, похожая на ленточку в стеклянном шарике, всколыхнулась в стакане, обеспокоенная движением.

— Что бы вы делали, если бы то, что вы считали линией на своей карте — и уверяли бы в этом других, — если бы это оказалось прилипшим волосом, нечаянной помаркой от авторучки, складкой? Признали бы вы свою ошибку? Побежали бы к ребе? Объявили бы об этом?

— Такого не может случиться.

— Но если бы?.. Как бы вы жили дальше?

— Если бы вы сознательно упекли невинного человека за решётку на много-много лет, инспектор Гельбфиш, на всю оставшуюся жизнь, как бы вы жили дальше?

— Такое случается сплошь и рядом, — заверила Бина. — Но вот я перед вами.

— Гм... хм... Тогда, полагаю, вы знаете, как бы я себя... Между прочим, термин «невинный» — штука весьма относительная.

— Вполне с вами согласна. Вне всякого сомнения.

— За всю свою жизнь я знал лишь одного человека, к которому можно было бы отнести этот термин.

— Вы богаче меня, мистер Цимбалист.

— И меня тоже, — добавил Ландсман, чувствуя, что не хватает ему Менделя Шпильмана, как будто они всю жизнь были закадычными друзьями. — Как ни жаль это признавать.

— Вы знаете, о чём народ гудит? — спросил Цимбалист. — Все эти гении, среди которых я имею счастье обитать. Они уверены, что Мендель вернётся. Что всё произойдёт, как предречено. Что Мендель встретит их в Иерусалиме и будет править Израилем.

Впалые щеки старца оросили ясные слезы. Это увидев, вынула Бина из сумочки чистый, отглаженный белый платочек. Принял платок Цимбалист, на него он с тоскою воззрелся. Плавным жестом, достоинства полным, поднес к рубильнику своего носа и выдул в платок богатый урожай из обеих ноздрей.

— Хотел бы я его увидеть снова.

Бина накидывает лямку коровьей сумы на плечо, и балласт имущества тут же возобновляет тщетные попытки вжать хозяйку в центр планеты.

— Собирайтесь, мистер Цимбалист.

Старец изумлен. Он шевелит губами, как будто борясь с невидимой сигарой. Подбирает со стола полоску кожи, завязывает ее узлом, кладет на стол. Снова подбирает, развязывает.

— Э-э... Вы меня арестовали?

— Нет. Я хочу побеседовать с вами по душам. Можете позвонить адвокату.

— Э-э... Адвокату...

— Я полагаю, вы вывели Альтера Литвака из «Блэкпула». Может, даже и убили его. Мне хотелось бы это выяснить.

— Это все ваши домыслы. Не базирующиеся ни на каких уликах.

— Есть кое-какие улики, — возражает Ландсман.

— Около трех футов улик, — уточняет Бина. — Вы ведь можете удавить человека тремя футами веревки, мистер Цимбалист?

Многознатец покачивает головой, лицом выражая иронию. Он уже полностью владеет собой и ситуацией.

— Вы впустую время тратите, мое и свое. А у меня ведь много работы. Вы сами признаёте, что не нашли того, кто убил Менделе. При всем моем уважении, почему бы вам не обеспокоиться этой задачей и не оставить меня в покое? Поймайте того, кто подойдет на роль убийцы, и я расскажу вам все, что знаю о Литваке, а в настоящий момент я вполне официально и во веки веков ничего о нем не знаю.

— Нет, так не пойдет, — возражает Ландсман.

— Ладно, — говорит Бина.

— Ладно! — откликается Цимбалист.

— Ладно? — уставился на Бину Ландсман.

— Мы добываем того, кто убил Менделя Шпильмана, — говорит Бина, — и вы даете нам информацию — полезную информацию — об исчезновении Литвака. Если он еще жив, вы выдаете мне его.

— Договорились, — припечатывает Цимбалист и вытягивает вперед сухую ветвь правой руки, всю в когтях, пятнах и костяшках.

Бина трясет конечность старца, ее телодвижение повторяет ошеломленный Ландсман. Он следует за Биной к машине. Шок его углубляется, когда он обнаруживает, что Бина плачет. Слезы ее не той природы, что уже высохшие слезы Цимбалиста. Ее слезы — пена ярости.

— Мне не верится, что я проделала это, — бормочет она, поднося к глазам очередной платочек из своих неисчерпаемых запасов. — Все это должен был сделать ты.

— Всех вокруг меня одолевает эта проблема. Они вдруг поступают, как я.

— Мы полицейские. Мы должны соблюдать и поддерживать закон.

— Люди — книги. Как по писанному.

— Иди ты в ж...

— Давай, вернемся да скрутим его. Вполне законно. Кабель из туннеля — чем не улика? Можем помариновать для начала.

Бина покачивает головой. Бакалавр торчит ложным масленком среди масляных пятен на мостовой. Он забыл про тряпки, подтягивает штаны и впитывает происходящее. Ландсман решает, что пора смываться. Он впервые за три года обнимает Бину рукою и ведет к машине, обходит капот и влезает за баранку.

— Закон... — шепчет она. — Я представления не имею, что это такое. Какой теперь закон...

Они сидят в машине, Ландсман борется с вечной проблемой детектива: констатировать очевидное.

— Мне эта новая Бина в какой-то мере импонирует, — нарушает он молчание. — Смею, однако, заметить, что по Шпильману у нас вообще ничего. Ни свидетелей, ни подозреваемого.

— Значит, ты и твой напарник должны доставить мне подозреваемого. Понятно?

— Так точно, мэм.

— Поехали.

Он включает зажигание, тянет руку к рычагу.

— Постой, — настораживается Бина. — Это еще что?

Через площадь, у восточного фасада дома ребе, останавливается большой черный лимузин, выплевывает двоих Рудашевских. Один топает к заднему люку лимузина, открывает его. Другой, сложив руки за спиной, чего-то ждет. Еще двое Рудашевских появляются из дома с сотней кубометров весело раскрашенного театрально-бутафорского багажа. Весьма ловко, не обращая внимания на законы физики и теоремы эвклидовой геометрии, четверо Рудашевских умудряются всунуть в люк все рундуки, тюки и сундуки. Закрылся задний люк, и тут же открывается дом ребе; существенная часть его, окутанная в нежный пух альпака, отваливается в направлении черного лимузина. Верповерский ребе нисходит на грешную землю, не поворачивая головы, не глядя на воссозданный и покидаемый им мир. Он доверяет свою особу Рудашевским, которые складывают его, вкупе с тростями, на заднее сиденье лимузина. Объединившись со своей поклажей, старый еврей отбывает.

Через пять секунд подкатывает второй лимузин, процедура повторяется, роль ребе исполняют две женщины в длинных одеяниях и некоторое количество детей. Процесс повторяется еще и еще раз, женщины и дети при приличествующем багаже отбывают в течение одиннадцати минут.

— В какой же самолет они поместятся? — гадает Ландсман.

— Я не видела ее. А ты видел?

— Ни ее, ни крошки Шпринцль.

Тут же затрепыхался мобильник Бины.

— Гельбфиш. Да... Да, видим... Да. Понимаю. — Бина захлопывает телефон. — Двигай вокруг дома. Она увидела твой драндулет.

Ландсмановский «суперспорт» протискивается в проулок и сворачивает во двор. Если не считать автомобиля, двор пребывает вне времени. Плоские каменные плиты мощения, оштукатуренные стены, длинная деревянная галерея, по низу ее горшки с какими-то папоротниками.

— Она что, выйдет?

Бина молчит. Как бы в ответ открывается синяя деревянная дверь низенькой пристройки. Пристройка отходит от дома под каким-то странным углом, нарушая однородность фасада. Батшева Шпильман как будто только что вернулась с похорон, на ней траур, лицо скрыто черной вуалью. Она не выходит из дома, оставляя между собой и машиной промежуток футов в восемь. Госпожа Шпильман стоит на пороге, за ней маячит могучая фигура Шпринцль Рудашевской.

Бина опускает стекло.

— Не уезжаете?

Следует контрвопрос:

— Не поймали?

— Это потребует времени. Может быть, большего, чем у нас осталось.

— Надеюсь, что нет, — говорит мать Менделя Шпильмана. — Этот идиот Цимбалист послал этих идиотов в желтых пижамах пронумеровать каждый камень дома, чтобы разобрать и собрать его снова в Иерусалиме. Две недели буду здесь. Хоть в гараже Шпринцль заночую.

— Большая честь, — отзывается что-то большое и серое из-за супруги ребе: очень серьезная говорящая ослица либо Шпринцль Рудашевская.

— Он от нас не уйдет, — заявляет Бина. — Детектив Ландсман только что поклялся мне поймать убийцу.

— Знаю, чего стоят его обещания, — скептически отзывается госпожа Шпильман. — Да вы и сами знаете.

— О! — возмущается Ландсман, но траурный наряд уже скрылся в странной пристройке.

— Едем, — решает Бина, сцепляя руки. — Куда? Зачем?

Ландсман барабанит пальцами по баранке, обдумывая свои обещания и их биржевой курс. Он никогда не изменял Бине. Но брак сломался по недостатку верности и веры. Веры не в какого-нибудь там бога, не в Бину и ее характер, а в непреложность чего-то фундаментального, определяющего закономерность всего, доброго и злого, всего, что бы ни случилось с ними с момента их встречи. Дурацкой собачьей веры в то, что ты способен летать, пока сам веришь в эту способность.

— За голубцами! С утра по ним страдаю.

45

С лета восемьдесят шестого и по весну восемьдесят восьмого, с момента, когда они бросили вызов
сопротивлению родителей Бины и объединились,
Ландсман тайком пробирался в дом Гельбфишей,
в постель дочери семейства. Каждую ночь, если только они предварительно не поцапались, а иной раз
и в разгар ссоры, Ландсман влезал по водосточной
трубе наверх, где его поджидало незапертое окно. Перед рассветом Бина отсылала его прочь тем же путем.

В этот раз путь наверх оказался куда труднее и занял уйму времени. На полпути, как раз над окном
столовой мистера Ойшера, с ноги соскользнул левый
башмак и улетел в недра заднего двора. Небо над головой выкинуло звезды, сквозь сухие подоконные
цветочки и развалины соседских шалашиков-суккот
мерцали Медведицы. Ландсман взял реванш за потерю башмака, разорвав брюки об алюминиевую
скобку, свою давнюю противницу. Любовная игра на-
чалась с вымакиваная крови на коже ландсмановской лодыжки, меж пятен-конопатин и островных
зарослей волос.

В узкой кровати пара стареющих евреев склеи-
лась, как страницы альбома. Ее лопатки вдавились
в его грудь. Его коленные чашечки вложились в ее
влажные подколенные ямки. Губы его шевелятся возле замысловатых завитков ее ушей. А часть Ландсмана, вмещавшая и символизировавшая его одиночество, внедрилась в чрево начальства, на котором он
был дюжину лет женат. Хотя, говоря по правде, напряжение источника пониженное и нестабилизиро-
ванное, чихни Бина хорошенько, и нет контакта...

— Все время, — мурлычет Бина, — два года.

— Все время... — вторит Ландсман.

— Ни разика...

— Ни разу...

— Тебе было одиноко?

— Еще как.

— Тоскливо?

— Тоска глухая. Но не такая, чтобы отвлекаться на какую угодно юбку, чтобы чем угодно скрасить одиночество.

— Случайные связи только ухудшают состояние.

— Тебе видней.

— Ну... трахнула я пару мужиков в Якови. Если ты этим интересуешься.

— Странно, — говорит Ландсман, поразмыслив, — но не интересуюсь.

— Двоих или троих.

— В докладе не нуждаюсь.

— Ладно-ладно. Проехали.

— Самодисциплина творит чудеса. Странно для такого анархиста, как я?

— Я сейчас...

— Сейчас? Идиотизм. Не говоря уж о неудобстве ложа. Да еще нога кровит, чтоб ее черти драли.

— Сейчас — я имела в виду одиночество.

— Шутишь? Какое одиночество! В этой койке как сардины в банке.

Он зарывает нос в копну волос Бины, вдыхает. Изюм и уксус, соленый дух вспотевшего затылка.

— Чем пахнет?

— Красным.

— Брось.

— Румынией.

— От тебя несет, как от румына. Волосатоногого.

— Я уже старикашка.

— А я старушонка.

— Волосы выпадают. По трубе не взобраться. Башмак уронил.

— У меня зад как географическая карта.

Он не верит на слово, проверяет рельеф. Бугорки и впадинки, солидной выпуклости прыщ… Ладони его скользят по ее талии, взвешивают груди, по одной на каждую. Не может вспомнить, какими они были, чтобы сравнить, впадает в панику. Успокаивает себя тем, что они такие же, отформованные по его ладони с растопыренными пальцами, в таинственной пропорции сочетающие увесистость и упругую податливость.

— Обратно по трубе не полезу, как хочешь.

— Я же тебе предлагала войти по-людски. Труба — твоя идея.

— Не только труба. Всё — моя идея.

— А то я не знаю… Идеалист…

Они лежат молча, Ландсман чувствует, что кожа Бины наполняется темным вином. Еще минута — и она храпит. Храп ее за два года ничуть не изменился. Двухтоновой жужжащий звук, похожий на горловое пение сынов азиатских степей. Дыхание кита. Ландсман всплывает на волне храпа Бины. В ее руках, в ее запахе на ее простынях, в сильном, приятном запахе новых кожаных перчаток Ландсман чувствует себя в покое и в безопасности, впервые за многие месяцы. Сонный, удовлетворенный, блаженный…. Вот она, тихая пристань. Рука на твоем животе, покой и отдых…

Он вздрагивает, садится. Прозрачное сознание и ненависть к себе. Осознание того, что более чем когда-либо недостоин покоя и женской руки на животе. Все нормально, дуй гадить в океан, выбор не лучший, но единственный. И ведь испокон веков так повелось, во всех краях во все времена основа полицейской работы — помалкивать в тряпочку о темных махинациях парней с верхнего этажа. Попытайся он пикнуть, скажем, сообщить что-нибудь Дэвиду Бреннану, и ребята с верхнего этажа найдут простой способ запечатать его пасть навечно. С чего же тогда сердце колотится, как кружка зэка о решетку ребер? Почему кровать Бины вдруг кажется мокрым носком, шерстяным костюмом в жару? Дело сделано, печати поставлены, забудь. Далеких людей в далекой жаркой стране стравливают, чтобы они убивали друг друга, а за их спиной тем временем готовится захват всей этой солнечной страны. Решена их судьба, решены судьбы евреев Ситки. И убийца Менделя Шпильмана гуляет на свободе. Ну и что? А чем он хуже?

Ландсман вылезает из кровати. Недовольство его шаровой молнией концентрируется вокруг походных шахмат в кармане пальто. Он раскрывает доску, рассматривает, раздумывает. Что-то он упустил в гостиничном номере. Да нет, ничего не упустил, а если упустил, то что ж теперь жалеть-то, поздно... Но ничего он в комнате не упустил. И все-таки что-то...

Мысли стягиваются в острие иглы, помечающей карту крапленой колоды. Мысли взвиваются, завихряются, зацикливаются и втягиваются в маленькое отверстие на затылке Менделя Шпильмана.

Мысли его возвращаются к тем сценам, с самого начала. Вот Тененбойм стучится в дверь пятьсот пятого. Вот бледная спина, рука, свисающая до пола, касающаяся ковра мертвыми пальцами. Картонка шахматной доски рядом с кроватью.

Ландсман кладет шахматы на столик Бины, рядом с желтой фарфоровой лампой под большой желтой ромашкой на зеленом абажуре. Белые к стене, черные у Шпильмана. Ландсман сидит лицом к центру комнаты.

Может быть, действует контекст интерьера: крашеная кровать, лампа и обои с цветочками, туалетный столик, в верхнем ящике которого Бина держала диафрагму. Возможно, следы эндорфина в крови. Но Ландсман, глядя на шахматы, впервые в жизни ощущает комфорт, какое-то удовлетворение. Черные и белые квадраты, фигуры на них, воображаемые ходы — и игла отодвигается от мозга. Он сосредоточивается на продвижении на b8. Что произойдет, если эта пешка станет слоном, ладьей, ферзем, лошадкой?

Ландсман тянется за стулом, чтобы подставить его под задницу «белому» игроку, противнику Шпильмана. В комнате Бины стул зеленый, под цвет абажура и кровати. Примерно там же, где стоял складной стол в номере убитого в «Заменгофе». Ландсман опускается на зеленый стул, опускает взгляд на доску.

Конь, решает он. И черные должны двинуть пешку d7 — но куда? Надо доиграть. Не ради какой-то утраченной надежды, не потому, что здесь, на доске, следы убийцы. Потому что он вдруг ощутил потребность доиграть эту партию. И тут Ландсман вскакивает, как будто в сиденье стула вмонтированы электроды, выпустившие заряд ему в задницу. Он вздергивает стул в воздух. На белом ковре четыре мелких, но заметных впадинки.

Он всегда полагал, что Шпильмана, как это подтвердили дежурные, никто не навещал, что оставленная партия представляла собой своеобразный шахматный пасьянс по памяти, со страниц «Трехсот партий», скажем; может, игра против себя самого. Но если в комнате Шпильмана сидел посетитель, придвинувший стул к картонной доске, то стул его оставил такие же вмятины в гостиничном половике. Конечно, они давно исчезли, после первой же уборки, под шваброй или щеткой пылесоса. Но, возможно, сохранились на фотоснимках Шпрингера.

Штаны, рубашка, галстук. Ландсман снимает с двери пальто, берет в руку башмак, подходит к Бине, укрывает ее получше. Пригнувшись, чтобы выключить лампу, он роняет из кармана картонный прямоугольничек. Открытка из спортзала с предложением пожизненного абонемента на оставшиеся два месяца. Он изучает глянцевый фасад открытки с зачарованным евреем. До — после. Толстый — тонкий. Начало — конец. Мудрый — счастливый. Хаос — порядок. Изгнание — дом родной. Прежде — аккуратная диаграмма в книге с аннотацией, как на странице Талмуда. Затем — жеваная картонка с ингалятором «Викс» на b8.

Ландсман ощущает прикосновение теплой руки, на два градуса теплее нормы. Мысли рванулись быстрее, развернулись знаменем на ветру. До и после. Контакт с Менделем Шпильманом, влажный, электризующий, странным образом благословляющий. Холодный воздух детской комнаты Бины Гельбфиш. Цветущая вагина О'Кифа на стене. Плюшевая собака на книжной полке рядом с часами и сигаретами Бины. И Бина, полулежащая в кровати, опершись на локоть, смотрит на него, как на непослушного ребенка.

— Ты все еще мычишь, когда размышляешь, — говорит она. — Вроде Оскара Петерсона, только без музыки.

— Дьявол! — изрекает Ландсман.

— Что, Меир?

— Бина! — призванный дьявол принес Гурье Гельбфиша, старого, сонного свистящего сурка. Ландсмана мгновенно охватывает древний ужас. — С кем ты там, Бина?

— Ни с кем, папа, сама с собой; иди спать. — И шепотом: — Что?

Ландсман садится на край кровати. До и после. Возбуждение откровения. И сразу — бездонное сожаление понимания.

— Представляю, что убило Менделя Шпильмана.

— Угу.

— Это не игра. На доске в комнате Шпильмана оказалась проблема. Сейчас это очевидно, и надо было увидеть раньше. Расстановка такая хрупкая... Кто-то навестил Шпильмана в ту ночь, и Шпильман поставил перед посетителем проблему. Сложную. — Уверенными движениями Ландсман распоряжается фигурами на доске. — Белые настроены на продвижение пешки, вот, здесь. И на превращение ее в коня. Это как бы неполное превращение, потому что обычно пешку заменяют ферзем. Белые думают, что, получив этого коня, они получают трехвариантную возможность мата. Но они ошибаются, потому что дают возможность черным — это Мендель — вытянуть игру. Белые должны игнорировать очевидность. Тусклый ход слоном, здесь, с2. Даже незаметно. Но после этого хода каждый последующий ход черных ведет к мату. Любой ход — самоубийство. Нет хороших ходов.

— Нет хороших ходов, — повторяет Бина.

— Это называется цугцванг. Принуждение к ходу. Черным лучше вообще не ходить.

— Но вообще не ходить нельзя, так? Ты должен что-то делать.

— Да, должен что-то делать, даже зная, что ход ведет к мату.

Ландсман видит, что она осознает значение — не шахматной проблемы, а проблемы криминальной. Преступление против человека, у которого не осталось хороших ходов.

— И как ты нашел решение? — спрашивает она, не в силах подавить удивление этому проявлению его умственной полноценности.

— Я его увидел. Но тогда не осознал. Фальшивая картина «после» против картинки «до» в комнате Шпильмана. Доска, на которой белые получили третьего коня. Но в наборе шахмат лишь по два коня каждого цвета. Поэтому надо третьего коня чем-то заменить.

— Монеткой? Пулей?

— Чем угодно, что в кармане найдется. Например, ингалятором.

46

— Причина того, что ты ничего не добился в шахматах, Мейерле, в том, что нет в тебе ненависти к поражению.

Герц Шемец, покинувший центральную ситкинскую больницу с болезненной раной и луковым запахом супа из поздней зелени, возлежит на диване в гостиной сына, его тощие голени торчат из пижамы, как две сырые макаронины. Эстер-Малке расположилась в большом кожаном кресле Берко, Бина и Ландсман занимают дешевые места партера, складной стульчик да кожаный подлокотник. Эстер-Малке выглядит сонной и рассеянной, рука ее мнет что-то в кармане халата. Ландсман подозревает, что там скрывается все тот же злополучный индикатор беременности. Рубашку Бина выпустила, волосы напоминают плохо подстриженную живую изгородь. Лицо Ландсмана в стенном зеркале — ни дать ни взять лоскутный коврик из синяков и царапин. В состоянии сохранить приличный вид лишь Берко, навалившийся в пижаме серого носорожьего цвета на кофейный столик возле дивана.

— Предпочитаю проиграть, — откликается Ландсман. — Если честно, как только начинаю выигрывать, сразу жду гадостей.

— Я ненавижу проигрывать и терять. Особенно тяжело было, когда я потерял твоего отца... — В голосе дяди Герца звучит горечь. Выглядит он не лучшим образом: обезвожен, измождён, да к тому же мучают его боли, ибо не принимает ничего сильнее аспирина. — Проиграть Литваку — почти так же неприятно.

Веки дяди Герца трепещут, затем замирают в закрытом состоянии. Бина дважды хлопает в ладоши, и глаза открываются.

— Поговорим, Герц. Пока ты не заснул или не впал в кому. Ты знал Шпильмана.

— Знал.

— Где встретил? В «Эйнштейне»?

Он начал кивок, но склонил голову к плечу, раздумывая.

— Я встретил его еще ребенком. А потом не узнал, когда увидел снова. Слишком сильно он изменился. Был пухлый пацанчик, а стал тощим наркоманом. Играл на деньги, деньги тратил на наркотики. Фрэнк. Иногда я ему проигрывал пять-десять долларов.

— Сильно переживал? — спрашивает Эстер-Малке, и хотя Шпильмана она не знала, видно, что ответ ее интересует.

— Нет, — отвечает тесть. — Как ни странно.

— Он тебе понравился?

— Никто мне не нравился и не нравится, Эстер-Малке.

Герц облизывает губы, с трудом высовывая язык. Берко встает, берет со столика пластиковый стаканчик, подносит к губам отца. В стаканчике побрякивают кубики льда. Берко держит стаканчик, помогает старику выпить половину. Герц не благодарит. Он лежит, не двигаясь, слышно, как вода протекает по нему внутри.

— В прошлый четверг, — говорит Бина и щелкает пальцами. — Ты пришел к нему в номер в «Заменгофе».

— Я пришел к нему в номер. Он меня пригласил. Он просил принести пистолет Мелека Гейстика. Хотел посмотреть. Не знаю, как он узнал, что этот пистолет у меня, я никогда ему не говорил. Похоже, он знал обо мне многое, о чем я ему не говорил. И он рассказал мне, что Литвак давит на него, чтобы сыграть в цадика. Что он от Литвака прячется и что ему надоело прятаться. Он всю жизнь прятался. И дал Литваку найти себя, но сразу же снова раскаялся. Он не хотел. Не хотел быть тем, чем не был, не знал, как стать тем, чем он был. Он попросил меня помочь.

— Помочь — как? — спрашивает Бина.

Герц выпячивает губы, пожимает плечами. Взгляд его устремляется в темный угол комнаты. Ему почти восемьдесят, и он никогда никому ни в чем не признавался.

— Он показал мне свою проблему, двухходовку. Сказал, что подцепил ее у какого-то русского. Сказал, что если я ее решу, то пойму, каково ему.

— Цугцванг, — говорит Бина.

— Это что? — спрашивает Эстер-Малке.

— Это когда у тебя нет хороших ходов, но ходить все равно надо.

— А, — морщится Эстер-Малке. — Шахматы...

— Она ломает меня до сих пор, — проскрипел Герц. — Я не могу управиться меньше, чем в три хода.

— Слон с2, — говорит Ландсман. — Восклицательный знак.

Ландсману кажется, что Герц долго переваривает это сообщение. Закрыв глаза, старец шевелит сморщенными губами.

— Цугцванг, — произносит он, наконец.

— Почему, дед? — гудит Берко. — Почему он думал, что ты это сделаешь для него? Вы ведь едва знакомы были.

— Он знал меня, знал хорошо, не представляю откуда. Он знал, что я не терплю поражений. Что я не хочу, чтобы Литвак откалывал свои идиотские фокусы. Гробил то, что я строил всю жизнь. — Лицо его исказила гримаса. — А теперь, глянь-ка. Эти сволочи своего добились.

— Ты попал в отель через туннель? — спрашивает Меир.

— Какой туннель? Вошел, как все приличные люди, через главный вход. Может, Мейерле, ты за годы проживания там не заметил, но отель твой не относится к зданиям с надежной охраной.

Две-три минуты ворочаются мозги. С бывшего балкона доносится бой кувалд подземных гномов: Голди и Пинки колотят по своим железным кроватям.

— Я помог ему дойти до кондиции, — заговорил наконец Герц. — Подождал, пока наркоз подействует. Он отключился полностью. Вынул пистолет Гейстика, обернул его подушкой. Повернул парня на живот. Быстро. Стерильно. Безболезненно.

Он облизнул губы, Берко снова поднес отцу стаканчик с водой.

— Жаль, папуля, что с собой ты так же стерильно не справился, — изрекает Берко, возвращая стаканчик на стол.

— Я думал, что делаю как раз то, что надо, — плаксиво протянул старик. — Но эти ублюдки решили обойтись без него.

Эстер-Малке снимает крышку со стеклянной миски ореховой смеси, отправляет горсть орехов в рот.

— Не думайте, что я смущена и шокирована, леди и джентльмены, — говорит она, поднимаясь. — Но я усталая будущая мамаша на первых неделях и мне пора в постельку.

— Я покараулю старого негодяя, дорогая, — провожает ее Берко. — На случай, если он симулирует и попытается украсть телевизор.

— Не волнуйся, — говорит Бина. — Он уже арестован.

Ландсман стоит возле дивана, следит, как вздымается тощая грудь старца.

— Дядя Герц плохой человек, — говорит Ландсман. — Был и есть.

— Да, верно, но он искупил это тем, что он еще и паршивый отец. — Берко смотрит на Герца с нежностью и презрением. Старец в своей повязке выглядит как сумасшедший свами. — На что это ты настроился?

— Ни на что. Чего ты от меня ждешь?

— Не знаю. Просто у тебя такой вид, как будто ты собираешься какой-то фокус выкинуть.

— Какой?

— Вот я у тебя и спрашиваю.

— Ничего я не собираюсь. А что мне надо делать?

Эстер-Малке провожает Бину и Ландсмана к выходу из квартиры. Ландсман напяливает шляпу.

— Так... — говорит Эстер-Малке.

— Так, — откликаются Бина и Ландсман.

— Вы вроде вместе уходите?

— Можем отдельно. Я, к примеру, по лестнице, а Бина в лифте. Если тебе так больше нравится.

— Ландсман, слушай... Вся эта война там, по телевизору... Сирия, Багдад, Египет... Лондон... Машины жгут, посольства... В Якови видел, что случилось, когда эти придурки отплясывали, маньяки поганые? Пол рухнул, этажом ниже двух девочек задавило насмерть в кроватках. Такая жизнь теперь нас ждет. Жечь посольства и танцы до смертоубийства. И где я этого ребенка рожу? Старый дурак, убийца и самоубийца, спит в гостиной... А от вас что-то исходит. Так что, скажу я вам, если вы с Биной снова сойдетесь, то лучшего мне и не надо.

Ландсман это внимательно обдумывает. Любое чудо кажется возможным. И что евреи направятся в Землю Обетованную чавкать виноградом и процеживать бородами ветер пустыни. Что Храм выстроят в немыслимо короткий срок. Войны прекратятся, наступит процветание, и справедливость воцарится, и человечество будет лицезреть львов, подле агнцев возлегающих. Каждый мужчина станет рабби, каждая женщина — святой книгою, каждый костюм будет содержать две пары штанов. Семя Меира шествует сквозь тьму к искуплению, стуча в перепонку, разделяющую законность евреев, которые произвели его, Ландсмана, от беззакония евреев, чьи ошибки, заблуждения, печали, надежды, несчастья привели к появлению Бины Гельбфиш.

— Может, я спущусь по лестнице?

— Давай, давай, Меир, — напутствует его Бина.

Но когда он наконец добирается до низу, то обнаруживает ее там, ожидающей.

— Что так долго?

— Пришлось разок-другой остановиться.

— Бросай курить. Снова бросай.

— Брошу. Бросаю. — Он достал пачку «Бродвея», в которой осталось пятнадцать штук, и запустил в урну, как монетку в фонтан. Легкое головокружение, трагизм, драматизм. Готов к широкому жесту. Эрратичен, маниакален. — Но не это меня задержало.

— Ты ж весь побит. Тебе сейчас в больнице лежать в компрессах и капельницах, а не геройствовать по водосточным трубам и лестницам. — Она привычно тянется к горлу Ландсмана обеими руками, чтобы придушить его для иллюстрации того, насколько он ей ценен. — У тебя же все болит, идиот!

— Только душа болит, радость моя. — Он, однако, допускает, что пуля Рафи Зильберблата повредила его голову не только снаружи. — Я, понимаешь ли, остановился, чтобы поразмыслить. Или чтобы задавить мысль, не знаю даже. Каждый раз, когда я вдыхаю, чувствую, что в воздухе то, с чем мы дали им уйти. И, знаешь, задыхаюсь.

Ландсман опускается на диван, подушки которого цвета кровоподтеков отдают привычной ситкинской плесенью, перегаром сигаретного дыма, сложной соленостью штормового моря и пропотевшей подкладки ландсмановской шляпы. Цветовая гамма нижнего холла «Днепра» — кроваво-пурпурный бархат да золоченые калевки, декор — увеличенные с открыток виды черноморских курортов царской России. Крым, Кавказ... Дамы с собачками и без собачек, залитые солнцем променады. Грандотели, в которых никогда не останавливались евреи.

— Эта наша сделка — гиря на горле. Давит и душит.

Бина вздыхает, упирает руки в бедра. Подходит к Ландсману, бросает на диван суму и плюхается сама. Как часто она уже им была «сыта по горло»? Неужели все еще не наелась?

— Я не слишком верила, что ты согласился на это.

— Понимаю.

— Предполагается, что я должна тебя контролировать и страховать.

— Расскажи.

— Жополиз.

— Ты меня убиваешь.

— Если я не считаю тебя способным послать Большого Брата подальше, то на кой мне, спрашивается, держать тебя рядом?

Ландсман пытается объяснить ей, что сподвигло его на этот личный вариант сделки. Называет лишь мелочи: рыбаков и скрипачей, рекламу театра Баранова, старую Ситку, подтолкнувшую его на договор с Кэшдолларом.

— Это твое сиканое «Сердце тьмы», — усмехается Бина. — Сдохну, но еще раз такое смотреть... — губы ее сжимаются в точку. — Однако нет в твоем перечне одного маленького пунктика, скотина. Не хватает, сказала бы я, сволочь.

— Бина...

— Ты не нашел в этом своем списке места для меня. Ты-то, полагаю, сообразишь своей тупой башкой, что в моем списке твоя гнусная ряха на первом месте.

— Как? — искренне дивится Ландсман. — Это невозможно.

— Почему?

— Потому что я подвел тебя. Можно сказать, предал.

— В смысле? Что ты имеешь в виду?

— То, что я сделал с тобой. С Джанго. Я не понимаю, как ты на меня вообще после всего этого смотришь.

— *Ты* сделал со *мной*? Ты думаешь, что смог меня заставить убить моего ребенка?

— Нет, Бина, но...

— Меир, заруби на своем еврейском носу. — Она хватает его руку с такой силой, что ногти глубоко зарываются в кожу. — Ты сможешь мной распоряжаться, когда к тебе подойдет ласковый господин и спросит, нужен ли для меня сосновый ящик или хватит простого белого савана. Не раньше. — Бина с отвращением отбрасывает его руку, тут же хватает ее и гладит маленькие красные полумесяцы, оставленные ее собственными ногтями. — Ох, Бог мой, Меир, извини, прости меня…

Ландсман, разумеется, извиняет и тоже извиняется. Он уже не раз перед ней извинялся, наедине и в присутствии третьих лиц разной значимости, устно и письменно, формально, чеканными канцеляризмами, а также мямля и заикаясь. Извинялся за дурацкое поведение, за глупость, за то, что покидал ее, и за то, что вынуждал принимать обратно, и еще за то, что вломился в квартиру, когда она отказалась принять его обратно. Извинялся, рыдая, молил прощения на коленях у ног ее, рубаху рвал на своей волосатой груди. Чаще всего слышал он от доброй женщины Бины слова, которых добивался. Он молил ее о дожде, и она ниспосылала живительную влагу на иссохшие посевы. Но что ему действительно настоятельно необходимо — так это сокрушительный потоп, который смыл бы с лица планеты его зловредность. Это — или благословение еврея, который уже никого не сможет благословить.

— Ничего, ничего, — бормочет Ландсман.

Она встает с дивана, шагает к урне, запускает в нее руку и выуживает пачку «Бродвея». Из кармана своего пальто достает помятую «Зиппо» с эмблемой 75-го полка рейнджеров и зажигает «папирозы» ему и себе.

— Мы сделали то, что казалось верным в тот момент. Что у нас было? Пара фактов. Куча ограничений. Мы называли это выбором, но выбора-то не было. Факты и сплошная непроходимость. Невозможность использовать даже эти куцые факты. — Бина достает из сумки свой «шойфер» и сует его Ландсману. — А сейчас, если ты меня спросишь, и если я понимаю тебя правильно, выбора тоже нет.

Ландсман замер на диване с ее телефоном в руке. Она открывает мобильник, набирает номер. Он поднимает аппарат к уху.

— Деннис Бреннан, — отзывается руководитель и единственный сотрудник представительства могучего американского ежедневника.

— Бреннан, это Меир Ландсман.

Ландсман колеблется, затыкает пальцем микрофон.

— Скажи ему, пусть поднимает задницу и тащит свою могучую башку смотреть, как ты арестуешь собственного дядю за убийство. Скажи, что у него двадцать минут.

Ландсман пытается взвесить, измерить, представить судьбы Берко, дяди Герца, Бины, евреев, арабов, всей планеты, бездомной и лишенной благословения, обещание, данное госпоже Шпильман, обещание самому себе — хотя он и утратил веру в судьбу и в обещания.

— Я могла не ждать твою линялую шкуру, пока ты волок ее по лестнице вниз. Могла бы выйти в эту дверь.

— Ну, так почему же не...

— Потому что я тебя знаю лучше, чем ты сам. Я видела, что в тебе происходит, что тебе нужно что-то сказать. — Она отталкивает телефон от его губ и касается их своими. — Ну и говори! Сколько можно тянуть?

Думал Ландсман, что просвистел свой шанс с Менделем Шпильманом, что в ссылке своей заменгофской пропустил очередь на искупление. Но нет никакого Мессии в Ситке. Нет у Ландсмана дома, нет будущего, нет судьбы иной, кроме Бины. Земля его обетованная ограничена кружевами подола ее свадебного платья, отмечена потрепанной членской карточкой международного братства, состоящие в котором все свое волокут с собой в суме переметной и на кончике языка.

— Бреннан, у меня тут для тебя тема...

От автора

Выражаю благодарность за помощь следующим лицам, сайтам, учреждениям и организациям:

колонии Макдоуэлла, Питерборо, штат Нью-Хемпшир; Дэвии Нельсон; Сюзи Томпкинс-Бюль; Маргарет Грэйд и персоналу «Манка Инвернесс Лодж», Инвернесс, штат Калифорния; Филипу Павелу и сотрудникам «Шато Мармон», Лос-Анджелес, штат Калифорния; Бонни Пьетила и ее землякам из Спрингфилда; Полу Гамбургу, библиотекарю «Джудаика Коллекшнз», Университет штата Калифорния; Ари И. Кельману; Тодду Хазак-Лоуи; Роману Скаскиу; Библиотеке штата Аляска, Джуно, штат Аляска; Ди Лонгбоу из «Обсерватори Букс», Джуно, штат Аляска; Джейку Бассету из Оклендского управления полиции; Мэри Эванс; Салли Уилкокс; Мэтью Снайдеру и Дэвиду Колдену; Дэвину Макинтайру; Кристине Ларсен, Лайзе Эглинтон, Кармен Дарио; Элизабет Гафни; Кеннету Тюрану, Джонатану Лезему; Кристоферу Поттеру; Джонатану Бернхему; Майклу Маккензи; Скотту Рудину; Леонарду Вальдману; Роберту Чабону и Шарон Чабон; Софи, Зеке, Иде-Розе и Абраму Чабонам, а также их матери; журналу «Менделе» (http://shakti.trincoll.edu/~mendele/index.utf-8.htm); шахматному сайту «Чессвиль» (www.chessville.com); сайту Йозефа Гавриеля Бекхофера, автора книги «Eruvin in Modern Metropolitan Areas»(http://www.aishdas.org/baistefila/eruvp1.htm); электронному словарю «Идиш Дикшнри Онлайн» (www.yiddishdictionaryonline.com); и Кортни Ходеллу, редактору и вдохновителю этой книги.

Большую помощь в написании романа мне также оказали следующие труды:

Raphael Patai. The Messiah Texts;

Uriel Weinreich. Modern English — Yiddish/Yiddish-English Dictionary;

Jenna Joselit. Our Gang;

Benjamin Harshav. The Meaning of Yiddish;

Benjamin Matisoff. Blessings, Curses, Hopes and Fears: Psycho-Ostensive Expressions in Yiddish;

Alexander Harkavy. English-Yiddish Dictionary;

Mark Slobin. American Klezmer;

Kirk Dombrowski. Against Culture: Development, Politics, and Religion in Indian Alaska;

Andrew Hope III and Thomas F. Thornton, eds. Will the Time Ever Come? A Tlingit Source Book;

J. C. Hallman. The Chess Artist;

Assiac (Heinrich Fraenkel). The Pleasures of Chess;

Fred Reinfeld, ed. Treasury of Chess Lore.

Братство «Руки Исава» основано его бессменным пожизненным главой Джеромом Чарином и фигурирует здесь с его любезного дозволения; цугцванг Менделя Шпильмана разработан ребе Владимиром Набоковым и представлен в его труде «Память, говори».

Написана книга на компьютерах фирмы «Макинтош» с использованием программ «Девонсинк Про» и «Найзус Райтер Экспресс».

ПОСЛЕСЛОВИЕ

Изюминкой нового романа Майкла Чабона «Союз еврейских полисменов», жанр которого можно было бы определить как «черную» социальную фантастику, является идиш — язык его предков.

Вот как возник замысел этого произведения. Однажды Чабон обнаружил в кладовке разговорник для туристов «Как это сказать на идише». Он представил, как здорово было бы, если бы эта книга когда-нибудь и впрямь пригодилась туристам, если бы и правда существовала страна, где все говорят на идише. Чабон решил написать на эту тему эссе и во время работы в архивах случайно наткнулся на проект закона времен Второй мировой войны, разрешающего еврейским иммигрантам селиться на Аляске.

В реальной жизни этот проект так и остался проектом, однако фантазия Чабона создала мир еврейских беженцев, которые пытаются обрести Землю обетованную за Полярным кругом. Здесь все говорят на идише, который хорошо знали и любили дедушка и бабушка романиста. Чабон вспоминает, что обычно они переходили на идиш, когда им требовалось обсудить вещи, которые внуку понимать не полагалось. А поскольку идиш — язык изгнания, мальчик чувствовал себя изгнанником вдвойне, но он понимал: идиш любим, как любим и создаваемый им мир. Идиш силен духом гуманизма и сентиментальности, и в то же время ему присущи трезвый взгляд на мир и понимание того, чем этот мир чреват.

Чабон не скрывает, что в романе он постоянно объясняется в любви языку своих предков, и эта любовь, подпитанная причудливой фантазией автора, проявляется в создании атмосферы тонкой иронии, педантичном изобретении мельчайших деталей еврейского быта и рождении множества неологизмов. Полицейский в форме у него называется *латке* (поскольку головные уборы патрульных напоминают по форме *латку*), пистолет Чабон именует *шолем* — на создание этого неологизма его вдохновила сложная игра слов: английское *gun* («огнестрельное оружие») на американском сленге обозначает «кусок» (*piece*), тогда как созвучное ему английское слово «мир» (*peace*) на идиш переводится как *sholem*.

Майкл Чабон признался, что при написании романа «Союз еврейских полисменов» испытывал огромное удовольствие. Надеемся, что не меньшее удовольствие получат и поклонники таланта писателя.

Литературно-художественное издание

Майкл Чабон

СОЮЗ ЕВРЕЙСКИХ ПОЛИСМЕНОВ

Ответственный редактор *Ирина Беличева*
Художественный редактор *Юлия Прописнова*
Технический редактор *Любовь Никитина*
Корректор *Анастасия Рыко*
Верстка *Любови Копченовой*

Подписано в печать 30.11.2007.
Формат издания 84 × 108^{1}/$_{32}$. Печать офсетная.
Усл. печ. л. 22,68. Тираж 3000 экз.
Изд. № 70407. Заказ № 781.

Издательство «Амфора».
Торгово-издательский дом «Амфора».
197110, Санкт-Петербург,
наб. Адмирала Лазарева, д. 20, литера А.
E-mail: info@amphora.ru

Отпечатано с диапозитивов в ОАО «Лениздат».
191023, Санкт-Петербург, наб. р. Фонтанки, 59.

Том Перротта
маленькие дети

Герои Тома Перротты – молодые
родители маленьких детей – проживают
в тихом пригороде, где, кажется, ничего
не происходит. Бывшая феминистка
всего лишь превращается в типичную
домохозяйку, муж с помощью Интернета
погружается в мир виртуальных
фантазий, надменно-брезгливая мать
семейства ограничивает супружеский
секс вечером вторника, и только
красавец мужчина скрашивает своим
присутствием посещение детской
площадки.
Но однажды летом случается нечто
непредвиденное...

*В романе есть всё: детективная интрига,
смех сквозь слезы и сколько угодно
эмоций. Тома Перротту можно назвать
американским Чеховым, поскольку и его
персонажи даже в самых чудных
ситуациях остаются человечными.*

The New York Times Book Review

*«Маленькие дети» – пронзительный
взгляд на то, как неудовлетворенность
брачными узами может перерасти
в неверность и извращенность.
Подобную книгу под силу написать
только Нику Хорнби в сотрудничестве
с Дэвидом Линчем.*

Newsday

*По вопросам поставок
обращайтесь:*

ЗАО Торговый дом «Амфора»

123060, Москва,
ул. Берзарина, д. 36, строение 2
(рядом со ст. метро «Октябрьское поле»)
Тел./факс: (499) 192-83-81, 192-86-84;
(495) 944-96-76, 946-95-00
E-mail: secret@amphtd.ru

ЗАО Торговый дом «Амфора»

198096, Санкт-Петербург, Кронштадтская ул., д. 11
Тел./факс: (812) 335-34-72, 783-50-13
E-mail: amphora_torg@ptmail.ru